BRENDA JOYCE

Engaño y seducción

Editado por Harlequin Ibérica.
Una división de HarperCollins Ibérica, S.A.
Núñez de Balboa, 56
28001 Madrid

© 2012 Brenda Joyce Dreams Unlimited, Inc. Todos los derechos reservados.
ENGAÑO Y SEDUCCIÓN, N° 137 - 1.6.12
Título original: Seduction
Publicada originalmente por HQN™ Books
Traducido por Carlos Ramos Malave

Todos los derechos están reservados incluidos los de reproducción, total o parcial. Esta edición ha sido publicada con permiso de Harlequin Enterprises II BV.
Todos los personajes de este libro son ficticios. Cualquier parecido con alguna persona, viva o muerta, es pura coincidencia.
™ TOP NOVEL es marca registrada por Harlequin Enterprises Ltd.
® y ™ son marcas registradas por Harlequin Enterprises Limited y sus filiales, utilizadas con licencia. Las marcas que lleven ® están registradas en la Oficina Española de Patentes y Marcas y en otros países.

I.S.B.N.: 978-84-687-0329-9
Depósito legal: M-14476-2012

Para Sue y Laurent Teichman, con todo mi amor y mi agradecimiento

PRÓLOGO

1 de julio, 1793. Cerca de Brest, Francia

—¿Está vivo?

Aquella voz le sorprendió. Sonaba lejana. E incluso mientras oía al inglés, el dolor le consumía la espalda y los hombros, como uñas que se le clavaran en el cuerpo, como si estuvieran crucificándolo. El dolor era tan horrible que no podía hablar, pero maldijo en silencio. ¿Qué había ocurrido?

Estaba ardiendo. Incluso peor, se preguntaba si estaría ahogándose. Apenas podía respirar. Un terrible peso parecía estar empujándolo hacia abajo. Y estaba completamente a oscuras...

Pero su mente comenzaba a funcionar. El hombre que acababa de hablar era inglés, pero eso era imposible. ¿Dónde estaba? ¿Qué diablos había ocurrido?

Y las imágenes comenzaron a pasar ante sus ojos a una velocidad alarmante, acompañadas de sonidos horribles; los gritos de los heridos y de los moribundos entre el ruido de los mosquetes y los cañones, el río que fluía de color rojo con la sangre francesa de campesinos, monjes, nobles y soldados...

Gimió. No podía recordar cómo le habían herido, y tenía miedo de estar muriéndose. ¿Qué le había sucedido?

Alguien habló, y la voz le resultó familiar.

—Apenas está vivo, Lucas. Ha perdido mucha sangre y lleva inconsciente desde la medianoche. Mi cirujano no sabe si vivirá.

—¿Qué ha sucedido? —preguntó otro inglés.

—Sufrimos una terrible derrota en Nantes, *messieurs*. Una derrota de los franceses bajo las órdenes del general Biron, pero Dominic no fue herido en esa batalla. Fue asaltado por un asesino frente a mis aposentos anoche.

Y entonces se dio cuenta de que era su amigo de toda la vida, Michel Jacquelyn, quien hablaba. Alguien había tratado de asesinarlo, porque alguien sabía que era un espía.

—Dios —dijo el segundo inglés.

Dominic logró abrir los ojos con gran esfuerzo. Estaba tumbado sobre un camastro en la playa, tapado con mantas. La espuma de las olas golpeaba la orilla y las estrellas brillaban sobre su cabeza. Había tres hombres a su alrededor, vestidos con chaquetas, pantalones y botas. Tenía la visión borrosa, pero pudo distinguirlos a duras penas. Michel era bajito y moreno, tenía la ropa manchada de sangre y el pelo recogido con una coleta. Los ingleses eran altos y rubios y llevaban el pelo suelto. Todos iban armados con pistolas y dagas. Oyó entonces el crujir de los mástiles de madera y el sonido del viento golpeando las velas. Y ya no pudo mantener los ojos abiertos. Agotado, los cerró.

Iba a perder el conocimiento...

—¿Os han seguido? —preguntó el tal Lucas.

—No, pero la gendarmerie está por todas partes, *mes amis*. Debemos darnos prisa. Los franceses bloquean la costa; habréis de tener cuidado para esquivar sus barcos.

El otro inglés habló en ese momento, y parecía alegre.

—No temáis. Nadie puede dejar atrás a la armada como yo. El capitán Jack Greystone, *monsieur*, a vuestro servicio en esta noche tan interesante. Y creo que ya conocéis a mi hermano, Lucas.

—Así es. Debéis llevarlo a Londres, *messieurs* —dijo Michel—. Immédiatement.

—No llegará vivo a Londres —respondió Jack.

—Lo llevaremos a Greystone —dijo Lucas—. Está cerca y es seguro. Y, si tiene suerte, vivirá para poder luchar un día más.

—Bien. Mantenedlo a salvo. En La Vendée lo necesitamos de vuelta. Que Dios os acompañe.

CAPÍTULO 1

2 de julio, 1793. Penzance, Cornualles

Llegaba muy tarde.

Julianne Greystone prácticamente saltó del carruaje tras aparcarlo frente a la sombrerería. La reunión de la Sociedad era en la puerta de al lado, en el salón de la posada El Ciervo Blanco, pero todos los huecos frente al lugar estaban ya ocupados. La posada siempre tenía mucho bullicio por las tardes. Volvió a comprobar el freno del carruaje, acarició a la vieja yegua y la ató al poste.

Odiaba llegar tarde. No estaba en su naturaleza perder el tiempo. Julianne se tomaba la vida muy en serio, al contrario que las demás damas que conocía.

Esas mujeres disfrutaban de la moda y de las compras, del té y de las visitas sociales, de los bailes y de las cenas, pero no vivían en las mismas circunstancias que ella. Julianne no recordaba un solo momento en su vida en el que hubiera podido relajarse y mostrarse frívola; su padre había abandonado a la familia antes de que ella cumpliera tres años, aunque sus circunstancias ya eran duras por entonces. Su padre había sido el menor de sus hermanos, sin medios económicos, así como un verdadero gandul. Ella había crecido haciendo el tipo de tareas en la mansión que sus semejantes reservaban a los sirvientes. Cocinar, fregar los platos, llevar la leña, planchar las camisas de sus hermanos, dar de comer a sus dos caballos, limpiar los establos... Siempre había una tarea aguardándola. Siempre había algo más que hacer. Pero no había tiempo suficiente en un día cualquiera, y por eso la tardanza le parecía imperdonable.

Claro que había una hora de camino desde su casa en Sennen Cove hasta la ciudad. Su hermana mayor, Amelia, se había llevado el coche de caballos aquel día. Todos los miércoles, lloviese o hiciese sol, Amelia se llevaba a mamá a visitar a sus vecinas; no importaba que mamá ya no reconociera a nadie. Mamá no estaba bien. Ya no tenía la cabeza en su sitio y a veces no lograba reconocer a sus propias hijas, pero le encantaba ir de visita. Nadie era tan adepto a la frivolidad como mamá. A veces se consideraba a sí misma una debutante, rodeada de sus amigas y de sus pretendientes. Julianne pensaba que sabía lo que había sido para su madre crecer en un hogar con todos los lujos, antes de que los americanos buscaran su independencia; una época con alguna guerra ocasional; una época sin miedo, sin rencor y sin revolución. Había sido una época de esplendor absoluto, de indiferencia y de ostentación; una época para el disfrute, una época en la que nadie se molestaba en pensar en la miseria del vecino.

Pobre mamá. Había comenzado a desvanecerse poco después de que su padre los abandonara por el juego y por las mujeres desvergonzadas de Londres, Amberes y París. Pero Julianne no estaba segura de que su madre hubiera perdido la cabeza por culpa de un corazón roto. A veces le parecía más simple y mundano; mamá simplemente no podía controlar las circunstancias oscuras y amenazantes del mundo moderno.

Pero su médico decía que era importante sacarla a pasear. Todos en la familia estaban de acuerdo. Así que a ella le habían dejado el carruaje de dos caballos y la yegua de veinte años. La hora de camino se había convertido en dos horas.

Jamás se había sentido más impaciente. Vivía por las reuniones mensuales en Penzance. Ella y su amigo, Tom Treyton, que era tan radical como ella, habían fundado la sociedad el año anterior, después de que el rey Luis XVI hubiera sido derrocado y Francia hubiera sido declarada una república. Ambos habían apoyado la revolución francesa desde el momento en que había quedado claro que en aquel país estaban aconteciendo grandes cambios, todos orientados a facilitar la situación del campesinado y de la clase media, pero ninguno de los dos había soñado con que el antiguo régimen pudiera caer al fin.

Cada semana sucedía algo nuevo en la cruzada de Francia por la libertad del hombre de a pie. El mes anterior, los líderes jacobinos en la Asamblea Nacional habían dado un golpe y habían arrestado a muchos de la oposición. De ahí había salido una nueva constitución que otorgaba el voto a todos los hombres. Era casi demasiado bueno para ser cierto. Recientemente había sido establecido el Comité para la Seguridad Pública, y Julianne estaba ansiosa por saber qué reformas propondría. Y además estaban las guerras en el continente. La nueva república francesa pretendía llevar la libertad a toda Europa. Francia había declarado la guerra al imperio de los Habsburgo en abril del noventa y dos. Pero no todos compartían las ideas radicales de Julianne y de Tom, ni su entusiasmo por el nuevo régimen francés. El pasado mes de febrero, Gran Bretaña se había unido a Austria y a Prusia y había entrado en guerra contra Francia.

—Señorita Greystone.

Julianne había estado a punto de llamar al chico uniformado del otro lado de la calle para pedirle que diese de beber a su yegua. Al oír aquella voz estridente, se tensó y se dio la vuelta lentamente.

Richard Colmes estaba mirándola con el ceño fruncido.

—No podéis aparcar aquí.

Julianne sabía perfectamente por qué quería enfrentarse a

ella. Se apartó un mechón de pelo rubio de la cara y dijo educadamente:

—Esta es una calle pública, señor Colmes. Ah, y buenas tardes. ¿Qué tal está la señora Colmes?

El sombrerero era un hombre bajito y rechoncho con patillas canosas. No llevaba la peluca empolvada, pero era de buena calidad, y por lo demás su presencia era impecable, desde las medias pálidas y zapatos de cuero hasta la chaqueta bordada.

—No aprobaré vuestra sociedad, señorita Greystone.

Julianne se sentía furiosa, pero sonrió con dulzura.

—No es mi sociedad —dijo.

—Vos la fundasteis. ¡Vosotros los radicales estáis condenando este gran país a la ruina! —exclamó el sombrerero—. Sois todos jacobinos y os reunís para intercambiar vuestras terribles ideas en la puerta de al lado. ¡Deberíais estar avergonzada, señorita Greystone!

Ya no tenía sentido seguir sonriendo.

—Este es un país libre, señor, y todos tenemos derecho a tener nuestras propias ideas. Podemos reunirnos en la puerta de al lado si John Fowey nos lo permite —Fowey era el posadero.

—¡Fowey está tan loco como vos! —gritó Colmes—. Estamos en guerra, señorita Greystone, y vuestro grupo apoya al enemigo. Si cruzan el canal, sin duda recibiréis al ejército francés con los brazos abiertos.

Julianne levantó la cabeza.

—Estáis simplificando un asunto muy complejo, señor. Yo defiendo los derechos de todos los hombres, incluso de los vagabundos que vienen a esta ciudad en busca de algo que llevarse a la boca. Sí, apoyo la revolución en Francia, ¡pero también lo hacen muchos de nuestros compatriotas! Yo apoyo a Thomas Paine, Charles Fox, lord Byron y Shelley, por nombrar solo algunas de las mentes distinguidas que reconocen que los cambios en Francia son por el bien de la humanidad. Soy una radical, señor, pero...

—Sois una traidora, señorita Greystone, y si no movéis vuestro carruaje, lo haré yo por vos —se dio la vuelta, entró en su tienda y cerró de un portazo.

Julianne se estremeció y sintió un vuelco en el estómago. Había estado a punto de decirle al sombrerero lo mucho que adoraba su país. Una podía ser patriota y aun así apoyar la nueva república constitucional en Francia. Una podía ser patriota y aun así abogar por una reforma política y un cambio social, tanto en el extranjero como en su propio país.

—Vamos, Milly —le dijo a la yegua. Condujo al animal y al carruaje hacia el establo situado al otro lado de la calle. A cada semana que pasaba se le hacía más difícil relacionarse con sus vecinos; gente que había conocido toda su vida. Hubo un tiempo en el que todo el mundo la recibía en las tiendas y en los salones con los brazos abiertos. Ya no era así.

La revolución en Francia y las guerras posteriores en el continente habían dividido al país.

Y ahora tendría que pagar por el privilegio de dejar a su yegua en el establo, cuando no les sobraba el dinero. Las guerras habían aumentado el precio de la comida, por no hablar de casi todos los demás gastos. Greystone tenía una mina de plomo próspera y una cantera de hierro igualmente productiva, pero Lucas invertía casi todos los beneficios de la finca, pensando en el futuro de toda la familia. Era frugal, pero todos lo eran; salvo por Jack, que se mostraba imprudente en todos los sentidos, y probablemente por eso era tan dado al contrabando. Lucas estaba en Londres, o eso creía ella, aunque resultaba algo sospechoso; parecía estar en la ciudad todo el tiempo. Y en cuanto a Jack, conociendo a su hermano, probablemente estuviera en el mar, huyendo de algún agente de aduanas.

Ignoró sus preocupaciones por el gasto inesperado, pues no podía evitar pagar, y dejó atrás la desagradable conversación con el sombrerero, aunque se lo contaría a su hermana más tarde.

Se sacudió el polvo de la nariz y de la falda de muselina. No había llovido en toda la semana y los caminos estaban increíblemente secos. Su vestido era ahora beige en vez de color marfil.

A medida que se acercaba al cartel situado junto a la puerta de entrada de la posada, iba entusiasmándose más. Ella misma había pintado el cartel.

Sociedad de los Amigos del Pueblo, decía. Recién llegados sean bienvenidos. Sin cuotas.

Estaba muy orgullosa de esa última frase. Se había enfrentado a su querido amigo Tom Treyton con uñas y dientes para no cobrar cuotas a los miembros. ¿Acaso no era eso lo que hacía Thomas Hardy para las Sociedades Correspondientes? Cualquier hombre y mujer debía poder participar en una asamblea destinada a promover la igualdad, la libertad y los derechos del hombre. A nadie debía negársele el derecho ni la capacidad para participar en una causa que los liberaría solo por no poder permitirse pagar una cuota mensual.

Julianne entró en el salón de la posada y vio a Tom inmediatamente. Tenía más o menos su altura, con el pelo castaño claro y rasgos agradables. Su padre era un terrateniente acomodado y Tom había sido enviado a Oxford para estudiar en la universidad. Julianne había pensado que viviría en Londres después de graduarse; en vez de eso, había vuelto a casa para fundar su propio despacho de abogados en la ciudad. Casi todos sus clientes eran contrabandistas que habían sido capturados. Por desgracia no había logrado defender con éxito a sus dos últimos clientes; ambos habían sido condenados a dos años de trabajos forzados. Por supuesto eran culpables de los cargos y todos lo sabían.

Tom estaba de pie en el centro de la sala, mientras todos los demás estaban sentados a las mesas. Julianne advirtió de inmediato que la asistencia había vuelto a bajar; incluso más que la última vez. Había solo dos docenas de hombres en la reunión, todos ellos mineros, pescadores y contrabandistas.

Desde que Gran Bretaña había entrado en la coalición contra Francia en la guerra, se había producido un resurgimiento del patriotismo en la zona. Los hombres que habían apoyado la revolución encontraban ahora a Dios y a su país. Julianne suponía que dicho cambio de alianzas era inevitable.

Tom la había visto. Su cara se iluminó mientras corría hacia ella.

—¡Llegas muy tarde! Temía que te hubiera ocurrido algo y que no pudieras llegar a nuestra asamblea.

—He tenido que traer a Milly, y ha sido un viaje muy lento —bajó la voz—. El señor Colmes no me dejaba aparcar frente a su tienda.

Los ojos azules de Tom se encendieron.

—Maldito bastardo reaccionario.

Ella le tocó el brazo.

—Está asustado, Tom. Todos lo están. Y no comprende lo que está ocurriendo en Francia.

—Tiene miedo de que le quitemos la tienda y la casa y se las entreguemos al pueblo. Y tal vez debería tener miedo —dijo Tom.

Habían estado en desacuerdo sobre el método y los medios de reforma durante el último año, desde que formaran la sociedad.

—No podemos ir por ahí quitándoles las posesiones a los ciudadanos de alto estatus como Richard Colmes —respondió ella suavemente.

Tom suspiró.

—Estoy siendo demasiado radical, por supuesto, pero no me importaría quitarle sus posesiones al conde de Penrose y al barón de St. Just.

Julianne sabía que hablaba en serio. Sonrió.

—¿Podemos debatirlo en otro momento?

—Sé que estás de acuerdo en que los ricos tienen demasiado, y simplemente porque heredaron las tierras y los títulos —dijo él.

—Estoy de acuerdo, pero también sabes que no apruebo el robo masivo a la aristocracia. Quiero saber en qué debate me he metido. ¿Qué ha ocurrido? ¿Cuáles son las últimas noticias?

—Deberías unirte a los reformistas, Julianne. No eres tan radical como te gusta pensar —gruñó su amigo—. Ha habido una derrota. Los monárquicos de La Vendée fueron derrotados en Nantes.

—Eso es maravilloso —dijo Julianne, casi incrédula—. Lo último que supimos fue que esos monárquicos nos habían vencido y que habían tomado la zona a lo largo del río en Saumur.

Las victorias de los revolucionarios franceses dentro de Francia no estaban en absoluto aseguradas, y había oposición interna a lo largo y ancho del país. La primavera pasada había comenzado una fuerte rebelión monárquica en la Vendée.

—Lo sé. Y es un gran golpe de suerte —Tom sonrió y la agarró del brazo—. Con suerte los malditos rebeldes de Tolón, Lyon, Marsella y Burdeos caerán pronto. Y también los de Bretaña.

Ambos se miraron. El alcance de la oposición interna a la revolución era alarmante.

—Debería escribir a nuestros amigos en París inmediatamente —decidió Julianne. Una de las metas de las Sociedades Correspondientes era mantener el contacto con los clubes jacobinos de Francia y mostrarles su apoyo por la revolución—. Tal vez haya algo más que podamos hacer aquí en Gran Bretaña, además de reunirnos y discutir sobre los últimos acontecimientos.

—Tú podrías ir a Londres e infiltrarte en los círculos conservadores —dijo Tom—. Tu hermano es conservador. Finge ser un simple minero de Cornualles, pero Lucas es el biznieto de un barón. Tiene muchos contactos.

Julianne sintió miedo.

—Lucas no es más que un simple patriota —dijo.

—Es un conservador y un tory —respondió Tom con firmeza—. Conoce a hombres poderosos, hombres con información, hombres cercanos a Pitt y a Windham. Estoy seguro de ello.

Ella se cruzó de brazos y se puso a la defensiva.

—Tiene derecho a tener sus propias opiniones, aunque sean contrarias a nuestras ideas.

—Yo no he dicho que no lo tenga. Solo digo que tiene contactos. Más de los que crees.

—¿Estás sugiriendo que vaya a Londres y espíe a mi hermano y a sus pares?

—Yo no he dicho eso, pero es una buena idea —contestó Tom con una sonrisa—. Podrías ir a Londres el mes que viene, dado que no puedes asistir a la convención en Edimburgo.

Thomas Hardy había organizado una convención de Sociedades Correspondientes, y casi todas las sociedades del país iban a enviar delegados a Edimburgo. Tom representaría a su sociedad. Pero desde que Gran Bretaña había entrado en guerra contra Francia en el continente, las cosas habían cambiado. Ya no miraban a los radicales y a sus clubes con condescendencia. Se hablaba de represión gubernamental. Todos sabían que el primer ministro no toleraba a los radicales, al igual que muchos otros ministros, y lo mismo pasaba con el rey Jorge.

Era hora de enviar un mensaje a todo el gobierno británico, y sobre todo al primer ministro Pitt: no se dejarían reprimir por el gobierno, nunca. Seguirían promoviendo y apoyando los derechos del hombre, así como la revolución en Francia. Seguirían oponiéndose a la guerra contra la nueva república francesa.

Se había organizado otra convención más pequeña en Londres, frente a Whitehall. Julianne esperaba poder asistir, pero un viaje a Londres era costoso. Sin embargo, ¿qué estaba sugiriendo realmente Tom?

—No pienso espiar a mi hermano, Tom. Espero que estuvieras bromeando.

—Lo estaba —le aseguró él, pero Julianne seguía incrédula—. Iba a escribir a nuestros amigos en París, ¿pero por qué no lo haces tú? —le acarició la barbilla—. Las palabras se te dan mejor que a mí.

Julianne sonrió, con la esperanza de que no le hubiera pedido que espiara a Lucas, que no era un tory y desde luego no estaba involucrado en la guerra.

—Sí, así es —contestó.

—Sentémonos. Aún nos queda por delante una hora de discusión —dijo Tom guiándola hacia un banco.

Durante la siguiente hora hablaron sobre los acontecimientos recientes en Francia, sobre las mociones en la Cámara de los Comunes y en la de los Lores y sobre los últimos cotilleos políticos en Londres. Para cuando terminó la reunión, eran casi las cinco de la tarde. Tom la acompañó fuera.

—Sé que es pronto, ¿pero puedes cenar conmigo?

Ella vaciló un instante. Habían cenado juntos el mes anterior tras una reunión de la sociedad. Pero al ofrecerse Tom a ayudarla a subir a su carruaje, la había agarrado y la había mirado como si deseara besarla.

Julianne no había sabido qué hacer. Ya la había besado una vez antes, y había sido agradable, pero no apasionado. Lo quería mucho, pero no estaba interesada en besarlo. Aun así estaba bastante segura de que Tom estaba enamorado de ella, y tenían tanto en común que deseaba enamorarse de él. Era un buen hombre y un gran amigo.

Lo conocía desde la infancia, pero no se habían hecho verdaderos amigos hasta hacía dos años, al encontrarse en la reunión de Falmouth. Ese había sido el inicio de su amistad. Pero a Julianne le quedaba cada vez más claro que sus sentimientos eran más fraternales y platónicos que románticos.

Aun así, cenar con Tom era muy agradable; siempre tenían conversaciones estimulantes. Julianne estaba a punto de aceptar su invitación cuando vio a un hombre a caballo subir por la calle.

—¿Es ese Lucas? —preguntó Tom, tan sorprendido como ella.

—Muy probablemente —contestó Julianne, y empezó a sonreír. Lucas era siete años mayor que ella, tenía veintiocho. Era un hombre alto y musculoso con unos rasgos cincelados de manera clásica, ojos grises penetrantes y pelo rubio. Las mujeres intentaban captar su atención incesantemente, pero, al contrario que Jack, que se declaraba a sí mismo un canalla, Lucas era un caballero. Más bien distante, era un hombre de gran disciplina, empeñado en mantener a la familia y sus tierras.

Lucas había sido más una figura paterna para ella que un hermano, y Julianne lo respetaba, lo admiraba y lo quería mucho.

Lucas detuvo a su caballo frente a ella y, al verlo, la sonrisa de Julianne se desvaneció. Lucas parecía sombrío. De pronto pensó en el cartel situado a su espalda, que daba la bienvenida a los recién llegados a su reunión, y deseó que no lo viera.

Ataviado con una chaqueta marrón, un chaleco color burdeos, una camisa verde y unos pantalones claros, Lucas saltó de su caballo al suelo. No llevaba peluca y tenía el pelo echado hacia atrás.

—Hola, Tom —le dio la mano a Tom sin sonreír—. Veo que sigues defendiendo la sedición.

La sonrisa de Tom desapareció.

—Eso no es justo, Lucas.

—La guerra nunca es justa —miró entonces a su hermana.

Llevaba años desaprobando sus ideas, y lo había dejado muy claro cuando Francia les había declarado la guerra. Ella sonrió, vacilante.

—No te esperábamos.

—Obviamente. He venido galopando desde Greystone, Julianne —había cierto tono de advertencia en su voz. Lucas tenía un temperamento feroz cuando se le provocaba. Julianne veía que estaba muy enfadado.

Se puso tensa.

—¿Deduzco que me estabas buscando? ¿Se trata de una emergencia? —sintió un vuelco en el corazón—. ¿Es mamá? ¿Han atrapado a Jack?

—Mamá está bien. Jack también. Me gustaría hablar en privado contigo y no puedo esperar.

—¿Cenarás conmigo en otra ocasión, Julianne? —preguntó Tom.

—Por supuesto —le aseguró ella. Tom le hizo una reverencia a Lucas, que no se movió. Cuando su amigo se marchó, ella miró a su hermano, completamente perpleja—. ¿Estás enfadado conmigo?

—No podía creérmelo cuando Billy me dijo que habías venido a la ciudad para asistir a una reunión. Enseguida supe a lo que se refería —dijo, refiriéndose al chico que acudía diariamente a ayudar con los caballos—. Ya hemos hablado de esto muchas veces; y recientemente, desde la proclama del rey en mayo.

Ella se cruzó de brazos.

—Sí, hemos hablado de nuestra diferencia de opiniones. Y sabes que no tienes derecho a imponerme tus ideas de tory.

Lucas se puso rojo, sabiendo que su hermana pretendía insultarlo.

—No deseo cambiar lo que piensas —dijo—. Pero pienso protegerte de ti misma. ¡Dios mío! La proclama de mayo prohíbe explícitamente las reuniones sediciosas, Julianne. Una cosa fue embarcarte en tales actividades antes de la proclama, pero no puedes seguir haciéndolo ahora.

En cierto modo tenía razón, pensaba Julianne, y sabía que había sido infantil llamarlo «tory».

—¿Por qué das por hecho que nuestras reuniones son sediciosas?

—¡Porque te conozco! —exclamó Lucas—. Defender los derechos de todos los hombres es una causa maravillosa, Julianne, pero estamos en guerra, y tú apoyas al gobierno contra el que luchamos. Eso es sedición, e incluso podría considerarse traición. Gracias a Dios que estamos en St. Just, donde a nadie le importan nuestros asuntos, lejos de los agentes de aduanas.

Ella se estremeció, pensando en esa horrible disputa con el sombrerero.

—Nos reunimos para hablar de los acontecimientos de la guerra y de los acontecimientos en Francia, y para difundir las ideas de Thomas Paine. Eso es todo —pero era muy consciente de que, si alguna vez el gobierno se molestaba en investigar su pequeño club, los acusarían a todos de sedición. Claro que Whitehall ni siquiera sabía de su existencia.

—Escribes a ese maldito club de París, y no lo niegues. Amelia me lo ha contado.

Julianne no podía creer que su hermana hubiera traicionado su confianza.

—¡Confié en ella!

—Ella también quiere protegerte de ti misma. Debes dejar de asistir a estas reuniones. Y también debes abandonar la correspondencia con ese maldito club jacobino en Francia. Esta guerra es un asunto muy serio y peligroso, Julianne. Los hombres mueren cada día; y no solo en los campos de batalla de Flandes y del Rin. Mueren en las calles de París y en los viñedos del campo. He oído cosas en Londres. No tolerarán la sedición durante mucho más tiempo, no mientras nuestros hombres sigan muriendo en el continente, no mientras nuestros amigos huyan de Francia en masa.

—Son tus amigos, no los míos —y nada más hablar, no pudo creer lo que acababa de decir.

Lucas se sonrojó.

—Tú nunca le darías la espalda a un ser humano necesitado, ni siquiera a un francés aristócrata.

Tenía razón.

—Lo siento, Lucas, pero no puedes darme órdenes como hace Jack con sus marineros.

—Oh, sí que puedo. Eres mi hermana. Tienes veintiún años. Estás bajo mi techo y bajo mi cuidado. Yo soy el cabeza de familia. Harás lo que yo te diga por una vez en tu vida.

Julianne no sabía qué hacer. ¿Debía seguir y desafiarlo abiertamente? ¿Qué podría hacer él? Nunca la repudiaría ni la obligaría a marcharse de Greystone.

—¿Estás pensando en desafiarme? —preguntó Lucas con descrédito—. Después de todo lo que he hecho por ti, todo lo que he prometido hacer por ti.

Ella se sonrojó. Cualquier otro tutor la habría obligado a casarse. Lucas no era ningún romántico, pero parecía desear que encontrara un pretendiente que pudiera gustarle de verdad. En una ocasión le había dicho que no podía imaginársela encadenada a un viejo terrateniente que despreciara el discurso político. En vez de eso, quería emparejarla con alguien que apreciara sus opiniones deslenguadas y su carácter poco común, no que la castigara por ello.

—No puedo cambiar mis principios —dijo ella finalmente—. Aunque seas un hermano maravilloso, el hermano más maravilloso que pueda imaginarme.

—¡Ahora no intentes halagarme! No te estoy pidiendo que cambies tus principios. Te estoy pidiendo que seas discreta, que actúes con cautela y con sentido común. Te pido que desistas de estas asociaciones radicales mientras estemos en guerra.

Julianne tenía la obligación moral de obedecer a su hermano, pero no sabía si sería capaz de hacer lo que acababa de pedirle.

—Me estás poniendo en una situación terrible —dijo.

—Bien —respondió él—. Pero no he atravesado el distrito a caballo para decirte eso. Tenemos un invitado en Greystone.

De pronto todos los pensamientos sobre las reuniones radicales se esfumaron. En circunstancias normales, Julianne se habría sentido alarmada por la presencia de un invitado inesperado. No esperaban a Lucas, mucho menos a un invitado.

Tenían solo una botella de vino en la casa. La habitación de invitados estaba sin preparar. La sala no estaba limpia. Tampoco el salón principal. Los armarios no tenían suficientes provisiones para celebrar una cena. Pero la expresión de Luke era tan funesta que no creyó que debiera preocuparse por limpiar la casa o llenar la despensa.

—¿Lucas?

—Jack lo llevó a casa hace unas horas —se mostraba sombrío. Se dio la vuelta para agarrar las riendas de su caballo—. No sé quién es —dijo de espaldas a ella—. Supongo que será un contrabandista. En cualquier caso, te necesito en casa. Jack ya se ha ido en busca de un cirujano. Debemos intentar que el pobre hombre esté cómodo, porque está a las puertas de la muerte.

Greystone se alzaba en la distancia. Era una mansión de doscientos cincuenta años de antigüedad. Situada en lo alto de unos acantilados escarpados y sin árboles, frente a unos páramos yermos y sin color, rodeada solo del cielo gris, parecía inhóspita y lúgubre.

La cala Sennen se encontraba debajo. Las historias sobre las aventuras, fechorías y victorias de los contrabandistas y agentes de aduanas eran en parte mito y en parte realidad. Durante generaciones, la familia Greystone había hecho contrabando con los mejores. La familia había mirado hacia otro lado mientras sus amigos y vecinos llenaban la cala de cajas ilegales de whiskey, tabaco y té, fingiendo no saber nada sobre cualquier actividad ilegal. Había noches en las que el agente de aduanas destinado en Penzance cenaba en la mansión con su esposa y sus hijas, y bebía uno de los mejores vinos franceses que existían mientras compartía cotilleos con sus anfitriones como si fueran sus mejores amigos; en otras ocasiones encendían las almenaras para advertir a los contrabandistas de que las autoridades estaban de camino. El barco de Jack estaba allí anclado, y en la cala todo el mundo se apresuraba a esconder las cajas en las cuevas de los acantilados mientras Jack y sus hombres huían y las autoridades británicas descendían por los acantilados a pie disparando a cualquiera que hubiera quedado atrás.

Julianne había presenciado aquello desde que era una niña pequeña. Nadie en el distrito consideraba el contrabando un crimen; era una forma de vida.

Le dolían las piernas terriblemente. También la espalda. Rara vez montaba de lado, a la inglesa; la única opción que le quedaba con su vestido de muselina. Mantener el equilibrio sobre el caballo de alquiler no había sido tarea fácil. Lucas la había mirado con preocupación varias veces a lo largo del camino y le había ofrecido detenerse en diversas ocasiones para que pudiera descansar. Temiendo que Amelia se hubiera entretenido con los vecinos y que el desconocido moribundo estuviera solo en la mansión, Julianne se había negado.

Lo primero que vio cuando Lucas y ella se aproximaron a la casa fue a los dos caballos del carruaje detrás del establo de piedra. Amelia ya estaba en casa.

Desmontaron apresuradamente y Lucas tomó sus riendas.

—Yo me ocuparé de los caballos —le dijo con una sonrisa—. Mañana te dolerá.

—Ya me duele.

Lucas condujo a los dos caballos hacia el establo.

Julianne se levantó la falda y corrió hacia la mansión. La casa era un rectángulo simple, más larga que alta o ancha, con tres pisos. El piso más alto contenía áticos y, en otra época, aposentos para los sirvientes que ya no tenían. El salón principal conservaba su forma original. Era una sala enorme que anteriormente se usaba para cenas y fiestas. Los suelos eran de piedra gris oscura y las paredes, una versión más clara de la misma piedra. Dos retratos ancestrales y un par de espadas antiguas decoraban las paredes; en un extremo del salón había una gran chimenea y dos sillones majestuosos de color burdeos. Los techos eran de madera.

Julianne atravesó corriendo el salón, la biblioteca y el comedor. Comenzó a subir entonces las escaleras.

Amelia bajaba en ese momento. Llevaba trapos húmedos y una jarra. Ambas se detuvieron al verse.

—¿Está bien? —preguntó Julianne.

Amelia tenía de bajita todo lo que Julianne tenía de alta. Llevaba la melena rubia oscura recogida y su expresión era seria como siempre, pero su rostro si iluminó aliviado.

—¡Gracias a Dios que estás en casa! ¿Sabes que Jack ha dejado aquí a un hombre moribundo?

—¡Es tan típico de Jack! —respondió Julianne. Por supuesto, Jack ya se había marchado—. Lucas me lo ha dicho. Está fuera con los caballos. ¿Qué puedo hacer?

Amelia se dio la vuelta abruptamente y la guió escaleras arriba. Recorrió apresuradamente el pasillo, que estaba oscuro y lleno de retratos familiares que databan de doscientos años atrás. Lucas se había apropiado de la suite principal tiempo atrás y Jack tenía su propio dormitorio, pero Amelia y ella compartían habitación. A ninguna de las dos le importaba, pues solo usaban la habitación para dormir. Pero la única habitación de invitados que quedaba había quedado prácticamente intacta. No era frecuente tener invitados en Greystone.

Amelia se detuvo frente a la puerta abierta de la habitación de invitados y la miró.

—El doctor Eakins acaba de marcharse.

La habitación de invitados daba a las playas rocosas de la cala y al océano Atlántico. El sol estaba poniéndose y llenaba la habitación de luz. La sala albergaba una cama pequeña, una mesa con dos sillas, una cómoda y un aparador. Julianne se fijó inmediatamente en el hombre que había en la cama.

El corazón le dio un vuelco.

El hombre moribundo estaba sin camisa y tenía la sábana alrededor de las caderas. Julianne no quería quedarse mirando, pero, estirado como estaba, no dejaba mucho a la imaginación; era un hombre grande, moreno y musculoso. Se quedó mirándolo unos segundos más, poco acostumbrada a ver el torso desnudo de un hombre, y mucho menos un hombre con un físico tan poderoso.

—Hace un minuto estaba boca abajo. Debe de haberse dado la vuelta al marcharme yo —dijo Amelia—. Le han disparado en la espalda. El doctor Eakins ha dicho que ha perdido mucha sangre. Le duele mucho.

Julianne se fijó entonces en que sus pantalones estaban manchados de sangre y barro. Se preguntó si las manchas de sangre serían de su herida o de la de otra persona. No quería mirar sus caderas o sus muslos, así que lo miró a la cara.

El corazón le latía aceleradamente. Su invitado era un hombre muy guapo de piel morena y pelo negro, con los pómulos marcados y una nariz recta. Sus pestañas eran espesas y negras.

Julianne apartó la mirada. El corazón se le había desbocado, lo cual era absurdo.

Amelia le entregó el paño húmedo y la jarra y corrió hacia la cama. Julianne logró levantar la mirada, consciente de lo ardientes que tenía las mejillas.

—¿Respira? —preguntó.

—No lo sé —respondió Amelia tocándole la frente—. Para empeorar las cosas, tiene una infección, porque no le han curado la herida correctamente. El doctor Eakins no se ha mostrado optimista —se dio la vuelta—. Voy a enviar a Billy a buscar agua de mar.

—Debería traer un balde lleno —dijo Julianne—. Yo me quedaré con él.

—Cuando venga Lucas, le pondremos boca abajo de nuevo —añadió Amelia mientras salía de la habitación.

Julianne vaciló, se quedó mirando al desconocido y se pellizcó. El pobre hombre se estaba muriendo; necesitaba su ayuda.

Dejó la jarra y el paño sobre la mesa y se acercó. Con mucho cuidado, se sentó junto a él y el corazón se le aceleró de nuevo. Su pecho no se movía. Acercó la mejilla a su boca y tardó unos segundos en sentir su aliento. Gracias a Dios que estaba vivo.

—*Pour la victoire.*

Julianne se enderezó como si la hubieran disparado. Lo miró a la cara. Seguía con los ojos cerrados, pero acababa de hablar, en francés, con el acento de un francés. Estaba segura de que había dicho: «Por la victoria».

Era un grito de guerra común entre los revolucionarios franceses, pero aquel parecía un noble, con sus rasgos patricios. Le miró las manos; los nobles tenían las manos suaves como la piel de un bebé. Tenía los nudillos sangrantes y las palmas llenas de callos.

Julianne se mordió el labio. Estar tan cerca hacía que fuese demasiado consciente de él. Tal vez fuera por su desnudez o por su masculinidad. Tomó aire con la esperanza de aliviar parte de la tensión.

—*Monsieur? Êtes-vous français?*

No se movió.

—¿Está despierto? —preguntó Lucas.

Julianne se volvió y vio a su hermano entrar en la habitación.

—No. Pero acaba de hablar en sueños. Ha hablado en francés, Lucas.

—No está dormido. Está inconsciente. Amelia me ha dicho que tiene fiebre.

Julianne vaciló antes de atreverse a ponerle una mano en la frente.

—Está ardiendo, Lucas.

—¿Puedes encargarte de él, Julianne?

Ella miró a su hermano, preguntándose si su voz había sonado extraña.

—Claro que puedo. Lo mantendremos envuelto en paños húmedos. ¿Estás seguro de que Jack no ha dicho nada sobre su identidad? ¿Es francés?

—Jack no sabe quién es —contestó Lucas con firmeza—. Quiero quedarme, pero tengo que volver a Londres mañana.

—¿Ocurre algo?

—Voy a ver un nuevo contrato para nuestro hierro. Pero no sé si me gusta la idea de dejaros a Amelia y a ti solas con él —volvió a mirar a su invitado.

Julianne se quedó mirándolo hasta que Lucas le devolvió la mirada. Cuando decidía mostrarse impasible, era imposible saber lo que estaba pensando.

—No creerás que puede ser peligroso.

—No sé qué creer.

Julianne asintió y se volvió hacia el desconocido. Había algo extraño en aquella situación. De pronto se preguntó si su hermano sabría quién era el invitado, pero no quería decirlo. Se dio la vuelta para mirarlo, pero Lucas ya se había ido.

No había ninguna razón lógica por la que pudiera querer ocultarle información. Si supiera quién era aquel hombre, sin duda se lo diría. Obviamente estaba equivocada.

Se quedó mirando al desconocido, frustrada por no poder ayudarlo. Le apartó un mechón de pelo de la cara. Al hacerlo, el hombre se retorció de repente y le golpeó el muslo con el brazo. Julianne se incorporó alarmada de un salto cuando él gritó:

—*Ou est-elle? Qui est responsible? Qu'est il arrivé?*

«¿Dónde está ella? ¿Quién ha hecho esto?», tradujo Julianne mentalmente. El desconocido volvió a agitarse con más fuerza y ella tuvo miedo de que pudiera hacerse daño a sí mismo. De pronto gimió de dolor.

Julianne volvió a sentarse en la cama, junto a su cadera, y le acarició el hombro.

—*Monsieur, je m'appele Julianne. Il faut que vous reposiez maintenant.*

Respiraba con dificultad, pero no se movía y estaba más caliente que antes. Aunque debía de ser su imaginación. Y entonces empezó a hablar.

Por un momento pensó que estaba intentando hablar con ella. Pero hablaba tan rápidamente y con tanta furia que Julianne se dio cuenta de que estaba delirando.

—Por favor —dijo ella suavemente, y decidió hablar solo en francés—. Tenéis fiebre. Por favor, no intentéis hablar.

—*Non! Nous ne pouvons pas nous retirer!* —resultaba difícil entenderlo, pero Julianne se esforzó por encontrarle sentido a sus palabras aceleradas. «No podemos retirarnos ahora», había dicho. Ya no le quedaba duda de que era francés. Ningún inglés podía tener un acento tan perfecto. Ningún inglés hablaría en un segundo idioma mientras deliraba.

Julianne se inclinó junto a él para intentar entenderlo. Se movía violentamente, tanto que acabó dándose la vuelta sin parar de gritar. Maldijo entre lamentos. No podían retirarse. ¿Estaría hablando de una batalla? Dijo que muchos habían muerto, pero que tenían que mantenerse en su sitio. ¡Por la libertad!

Julianne le agarró el hombro y sintió las lágrimas en los ojos. Probablemente estaría reviviendo una terrible batalla que sus hombres y él estaban perdiendo. ¿Sería un oficial del ejército francés?

—*Pour la liberté!* —gritó él—. ¡Seguid, seguid!

Julianne le acarició el hombro intentando ofrecerle consuelo.

El río estaba lleno de sangre... Muchos hombres habían muerto... el sacerdote había muerto... tenían que retirarse. ¡El día estaba perdido!

El hombre comenzó a llorar.

Julianne no sabía qué hacer. Nunca había visto a un hombre adulto llorar.

—Estáis delirando, *monsieur* —le dijo—. Pero ahora estáis a salvo, conmigo.

Estaba jadeando, con las mejillas húmedas por las lágrimas y el pecho empapado de sudor.

—Siento mucho todo lo que habéis sufrido —le dijo—. No estamos en el campo de batalla. Estamos en mi casa, en

Gran Bretaña. Aquí estaréis a salvo, aunque seáis un jacobino. Os esconderé y os protegeré. ¡Os lo prometo!

De pronto pareció relajarse y Julianne se preguntó si se habría quedado dormido.

Tomó aire y respiró. Era un oficial del ejército francés, estaba segura. Tal vez incluso fuera noble; miembros de la nobleza francesa habían apoyado la revolución y apoyaban la república. Había sufrido una gran derrota en la que muchos de sus hombres habían muerto, y eso lo atormentaba. Julianne sufría por él. ¿Pero cómo diablos lo habría encontrado Jack? Jack no apoyaba la revolución, y aun así tampoco era un patriota británico. En una ocasión le había dicho que la guerra le venía bien; el contrabando era más rentable entonces que antes de la revolución.

El desconocido estaba ardiendo. Le acarició la frente y de pronto se sintió furiosa. ¿Dónde estaba Amelia? ¿Dónde estaba el agua de mar?

—Estáis ardiendo, *monsieur* —le dijo Julianne en francés—. Tenéis que guardar reposo para recuperaros.

Tenían que bajarle la fiebre. Volvió a humedecerle el paño y en esa ocasión se lo pasó por el cuello y por los hombros. Después lo dejó allí y humedeció otro.

—Al menos ahora estáis descansando —dijo suavemente, y entonces se dio cuenta de que se había pasado al inglés. Repitió lo mismo en francés mientras deslizaba el paño por su pecho. Y el pulso se le aceleró.

Acababa de dejar el paño húmedo sobre su pecho, donde pensaba dejarlo, cuando él le agarró la muñeca con violencia. Ella gritó, asustada, y lo miró a la cara.

Sus ojos verdes brillaban con furia.

—*Êtes-vous reveillé?* —«¿Estáis despierto?».

El no la soltó, pero aflojó la fuerza.

—¿Nadine? —susurró.

¿Quién era Nadine? Sería su enamorada, o su esposa. Era difícil hablar. Se humedeció los labios.

—*Monsieur*, os han herido en una batalla. Yo soy Julianne. Estoy aquí para ayudaros.

Su mirada era febril, no lúcida. Y de pronto la agarró del hombro sin soltarle la muñeca.

Puso cara de dolor, pero no dejó de mirarla.

Sonrió lentamente.

—Nadine —deslizó su mano fuerte y poderosa por su hombro hasta llegar a su nuca. Antes de que ella pudiera protestar o preguntarle qué estaba haciendo, comenzó a tirar de ella.

Alarmada, Julianne se dio cuenta de que pretendía besarla.

Su sonrisa era seductora, segura y prometedora. Y de pronto sus labios se encontraron.

Julianne jadeó, pero no intentó apartarse de él. En su lugar, se quedó quieta y le dio total libertad mientras su cuerpo se calentaba con el deseo.

Era un deseo que nunca antes había experimentado.

Entonces se dio cuenta de que había dejado de besarla. Ella respiraba entrecortadamente contra su boca. Era plenamente consciente del fuego que recorría su propio cuerpo. Le llevó unos segundos darse cuenta de que estaba inconsciente de nuevo.

Se incorporó asustada. ¡La había besado! Tenía fiebre; deliraba. ¡Ni siquiera sabía lo que estaba haciendo!

¿Acaso importaba?

La había besado y ella había respondido de una manera que jamás habría creído posible.

Y además era un oficial del ejército francés; un héroe revolucionario.

Se quedó mirándolo.

—Seáis quien seáis, no vais a morir. No lo permitiré —dijo.

Estaba tan quieto que podría haber sido un cadáver.

CAPÍTULO 2

Era una multitud de docenas de hombres, todos gritando de rabia, agitando los puños en el aire. Él sabía que debía correr... Mientras lo hacía, los adoquines bajo sus pies cambiaban, se volvían rojos. No lo comprendía; y entonces se dio cuenta de que estaba corriendo sobre un río de sangre.

Gritó mientras los majestuosos edificios parisinos se desvanecían. Ahora el río de sangre estaba lleno de hombres moribundos. Se sentía consumido por el miedo y el pánico.

Y sabía que debía despertarse.

Sintió el algodón bajo las manos, no el barro ni la sangre. Luchó contra el río sangriento y vio a Nadine sonriéndole con ojos brillantes y la luna llena detrás de ella. La había besado... pero eso no podía ser, porque Nadine había muerto...

Nadine había muerto y él estaba tumbado en una cama... ¿Dónde estaba?

Tremendamente agotado, Dominic se dio cuenta de que todo había sido un sueño. Sus recuerdos seguían confusos y se sentía invadido por el miedo, pero intentó controlarlo. Tenía que pensar con claridad. Era una cuestión de vida o muerte.

No era seguro para él permanecer en Francia.

Alguien conocía su verdadera identidad.

Y recordaba que le habían tendido una emboscada frente a los aposentos de Michel. Se tensó por el miedo y la incertidumbre e intentó controlar esas emociones. Y todos sus recuerdos del último año y medio regresaron con fuerza a su cabeza. Había ido a Francia a buscar a su madre y a su prometida para llevarlas de vuelta a Inglaterra. Nunca había encontrado a Nadine, pero sí había encontrado a su madre, escondida encima de una panadería en París, después de que destrozaran su casa. Tras embarcarla con destino a Gran Bretaña en Le Havre, había regresado a París con la esperanza de encontrar a Nadine.

Nunca había pretendido quedarse en Francia, recabando información para su país. Aunque su madre, Catherine Fortescue, fuese francesa, su padre era el conde de Bedford y él era inglés hasta la médula. Dominic Paget había nacido en la finca familiar en Bedford. Siendo hijo único, había ido a estudiar a Eton y a Oxford. Tras la muerte de William Paget, heredó tanto el título como el condado. Aunque ocupaba su asiento en la Cámara de los Lores varias veces al año, ya que se sentía al servicio de su país, la política nunca le había interesado. De hecho, hacía varios años había rechazado un puesto en el ministerio de Pitt. Sus responsabilidades estaban claras; eran para con el condado.

No había descubierto qué había sido de Nadine. Fue vista por última vez en el tumulto que había acabado con el hogar de su madre. Catherine temía que pudiera haber sido pisoteada hasta la muerte por la muchedumbre. Al regresar a Gran Bretaña, se había sentido lo suficientemente preocupado por la revolución en Francia como para reunirse con varios de sus semejantes, incluyendo a Edmund Burke, un hombre con grandes contactos políticos. La información que Dominic había recopilado mientras estaba en Francia resultaba tan inquietante que Burke le presentó al primer ministro Pitt. Pero fue Sebastian Warlock quien lo convenció para regresar a Francia. En esa ocasión con una única ambición: el espionaje.

Era imposible determinar quién habría descubierto la verdad sobre Jean-Jacques Carre, la identidad que había adoptado. Podría haber sido cualquiera de las docenas de parisinos, o incluso un topo entre las filas de Michel. Pero alguien había descubierto que Carre no era un jacobino dueño de una imprenta. Alguien se había enterado de que en realidad era un agente inglés.

Su tensión era creciente. Estaba preocupantemente débil, y por tanto era vulnerable. La espalda le dolía cada vez que respiraba.

¿Estaría entre amigos o entre enemigos?

¿Seguiría en Francia?

Temeroso y completamente alerta, advirtió que no estaba encadenado. Abrió los ojos con mucho cuidado, lo suficiente para poder ver a través de sus pestañas.

No alteró el ritmo de su respiración. No movió un solo músculo, salvo los párpados. Sintió que no estaba solo. Deseaba que fuera quien fuera la persona que estuviera con él pensara que seguía dormido.

Distinguió los contornos de un pequeño dormitorio. Vio un armario y una ventana. Segundos más tarde advirtió el olor del aire y saboreó la sal.

Estaba cerca de la costa, ¿pero de qué costa?

Intentó rescatar todos los recuerdos posibles. ¿Habría soñado su viaje en la parte trasera de un carro, en su mayor parte de noche? ¿Habría soñado el vaivén del barco con el movimiento de las olas? ¿Qué había ocurrido después de que le disparasen? Unas imágenes borrosas intentaban tomar forma en su cabeza, y de pronto Dominic creyó recordar a una mujer de pelo rojizo inclinada sobre él, bañándolo, cuidando de él.

Y entonces una mujer apareció en su campo de visión y se acercó. Dominic advirtió el pelo rojizo, su cara pálida y su vestido de color marfil.

—Monsieur? —susurró.

Dominic reconoció el sonido de su voz. Así que había cuidado de él; no había sido un sueño.

No podía dar por hecho que fuese amiga o aliada. ¿Podría defenderse si fuera necesario? ¿Escapar? Estaba tan cansado y tan débil... ¿Quién era ella y por qué había cuidado de él? Consideró la posibilidad de esperar; tarde o temprano ella abandonaría la habitación, y entonces podría decidir en qué situación se encontraba. Lo primero sería inspeccionar la habitación, después la casa. Tenía que averiguar su ubicación. Y necesitaba un arma para poder defenderse.

Por otra parte, aquella mujer no podía estar sola. Debía de tener camaradas. Cuando ella se marchara, tal vez enviaran a otra persona a vigilarlo, y tal vez fuese un hombre.

Abrió los ojos por completo y se quedó contemplando la mirada gris de aquella mujer.

Estaba sentada en una silla, junto a la cama, con un tablilla de escritura en el regazo y una pluma en la mano. Dio un respingo y susurró:

—*Monsieur, vous êtes reveillé?*

No tenía intención de responder, aún no. En vez de eso, miró a su alrededor. Vio que estaba tumbado en una cama estrecha situada en una habitación que no reconocía. La estancia era modesta, con un mobiliario sencillo, y resultaba difícil discernir si estaba en la casa de un burgués o de un noble. Si era lo segundo, no tenían mucho dinero.

La luz del día entraba por una ventana; debía de ser primera hora de la tarde. La luz del sol era débil y gris, nada parecido al sol veraniego del valle del Loira.

¿Cómo había llegado a aquel dormitorio? ¿Lo habrían transportado en carro y después en barco, o había sido un sueño? ¡No recordaba nada tras el disparo en aquel callejón de Nantes! Lo único de lo que tenía certeza absoluta era que estaba en la costa, ¿pero dónde? Podría estar en Le Havre o en Brest, pero no estaba seguro. Podía estar en Dover o en Plymouth. Incluso aunque estuviera en Inglaterra, tenía que proteger su identidad. Nadie podía saber que era un agente británico.

Pero ella le había hablado en francés.

Volvió a hablar. Él se quedó completamente quieto mientras ella repetía lo mismo que había dicho antes.

—¿Señor, estáis despierto?

Aunque hablaba en francés, tenía un ligero acento. Dominic estaba seguro de que era inglesa. Y eso debería ser un alivio, salvo que no le gustaba el hecho de que le hablase en francés. ¿Sería medio francesa, como él? ¿O habría dado por hecho que era francés, por alguna razón? ¿Se habrían visto cuando él iba de incógnito? ¿Sabría la verdad, o parte de ella? ¿De qué lado estaría? ¡Si pudiera recordar algo más!

¿Y por qué diablos estaba completamente desnudo bajo las sábanas?

De pronto ella se levantó. Él la observó con desconfianza mientras atravesaba la habitación, y advirtió que su cuerpo resultaba agradable, aunque tampoco le importaba realmente. Podría ser una aliada... o una enemiga. Y él haría cualquier cosa para sobrevivir. Seducirla no quedaba descartado.

Vio que dejaba la tablilla de escritura sobre la mesa y la pluma en el tintero. Después agarró un paño y lo sumergió en un balde con agua. Dominic no se relajó. Las imágenes borrosas se hicieron más nítidas. Imágenes de aquella mujer inclinada sobre él, lavándolo con aquel paño... y su cara junto a la suya, mientras se preparaba para besarla...

La había besado. Estaba seguro de ello.

Su interés se agudizó. ¿Qué había ocurrido entre ellos? Sin duda aquello jugaba a su favor.

La mujer regresó, pálida salvo por sus mejillas sonrojadas. Se sentó y escurrió el paño mientras él la miraba atentamente, esperando a ver qué hacía después. Todo su cuerpo se tensó.

En Francia, viviendo al borde de la muerte todos los días, había perdido los principios éticos con los que lo habían criado. Muchas mujeres francesas habían pasado por su cama, unas guapas y otras no, pero pocas cuyos nombres supiera, y mucho menos recordara. La vida era corta, demasiado corta.

Se había dado cuenta de que la moralidad era un esfuerzo inútil en tiempos de guerra y revolución.

Las imágenes con las que se había despertado siempre estaban ahí, en el fondo de su mente, atormentándolo. Esa muchedumbre enfurecida, la calle ensangrentada y el río de sangre en Saumur. La familia que había visto guillotinada, el sacerdote que había muerto en sus brazos. Su moralidad había muerto años atrás, tal vez con Nadine. El sexo era entretenimiento, una vía de escape, porque la muerte era la única certeza en su vida.

Alguien podía asesinarlo al día siguiente.

Una multitud enfurecida podía sacarlo a rastras de esa casa y apedrearlo hasta matarlo, o podrían llevarlo encadenado hasta la guillotina.

Ella sonrió ligeramente y dejó el paño húmedo sobre su frente.

Dominic se estremeció y aquello sorprendió a ambos. Entonces le agarró la muñeca.

—*Qui êtes vous?* —«¿Quién sois?». Ella le había hablado en francés, así que él respondió en el mismo idioma. Hasta que supiera dónde estaba y quién era ella, y si era seguro darse a conocer, simplemente le seguiría el juego.

Ella se quedó con la boca abierta.

—*Monsieur*, estáis despierto. ¡Me alegro mucho!

Él no la soltó. En vez de eso, tiró de ella, con el corazón acelerado por el miedo. No soportaba aquel vacío de conocimiento; tenía que descubrir quién era esa chica y dónde estaba.

—¿Quién sois? ¿Dónde estoy?

Ella pareció quedarse helada, con su rostro a pocos centímetros del de él.

—Soy Julianne Greystone, *monsieur*. He estado cuidando de vos. Estáis en la casa de mi familia, y aquí estáis a salvo.

Dominic se quedó mirándola, negándose a relajarse. El hecho de que dijera que estaba a salvo indicaba que sabía algo sobre sus actividades. ¿Por qué si no sugeriría que de otro modo estaría en peligro? ¿Y de quién tendría que temer? ¿De los jacobinos? ¿De alguien en concreto, como el asesino de Nantes?

¿O acaso pensaba que tenía que temer de sus propios aliados? ¿Creía que era un francés que huía de los británicos?

¿La casa de su familia estaría en Inglaterra o en Francia? ¿Por qué seguía hablando en francés?

Ella se humedeció los labios y susurró:

—¿Os sentís mejor? Os ha bajado la fiebre, pero seguís estando muy pálido.

Dominic luchó contra el mareo. Se sentía muy débil. La soltó. Pero no se arrepintió de haberla intimidado. Deseaba que estuviera nerviosa y que se dejara manipular con facilidad.

—Estoy magullado, *mademoiselle*. Me duele la espalda, pero sí, estoy mejor.

—Os han disparado en la espalda. Fue muy serio —dijo ella—. Habéis estado muy enfermo. Temíamos por vuestra vida.

—¿Temíamos?

—Mi hermana, mis hermanos y yo.

Entonces había hombres en la casa.

—¿Todos habéis cuidado de mí?

—Mis hermanos no están aquí. Principalmente yo he cuidado de vos, aunque mi hermana Amelia me ha ayudado cuando no estaba cuidando de mamá.

Estaba a solas con tres mujeres.

Se sintió aliviado, pero solo ligeramente. Tenía que hacer que la situación estuviese a su favor. Aunque estuviera débil, encontraría un arma, y tres mujeres no serían rivales para él; no debían serlo si pensaba sobrevivir.

—Entonces parece que estoy en deuda con vos, *mademoiselle*.

Ella se sonrojó y se puso en pie de un brinco.

—Tonterías, *monsieur*.

Dominic se quedó mirándola. Era muy susceptible a la seducción, o eso le parecía.

—¿Tenéis miedo de mí? —le preguntó. Estaba muy nerviosa.

—¡No! ¡Claro que no!

—Bien. Al fin y al cabo no hay nada que temer —sonrió lentamente. Se habían besado. Ella lo había desnudado. ¿Sería esa la razón por la que estaba tan nerviosa?

Ella se mordió el labio.

—Habéis sufrido mucho. Es un alivio que estéis bien.

¿Cuánto sabría aquella mujer?

—Sí, así es —estaba calmado. Esperaba que siguiera hablando y le dijera cómo había llegado a aquella casa, y qué le había ocurrido después de Nantes.

Se quedó callada, pero su mirada gris no vaciló ni un instante.

No se lo diría por voluntad propia; tendría que sacárselo.

—Siento haberos molestado. ¿No tenéis sirvientes?

Ella tardó unos segundos en responder.

—No tenemos sirvientes, *monsieur*. Hay un mozo de cuadras, pero viene durante unas horas al día.

Dominic se sintió aún más aliviado, pero se mantuvo receloso.

—Os habéis quedado mirándome —dijo ella.

Dominic le miró las manos, que tenía agarradas sobre su falda de muselina blanca. No llevaba anillo de boda; no llevaba ningún anillo en absoluto.

—Me habéis salvado la vida, *mademoiselle*, así que siento curiosidad por vos.

Ella levantó sus elegantes manos y se las cruzó sobre el pecho; a la defensiva... o nerviosa.

—Estabais herido. ¿Cómo no iba a ayudaros? No me habéis dicho vuestro nombre.

La mentira le salió tan natural como respirar.

—Charles Maurice. Siempre estaré en deuda con vos.

Finalmente ella sonrió.

—No me debéis nada —dijo con firmeza. Después vaciló—. Debéis de estar hambriento. Enseguida vuelvo.

En cuanto oyó sus pisadas alejarse por el pasillo, Dominic se incorporó y se destapó, dispuesto a levantarse. Sintió un fuerte dolor en la espalda y en el pecho. Se quedó quieto y gimió.

La habitación comenzó a dar vueltas.

¡Maldición!

Se negaba a tumbarse de nuevo. Le llevó unos segundos combatir el dolor, controlar el mareo. Estaba en peor estado del que había imaginado. Entonces se puso en pie muy lentamente y con mucho cuidado.

Se apoyó en la pared, exhausto. La habitación tardó un tiempo en dejar de dar vueltas. Pero en cuanto paró, él se acercó cojeando hasta el armario. Para su desgracia, estaba vacío. ¿Dónde estaba su ropa?

Maldijo de nuevo. Entonces se acercó a la ventana, pero su equilibrio era tan precario que tiró una silla a su paso. Una vez allí, se apoyó en la repisa de la ventana y contempló el océano más allá de los acantilados.

No le cabía duda de que era el océano Atlántico lo que estaba contemplando. Conocía el color gris metálico de aquellas aguas turbulentas. Y después se quedó mirando los acantilados rocosos y aquel paisaje desolador y yermo. En la distancia vio la silueta de una torre solitaria. No estaba en Brest. El paisaje se parecía mucho al de Cornualles.

Cornualles era conocido por sus simpatías hacia los jacobinos. Se dio la vuelta y se apoyó contra la ventana. Tenía ante él la pequeña mesa, con la tablilla de escritura, el tintero y el pergamino. Dio dos pasos hacia la mesa, gruñó y se agarró al borde para no caerse.

Volvió a maldecir. No iba a ser capaz de huir de nadie si tenía que hacerlo, no en los próximos días. Ni siquiera sería capaz de seducirla.

Se fijó en el pergamino. La chica había estado escribiendo la carta en francés.

Sintió pánico. La agarró y leyó la primera línea.

Queridos amigos, escribo para celebrar con vosotros las victorias recientes en la Asamblea Nacional, y sobre todo el triunfo al establecer una nueva constitución que proporciona a todos los hombres el derecho al voto.

Era una maldita jacobina.

Era el enemigo.

Las palabras parecieron emborronarse sobre el papel. Siguió leyendo las demás líneas.

Nuestra sociedad espera que se sucedan más victorias sobre la oposición. Queremos preguntaros cómo podemos ayudar a nuestra causa de igualdad y libertad en Francia, y por todo el continente.

Las palabras parecían cada vez más borrosas y oscuras, y no lograba distinguirlas. Se quedó mirando el papel sin ver. Era una jacobina.

¿Estaba jugando con él al gato y al ratón? En Francia todo el mundo espiaba a sus vecinos en busca de rebeldes y traidores. ¿Sería igual en Gran Bretaña? Como jacobina, ¿se dedicaría a cazar hombres como él con la esperanza de identificar a agentes británicos y después traicionarlos?

¿O creería que era francés? Debía asegurarse de que nunca supiera que era inglés. ¿Y cuánto sabría? ¿Sabría que acababa de llegar de Francia? ¡Necesitaba información!

Estaba sudando y casi sin aliento. No podía soportar la agitación en su estado. Se dio cuenta demasiado tarde de que el suelo se ondulaba bajo sus pies. Dejó caer el papel y maldijo en voz alta.

Las sombras oscuras comenzaban a envolverlo.

Le costaba trabajo respirar. La habitación daba vueltas lentamente, junto con todos sus muebles.

No podía desmayarse.

Finalmente cayó al suelo. Mientras yacía allí, luchando por mantenerse consciente, oyó las pisadas corriendo hacia él. Sintió el miedo en el corazón.

—*Monsieur!*

Intentó mantenerse alerta, tanto que el sudor le cubría todo el cuerpo. Apretó los puños, respiró y abrió los ojos. Lo primero que vio fue su mirada gris sobre su cara al arrodillarse sobre él. Parecía tener expresión de preocupación.

Milagrosamente la habitación dejó de dar vueltas.

Se quedó mirándola y ella le devolvió la mirada con gran ansiedad.

Agarrotado por la tensión, tendido en el suelo, estaba demasiado débil para defenderse, y lo sabía. Ella también debía de darse cuenta.

Pero no fue un arma lo que apareció en su mano. En vez de eso, lo agarró por los hombros desnudos.

—*Monsieur!* ¿Os habéis desmayado? —su voz sonaba rasgada. Y entonces Dominic se dio cuenta de la razón.

Estaba desnudo; ella estaba completamente vestida.

—Me he caído, *mademoiselle* —mintió. No pensaba hacerle saber lo débil que estaba. Debía creerlo capaz de defenderse, incluso de agredirla. Logró levantar una mano y le acarició la mejilla.

—Seguís siendo mi salvadora.

Durante unos segundos, sus miradas se encontraron. Entonces ella se puso en pie y giró la cabeza para evitar mirar su cuerpo. Estaba totalmente sonrojada.

Estaba seguro de que nunca había visto a un hombre desnudo. Su inexperiencia haría que resultase fácil de manipular.

—Os pido perdón —dijo él, y rezó para no volver a derrumbarse mientras se incorporaba—. No encuentro mi ropa.

—Vuestra ropa —repitió ella— está lavada.

Dominic vio que seguía sin mirarlo, así que se levantó.

Quería tirarse sobre el colchón; en vez de eso, quitó la sábana y se la enroscó en la cintura.

—¿Vos me habéis desnudado?

—No —ella se negaba a mirarlo—. Fue mi hermano. Tuvimos que daros un baño de agua salada para bajaros la fiebre.

Dominic se sentó en la cama. Sintió el dolor, pero lo ignoró. Hacía ya mucho tiempo que había dominado la habilidad de mantener una expresión impasible.

—Entonces os doy las gracias de nuevo.

—Llegasteis aquí solo con los pantalones y las botas. Los pantalones no están secos aún. Ha llovido desde vuestra llegada. Pero os traeré unos pantalones de mi hermano Lucas.

Dominic buscó su mirada hasta que la encontró. Seguía alterada por haberlo visto desnudo. Con un poco de suerte no habría advertido lo incapacitado que estaba. Sonrió.

—También agradecería una camisa.

Ella lo miró como si acabase de hablar un idioma desconocido que no comprendiera. Su comentario tampoco le pareció gracioso.

—Lo siento si he ofendido vuestra sensibilidad, *mademoiselle*.

—¿Qué intentabais hacer, *monsieur*? ¿Por qué os habéis levantado sin mi ayuda?

Dominic estaba a punto de responder cuando vio su carta tirada en el suelo tras ella, donde él la había tirado. Sabía que no debía intentar esquivar su mirada; ella ya se había dado la vuelta para mirar.

—Al caerme he tirado esa silla y también he golpeado la mesa. Mis disculpas. Espero no haber roto la silla.

Ella recogió la carta del suelo y la colocó junto al tintero; acto seguido levantó la silla y la puso en su sitio.

—Había pensado abrir la ventana para que entrara aire fresco —añadió él.

Sin darse la vuelta, ella se dirigió hacia la ventana y la abrió. La brisa fría del océano se coló en la habitación.

Dominic la observó atentamente.

De pronto ella se dio la vuelta y lo pilló mirando.

Y supo que se había creado una nueva tensión entre ellos. Finalmente ella le devolvió la sonrisa.

—Lo siento. Debéis de creer que soy muy tonta. No esperaba regresar a la habitación y encontraros en el suelo.

Era una buena mentirosa, pero no tan buena como él.

—No —contestó Dominic—. Creo que sois muy guapa.

Se quedó callada.

Él bajó la mirada. Se hizo el silencio. Pensó que, para mantenerse a salvo, lo único que tenía que hacer era jugar con ella.

A no ser, claro, que fuese la espía que temía, y que su ingenuidad no fuese más que una farsa. En ese caso, sería ella la que estaría jugando con él.

—¿Julianne? ¿Por qué estás tan preocupada? —preguntó Amelia.

Estaban de pie en el umbral de la puerta de la habitación de invitados. Era una noche estrellada y Julianne había encendido el fuego, que iluminaba la estancia. Charles permanecía dormido y la bandeja con su cena yacía sobre la mesa, sin tocar.

Julianne no olvidaría nunca el miedo que había sentido al encontrarlo tendido en el suelo; por un momento había temido que hubiese muerto. Pero no, simplemente se había caído. Al levantarse, completamente desnudo, había fingido no mirar, pero había sido incapaz de mantener la mirada apartada.

—Han pasado más de veinticuatro horas desde la última vez que se despertó —dijo.

—Está recuperándose de una herida terrible —señaló Amelia en voz baja—. Empiezas a comportarte como una madre preocupada.

Julianne se estremeció. Amelia tenía razón. Estaba preocupada y quería que se despertara para quedarse tranquila. ¿Pero entonces qué?

—Eso son tonterías. Simplemente estoy preocupada como lo estaría cualquiera.

Amelia se quedó mirándola con las manos en las caderas.

—Julianne, puede que yo no haya hablado con él, al contrario que tú, pero no soy ciega. Incluso dormido, es un hombre muy atractivo.

Julianne intentó parecer impasible.

—¿De verdad? No me había dado cuenta.

Amelia se carcajeó, un sonido poco frecuente en ella.

—Oh, por favor. Me he dado cuenta de que, cuando estás con él, no puedes dejar de mirarlo. Menos mal que está durmiendo, de lo contrario te habría pillado mirándolo. Pero me alegro. Había empezado a preguntarme si serías inmune a los hombres.

Amelia no parecería tan contenta si supiera lo que Julianne sabía sobre su invitado; y pronto tendría que decírselo, pues estaban todos bajo el mismo techo. Amelia era apolítica. Aun así, era una patriota, y la persona más racional que Julianne conocía. Le horrorizaría saber que estaban alojando a un enemigo del estado.

—Le dijo la sartén al cazo —dijo Julianne rápidamente para cambiar de tema.

—Yo no siempre he sido inmune a los hombres guapos, Julianne —contestó Amelia suavemente.

Julianne se arrepintió de inmediato por haber dicho eso. Ella tenía solo doce años el verano en el que Amelia se había enamorado del hijo pequeño del conde de St. Just, pero recordaba su cortejo breve y apasionado. Recordaba estar de pie frente a la ventana de abajo, viéndolos a los dos galopar lejos de la casa. Simon Grenville persiguiendo a su hermana. Él era gallardo, lo más parecido a un verdadero príncipe y su hermana le había parecido la mujer más afortunada del mundo. Pero también recordaba la sorpresa de Amelia al enterarse de la muerte del hermano de Simon. Había sido llamado a Londres, y Julianne recordaba haber pensado que su hermana no debía llorar, pues Simon la amaba y regresaría. Pero por entonces ella era ingenua y tonta. Nunca regresó. Amelia lloró durante semanas con el corazón roto.

Al parecer Simon se había olvidado enseguida de Amelia. Julianne creía recordar que nunca escribió una sola misiva, y dos años más tarde se había casado con la hija de un vizconde. En los últimos nueve años, no había ido ni una sola vez a su condado, situado al norte de St. Just.

Julianne sabía que Amelia nunca lo había olvidado. El año en que St. Just se marchó, Amelia había rechazado dos ofertas muy buenas; de un joven abogado y de un guapo oficial del ejército. Después ya no hubo más ofertas...

—Tengo veinticinco años y no soy guapa —dijo con firmeza—. Mi dote es escasa y tengo que cuidar de mamá. Si soy inmune a los hombres, es por elección propia.

—Eres muy atractiva, pero parece que deseas desaparecer —dijo Julianne—. Tal vez algún día conozcas a alguien que haga que se te acelere el corazón —se sonrojó al pensar en Charles Maurice.

—¡Espero que no!

Julianne sabía que debía dejar el tema.

—Muy bien. No soy ciega, y sí, el señor Maurice es muy guapo. Y se mostró muy agradecido cuando habló. Fue encantador —Charles Maurice era muy elocuente, lo que indicaba que habría recibido educación y tal vez tuviera un origen gentil. Y era peligrosamente encantador.

—Ah, si esa última parte es cierta, entonces es evidente que te ha robado ese corazón veleidoso.

Julianne sabía que estaba tomándole el pelo, pero no podía sonreír. Había pensado en su invitado noche y día, mucho antes de que se despertara. Esperaba no estar tan encaprichada con el desconocido francés como parecía estarlo. Tal vez aquel fuera el momento adecuado para revelarle su identidad a su hermana.

—¿Julianne? —dijo Amelia.

Julianne se apartó de la puerta.

—Hay algo que debería contarte.

Amelia se quedó mirándola.

—Y obviamente no me va a gustar.

—Creo que no. Ya sabes que el señor Maurice es francés, como te dije, pero no es emigrante.

Su hermana parpadeó.

—¿Qué quieres decir? Seguramente sea un contrabandista, como Jack.

Julianne se humedeció los labios y continuó.

—Es un oficial del ejército francés, Amelia. Ha sobrevivido a terribles batallas y a la pérdida de muchos de sus hombres.

Amelia se quedó con la boca abierta.

—¿Cómo has llegado a esa conclusión? ¿Te lo contó mientras estaba despierto?

—Estaba delirando —explicó Julianne.

Amelia se dio la vuelta y ella la agarró del brazo.

—¡Tengo que notificárselo a las autoridades! —exclamó su hermana.

—¡No puedes hacer tal cosa! —Julianne se puso en su camino para cortarle el paso—. Está muy enfermo, Amelia, y es un héroe.

—¡Solo tú podrías pensar tal cosa! —exclamó Amelia. Después bajó la voz y continuó—. No creo que sea legal tenerlo aquí. Debo decírselo a Lucas.

—¡No, por favor! Es inofensivo. ¡Está enfermo! Por favor, deja que lo ayude a recuperarse y luego podrá seguir su camino.

—Alguien lo descubrirá.

—Voy a ir a ver a Tom inmediatamente. Él nos ayudará a mantenerlo aquí en secreto.

Amelia no parecía muy convencida con la idea.

—Pensaba que Tom te estaba cortejando.

Julianne sonrió; el cambio de tema significaba que ella había ganado.

—Tom y yo siempre estamos discutiendo de política, Amelia. Compartimos los mismos puntos de vista. Pero eso no puede llamarse cortejo.

—Está prendado contigo. Puede que no apruebe lo de tu invitado —miró hacia la habitación y palideció.

Charles estaba observándolas a las dos con expresión de alerta.

En cuanto vio que ella lo estaba mirando, sonrió y comenzó a incorporarse. Las sábanas le cayeron hasta la cintura y dejaron ver su torso musculoso.

Julianne no se movió. ¿Acababa de mirarla como si fuera una adversaria en la que no confiaba?

Amelia entró corriendo en la habitación. Julianne la siguió con tensión creciente.

¿Habría oído Charles su conversación?

De ser así, no dio muestras de ello. En su lugar, intercambió una mirada íntima con ella. Julianne sintió un vuelco en el estómago; era como si los dos compartieran un secreto pecaminoso.

¿Pero acaso no era así?

Recordó el momento en que se había levantado del suelo completamente desnudo, después de caerse; recordó también el modo en que se había enrollado la sábana alrededor de la cintura, obviamente sin preocuparse por el pudor; y también se acordó de su sonrisa sugerente antes de besarla cuando estaba delirando.

El corazón se le había desbocado.

Miró fijamente a Amelia, pero su hermana no parecía estar interesada en su torso. Charles volvió a taparse y, cuando Amelia se dirigió hacia la mesa para recoger la bandeja de la cena, volvió a mirar a Julianne con calor en la mirada.

—Vuestra hermana, imagino —dijo.

Amelia lo miró antes de que Julianne pudiera hablar. Su

francés era excelente; también hablaba español y algo de alemán y de portugués.

—Buenos días, *monsieur* Maurice. Espero que os encontréis mejor. Soy Amelia Greystone.

—Es un placer conoceros, señorita Greystone. Os estoy inmensamente agradecido a vuestra hermana y a vos por vuestra hospitalidad y la amabilidad al cuidarme durante la recuperación de mis heridas.

Amelia le acercó a Charles la bandeja.

—De nada. Veo que sois tan elocuente como ha dicho mi hermana. ¿Habláis inglés?

Charles aceptó la bandeja.

—Así es —contestó con un inglés fuertemente acentuado. Después volvió a mirar a Julianne y su sonrisa desapareció—. ¿Deberían pitarme los oídos?

Julianne sabía que se había sonrojado.

—Habláis muy bien, *monsieur*. Se lo he comentado a mi hermana. Nada más —le parecía que su inglés, aunque acentuado, era impresionante.

Charles pareció halagado. Se volvió hacia Amelia, que estaba de pie junto a la cama, y dijo:

—¿Y qué más ha dicho de mí?

La sonrisa de Amelia fue breve y forzada.

—Tal vez debáis preguntárselo. Disculpadme —se dio la vuelta y miró a Julianne—. Mamá necesita la cena. Te veré más tarde, Julianne —dijo antes de marcharse.

—No le caigo bien —dijo él, de nuevo en francés.

Julianne se dio la vuelta y vio que se había puesto la mano sobre el pecho desnudo.

—Amelia es seria y pragmática, *monsieur*.

—*Vraiment?* No me había dado cuenta.

Julianne sintió que parte de su tensión desaparecía.

—Veo que estáis de buen humor.

—¿Cómo no iba a estarlo? He dormido muchas horas y estoy con una mujer hermosa; mi propio ángel de la guarda.

Julianne sintió un vuelco en el corazón. Se recordó a sí misma que a todos los franceses les gustaba flirtear. Para disimular su agitación, dijo:

—Habéis dormido más de un día seguido, monsieur. Y obviamente os sentís mejor.

Él abrió mucho los ojos.

—¿Qué día es hoy?

—Es diez de julio —contestó ella—. ¿Eso es importante?

—He perdido la noción del tiempo. ¿Cuánto tiempo llevo aquí?

Julianne no podía saber en qué estaba pensando.

—Lleváis aquí ocho días.

Charles pareció sobresaltado.

—¿Ese hecho os inquieta? —preguntó ella acercándose a la cama. Su hermana había dejado la bandeja en la mesa situada al lado.

—Simplemente me sorprende —respondió él con una sonrisa.

Julianne acercó una silla a la cama.

—¿Tenéis hambre?

—Me muero de hambre.

—¿Necesitáis ayuda? —preguntó ella mientras se sentaba en la silla.

—¿No estáis cansada de cuidar de mí?

—Claro que no —contestó ella, con cuidado de no apartar la mirada de su rostro.

Charles pareció satisfecho con su respuesta. Julianne se dio cuenta de que se miraban mutuamente todo el tiempo. Ella logró apartar la mirada. Sentía las mejillas ardiendo. Y también el cuello y el pecho.

Lo ayudó a dejar la bandeja sobre su regazo, se apartó y él comenzó a comer. Se hizo el silencio. Parecía estar desfallecido. Ella se quedó mirándolo abiertamente y empezó a pensar que Charles la encontraba tan intrigante como ella a él.

Todos los franceses flirteaban... ¿pero y si tenía los mismos sentimientos por ella que ella tenía por él?

El corazón se le aceleró. Fue consciente de las sombras en la habitación, de las llamas en la chimenea, de la luz de la luna que entraba por la ventana, y del hecho de que estaban los dos solos en su habitación, de noche.

Cuando Charles hubo acabado, se recostó sobre las almohadas, como si el esfuerzo de comer lo hubiera dejado agotado, pero su mirada era firme. Julianne dejó la bandeja en la mesa y se preguntó qué significaría su mirada intensa.

Era muy tarde y era inapropiado quedarse con él. Pero acababa de despertarse. ¿Debía marcharse? Si se quedaba, ¿volvería a besarla? ¡Probablemente ni siquiera se acordara de aquel beso!

—¿Os hago sentir incómoda? —preguntó él.

Julianne se sonrojó y estuvo a punto de negarlo. Pero entonces cambió de opinión.

—No estoy acostumbrada a pasar tanto tiempo en compañía de un desconocido.

—Sí, ya lo imagino. Obviamente es tarde, pero acabo de despertarme. Disfrutaría de vuestra compañía, *mademoiselle*, solo durante un rato.

—Por supuesto.

—¿Sería posible que me prestarais algo de ropa de vuestro hermano? —preguntó él con una sonrisa fugaz e indolente.

Julianne sacó la ropa, se la entregó y salió de la habitación. Cuando llegó al pasillo, se cubrió las mejillas ardientes con las manos. ¿Qué le pasaba? Era como si fuese una niña pequeña, cuando en realidad era una mujer adulta. Charles había estado delirando al besarla. Parecía sentirse solo. Nada más. Y tenía docenas de preguntas que hacerle; aunque no podía dejar de pensar en la presión de sus labios.

Tras ella la puerta se abrió y apareció Charles con la camisa y los pantalones de Lucas. No dijo nada, lo cual acrecentó su tensión, y aguardó a que ella lo precediera para volver a entrar.

Puso de nuevo la silla junto a la mesa, pero la mantuvo allí para ella. El silencio resultaba más incómodo que antes.

Era un caballero, pensó ella mientras se sentaba. Jamás se aprovecharía de ella ni intentaría besarla de nuevo.

Él se sentó en la segunda silla.

—Estoy sediento de noticias, mademoiselle. ¿Qué ocurre en Francia?

Julianne recordó su delirio y quiso preguntarle por la batalla de la que había hablado. Pero temía disgustarlo.

—Hay buenas y malas noticias —contestó.

—Contadme.

Ella vaciló.

—Desde que derrotaron a los franceses en Flandes, los británicos y sus aliados siguen enviando tropas al frente por la frontera franco-belga, lo cual fortalece su posición. Mainz continúa sitiada, y hay rebeliones monárquicas en Tolón, Lyon y Marsella.

Él se quedó mirándola con expresión de piedra.

—¿Y cuáles son las buenas noticias?

—Los monárquicos fueron derrotados cerca de Nantes. Aún no sabemos si su rebelión ha finalizado de una vez por todas, pero parece posible.

La expresión de Charles nunca cambiaba; era casi como si no la hubiese oído.

—*Monsieur?* ¿Cuándo vais a decirme la verdad? —preguntó sin poder evitarlo.

—¿La verdad, *mademoiselle*?

—Estabais delirando.

—Comprendo.

—Sé quién sois.

—¿Acaso era un secreto?

Julianne sentía como si estuvieran en mitad de un terrible juego.

—*Monsieur*, llorasteis en mis brazos mientras delirabais, dijisteis que habíais perdido a muchos de vuestros hombres, soltados. Vuestros soldados. ¡Sé que sois un oficial del ejército francés!

Él no dejó de mirarla.

Julianne buscó su mano y se la estrechó. Él no movió un solo músculo.

—He llorado por vos. Vuestras pérdidas son mis pérdidas. ¡Estamos en el mismo bando!

Y finalmente Charles le miró la mano. Ella no podía verle los ojos.

—Entonces es un alivio —dijo suavemente— estar entre amigos.

CAPÍTULO 3

¿Acaso había pensado que estaba entre enemigos?

—He cuidado de vos toda una semana —dijo Julianne, y apartó su mano.

—Estoy seguro de que hubierais cuidado de cualquier hombre moribundo sin importar su país o sus ideas políticas.

—Desde luego.

—Soy francés. Vos sois inglesa. ¿Qué iba a pensar al despertarme?

Julianne comenzó a darse cuenta de la compleja situación en la que habría podido pensar que se encontraba.

—Estamos en el mismo bando. Sí, nuestros países están en guerra. Sí, soy inglesa y vos francés. Pero estoy orgullosa de apoyar la revolución de vuestro país. ¡Me sentí entusiasmada al saber que sois un oficial del ejército francés!

—Entonces sois una radical.

—Sí —sus miradas se encontraron. Los ojos de Charles ya no parecían tan duros, pero aun así se sentía incómoda, como si hubiera perdido el equilibrio, como si estuviese en un interrogatorio importante—. Aquí, en Penzance, tenemos una Sociedad de los Amigos del Pueblo. Yo soy una de las fundadoras.

Charles se recostó en su silla, parecía impresionado.

—Sois una mujer poco corriente.

Julianne no pudo sonreír.

—No permitiré que me dejen atrás por ser mujer, *monsieur*.

—Eso ya lo veo. Así que sois una auténtica simpatizante de los jacobinos.

Ella vaciló. ¿Estaba siendo interrogada? ¿Acaso podía culparlo?

—¿Creíais que estabais en una casa llena de enemigos?

—Claro que lo creía.

Julianne no tenía ni idea de su preocupación; él parecía un maestro a la hora de ocultar sus pensamientos y sus emociones.

—Estáis entre amigos. Soy vuestra amiga. A mis ojos sois un héroe de la revolución.

Él arqueó las cejas. Y entonces ella supo que se había relajado.

—¿Podría ser más afortunado por haber acabado a vuestro cuidado? —de pronto le agarró la mano—. ¿Estoy siendo demasiado directo, Julianne?

Ella se quedó quieta. Nunca antes la había llamado por su nombre; ni siquiera la había llamado «señorita Greystone». Siempre había sido *mademoiselle*. Aun así no protestó.

—No.

Y él supo que le había permitido cierta intimidad, y que quizá hubiera abierto la puerta para más intimidad.

No le soltó la mano. Era tarde, de noche y estaban a solas.

—Espero que no me tengáis miedo —dijo él.

Ella levantó la mirada lentamente.

—¿Por qué iba a teneros miedo?

—Héroe o no, soy un desconocido... y estamos a solas.

Julianne no sabía qué decir. Su mirada era firme e intensa.

—Disfruto con nuestra conversación, *monsieur* —dijo finalmente—. Tenemos muchas cosas en común.

—Sí, así es. Me alegra que pienses así de mí, Julianne.

—¿Qué otra cosa podría pensar? —preguntó ella con una sonrisa frágil—. Lucháis por la igualdad en Francia y por la libertad en todo el mundo. Habéis puesto vuestra vida en peligro por una causa universal. Habéis estado a punto de morir por la libertad.

Finalmente él le soltó la mano.

—Eres una romántica.

—Eso es cierto.

—Dime en qué estás pensando.

Hablaba en un murmullo, pero su voz había adquirido de nuevo ese tono autoritario. Julianne se sonrojó y logró mirar a la mesa que había entre ellos.

—Algunos pensamientos son privados.

—Sí, algunos. Yo estoy pensando que soy afortunado por haber acabado a tu cuidado. Y no porque seas jacobina.

Julianne lo miró entonces.

—Cuando me desperté la primera vez, recordé haber soñado con una mujer hermosa de pelo rojo que me cuidaba. Y entonces te vi y me di cuenta de que no era un sueño.

Acababa de cruzar la puerta que ella le había abierto...

—¿Estoy siendo demasiado directo? Estoy acostumbrado a hablar con franqueza, Julianne. En la guerra, uno aprende que el tiempo es muy preciado y que no hay que desperdiciar un solo momento.

—No. No estáis siendo demasiado directo —contestó ella, temblorosa. Charles sentía hacia ella la misma atracción que ella hacia él. Amelia se escandalizaría si supiera lo que estaba sucediendo; sus hermanos se pondrían furiosos.

—¿Y tu hermana piensa de mí lo mismo que tú?

Julianne se quedó tan desconcertada que, por un momento, pensó que estaba preguntándole si Amelia también lo encontraba atractivo.

—Me da la impresión de que ella no me considera un héroe de guerra —añadió él.

A Julianne le resultaba difícil pensar en Amelia en aquellos momentos. Pero Charles estaba esperando una respuesta. Tomó aire. El cambio de tema había sido muy abrupto.

—No, no lo considera —contestó.

—¿No es tan radical como tú? —sugirió él.

Julianne tomó aliento para recuperar la compostura.

—No es radical en absoluto —no podía imaginar lo que estaba pensando o sintiendo. No quería preocuparle—. Pero es apolítica, y jamás os entregaría a las autoridades. Os lo prometo.

Él se quedó pensando en sus palabras durante unos segundos. Después, se frotó el cuello, como si le doliera. Antes de que ella pudiera preguntarle si estaba bien, dijo:

—¿Y has podido ayudar a nuestros aliados jacobinos en Francia? ¿Es fácil ponerse en contacto con ellos?

—No es fácil, pero hay mensajeros. Solo hay que pagar bien para lograr pasar un mensaje al otro lado del canal —¿desearía enviar una carta a Francia? Se tensó. ¿No querría que Nadine supiese que estaba vivo?

—¿Qué sucede?

Esa francesa tenía que ser una amante; no podía estar casado, no cuando había flirteado con ella de esa manera. Pero no quería estropear la velada preguntándole por ella. Tenía miedo de averiguar que aún la amaba. Así que sonrió fugazmente.

—Solo estaba pensando que ojalá pudiera ser de más ayuda para nuestros aliados en París. Hasta ahora solo hemos intercambiado algunas cartas e ideas.

Él le devolvió la sonrisa.

—¿Y cómo es tu hermano Lucas? Tendré que encontrar la manera de recompensarle por dejarme usar su ropa.

Ella lo miró fijamente y le dio la sensación de que quería preguntarle algo más.

—A Lucas no le importará que llevéis su ropa. Es un hombre generoso.

—¿Me entregaría a las autoridades?

Estaba preocupado, y tenía razón para estarlo. Julianne vaciló. Ella misma había temido que Lucas pudiera hacer justo eso. Era evidente que Charles estaba interrogándola.

—No —contestó al fin—. No lo haría —ella no lo permitiría.

—Entonces él es un radical, como tú.
—No.
—¿Julianne?
—Me temo que mi hermano Lucas es un patriota —explicó ella—. Es un conservador. Pero no tiene tiempo para la política. Lleva esta casa, *monsieur*, se encarga de su familia y tiene mucho que hacer todo el tiempo. Rara vez está aquí, y yo nunca le diría quién sois, en caso de que apareciera de pronto.
—¿Así que le ocultarías la verdad a tu propio hermano para protegerme?
—Sí, lo haría.
—Entonces crees que sí me entregaría.
—¡No! Al menos nunca podría hacerlo, porque no le diríamos quién sois.
—¿Esperáis que aparezca en un futuro próximo?
—Siempre envía una carta cuando va a regresar. No debéis preocuparos por él —pero Lucas no había enviado carta alguna la semana anterior; simplemente había aparecido. Decidió no decirle eso a Charles.
—¿Y tu otro hermano? —preguntó él.
—A Jack no le importa esta guerra.
—¿De verdad? —se mostraba incrédulo.
—Es un contrabandista. La guerra ha hecho subir el precio del whiskey, del tabaco y del té; de hecho ha subido el precio de muchos productos. Y dice que es bueno para su negocio.
Él volvió a frotarse el cuello y suspiró.
—Bien.
Julianne no le culpaba por sus preguntas. Era lógico que quisiera saber quiénes eran los miembros de su familia, y cuál era su tendencia política. Querría saber si estaba a salvo. Vio como se masajeaba el cuello. ¿Tanta era su tensión?
—He estado preguntándome por qué Jack os trajo aquí.
Charles la miró.
Pero no dijo nada, y ella no pudo descifrar aquella mirada directa.

—No he visto a Jack desde que os trajo aquí —explicó—. Va y viene de forma irregular. Y ya se había ido cuando llegué a la mansión y os encontré aquí. He estado pensando en ello. Lucas solo dijo que Jack os encontró desangrándoos en el muelle de Brest.

—Tengo que confesarte algo, Julianne. No recuerdo cómo llegué aquí.

—¿Y por qué no dijisteis nada? —preguntó ella.

—Nos acabamos de conocer.

Julianne no entendía aquella explicación. ¿Por qué no le habría preguntado cómo había llegado a la mansión si no se acordaba? ¡Qué extraño! Pero se sentía muy mal por él.

—¿Qué recordáis? ¿Tenéis más lagunas en la memoria?

—Recuerdo que me hirieron en una batalla —dijo—. Estábamos luchando contra los monárquicos de La Vendée. En cuanto sentí el proyectil en mi espalda, supe que estaba en peligro. Todo se volvió doloroso y después solo hubo oscuridad.

¡Había participado en esa gran batalla contra los monárquicos de La Vendée! Cuando le había dado la noticia sobre la derrota, ni siquiera había parpadeado. Se preguntaba por qué no habría revelado lo contento que estaba; pues sin duda su derrota debía de alegrarle. Le parecía extraño que recibiera la noticia de su última batalla con un comportamiento tan impasible.

—¿Pero Nantes no está en el interior?

Él se quedó mirando la mesa.

—Supongo que mis hombres me llevaron a Brest. Ojalá pudiera acordarme. Puede que estuvieran buscando un cirujano. Siempre estamos escasos de cirujanos. Tal vez nos separamos de nuestra tropa. Tal vez desertaron. Hay diversas posibilidades. Puede que incluso decidieran dejarme atrás cuando llegaron a Brest.

Ella estaba conmovida. ¿Cómo podían sus hombres haberlo dejado morir? ¿Tan cobardes eran?

—¡Gracias a Dios que Jack os encontró! No entendía por qué os había traído a Cornualles, pero tal vez os confundió con otro contrabandista. Conociendo a mi hermano, probablemente tuviera prisa por desembarcar. Siempre va huyendo de un ejército u otro. Supongo que, en vez de dejaros morir, simplemente os trajo aquí en su barco. Lucas también debió de pensar que erais un contrabandista.

—No importa lo que ocurriera. Soy muy afortunado. Si Jack no me hubiera rescatado, ahora no estaría aquí, contigo.

—Yo me alegro mucho de que os rescatara —contestó ella—. Jack volverá, tarde o temprano, y entonces podremos averiguar qué pasó realmente.

Charles estiró el brazo por encima de la mesa y le dio la mano.

—El destino me ha puesto en tus manos —dijo—. ¿Eso no es suficiente por ahora? Me has salvado la vida.

Su voz suave provocó una gran tensión en su interior.

Mientras lo observaba, él suspiró, le soltó la mano y volvió a frotarse el cuello.

—Gracias a Dios que apareció Jack —dijo suavemente.

Julianne lo observó frotarse el cuello.

Él se dio cuenta y puso cara de dolor.

—Me parece que he estado demasiado tiempo en cama. Tengo el cuello terriblemente agarrotado.

La tensión dentro de ella aumentó. Podría ayudarlo... si se atrevía.

—¿Os duele?

—Un poco.

Deseaba aliviarlo. Pero más aún, deseaba tocarlo.

Lo había lavado mientras estaba inconsciente. Sabía cómo era el tacto de su piel, cómo eran sus músculos. En pocos segundos se quedó sin aliento.

Se puso en pie lentamente, apenas capaz de creer lo que iba a hacer. Se sentía una mujer diferente, alguien mayor, más sabia y con más experiencia. La Julianne que ella conocía, que conocían sus familiares y amigos, jamás haría lo que iba a hacer en ese momento.

—¿Puedo ayudaros a aliviar el dolor? —preguntó.

—*Oui* —contestó él mirándola a los ojos.

Julianne bordeó la mesa hacia él. Se colocó detrás, casi como hechizada. Y comenzó a masajearle el cuello.

Él emitió un sonido profundo y gutural. Era terriblemente masculino y sensual.

El deseo se activó de nuevo. Dejó de pensar en todo lo demás y empezó a aumentar la presión de sus pulgares sobre los músculos agarrotados de su cuello, intentando no temblar, intentando no respirar. Y, mientras lo hacía, sintió los músculos relajarse ligeramente; Charles echó la cabeza hacia atrás.

Si sabía que acababa de apoyar la cabeza en sus pechos, no dijo nada.

Julianne ya había ido a ver a Charles varias veces aquella mañana, pero siempre estaba dormido. Aun así, se estaba recuperando de un disparo y la consiguiente infección, y ella no había abandonado su habitación hasta las diez y media la noche anterior.

Se mordió el labio. Era pronto. Cuando se detuvo frente a su puerta, el corazón le latía aceleradamente como si fuera una colegiala. ¿Se lo había imaginado, o estaba ocurriendo algo maravilloso? Charles la encontraba hermosa; se lo había dicho varias veces. Parecía tan consciente de ella como ella de él. Y ambos eran revolucionarios apasionados. ¿Y si estaban enamorándose?

Si tan solo tuviera un poco más de experiencia… Nunca antes había estado tan interesada en alguien. ¡Los sentimientos que tenía no podían ser unidireccionales!

Pero iba a tener que preguntarle por Nadine. Tenía que averiguar cosas sobre su relación con la otra mujer.

Asomó la cabeza por la puerta y sonrió nerviosa. Charles estaba de pie junto a la ventana. No llevaba camisa y miraba hacia el exterior. Durante unos segundos, Julianne se quedó contemplando sus hombros anchos y su cintura estrecha. Se le secó la boca y se le aceleró el pulso.

—*Monsieur? Bonjour.*

—Buenos días, Julianne —dijo con una sonrisa al darse la vuelta. Obviamente había sabido que estaba allí.

El corazón le dio un vuelco. La manera en que la miraba indicaba que tenía que estar pensando en la velada que habían compartido la noche anterior. Significaba que estaba tan interesado como ella en él.

La miró de arriba abajo y se fijó en el hecho de que se había rizado el pelo alrededor de la cara. Lo llevaba suelto y liso por la espalda, como marcaba la moda. Llevaba otro vestido de muselina de color marfil, pero ese tenía un escote redondeado y la falda más abombada. Se fijó en su escote antes de bajar la mirada y acercarse a la silla donde había colgado su camisa. La recogió.

Julianne quería apartar la mirada, pero lo observó mientras se la ponía. Los músculos de su torso y de sus brazos se tensaron. Charles levantó la cabeza y la pilló mirando. En esa ocasión, no sonrió.

El deseo la hacía sentirse mareada. Rezó para no sonrojarse. Se obligó a sonreír.

—¿Cómo os sentís hoy? —se dio cuenta de que estaba agarrada al pomo de la puerta, como si eso la mantuviera de pie.

—Mejor —contestó él—. Te has cambiado el pelo.

—Puede que esta tarde tenga que ir a Penzance —mintió.

—¿No te lo has cambiado por mí?

Julianne se quedó muy quieta.

—Sí, me lo he cambiado por vos.

—Me alegro. Creo que me encuentro suficientemente bien para ir al piso de abajo, si no te importa. Caminar me vendrá bien.

—Claro que no me importa —pero se preguntó si podría bajar las escaleras, que eran bastante estrechas e inclinadas.

—Estas cuatro paredes van a volverme loco —añadió él mientras terminaba de abrocharse la camisa.

Julianne observó sus dedos largos deslizando los botones en los ojales. La noche anterior sus manos habían estado en los brazos de la silla mientras ella le daba el masaje en el cuello. Al final había visto que los nudillos se le ponían blancos. Aún no podía creer su osadía, ni lo alterada que se había sentido al tocarlo.

Charles se sentó y comenzó a ponerse las medias.

Ella quería preguntarle por su familia, pero dijo:

—¿Puedo ayudaros?

—¿No me habéis ayudado ya suficiente? —sonaba irónico.

Debía de saber que estaba tan nerviosa y excitada como una debutante.

—¿Dónde vive vuestra familia?

—Mi familia es del Loira —contestó él poniéndose en pie—. La tienda de mi padre estaba en Nantes —extendió el brazo con una sonrisa—. ¿Quieres caminar conmigo, Julianne? No hay nada que me apetezca más.

Julianne aceptó su brazo.

—Sois muy galante. Claro que caminaré con vos. Solo espero que no estemos precipitándonos y que eso afecte a vuestra recuperación.

—Disfruto con tu preocupación —deslizó la mirada sobre sus rasgos y se fijó en su boca.

Ella se olvidó por completo de su bienestar. Estaba pensando en besarla.

—Me sentiría afligido si no te preocuparas por mí.

Julianne no logró sonreír. Él hizo un gesto y atravesaron el pasillo en silencio. Ella deseaba poder saber exactamente en qué estaría pensando. Sin duda estaría pensando en ella.

De pronto se dio cuenta de que Charles respiraba con dificultad.

—*Monsieur?*

Él se detuvo y se apoyó en la pared.

—Estoy bien.

Julianne lo agarró con fuerza del brazo para sujetarlo y presionó su bíceps contra sus pechos. Sus miradas se encontraron.

Y entonces él se dobló, como si no le aguantaran las rodillas. Julianne le colocó ambos brazos alrededor de la cintura por miedo a que se cayese por las escaleras. Lo abrazó y presionó la cara contra su torso.

—Estáis demasiado débil para esto —lo acusó sin aliento. Podía oír su corazón latiendo bajo su oreja.

Él se quedó callado, respirando con dificultad, y Julianne sintió que el ánimo de él cambiaba. Charles la agarró por la cintura y presionó la barbilla contra su sien.

Estaban el uno en brazos del otro.

Respirar era casi imposible. Ella sentía su corazón acelerado. Se quedó muy quieta. Levantó la mirada y vio el calor en su mirada.

—Julianne —dijo él—. Eres demasiado tentadora.

—*Monsieur* —se humedeció los labios. ¿Se atrevería a decirle que estaba tan tentada como él?

—Llámame Charles —dijo él suavemente—. Eres tan hermosa… Eres tan amable.

Julianne apenas podía pensar. Casi todo su cuerpo permanecía pegado al suyo. Sus pechos estaban aprisionados contra su torso. Le tapaba las piernas con su falda. Sentía sus rodillas contra los muslos. Charles estaba frotándose contra ella, una sensación que nunca había experimentado. Quería decirle que no le importaría si pensaba besarla. Quería que la besara; deseaba besarlo desesperadamente.

De pronto él cambió de posición y fue ella la que se encontró contra la pared. Charles le miró la boca, pero la soltó y dio un paso atrás.

—No quiero aprovecharme de ti.

Julianne no creía haberse sentido tan decepcionada en toda su vida.

—No sería así.

Él arqueó una ceja con escepticismo.

—Eres una mujer sin experiencia.

—He tenido muchas experiencias —dijo ella.

—No me refiero a las asambleas y a los debates, Julianne.

Ella no sabía qué decir.

—Me han cortejado. Tom Treyton está enamorado de mí.

Él se quedó mirándola.

—Vayamos abajo. Ahora estoy decidido.

Julianne se sentía afligida. ¿Por qué no la había besado? ¿Y acaso le daba igual lo de Tom? Pasaron unos segundos hasta que fue capaz de hablar.

—¿Estás seguro? Estás más débil de lo que pensábamos.

—Estoy seguro —contestó él— de que debo recuperar mi fuerza, cosa que no podré hacer tumbado en la cama contigo cuidando de mí —de pronto se apartó de ella, se agarró al pasamanos y comenzó a bajar las escaleras.

A Julianne no le quedó más remedio que seguirlo.

Cuando llegó al recibidor, Charles hizo una pausa sin soltar el pasamanos y miró a su alrededor.

Por un momento Julianne casi tuvo la sensación de que estaba memorizando los detalles de la casa.

—Tal vez debamos sentarnos frente al fuego —dijo ella señalando los dos sillones burdeos que allí había.

—¿Eso es la sala? —preguntó él, mirando hacia unas puertas cerradas.

—Es la biblioteca. La sala es la estancia más cercana a la puerta principal.

Charles se quedó mirando más allá de la biblioteca.

—Eso es el comedor —explicó ella. Charles estaba pálido. No debía haber bajado aún.

Se giró para mirarla.

—¿Dónde están tu madre y tu hermana?

¿Quería saber si estaban a solas?

—Amelia se ha llevado a mamá a su paseo diario. Volverán pronto, porque mamá no puede ir muy lejos.

—Esperaba que me hicieras una visita guiada —finalmente Charles sonrió, pero no pareció una sonrisa sincera, y a ella le pareció extraño, hasta que se dio cuenta de que estaba inusualmente pálido. Además tenía la frente empapada en sudor.

—Tú tampoco puedes ir lejos. Tu visita tendrá que esperar.

Él arqueó las cejas.

—Vamos a volver arriba —insistió ella—. No eres el único capaz de dar órdenes. ¡Sigues estando enfermo!

Charles la miró. Parecía estar divirtiéndose.

—Estás muy preocupada por mí. Echaré de menos tus cuidados cuando me marche.

Julianne se quedó quieta. Casi había olvidado que, algún día, volvería a Francia. Pero seguramente para eso quedaran semanas, o incluso meses.

—Has estado a punto de caerte por las escaleras —continuó.

Él sonrió.

—¿Y si me hubiera caído? Disfrutaría con tus atenciones después de una caída como esa, Julianne.

—Que vuelvas a hacerte daño no es divertido en absoluto. ¿Has olvidado lo enfermo que has estado?

—De hecho, no lo he olvidado —contestó él tras abandonar su sonrisa.

Julianne lo agarró del brazo y lo condujo de nuevo hacia las escaleras.

—¿Estoy siendo demasiado regañona?

—Nunca podrías ser regañona. De hecho creo que me gusta que me des órdenes.

Ella sonrió.

—Creí que las mujeres pálidas, frágiles y quejumbrosas estaban de moda.

Él se carcajeó. Comenzaron a subir las escaleras, en esa ocasión lado a lado. Julianne no tenía intención de soltarlo, y Charles se apoyó en ella de nuevo.

—No me importan las modas. Y nunca me han gustado las mujeres que se desmayan.

Julianne se alegraba de no haberse desmayado ni una sola vez en su vida. Atravesaron el pasillo en silencio.

—¿Y vas a ordenarme que me meta en la cama? —preguntó él cuando entraron en la habitación.

Julianne vio el humor en sus ojos. Pero también le parecía que sus palabras llevaban otro significado. Tuvo miedo de mirar hacia la cama.

Se humedeció los labios y consiguió sonar enérgica.

—Puedes sentarte a la mesa si quieres y yo traeré algo de comer.

—Tal vez sea mejor que me tumbe —dijo él con un traspié.

Julianne corrió a ayudarlo.

Pocas horas más tarde, Julianne vaciló frente a la puerta de Charles. Cuando le había llevado la comida antes, lo había encontrado profundamente dormido. Había dejado la bandeja sobre la mesa, lo había tapado con una manta fina y se había marchado.

La puerta estaba entreabierta y, por si acaso seguía durmiendo, ella no llamó. Asomó la cabeza y lo vio sentado a la mesa, comiéndose el estofado que le había dejado.

—Hola —dijo ella.

—Me había quedado dormido —exclamó él.

—Sí, así es. Obviamente nuestro pequeño paseo ha sido demasiado cansado para ti. Y veo que has disfrutado de la comida.

—Eres una cocinera excelente.

—Charles, yo quemo todo lo que toco; no se me permite cocinar. Es una norma en esta casa.

Él se rio.

—Veo que te sientes mejor.

—Sí. Ven y siéntate conmigo.

Ella obedeció.

—Espero no haber sido tan testarudo como recuerdo, al exigir bajar las escaleras.

—No has sido demasiado testarudo —bromeó ella, remarcando el «demasiado»—. ¿Tienes prisa por recuperarte del todo? —vaciló y recordó que abandonaría la mansión y volvería a Francia cuando estuviera bien.

—Por mucho que disfrute de tus atenciones, prefiero ser capaz de cuidarme solo. No estoy acostumbrado a estar débil. Y estoy habituado a cuidar de aquellos que están a mi alrededor.

—Esto debe de ser incómodo para ti.

—Lo es. Mañana tendremos que intentar volver a salir.

Su tono era autoritario, y Julianne supo que no se negaría.

—Sin embargo, tú eres la única cosa buena en esta circunstancia difícil. Me gusta estar aquí contigo, Julianne. No me arrepiento.

Ella deseaba decirle que se alegraba de tenerlo allí, y que tampoco se arrepentía. En vez de eso, vaciló.

—Cuando te preocupas, te muerdes el labio —dijo él—. ¿Soy una carga terrible? Debe de ser agotador tener que cuidar de un desconocido día sí y día también. Estoy ocupando todo tu tiempo.

Julianne le agarró la mano sin pensar.

—Nunca serías una carga. Estoy encantada de cuidar de ti. No me importa en absoluto —y sintió como si acabara de admitir todos sus sentimientos hacia él.

Sus ojos verdes se oscurecieron y le devolvió el apretón.

—Eso es lo que deseaba oír.

Julianne se quedó mirándolo a los ojos, que parecían arder lentamente.

—A veces pienso que deliberadamente me llevas a hacer confesiones —dijo casi sin aliento.

—Nuestras conversaciones fluyen libremente. Es tu imaginación, Julianne.

—Sí, supongo que sí.

—Me pregunto si alguna vez podré devolverte todo lo que estás haciendo por mí.

Cuando la miraba de ese modo, Julianne sentía como si se estuviera derritiendo.

—Nunca lo aceptaría. Cuando estés bien de nuevo, tomarás las armas en nombre de la revolución. ¡Esa es toda la gratitud que necesito! —volvió a tocarle la mano.

Él se la estrechó y la llevó de pronto contra su pecho. Ella se quedó quieta. Por un momento, estuvo segura de que iba a darle un beso en la palma. En vez de eso, la miró fijamente.

—¿Qué harían tus vecinos si supieran que estoy aquí?

—¡Nunca deben saber que estás aquí! —exclamó ella—. Tienes la costumbre de cambiar de temas de repente.

—Supongo que es así. Deduzco que tus vecinos no comparten tus simpatías —dijo antes de soltarla.

—No, no las comparten. Hay algunos radicales en el distrito, pero desde que Gran Bretaña entró en guerra con Francia, el patriotismo ha invadido casi todo Cornualles. Será mejor que mis vecinos no sepan que estás aquí... o que estuviste aquí.

Era como si no la hubiese oído.

—¿Y puedo preguntar quiénes son tus vecinos y a qué distancia están de esta casa?

Estaba interrogándola de nuevo, pero no podía culparlo. Si estuviera en su posición, le haría las mismas preguntas.

—El pueblo de Sennen está a un corto paseo de la casa, y está mucho más cerca que las granjas que bordean Greystone. Estamos bastante aislados.

—¿Y a qué distancia está la granja más cercana?

¿Realmente creía que tenía algo que temer de sus vecinos?

—El señor Jones le alquila sus tierras a lord Rutledge, y está a unas dos horas de camino de aquí. Hay otros dos granjeros que alquilan sus tierras al conde de St. Just, pero están a unos cincuenta kilómetros de distancia. Penrose tiene muchos terrenos al este, pero son terrenos yermos y desiertos. Los terrenos de Greystone también son yermos; no tenemos arrendatarios.

—¿Y el señor Jones viene de visita? ¿O Rutledge?

—La única vez que ha venido Jones fue cuando su esposa

estaba terriblemente enferma. Rutledge es un grosero y un ermitaño.

Él asintió.

—¿Y St. Just?

—St. Just lleva años lejos de aquí. Se mueve en los círculos torys en Londres, al igual que Penrose, que rara vez viene al distrito. Creo que son amigos. Ninguno de los dos vendría a visitarnos, aunque estuvieran aquí.

—¿A qué distancia está St. Just? ¿Y Penrose?

—La mansión de St. Just está a hora de aquí, a caballo y con buen tiempo. La finca de Penrose está más lejos. Y el tiempo en el sur rara vez es bueno —estiró el brazo por encima de la mano para agarrarle la mano—. No te culpo por hacer tantas preguntas. Pero no quiero que te preocupes. Quiero que descanses y te recuperes.

—Simplemente estoy siendo cauteloso. ¿Dónde estamos exactamente, Julianne? —miró su mano como si no deseara que lo tocara en ese momento y la apartó—. ¿Puedes enseñarme algunos mapas?

—Estamos en la cala Sennen —dijo Julianne intentando disimular lo dolida que estaba—. ¡Estás más preocupado de lo que creía!

Charles no respondió a eso.

—¿A qué distancia estamos de Penzance?

—A una hora en carruaje.

—¿Y el canal? Estamos en el Atlántico, ¿verdad? ¿A qué distancia estamos a pie del punto de partida más cercano?

Ya estaba pensando en regresar a Francia. Pero estaba débil. No podría marcharse aún.

—Si caminas hasta el Fin de la Tierra, cosa que yo puedo hacer en quince minutos, estarás frente a la porción más meridional del canal.

—¿Tan cerca estamos del Fin de la Tierra? —parecía sorprendido y complacido—. ¿Y dónde está el puesto naval más cercano?

Ella se cruzó de brazos. Sin duda era así cuando estaba al mando de sus tropas. Se mostraba tan autoritario que sería difícil negarle nada, aunque no tenía ninguna razón para no responderle.

—Normalmente hay un barco de la armada en St. Ives o en Penzance para ayudar a los de aduanas. Desde que comenzó la guerra, nuestra armada ha sido desviada al canal. Pero de vez en cuando viene alguna embarcación.

Charles juntó las manos y apoyó la frente en ellas.

—¿Cuándo te marcharás? —preguntó ella.

—Obviamente no estoy en condiciones de ir a ninguna parte —contestó él mirándola—. ¿Les has hablado de mí a los jacobinos de París?

—No, aún no.

—Te pido que no me menciones. No quiero que mi familia se entere de que me han herido. No quiero preocuparlos.

—Claro que no —dijo ella con comprensión.

Finalmente Charles se relajó. Le tomó la mano y la sorprendió al besarla.

—Lo siento. Tú has sido amable conmigo y yo acabo de interrogarte. Pero necesito saber dónde están mis enemigos, Julianne, igual que necesito saber dónde estoy, por si alguna vez tengo que escapar.

—Lo comprendo —el corazón le latía con tanta fuerza que apenas podía pensar. Un beso así de sencillo y ya estaba perdida.

—No, Julianne, no puedes comprender lo que es estar rodeado de enemigos, y temer que te descubran a cada instante.

Se llevó su mano al pecho. Ella intentó respirar, intentó pensar.

—Yo te protegeré.

—¿Y cómo harás eso? —parecía sorprendido, pero le apretó la mano con más fuerza. Y Julianne acabó con los nudillos aprisionados contra la piel desnuda que quedaba al descubierto por encima de los botones abiertos de su camisa—. Eres una mujer muy pequeña.

—Asegurándome de que nadie sepa de tu existencia.

Sus ojos se oscurecieron. Su sonrisa se esfumó.

—Amelia lo sabe. Lucas lo sabe. Jack lo sabe.

—Solo Amelia sabe quién eres, y nunca me traicionaría.

—«Nunca» —repitió él— es un concepto peligroso.

—Si viniera algún vecino, no se daría cuenta de que tú estás arriba, en esta habitación —insistió ella.

—Confío en ti.

Sus miradas se encontraron. Él se llevó su mano a los labios, pero lentamente. Julianne se quedó helada. Sin dejar de mirarla, Charles le dio un beso en la mano, por debajo de los nudillos. En esa ocasión el beso fue completamente diferente. No fue un beso ligero, inocente y breve. Deslizó la boca sobre sus nudillos y entre el pulgar y el índice. Después cerró los ojos y siguió besándola una y otra vez.

Mientras la besaba, a Julianne se le desbocó el corazón. Sintió su boca sobre la piel otra vez, con más fervor, y todo su cuerpo se tensó. Cerró los ojos también. Su boca era cada vez más insistente y feroz, como si disfrutara con el sabor de su piel, como si hubiera mucho más por llegar. Finalmente Julianne abrió la boca y emitió un suave gemido. Charles le separó los dedos e introdujo la lengua entre medias.

—¿Hay armas en la casa?

Julianne abrió los ojos de golpe y lo miró.

—¿Julianne?

Estaba temblando. El deseo hacía que le resultase casi imposible hablar.

—Sí —respondió tras humedecerse los labios. Tomó aire. Todo su cuerpo palpitaba.

—¿Dónde?

—Hay un armario con armas en la biblioteca.

Charles siguió mirándola. Después le levantó la mano, se la besó y la soltó. Entonces se puso en pie abruptamente.

Julianne pensaba que, si alguna vez la besaba de verdad con toda esa pasión, perdería todo su sentido común.

—¿Sabes usar una pistola? —le preguntó—. ¿Un mosquete?

—Claro que sé —respondió ella—. Tengo muy buena puntería... No te sientes a salvo.

Charles la miró a los ojos.

—No me siento a salvo aquí, no.

Julianne se levantó lentamente. Él la observó, y ella no se atrevía a hablar. Así que se dio la vuelta y abandonó la habitación. Bajó las escaleras preguntándose si debía besarlo. Estaba segura de que él lo permitiría.

Se detuvo en la biblioteca y se descubrió a sí misma mirando a través de las puertas de cristal del armario de las armas.

Había tres pistolas y tres mosquetes. No estaba cerrado con llave. Nunca lo estaba. Sacó una pistola y cerró la puerta de nuevo. Sacó después la pólvora y el pedernal de un cajón antes de regresar al piso de arriba.

Charles estaba de pie junto a la ventana, mirando hacia la puerta, esperando su regreso. Pareció sorprendido al verla con la pistola.

Sus miradas se encontraron. Julianne cruzó la habitación, le entregó el arma y dijo:

—Dudo que tengas que usarla.

Él se metió la pistola en los pantalones. Julianne le entregó también el pedernal y la pólvora. Después Charles la abrazó, pero no la besó.

—Espero que no.

Temblorosa, ella deslizó las manos por sus bíceps, que se flexionaron bajo sus palmas.

Charles no sonrió. Deslizó los dedos por su mejilla y le colocó el pelo detrás de las orejas.

—Gracias.

Julianne asintió... y entonces la soltó.

CAPÍTULO 4

La oyó antes de que apareciera en la puerta. Dominic echó a un lado los mapas que Julianne le había entregado, pues ya se había familiarizado con la parte meridional de Cornualles. Agarró la pluma para seguir con la carta que le estaba escribiendo a su «familia» en Francia. Después de todo, eso era lo que haría Charles Maurice, y si a Julianne se le ocurría fisgonear, encontraría la carta tranquilizadora que estaba escribiéndole a la familia que no tenía. Hacía tiempo que había aprendido a tomar muchas precauciones para garantizar que nadie sospechase que empleaba un alias.

Julianne llegó a la puerta con una sonrisa. Él la miró y le devolvió la sonrisa. Se sentía algo culpable. Estaba en deuda con ella; le había salvado la vida. Ya sabía que ella nunca se enamoraría de Dominic Pager; un tory poderoso y con título. Le sorprendía que su vida se hubiese convertido en aquel juego constante de mentira, ardides y conspiraciones.

Aún no la conocía bien, pero sabía que era amable, inteligente, educada y con opiniones bien formadas. También era terriblemente hermosa y completamente ajena a ello.

Se quedó mirándola abiertamente, consciente de que ella advertía su admiración descarada. Todo su cuerpo se alteró. Estaba recuperándose cada vez más deprisa y su cuerpo había empezado a tener necesidades.

Sabía que no debía seducirla. Era una mujer gentil, sin experiencia, y enamorada de su alias, no de él. Ya era como arcilla en sus manos. El problema era que a él no le interesaba ser moralmente correcto. Estaba bastante seguro de que su estancia en Londres sería breve. Su labor era asegurarse de que los británicos abastecerían al ejército de Michel Jacquelyn. Cuando se hubiera encargado de eso y estuviera seguro de que iban a enviar a La Vendée la cantidad adecuada de tropas, armas y otros materiales necesarios, él sería enviado de vuelta al valle del Loira o a París.

Todo su cuerpo se tensó. Se negaba a permitir que los recuerdos de las guerras aparecieran en su cabeza. Estaba harto de soñar con muerte, de tener miedo, y harto de que una sola palabra o un solo gesto pudieran dar vida a esos recuerdos.

—He traído té —dijo ella suavemente—. ¿Te interrumpo?

Dominic había anticipado su compañía. Era una mujer interesante y su conversación nunca era mundana. Aunque a veces él sentía ganas de hacerla entrar en razón.

¡No debía confiar en él!

Se tomó su tiempo para contestar y la miró con cautela. Se preguntó cómo se sentiría Julianne si alguna vez descubría la verdad sobre Francia; sobre él.

A veces deseaba decírselo. Normalmente eso era cuando ella empezaba a soltar esas tonterías sobre la libertad y la igualdad en Francia. La rabia de Dominic era instantánea, pero la ocultaba. Deseaba decirle que el fin no justificaba los medios, que Francia era un baño de sangre, que hombres y mujeres inocentes morían cada día, que odiaba la tiranía que reinaba en el país. ¡Que era tiranía, no libertad!

A veces deseaba gritarle que era un noble, no un maldito revolucionario; que su madre era una vizcondesa francesa y que él era el conde de Bedford.

Pero había más. A veces, cuando ella lo miraba con aquellos ojos grises, Dominic sentía una puñalada de culpa, lo cual le sorprendía. Y entonces le daban ganas de gritarle que no era ningún héroe. Que no tenía nada de heroico llevar una imprenta en París y adular a los gendarmes locales para que nunca sospecharan la verdad sobre él, ni halagar y hacerse amigo de los jacobinos para que lo considerasen uno de ellos.

Escribir claves a la luz de las velas y después enviarlas a la costa mediante una red de mensajeros para que fueran transferidas a Londres no era algo heroico; era terrorífico. No era heroico fingir ser un francés o un oficial del ejército francés. No era heroico agarrar un mosquete e irse a luchar para defender su derecho de nacimiento contra sus paisanos. Era todo una gran necesidad, una cuestión de supervivencia.

Era todo una locura.

Julianne quedaría horrorizada por todo aquello.

Pero nunca escucharía semejante tontería de su boca. Dominic estaba demasiado metido en su papel como para salir. Si alguien en Greystone descubría que era inglés, o que era un Paget, solo podrían sacar la única conclusión posible: que era un agente británico. Al fin y al cabo había sido trasladado desde Francia, había estado hablando francés y ahora se hacía pasar por francés. La conclusión sería obvia.

A la hermana y a los hermanos de Julianne podría manejarlos, puesto que eran patriotas. No le preocupaba tampoco su madre; había estado escuchando a escondidas y sabía que estaba mentalmente incapacitada.

Pero era preferible que nunca supieran su verdadera identidad. Solo cinco hombres sabían que Dominic Paget, conde de Bedford, era un agente británico trabajando bajo un alias en Francia. Esos hombres eran Windham, el secretario de guerra; Sebastian Warlock, que imaginaba que era el jefe de los espías; Edmund Burke, que tenía mucha influencia en los círculos gubernamentales; su viejo amigo, el conde de St. Just; y por supuesto, Michel Jacquelyn.

Aquel círculo nunca debía abrirse. Cuanta más gente supiera la verdad, más probabilidad habría de que fuera desenmascarado.

Pero Julianne era otra historia completamente diferente. Ella no era patriota. Sus amigos en París pronto la reclutarían para trabajar activamente en su nombre; así era como operaban los clubes jacobinos. Ni siquiera él confiaba en ella por completo. Si alguna vez descubría que era Dominic Paget, no confiaría en ella en absoluto.

Tarde o temprano él regresaría a Francia para seguir luchando por su tierra y por su gente. De niño había pasado veranos en el castillo de su madre. Ahora era su castillo. Los hombres y niños que habían muerto en Nantes recientemente habían sido sus vecinos, sus amigos y sus parientes. Conocía a Michel Jacquelyn desde la infancia. Jacquelyn ya había perdido sus tierras; habían sido incendiadas por los revolucionarios. Pero no podrían quemar su título; no le quitarían su derecho ni su patriotismo.

Si Julianne descubría alguna vez quién era y lo delataba a sus amigos franceses, correría más peligro aún. Las redes de espionaje dentro de Francia eran amplias. Hombres que él creía simples plebeyos y hombres que sabía que eran gendarmes tendrían su descripción y querrían desenmascararlos. Nadie en París podía confiar en la amable matrona de la casa de al lado, ni en el anciano librero del final de la calle. Los vecinos se espiaban, los amigos se espiaban. Los agentes del estado estaban por todas partes, buscando traidores. Los enemigos de la revolución eran decapitados. En París lo llamaban El Terror. No había nada como ver a los gendarmes llevando a los acusados encadenados hacia la guillotina, y la gente en la calle aplaudiendo. No había nada como ver esa calle llena de sangre. Él nunca sobreviviría si lo descubrían y lo arrestaban.

Pero estaba siendo muy cuidadoso. Si todo iba según el plan, se recuperaría de su herida y se marcharía sin más. Se iría a Londres para encargarse del suministro armamentístico para La Vendée, pero Julianne pensaría que había regresado a Francia para retomar su puesto en el ejército francés.

Era muy irónico.

Claro que estaba interrumpiéndolo. Estaba interrumpiéndolo porque aquello era un juego, no un flirteo de verdad. Él no era su oficial del ejército francés, ansioso por compartir un té, sino un agente británico que tenía que llegar a Londres y después regresar a Francia. Calculaba que le quedaba otra semana más antes de estar listo para abandonar la mansión y viajar hasta Londres. Al menos serían dos días de viaje en carruaje. Pero en pocos días más, o incluso una semana, podría robar un caballo o un carruaje e ir a St. Just. Incluso aunque Grenville no estuviera en casa, y probablemente no estaría, sus sirvientes estarían encantados de obedecer todas sus órdenes en cuanto dejara claro quién era.

Su tiempo juntos era limitado. Él se marcharía con el pretexto de regresar a Francia. Su coartada no quedaría en entredicho; Julianne lo recordaría como un héroe de guerra, mientras que sus hermanos darían por hecho que era un contrabandista cuya vida habían salvado.

La solución era ideal.

—Te has quedado en blanco —dijo ella.

—Lo siento —contestó él con una sonrisa—. Resulta muy fácil quedarme mirándote —era la verdad—. Disfruto mirándote, Julianne. Disfruto mucho.

Ella ya no se sonrojaba por cualquier palabra suya, pero Dominic sabía que el cumplido le gustaba.

—Eres imposible, Charles —dijo Julianne—. Yo también disfruto mirándote.

Se sentó frente a él y comenzó a servir el té, temblorosa. Dominic la deseaba, pero era tan inocente... Aun así no se lo pensaría dos veces antes de arrebatarle esa inocencia si estuviera enamorada del hombre que realmente era. Disfrutaría teniéndola como amante, tanto en sus brazos como en su cama. Le gustaría mostrarle las cosas agradables de la vida o llevarla a Londres. Pero eso nunca ocurriría.

—Hoy estás muy pensativo —dijo ella al entregarle su taza—. ¿Estás pensando en tu familia?

—Eres muy perspicaz —mintió él.

—Debes de echarlos de menos. ¿Te das cuenta de que tú me has hecho docenas de preguntas mientras que yo no te he preguntado nada en absoluto?

—¿De verdad? —fingió sorpresa—. Puedes preguntarme cualquier cosa que desees, Julianne.

—¿Quién es Nadine?

¿Cómo sabía lo de Nadine? ¿Qué había dicho mientras deliraba? Evitó pensar en su prometida. Nunca olvidaría los meses que había pasado intentando localizarla; y finalmente no le había quedado más remedio que dar por hecho cuál había sido su destino.

—¿Hablé de ella mientras deliraba?

Ella asintió.

—La confundiste conmigo, Charles.

Siempre era mejor mantenerse lo más cercano posible a la verdad.

—Nadine era mi prometida —dijo—. Se vio atrapada en una revuelta en París y no sobrevivió.

—¡Lo siento mucho!

—París ni siquiera es segura para los *sans-culottes* —dijo, refiriéndose a uno de los grupos sociales que apoyaban la revolución—. Por desgracia, las revueltas suelen ser violentas. Nadine fue derribada cuando intentaba atravesar la multitud —eso era cierto. Conocía a Nadine desde la infancia y su compromiso no había sorprendido a nadie. El hogar familiar de Nadine estaba a las afueras de Nantes, al final del camino del castillo de su madre. Su familia había huido de Francia poco después de su muerte.

Dominic se había imaginado su muerte en la revuelta en muchas ocasiones; tuvo cuidado de no hacerlo en aquel momento. Tuvo cuidado de no pensar realmente en lo que estaba diciendo. Tuvo cuidado de no sentir.

—No querrás saber el resto.

Julianne tardó varios segundos en hablar. Cuando lo hizo, sus ojos brillaban con lágrimas.

—Pensaba que las revueltas eran para protestar por la falta de empleo y por los precios elevados. Todo el mundo se merece tener un trabajo, un salario digno y un precio decente para el pan. ¡Los pobres no pueden alimentar a sus familias ni darles cobijo!

Hablaba como una auténtica radical, pensó él.

—Los políticos utilizan su descontento —dijo—. Sí, todo el mundo debería tener un empleo y un salario, pero los radicales, los jacobinos, incitan deliberadamente a la multitud a la violencia. El miedo gobierna a las personas en la calle. El poder es de aquellos que pueden causar miedo. Y los inocentes como Nadine se ven atrapados en esa violencia y se convierten en sus víctimas —sabía que debía parar, pero en realidad no había dicho malo. Al fin y al cabo cualquier hombre hablaría así si su prometida hubiera muerto en una revuelta.

Julianne vaciló.

—Lo que le ocurrió a tu prometida es terrible, Charles. Pero en realidad, si te estuvieras muriendo de hambre y no tuvieras medios, o si tu jefe te pagara míseros peniques por tu trabajo mientras él vive con grandes lujos, ¿no tomarías la calle para protestar? Yo sí. ¿Y por qué iban los jacobinos a incitar una violencia tan extrema? Sé que aprecian la vida humana. No desean que mueran inocentes.

Estaba muy equivocada. No comprendía como el poder corrompía incluso la causa más justa.

—Me temo que no soy muy amigo de los políticos, ni siquiera de los radicales —consiguió decir, y decidió que era el momento de dejar la conversación.

Pero ella parecía desconcertada.

—Suenas casi como mi hermano Lucas. Él apoya la reforma, pero no la revolución. Desprecia las revueltas. Ha acusado a los radicales en París de las mismas acciones que tú. Y Lucas teme la violencia aquí, en casa.

—La reforma puede ser más moderada y la violencia siempre hay que temerla.

—La nobleza francesa y el rey francés nunca le habrían dado al pueblo una constitución si no hubieran sentido la presión, Charles. El tipo de presión que ejercen cientos de personas oprimidas.

Dominic sonrió, sabiendo que verdaderamente se creía sus palabras.

Pero la presión de la que hablaba había provocado la ejecución del rey Luis. Por culpa de la presión ya no había monarquía constitucional. Miles de nobles franceses habían huido y nunca regresarían. Les habían arrebatado sus tierras. ¿Por qué Julianne no se daba cuenta de las terribles pérdidas? ¿Por qué no veía lo salvajes y violentas que eran las revueltas? ¿Acaso no sabía que habían muerto hombres, mujeres y niños inocentes? ¿Insistiría entonces en que aquello era libertad? ¿Igualdad?

—Yo estoy en contra de la opresión. ¿Quién no lo está? Pero la violencia en Francia no puede justificarse. Uno puede lograr el mismo fin de otras maneras bien distintas, Julianne —dijo finalmente.

Ella se quedó mirándolo, asombrada.

—¿Fuiste reclutado?

Dominic sabía que debía dar marcha atrás.

—Me ofrecí voluntario —dijo—. En Francia no hay reclutamiento. Yo no estoy en contra de la revolución, Julianne, obviamente. Pero habría preferido otros medios, otro comienzo. La convocatoria de la Tercera Asamblea nos ha traído hasta este momento y ya no hay nada que hacer. Hombres inocentes han muerto en mis brazos. Hombres y niños siguen muriendo. Supongo que me alegra que no comprendas la realidad.

—Sí la comprendo —susurró ella estrechándole la mano—. Y siento mucho que hayas perdido a tantas personas. Siento que hayas sufrido tanto dolor.

A Dominic le parecía que no lo comprendía en absoluto.

—Lucharé hasta la muerte por mi causa; por la libertad —

para él, la libertad significaba poder vivir en el valle del Loira sin miedo a las represalias; sin miedo a que le arrebatasen su casa. En aquel momento su familia y amigos estaban luchando por esa misma libertad en el Loira, pero se estaban quedando sin armas y sin comida.

—Estás asustándome.

Él la miró y sintió la necesidad de estrecharla entre sus brazos.

—No es esa mi intención.

Julianne le había salvado la vida y estaba en deuda con ella. Pero esa deuda no incluía la mentira. No incluía la seducción. Aun así no podía evitar la atracción que sentía.

—Me tienes miedo.

—Sí —susurró ella.

—La muerte es parte de la guerra, Julianne. Incluso tú sabes eso.

—¿Cómo puedes estar tan tranquilo con eso? —preguntó ella.

Estuvo a punto de decirle que no estaba tranquilo en absoluto. Pero nunca le diría tal cosa.

—Todo el mundo muere tarde o temprano, ya sea en la guerra o por una enfermedad o por edad avanzada.

Ella se quedó mirándolo, compungida.

—Debo preguntarte una cosa, Charles, y es difícil para mí.

Aunque con cautela, Dominic la miró tranquilo.

—¿Cuánto tiempo hace que perdiste a Nadine?

Él lo comprendió al instante.

—Un año y medio, Julianne —vio el brillo de alivio en sus ojos y se sintió culpable de nuevo. ¿Estaría realmente enamorada de su héroe de guerra revolucionario?—. Ha habido tanta muerte estos últimos años. Uno aprende a aceptarla deprisa.

Ella se puso en pie, se acercó y le puso una mano en el hombro.

—¿Aún la amas?
—No.
—Lo siento. No debería habértelo preguntado. Ha sido egoísta por mi parte.

Él también se puso en pie, la abrazó y su cuerpo voluptuoso encendió su deseo. Cada vez era más difícil pensar con claridad.

—Tenías todo el derecho a preguntar.

Estaba temblando. Dominic podía sentir la misma necesidad en ella.

—Me gustas mucho, Julianne.

—Tú a mí también. Me alegra mucho que Jack te trajera aquí. Me alegra que... seamos amigos.

Dominic se fijó en sus labios entreabiertos. Apenas podía pensar coherentemente.

—Pero somos más que amigos, ¿verdad? —preguntó.

—Somos más que amigos —respondió ella.

—Pronto regresaré a Francia —por fin estaba diciendo la verdad.

—Y yo te echaré de menos —dijo Julianne con lágrimas en los ojos.

Mientras se miraban el uno al otro, Dominic oyó un portazo en el piso de abajo.

No podía creer lo oportuna que había sido su hermana. No habría sido bueno para su engaño que Amelia hubiera entrado en la habitación en aquel momento. Pero ya no había marcha atrás. Un beso no les haría ningún daño.

Dominic se inclinó hacia ella y sus labios se rozaron. Al hacerlo, él se vio inundado por un torrente de deseo.

Ella se aferró a sus hombros y abrió la boca.

El deseo trajo consigo una angustia sorprendente. Y, mientras Dominic devoraba su boca, se vio envuelto por los recuerdos de la sangre y de la muerte. Una parte de él estaba en Francia, sufriendo, y la otra parte estaba con ella, disfrutando. No podía apartarse. Tampoco lo deseaba.

Intensificó el beso, lo quería todo de ella, y ella le devolvió esa pasión.

No debería confiar en un desconocido.

Amelia y Julianne se habían ido al pueblo de St. Just a comprar comida. Dominic estaba al pie de las escaleras y vio a las dos hermanas salir de la casa.

A Julianne le preocupaba dejarlo solo en casa durante una hora o dos, pero él la había tranquilizado.

Ella había aceptado su promesa de que descansaría. Se había mostrado estoico, pero por dentro estaba entusiasmado.

El espionaje era ya inherente a su naturaleza. Todo lo que había descubierto sobre Greystone, la familia, la zona y los habitantes lo había descubierto gracias a Julianne. Estaba ansioso por inspeccionar la casa, husmear en las vidas de la familia. No esperaba encontrar gran cosa, pero uno nunca sabía. Jack Greystone era el que más prometía. Tal vez dijera no importarle la guerra porque era un simple contrabandista, pero podría estar implicado de manera activa.

Entró en el dormitorio de una mujer. Vio las dos camas, las dos mesillas de noche, cada una con su propia vela, la ropa colgada del perchero de la pared, y supo que las hermanas compartían aquella estancia. Julianne llevaba muselina blanca, exclusivamente, mientras que Amelia prefería los vestidos grises, como si quisiera parecer más sosa de lo que realmente era.

En cuestión de diez minutos, Dominic había registrado la habitación. Encontró algunos diarios viejos, algunos artículos de baño, velas y algunas cartas ocultas en el armario, bajo una pila de vestidos.

Se detuvo, desconcertado. La pila estaba atada con un lazo azul, y lo primero que pensó fue que las cartas eran de Julianne.

Miró la primera y se dio cuenta de que estaba mirando las

cartas de amor escritas a Amelia. Extrañamente aliviado, las dejó donde las había encontrado.

La siguiente habitación pertenecía a Jack. Estaba seguro de ello. Olía a barcos y a mar.

Comenzó el registro. No encontró nada de interés hasta que miró debajo del colchón, donde encontró docenas de cartas de navegación. Habían sido meticulosamente trazadas. Le daba la impresión de que las había hecho el propio Jack Greystone. Se sentó en la cama y examinó la primera carta, que detallaba una cala en el Fin de la Tierra. Después estudió el resto y se dio cuenta de que Jack había dibujado toda la península de Cornualles. Desde el cabo de Cornualles hasta Penzance.

Y también había mapas de las calas y de las playas cercanas a Brest.

Volvió a mirar las cartas de Cornualles. Jack había marcado aquí y allá la costa con X. Dominic se preguntó qué significarían las marcas.

Jack había marcado con un asterisco una zona situada por encima de St. Just, y había escrito encima la palabra «armada».

—Qué buen hombre —murmuró Dom.

Y oyó un caballo relinchar fuera.

Se puso en pie de un brinco, corrió hasta la ventana y vio a Amelia y a Julianne bajándose del carruaje, ambas con enormes cestas de la compra. Se dio la vuelta, impasible, y comenzó a enrollar lentamente cada carta. Las mujeres tardarían unos minutos en dejarlo todo, y él pensaba dejarlo todo tal y como lo había encontrado.

Mientras colocaba las cartas de navegación en el orden correcto, oyó que se cerraba la puerta principal. Levantó el colchón y las colocó en su sitio. Después ajustó las sábanas. Estaba casi seguro de que un contrabandista astuto se daría cuenta si alteraban algo en su habitación.

La puerta principal volvió a cerrarse.

Satisfecho al comprobar que la estancia estaba tal y como

la había encontrado, se acercó a la ventana y miró. Se alarmó ligeramente al ver a Julianne sola junto al carruaje, descargando más paquetes. ¿Dónde estaba su hermana?

Julianne era muy proclive a creerse sus mentiras, pero sabía que con Amelia no tenía ninguna posibilidad. Ella era inmune a su encanto. Tenía mucho sentido común. Aunque en realidad eran aliados, en aquel momento eran enemigos; Dominic tenía un alias que mantener. No quería tener que mentir a la hermana mayor, que había dejado claro que Charles Maurice no le importaba en absoluto.

Dominic estaba atravesando el pasillo cuando Amelia apareció en lo alto de las escaleras. Pareció sorprendida al verlo.

—Me pareció haber oído un caballo —dijo él con una sonrisa.

—¿Estabais en la habitación de Jack? —preguntó ella.

—He ido a la ventana para poder ver el camino. ¿Puedo ayudaros con los paquetes?

Amelia se quedó mirándolo. Sin duda sería inaceptable que un invitado entrara en la habitación privada de otra persona. Amelia pasó frente a él y abrió la puerta del dormitorio de Jack, como si esperase que algo hubiese sido alterado.

—Lo siento mucho —dijo él—. La puerta estaba entreabierta y sé que vuestro hermano no está en casa.

Amelia cerró la puerta con fuerza.

—Sí. Habéis estado pasando mucho tiempo con mi hermana, y ella habla libremente, ¿verdad?

—Es una mujer poco corriente. Agradezco haber tenido su compañía durante mi convalecencia.

Amelia lo miró fijamente.

—No soy tonta, señor. Puede que hayáis conseguido encandilar a mi hermana, pero yo no apruebo lo que hacéis.

Antes de que él pudiera responder, Julianne dijo:

—¡Amelia!

Ambos se giraron y la vieron en el rellano. Corrió hacia ellos.

—Estaba en el dormitorio de Jack —dijo Amelia.

Julianne lo miró sorprendida.

—Oí un caballo —repitió él—. Y fui a la ventana para ver quién venía —la miró intensamente.

Y ella comprendió inmediatamente lo que estaba diciéndole. Miró a su hermana.

—Amelia, nadie puede saber quién es ni que está aquí. ¡Sabía que no deberíamos haberlo dejado solo! Es normal que fuese a ver quién venía. Nuestros amigos no son sus amigos.

Amelia se quedó mirándolos a los dos.

—Espero que tengas razón.

—Tú no confías en él porque te recuerda a St. Just —dijo Julianne.

Dominic se preguntó qué sería todo aquello.

—Eso es muy desconsiderado, Julianne. Tu francés no tiene nada en común con St. Just. Ni siquiera se parecen.

—Ambos tienen el mismo aire —dijo Julianne. Y se volvió hacia Dominic—. No pasa nada, *monsieur*. Todo está bien.

Amelia la agarró del brazo.

—Me gustaría hablar contigo abajo —miró a Dominic—. No hace falta que bajéis a ayudar con la compra. Al fin y al cabo estáis enfermo.

—Me gustaría ayudar —dijo él.

—Ni hablar —insistió Amelia, se dio la vuelta y se alejó escaleras abajo.

—Lo siento —dijo Julianne.

—Está preocupada por ti. No la culpo —se acercó a ella y recordó su acalorado beso aquella mañana—. No deberías hablar de mí con ella.

—Tienes razón. Pero ella es una muy protectora. Siempre me pregunta por el tiempo que pasamos juntos.

—Distráela —le sugirió Dominic. Estiró el brazo y le acarició la mandíbula con el pulgar de manera involuntaria. Al darse cuenta de que simplemente deseaba tocarla, bajó el brazo.

Ella vaciló, después le acarició la mejilla y lo miró.

—No tenemos tiempo, Julianne.

—Lo sé.

Dominic le dio un beso en la mano.

—Ven a verme esta noche —apenas podía creer lo que estaba diciendo. Pero sabía que, si iba a verlo, no la rechazaría.

Se hizo el silencio.

—¡Julianne! —gritó Amelia desde abajo.

—Será mejor que vayas.

Ella se mordió el labio, se dio la vuelta y corrió hacia las escaleras. Dominic esperó diez segundos y después la siguió. Mientras lo hacía, cerró la puerta de su habitación con fuerza, para que pensaran que había entrado.

No quería hacer ningún sonido mientras bajaba. Pero Amelia había levantado la voz y se dio cuenta de que estaban justo debajo de las escaleras. No le hacía falta bajarlas, así que se agachó para escuchar.

—En los últimos días he empezado a sospechar de él —dijo Amelia—. De hecho, cuanto más hablas de él, con todas las cosas buenas que dices, más sospecho.

—¿Por qué? Es un hombre amable y sincero que ha sufrido mucho. ¡Y es un héroe!

—Dios mío, ¿pero tú te oyes? Te ha encandilado —le dijo Amelia.

—No he perdido la cabeza.

—Estás junto a su cama constantemente.

—Está convaleciente. ¿Dónde si no iba a estar?

—¿Te ha seducido?

—¿Qué?

—Bueno, imagino que no, y menos mal —dijo Amelia—. No confío en él, y tú tampoco deberías.

Julianne tardó varios segundos en hablar.

—Amelia, lo reconozco, me gusta mucho. ¡Pero estás sacando conclusiones erróneas!

Otra pausa.

—¿Puedes negar que estás encaprichada?

Julianne se quedó callada.

—Creo que no. Lo siento, Julianne, pero no lo apruebo. Cuanto antes se vaya de Greystone, mejor. Con suerte Jack regresará en cualquier momento y podremos enviar al señor Maurice de vuelta a Francia. Me pregunto qué pensaría Jack si supiera que nuestro invitado ha estado en su dormitorio.

—Tenía razones para estar allí. Nuestros vecinos son sus enemigos.

—Solo quiero que se vaya —insistió Amelia.

—Pronto volverá a Francia —le aseguró Julianne.

Dominic ya había oído suficiente, así que regresó a su habitación.

Julianne estaba tumbada con su camisón de algodón. Casi le daba miedo respirar. Aun así temblaba salvajemente. Todo su cuerpo estaba en tensión. Muy lentamente, como si con mover la cabeza Amelia fuese a despertarse, se dio la vuelta para poder mirar a su hermana. Amelia dormía a menos de un metro de ella, en la otra cama.

Esperaba encontrarla mirándola con expresión de reprobación.

En vez de eso, vio que su hermana estaba acurrucada y profundamente dormida.

Tomó aire y el sonido se oyó por toda la habitación. Volvió a mirar a Amelia, pero su hermana seguía respirando profundamente. Trabajaba hasta agotarse durante el día, así que por las noches dormía profundamente.

Pero Julianne pasaba muchas noches en vela. Cuando no podía dormir, tenía por costumbre bajar a la biblioteca para leer. Si Amelia se despertaba en mitad de la noche, probablemente daría por hecho que Julianne estaba leyendo, aunque hubiera sospechado previamente de Charles y de ella.

El corazón le dio un vuelco. Rezando para que su cama no crujiera, se incorporó. Probablemente sería casi medianoche. Fuera las estrellas titilaban. La luna creciente colgaba del cielo entre las nubes. Su ventana estaba ligeramente abierta; ambas dormían mejor si hacía fresco en la habitación, y una brisa fuerte provenía del océano. Una contraventana golpeaba contra la pared de la casa. Al incorporarse, oyó la boya de campana en la cala.

Pero Amelia no se movió.

¿De verdad iba a levantarse y a ir a la habitación de Charles? ¿De verdad iba a hacer el amor con un hombre al que hacía solo dos semanas que conocía? ¿De verdad iba a entregarle su virginidad? En una semana o dos él volvería a Francia.

Y había dicho que moriría por la libertad.

Al incorporarse se llevó las rodillas al pecho. La había asustado terriblemente al decir que moriría por su causa, pero ella jamás lo había respetado ni admirado tanto. Y el corazón le latía apresurado; no le cabía duda de que se había enamorado profundamente de él.

Nunca se había dado cuenta de lo mucho que una mujer podía desear a un hombre. Le había parecido increíblemente guapo incluso antes de que abriera los ojos; pero ahora era mucho peor. Todas sus conversaciones encendían su deseo. Nunca antes se había sentido así. Tocarlo y estar con él era lo único en lo que podía pensar.

Sintió las lágrimas en los ojos. Charles iba a regresar a Francia, a la guerra. Odiaba pensar en la posibilidad de no volver a verlo nunca, o de que pudiera morir. Les quedaba muy poco tiempo para poder estar juntos.

Se destapó y la madera crujió cuando puso los pies en el suelo. Miró a Amelia, pero ella no se movió.

Julianne abandonó la habitación con rapidez y cerró tras ella. El corazón iba a salírsele por la boca.

Aquel beso feroz había estado persiguiéndola desde por la mañana. ¿Cómo no iba a ir a verlo?

Cruzó el pasillo descalza. El suelo estaba frío, pero no se estremeció; sentía la piel ardiendo.

La puerta de Charles estaba cerrada, pero no del todo. Levantó la mano para llamar y se dio cuenta de lo absurdo que era.

Así que empujó la puerta. Al entrar vio que la estancia estaba ligeramente iluminada. Las ascuas brillaban en el hogar del fuego que habían encendido a la hora de la cena. Charles estaba allí de pie, ataviado solo con unos calzones que le llegaban hasta las rodillas. Estaba mirando hacia la puerta por encima del hombro.

—Julianne —susurró.

Ella cerró la puerta, temblorosa. De pronto se sentía insegura y temerosa. Él era un desconocido, pero lo amaba y además podía morir en Francia...

Se acercó a ella. Ella se abrazó a sí misma y contempló su torso desnudo y musculoso, su vientre plano y el bulto que se adivinaba bajo el tejido de algodón.

—No estaba seguro de que fueras a venir —le dijo. Le agarró el hombro con una mano y la barbilla con la otra—. Quiero que estés segura.

—¿Cómo podría negarme ahora?

Entonces la besó.

Julianne se movió dentro del círculo de sus brazos mientras él devoraba su boca. Se olvidó de sus dudas y de sus miedos. Aquel era Charles. Estaba enamorada.

Julianne encontró su espalda dura y musculosa y comenzó a explorar su piel tersa mientras él la besaba.

—No quiero hacerte daño —dijo con la voz rasgada—. Ni ahora ni nunca.

—No me harás daño —contestó ella aferrándose a sus hombros. Aquellas palabras le resultaron extrañas, pero era difícil pensar con claridad.

Sus ojos verdes ardían de deseo.

—Te deseo, Julianne. Dios, te he deseado desde el principio.

Volvió a abrazarla y a besarla. Julianne sentía que cedía bajo sus besos y sus caricias. Charles apartó la boca de la suya, pero inmediatamente comenzó a besarle el cuello y el escote. Ella gimió.

Él comenzó a levantarle el camisón. Julianne se quedó quieta mientras sus rodillas y sus muslos quedaban al descubierto.

—Eres preciosa —susurró Charles mientras se lo sacaba por la cabeza. Y antes de que pudiera pensar en el hecho de que estaba desnuda, bañada por la luz del fuego, él le agarró los pechos y le besó los pezones. Después deslizó la mano por su vientre y ella suspiró de placer.

El corazón comenzó a latirle con fuerza.

No podía moverse. No quería moverse. Sentía su lengua sobre el pezón, sus manos moviéndose entre sus muslos. Comenzó a acariciarla con destreza. Julianne gimió, sorprendida por la intensidad creciente del placer.

Charles movía los dedos como si fueran plumas. Julianne comenzó a temblar violentamente. Deseaba decirle que no podía soportar el placer que estaba provocándole; era placer y agonía al mismo tiempo.

Y de pronto la levantó, la sentó sobre sus caderas y le colocó las piernas a su alrededor. Julianne abrió los ojos sorprendida y sintió la puerta en su espalda cuando Charles la aprisionó contra ella.

La presión era cegadora, el placer desconcertante y la explosión instantánea.

Se aferró a él. Gritó. Y vagamente oyó a Charles susurrar su nombre.

—Julianne.

CAPÍTULO 5

Julianne vaciló frente al dormitorio de Charles, sujetando la bandeja del desayuno. El corazón se le aceleró y empezaron a temblarle las rodillas. Estaba ridículamente nerviosa por verlo.

Charles le había hecho el amor la noche anterior.

El corazón le dio un vuelco. Recordó sus besos, sus caricias, y pensó que iba a desmayarse. Sentía una inmensa alegría en el corazón y un deseo incesante en el cuerpo. Se habían convertido en amantes.

Y no se arrepentía.

Estaba irrevocablemente enamorada.

Hizo equilibrios con la bandeja y llamó suavemente a la puerta.

—¿Charles?

—¿Julianne? —dijo él. Sonaba dormido. Cuando ella entró, le dirigió una sonrisa y se tapó con la sábana—. Al parecer me he quedado dormido.

—Eso parece —respondió ella. Le sorprendía estar tan excitada de nuevo solo con su presencia. Se preguntaba si alguna vez sería capaz de mirarlo sin pensar cosas pecaminosas, sin desear estar en sus brazos. Dejó la bandeja sobre la mesa mientras los recuerdos de su encuentro nocturno fluían por su cabeza—. Te dejaré solo para que te arregles adecuadamente.

—Mojigata —susurró él.
Ella dio un respingo.
—¿Te da miedo mirarme?
Ella se sonrojó y lo miró a los ojos.
—Claro que no.
—Bien. Prefiero tener tu compañía —dijo él—. No hay razón para sentirse avergonzada, Julianne.
—No estoy avergonzada.
Charles miró hacia la puerta abierta.
Ella siempre la dejaba abierta cuando estaban juntos en su habitación. Sería inapropiado hacer otra cosa.
—Creo que es mejor seguir como siempre.
Charles sonrió mientras se levantaba, y ella evitó contemplar su cuerpo poderoso. Se quedó con la mente en blanco. Solo le quedaban esos recuerdos apasionados, y su incertidumbre con respecto a su relación.
—¿Cómo está Amelia hoy? —preguntó él poniéndose la camisa.
—Sigue sin saber nada. Odio mentir a mi hermana.
—Lo sé. Ya me he dado cuenta de lo sincera y abierta que eres —y de pronto la tocó desde atrás y ella se volvió para mirarlo—. ¿Por qué te da miedo mirarme hoy? No lo niegues. Estás evitándome… y estás terriblemente tensa. ¿Te arrepientes de lo de anoche?
Ella lo miró a los ojos.
—No —el corazón le latía con una fuerza atronadora. Era muy consciente del deseo que habían compartido y de lo explosiva que podía ser esa pasión.
—Bien. Yo tampoco me arrepiento —se puso muy serio entonces—. ¿Cómo te sientes esta mañana? Me preocupaba haber sido más duro de lo que pretendía.
Julianne miró hacia atrás, hacia la puerta abierta.
—Estamos solos —dijo él colocándole un mechón de pelo detrás de la oreja.
Aquel gesto sirvió para excitarla.

—No me hiciste daño. En absoluto. Pero nunca antes me había sentido así —al ver que Charles no contestaba, se explicó con cierta vergüenza—. Estoy dolorida y ardiente, de un modo maravilloso, incluso en mi corazón.

Él sonrió y le ofreció una silla. Julianne se sentó y lo miró expectante. Charles también se sentó y le permitió que sirviera el té mientras comenzaba a comer su plato de huevos con salchicha. Ella se quedó mirándolo. ¿Qué era lo que vendría después?

—Nunca estás tan callada —dijo él—. ¿Debería preocuparme?

Era la segunda vez que le preguntaba qué pasaba. Y ella sintió que su sonrisa se esfumaba. ¿No le había dicho que le gustaba saber lo que estaba pensando?

—Me da miedo que lo descubran.

—Eso pensaba —Charles dejó el cuchillo y el tenedor—. Fue una tontería quedarnos juntos tanto tiempo. Fue culpa mía. Deberías haberte marchado mucho antes de que saliera el sol.

—También es culpa mía —dijo ella—. No quería marcharme.

—Esta noche vendrás a verme, ¿verdad?

El corazón le dio un vuelco. Claro que iría; eran amantes.

¿Pero cómo le preguntaría por sus sentimientos? ¿Y por qué le parecía necesario? Le había hecho el amor.

—¿Crees que hoy irás a St. Just o a Penzance?

En cierto modo, el cambio de tema fue bienvenido.

—No lo había planeado. ¿Por qué?

—Estoy ansioso por recibir noticias, sobre todo de la guerra y de los edictos de París —contestó él antes de dar un trago al té.

—Ayer no tuve tiempo de preguntar nada —dijo ella—. Amelia siempre tiene prisa.

—¿Irías a Penzance hoy solo para pedir noticias? Tal vez ese amigo tuyo, Treyton, te sea de utilidad.

—Claro —dijo Julianne, sorprendida de que se acordase de Tom. Lo había mencionado solo una vez.

—Te lo agradecería.

Su mirada era penetrante, como si deseara conocer sus secretos más personales. Julianne tuvo un momento de incomodidad. Sintió que llevaba los sentimientos escritos en la cara; él, por otra parte, era muy reservado. Nunca sabía lo que estaba pensando realmente.

—¿Qué sucede?

—¿Por qué yo, Julianne?

Así que quería mantener una conversación seria sobre su situación. Alarmada, vaciló.

—Nos hemos hecho buenos amigos —contestó.

Él se quedó callado.

—Sí, así es —dijo después.

—Luchamos por la misma causa.

—Sí, ambos perseguimos la libertad.

—Te respeto y te admiro mucho —finalmente le devolvió la mirada. Seguía siendo intensa.

—Me siento halagado —contestó él tras una pausa—. Pero has puesto en peligro tu reputación.

—No me importa mi reputación, Charles.

—A todas las mujeres les importa su reputación —dijo él con una sonrisa.

Ella le devolvió la sonrisa.

—Con una excepción.

—¿Y puedo preguntar por qué no te importa tu reputación?

A Julianne no le importaba compartir sus sentimientos con él.

—No soy como las demás mujeres. Y no solo porque sea radical. Antes de la guerra, cuando iba de visita a casa de mis vecinos, me llamaban rara a mis espaldas; me han llamado masculina, solo porque tengo educación y opiniones. Creo que tenía doce o trece años cuando una vecina le dijo a mi madre que tenía opiniones, y que si no pensaba solucionar eso —explicó con una sonrisa, aunque en aquella época se había sentido dolida por las críticas de lady Delaware—. Esa mujer le dijo a mi madre que nunca encontraría un marido si no me quedaba callada. No sé por qué soy tan diferente. No sé por qué no me importan en absoluto los vestidos, las joyas ni los pretendientes, pero así es.

Finalmente Charles sonrió.

—No puedo imaginarte encaprichada con un vestido de seda para un baile, aunque estarías preciosa con uno.

Ella se sonrojó.

—Obviamente no me serviría de nada tener uno.

—¿Nunca has estado en un baile?

—No. Sería bastante hipócrita, ¿no te parece? —pero en secreto se imaginaba que un baile sería algo glorioso. Y asistir a uno o dos tampoco sería tan malo, no si una luchaba constantemente por la libertad del hombre; aunque nunca tendría semejante oportunidad.

—Nadie te acusaría de ser una hipócrita.

—Gracias.

Charles se quedó pensando durante unos segundos.

—Siento que tus vecinos no aprecien tu personalidad y tu integridad.

Ella vaciló.

—Muchas puertas que antes estaban abiertas para mí ahora están cerradas —por supuesto, aquello la entristecía, puesto que conocía a casi todos los que vivían por allí. Pero no podía fingir ser alguien que no era.

—No puede ser fácil ser una paria —dijo él acariciándole la mejilla.

—¡Bueno, yo no soy una paria! Algunas personas del distrito están más llenas de odio que otras. Los más desagradables son los que tienen más miedo a los cambios en Francia. Lo comprendo, y eso ayuda. Yo no les devuelvo ese odio.

—No, tú nunca podrías odiar a nadie, ni siquiera a tus enemigos políticos.

Ella ladeó la cabeza y lo miró.

—Has llegado a conocerme muy bien.

—Eso creo —volvió a tocarle la mejilla—. Pero aún no has respondido a mi pregunta original. ¿Por qué yo?

Ella se quedó quieta. El corazón le latía con fuerza. ¿Qué debía decir?

—¿Por qué yo? —repitió Charles.

—Has llegado a importarme, Charles —dijo temblorosa. Él pareció incorporarse—. Me importas lo suficiente para desear estar contigo sin importar las circunstancias. Pero eso ya lo sabes.

—Si hay algo que verdaderamente admiro de ti, es tu candor —dijo él. Eso no era lo que ella quería oír—. Y sabes lo mucho que te he deseado desde que me desperté de aquella fiebre, prácticamente en tus brazos.

—De hecho, aunque flirteaste conmigo, no sabía cuánto me deseabas.

—Porque tienes muy poca experiencia.

—Ya no.

Charles la miró como diciendo que le quedaba mucha más experiencia por adquirir. Después dijo:

—Me salvaste la vida. Siempre estaré en deuda contigo. No es raro que un hombre herido se sienta atraído comúnmente por su salvadora, Julianne.

—Yo no considero que esta atracción sea común.

—No me refería a eso —dijo él con una sonrisa—. Eres una joven bien educada. Me doy cuenta de que tu familia está pasando por una mala época, al igual que muchas otras familias, pero en tus círculos hay expectativas, ¿verdad? Esperarán que te cases algún día, sin importar lo excéntrica que seas. ¿Cómo podrás hacerlo ahora?

¿Acaso esperaba que considerase la posibilidad de casarse con otro hombre, después de todo lo que había ocurrido? ¿O estaba preguntándole cuáles eran sus intenciones ante lo que había ocurrido?

—Mi educación no ha sido corriente —explicó ella vacilante—. Lucas siempre ha esperado encontrarme un marido que aprecie mi intelecto, y esa no es tarea fácil —pensó para sus adentros que Charles sí apreciaba su intelecto.

Pareció sorprendido.

—Tu hermano debe de preocuparse mucho por ti.

Ella se frotó los brazos, preguntándose si tendría intención de casarse con ella.

—Siempre ha sido más un padre que un hermano para mí. Mi padre nos abandonó cuando yo tenía tres años.

—Entiendo —fue todo lo que él dijo.

—Ni siquiera lo recuerdo, aunque hay un retrato suyo en alguna parte del ático. Era la oveja negra de su familia y fue repudiado por su adicción al juego y a las mujeres de moral laxa. Lo único que heredó fue esta finca. Lucas empezó a hacerse cargo de los asuntos familiares cuando cumplió dieciséis años.

—¿Cuándo perdió la cabeza tu madre?

La pregunta la sorprendió.

—Poco después de que papá nos abandonara.

—Sí que has tenido una educación poco corriente —convino él—. Y eso te ha convertido en una mujer muy interesante —se inclinó sobre la mesa y le dio un beso en la boca.

La necesitaba desesperadamente. Mientras la miraba, Dominic creía que no podría controlar aquel deseo mucho más tiempo. Julianne se retorció bajo su cuerpo. Él le cubrió de besos el cuello y los pechos. Tenía el corazón desbocado. Y, conociéndola un poco mejor, se apresuró a besarla en la boca cuando ella llegó al clímax. La mantuvo entre sus brazos, moviéndose con rapidez, y llegó al clímax también.

Cuando hubo pasado algún tiempo, cuando su mente comenzó a funcionar de nuevo, fue consciente de que seguía teniéndola entre sus brazos. Por un momento se permitió ignorarlo y la besó en el hombro. Ella sonrió.

Pero en aquel momento vio a Nadine, no a Julianne, muerta en la calle, boca abajo, con la falda manchada de barro y sangre. Borró la imagen de su mente, pero era demasiado tarde; los recuerdos de la sangre, la muerte y la destrucción habían resurgido. La abrazó con más fuerza aún, solo por un momento. Después la besó en el cuello, la soltó y se tumbó boca arriba.

Se quedó mirando al techo con un brazo alrededor de Julianne. Se centró en la pintura blanca y en la escayola. No quería pensar en Nadine ni en su asesinato; no quería pensar en Francia ni en la guerra, ni en la revolución ni en la muerte.

—¿Charles? —susurró ella.

Él la miró. Si las circunstancias hubieran sido otras, tal vez se habría permitido enamorarse de ella. Pero las circunstancias eran las que eran.

La abrazó contra su pecho y le acarició el pelo. De pronto sintió un vuelco en el estómago, un ardor en la entrepierna, y deseó estar con ella otra vez.

Pero una luz pálida y grisácea se filtraba por las ventanas. Estaba amaneciendo.

No quería que los descubrieran. Ya era suficientemente malo que le hubiese arrebatado la inocencia sin haber desvelado su mentira. La besó en la sien.

El corazón le ardía. Si no supiera la verdad, pensaría que ya se había enamorado de ella. Pero solo un tonto albergaría sentimientos por ella. Estaba a punto de marcharse. No volverían a verse jamás… y eso era lo mejor.

—Deberías irte, *ma chère* —dijo suavemente—, así que no tentemos de nuevo al destino —le costó trabajo soltarla.

Ella sonrió y lo miró a los ojos con los dedos en su pecho.

—Ha sido maravilloso —susurró—. Y odio tener que dejarte.

El corazón le dio un vuelco y no pudo negarlo. Pero eso no significaba que sintiera algo por ella. Incluso aunque así fuera, lo ignoraría. Julianne no tenía cabida en su mundo.

Deseaba que no fuera tan transparente. Deseaba que no estuviera perdidamente enamorada de Charles Maurice. Pero había sido muy consciente de sus sentimientos hacia él antes de seducirla. Había ignorado la culpa. Había jugado deliberadamente con su afecto, y todo por mantener su identidad en secreto. Y había decidido tratarla como a cualquier otra amante. Tenía la experiencia suficiente como para saber que sus sentimientos florecerían cuando hicieran el amor, y aun así no se había detenido.

Solo le había importado utilizarla para sus propios fines, y para saciar su deseo. Había mentido al decir que no se arrepentía.

—Pareces meditabundo. ¿Qué sucede? —preguntó ella antes de darle un beso en el pecho.

—No sucede nada. Eres perfecta.

—Te veré a las ocho.

Dominic se quedó tumbado mientras ella se levantaba. Julianne esperaba que regresara a Francia. Nunca sabría que no era su adorado héroe, Charles Maurice.

La vio ponerse el camisón blanco y virginal.

—Ven conmigo hoy a los acantilados —le dijo.

—Es una idea fantástica —respondió ella.

—Mis motivos son bastante básicos.

Julianne se carcajeó.

—Sé perfectamente cuáles son tus motivos, Charles —se dio la vuelta y salió de la habitación.

La sonrisa de Dominic se esfumó. Era hora de marcharse. Antes de acostarse con ella, no se le habría ocurrido discutir el tema con ella; simplemente se había imaginado desapareciendo un día, tal vez dejando una nota de gratitud. Por desgracia no podría reembolsarle a su familia el gasto causado, porque eso pondría en peligro su identidad. Pero ya no estaba cómodo con la idea de desaparecer un día sin más.

Y eso le convertía en un loco.

—Creo que Amelia sospecha algo —dijo Julianne, pero estaba sonriendo. Era una preciosa tarde de verano y el sol brillaba en lo alto. Bajo los acantilados por los que paseaban, el océano se mostraba con un tono azul zafiro poco corriente. Una brisa suave le agitaba la falda contra las piernas mientras caminaban. Un par de perros pastores los habían seguido desde los establos y se encontraban cazando urogallos entre los matorrales.

—No le caigo bien, pero eso no significa que sospeche —dijo él. La mansión quedaba atrás, y sabía que podrían verlos desde allí. Además, Jack tenía un catalejo en su habitación. Amelia podía estar observándolos mientras hablaban—. ¿Desprecia a todos los hombres o solo a mí?

Julianne estiró la mano hacia su brazo y él la presionó contra su costado.

—Hace años se quedó con el corazón destrozado. No me di cuenta hasta que viniste a casa, pero creo que aún siente algo por ese hombre; y tú te pareces algo a él. Creo que por eso desconfía tanto.

—¿Tuvo una relación con el noble que mencionaste, St. Just?

—Tienes muy buena memoria, Charles.

—Dijiste que era un patriota, lo cual lo convierte en el enemigo. Claro que lo recuerdo —dijo afablemente. ¿Pero de qué se trataba? Conocía bien a Grenville, y aunque no era un mujeriego, siempre tenía alguna amante hermosa. Dominic no podía imaginárselo cortejando a Amelia Greystone. Sin duda la adusta Amelia había malinterpretado su relación—. ¿Tu hermana andaba buscando un conde?

—Por entonces no era conde, ni siquiera heredero —dijo

ella—. Y Amelia no anda buscando nada. St. Just la conoció en el mercado. Vino a visitarla muchas veces, pero obviamente no tenía ningún interés real porque, cuando murió su hermano, simplemente se marchó y no volvió nunca. Ni siquiera escribió una carta.

Dominic no podía imaginarse a Simon Grenville comportándose como un tonto enamorado, pero su hermano mayor había muerto hacía nueve o diez años. Suponía que la gente podía cambiar.

—Mira —dijo Julianne.

Frente a ellos se alzaban dos enormes rocas. Eran altas como torres, y Dom sintió que todo su cuerpo se tensaba. Julianne le estrechó la mano, sonrió y tiró de él hasta que quedaron al abrigo de las rocas.

Dominic la abrazó al instante, con el corazón acelerado. Pero la sonrisa de Julianne desapareció y en sus ojos apareció la pasión, que tenía que ser igual que la suya. Habían pasado solo unas horas desde que abandonara su cama, pero la abrazó con fuerza. La deseaba con urgencia.

¿Por qué no quedarse unos días más? Nunca regresaría. Cuando se marchara, su vida se reduciría a unos pocos momentos en Londres, y después nada más que la guerra y el espionaje, la revolución y la muerte.

—Charles —susurró ella—, hazme el amor.

Él tomó aire. Julianne sabía que estaba listo para marcharse; sabía que el día se acercaba, aunque no lo hubieran hablado.

Dominic la besó con fuerza antes de tumbarla en el suelo.

—Nunca te había visto de tan buen humor —dijo Tom Treyton.

Julianne sonrió mientras conducían hacia Greystone, sentados los dos en el asiento delantero del carruaje, con el caballo de Tom atado al guardabarros trasero. Habían pasado varios días desde que Charles y ella hicieran el amor junto al océano. Había ido a Penzance a por provisiones y se había encontrado con Tom frente a la cerería. No había tenido ocasión de hablar con él desde que Charles se despertara de su delirio, hacía casi tres semanas. Y por muy ansiosa que estuviera por regresar con su amante, Tom siempre tenía noticias recientes. No solo deseaba información para ella, sino también para Charles.

Su amante.

Al pensar en él, el corazón le dio un vuelco. Durante casi dos semanas, doce días, para ser exacta, había estado colándose a hurtadillas en su dormitorio cada noche, o paseando hasta los acantilados o la cala, lo que significaba que hacían el amor salvajemente por las tardes. Julianne sabía que ya no podía pensar con claridad, no cuando estaba con Charles. Estaba profundamente enamorada.

Y estaba segura de que él también la amaba. Su pasión era mayor que al principio. Parecía tan consciente como ella del reloj, de que el tiempo se acababa. Y siempre le hacía preguntas personales sobre su vida en Greystone, tanto del pasado como del futuro. Julianne pensaba que, si alguna vez lo deseara, podría escribir una biografía sobre ella.

Se sentía aterrorizada por la idea de que la abandonara.

Por supuesto, nunca hablaban de su partida inminente a Francia. Era como si hubieran llegado a un acuerdo silencioso para vivir el momento.

Aquella mañana le había dicho que tenía que ir al pueblo. Para su sorpresa, él la había alentado, como si no le importara perderse su encuentro vespertino. Y entonces había recalcado lo mucho que necesitaba los periódicos londinenses. Julianne había visto la urgencia en su mirada, y había sido como un jarro de agua fría para ella. Se comportaban como dos amantes sin ninguna preocupación en el mundo. Se habían olvidado de la guerra, de la revolución, e incluso de las políticas de guerra del gobierno. Y eso era imperdonable.

Claro que le llevaría las noticias.

Y las noticias de Tom no fueron particularmente buenas. Lyon, Marsella y Tolón estaban en manos de los líderes antirrepublicanos. Había revueltas constantes en París, casi todas por el precio elevado del pan y por la escasez de alimentos. La ciudad estaba prácticamente sumida en la anarquía. Había altercados a todas horas, salvo cuando la policía estaba presente. Según Tom, las revueltas también tenían lugar en el resto del país.

Hasta entonces habían pasado todo el viaje hablando de la guerra. No habían tenido ocasión de hablar de sus asuntos personales.

—Siempre estoy de buen humor —le dijo a Tom—. Pero tú no pareces feliz. ¿Ocurre algo, Tom?

—He oído que Pitt ha creado un ministerio para encargarse del espionaje francés en Gran Bretaña.

—¿Hay agentes franceses en Gran Bretaña?

—Supongo. Esos malditos emigrantes están por todas partes, tramando planes monárquicos contra la república. Pero se comenta que Pitt desea usar esta nueva agencia para cazar simpatizantes jacobinos como tú y como yo.

Julianne se sintió paralizada por el miedo.

—¡Eso es absurdo! Nuestro gobierno no perseguirá a sus propios ciudadanos.

—No sé si es absurdo o no. Lo que sí sé es que Pitt nos odia, el rey nos odia y los torys nos odian.

Ella se estremeció.

—Ten cuidado. Hace semanas que no hablamos, Julianne. He recibido una carta de Marcel —dijo Tom, refiriéndose a su contacto en el club jacobino de París con el que se escribían—. Dice que una familia emigrante se ha instalado al sur de Cornualles, o que lo hará en breve. Quiere que localice al conde D'Archand y a sus dos hijos. ¿Has oído hablar de ese hombre?

—No —respondió ella, desconcertada—. ¿Por qué desean saber el paradero de ese hombre?

—No tengo ni idea, pero le dije que los ayudaríamos.

—Claro que los ayudaremos —respondió ella con firmeza, y le acarició el brazo.

Tom la miró.

—Te he echado de menos.

Ella se tensó.

—¿Qué sucede, Julianne? ¿Por qué me miras así? Conoces bien mis sentimientos hacia ti.

—Por supuesto —dijo ella. La mansión apareció por fin a lo lejos, erguida frente al cielo y al océano—. Ya te conté lo de Maurice —le había enviado a Tom una nota hacía semanas—. He tenido que cuidar de un invitado muy enfermo. No he tenido un solo momento para pensar en mí —giró la cabeza para ocultar el rubor de la mentira. Lo único que había hecho en esas dos semanas era pensar en ella y en su necesidad de estar con Charles.

—Te imaginaría molesta por tener a un invitado durante tanto tiempo, sobre todo uno convaleciente que vulnera tus intereses y tus pasiones.

—Por suerte, Charles es un hombre muy interesante. He estado entretenida, no molesta. Te gustará mucho, Tom. Es elocuente y encantador.

—¿Charles? —repitió Tom.

—Se ha convertido en mi amigo —contestó ella sin mirarlo directamente a los ojos.

—Claro que sí —dijo Tom con un suspiro—. Es un oficial del ejército francés, así que claro, ya me cae bien. ¿Te ha contado historias de guerra, Julianne? Me resulta extraño que un oficial del ejército sea tan elocuente.

—Es hijo de un joyero, pero posee una imprenta en París, y es muy culto, como podrás comprobar —Charles le había hablado de su familia y de su vida en Francia. Estaba deseando que ambos se conocieran. Se caerían bien al instante; tenían mucho en común.

Tom se quedó mirándola.

—Qué raro que el hijo de un joyero sea culto.

—Sí que es raro —convino Julianne—, pero Charles no es como los demás, ya verás.

—Parece que estuvieras enamorada de él.

—No estoy enamorada —dijo ella con cautela.

Se quedaron callados mientras se acercaban a la casa. Tom detuvo el carruaje y echó el freno. Julianne bajó al suelo sin su ayuda, y estaba a punto de acompañarlo hacia la puerta de entrada cuando tuvo una sensación que hizo que se diera la vuelta. Miró por encima del hombro y vio a Charles salir de los establos.

¿Qué diablos estaba haciendo allí? Sonrió igualmente.

Él no le devolvió la sonrisa.

—¿Ese es Maurice? —preguntó Tom con evidente desprecio.

Julianne lo miró y vio su expresión oscura.

—Claro que sí. ¿Quién va a ser si no?

—Olvidaste mencionar que es un hombre alto y guapo.

El corazón le dio un vuelco.

—Ese no es un tema de conversación apropiado —dijo.

—Parece un rufián —dijo Tom.

Julianne los miró a los dos y se dio cuenta de que Charles estaba mirando a Tom con una sonrisa.

—¿Qué estaba haciendo en los establos? —preguntó Tom—. Tal vez fuese a salir a... ¿Qué? ¿Espiar?

—Estamos en el mismo bando —dijo ella—. Así que, si pensara espiar a nuestros vecinos, ¿qué más da?

Charles ya estaba cerca, y ella se apresuró a presentarlos.

—Es un placer conoceros por fin —dijo Charles educadamente—. Y lamento el pobre uso de vuestro idioma.

Tom le estrechó la mano.

—Julianne me ha hablado de vos también. Veo que ya estáis completamente recuperado.

—Mejoro día a día, y le debo la vida a *mademoiselle* Greystone —se volvió hacia Julianne—. ¿Has disfrutado de tu tarde en el pueblo?

—Sí, por supuesto, y tengo dos periódicos para ti.

—Gracias —Charles vaciló—. Agradezco lo que estáis haciendo por mi país, *monsieur*.

—Soy un hombre de principios —dijo Tom—. Aborrezco el despotismo y la tiranía. Claro que apoyo la revolución en Francia. Y también agradezco los sacrificios que habéis hecho.

Charles sonrió y miró a Julianne.

—Os dejaré con vuestra conversación.

Cuando comenzaron a caminar hacia la casa, Tom la agarró del brazo, de modo que se quedaron atrás. Se detuvo y a Julianne no le quedó más remedio que hacer lo mismo.

—¿Qué sucede?

—No confío en él —dijo Tom en voz baja.

—¡Tom!

—¿El hijo de un joyero? —resopló—. Ese hombre es tan patricio como St. Just.

Después de que Tom se marchara, Julianne corrió escaleras arriba. Charles estaba sentado a la mesa, leyendo los periódicos que le había llevado. Por un momento el corazón se le aceleró al verlo. Él levantó la mirada y sonrió.

Ella le devolvió la sonrisa, pero después se puso seria.

—Tom sospecha de ti.

—¿Qué sospecha?

—¡No cree que seas un oficial del ejército francés!

—No le caigo bien, Julianne —dijo Charles dejando a un lado el periódico.

—Le has caído mal desde el principio. Y también parece desconfiar de nuestra relación —contestó ella mientras se sentaba a la mesa.

Charles le estrechó la mano.

—Está enamorado de ti, así que es normal que no le caiga bien. Pero apenas hemos hablado. Si sospecha, no es por nuestra culpa.

—¿Deberíamos preocuparnos?

Charles se mostraba indiferente.

—He pasado por demasiadas cosas como para preocuparme por lo que piense Treyton de mí. ¿Hay noticias de la guerra?

Por supuesto, necesitaba las últimas noticias. Julianne ni siquiera pensaría en las sospechas de Tom.

—No son buenas noticias, Charles. Lyon, Tolón y Marsella están en manos de los rebeldes —se frotó los brazos. De pronto sintió frío. En poco tiempo Charles estaría en Francia, enfrentándose a esos rebeldes. No quería pensar en ello; al menos por el momento.

Pero la expresión de Charles no se alteró. Si estaba tan angustiado como ella, no lo dejó ver.

Entonces recordó aquella extraña petición de Marcel.

—También hemos tenido noticias de nuestros amigos en París. Al parecer podemos ayudar a la revolución. Un emigrante se ha mudado a Cornualles y nos han pedido que lo localicemos, aunque no entiendo cómo eso puede ser útil para la causa.

—Obviamente quieren infiltrarse en su casa para destapar cualquier trama monárquica contra la república —dijo Charles—. Puede que incluso deseen enviar asesinos. ¿Vas a hacer lo que te han pedido?

—Claro que debo ayudar, pero no creo que nadie planee asesinar a un emigrante.

—Si está conspirando contra la república, como casi todos los emigrantes, se desharán de él.

Julianne estaba horrorizada.

—No te involucres —dijo él, como si estuviera dándole una orden—. Es un trabajo demasiado peligroso. Puede que te pidan que te infiltres en la casa y espíes. Por muy inteligente que seas, eres demasiado sincera como para ser buena espía. Mantente alejada de eso, Julianne.

—Yo sería una espía terrible, pero no creo que me pidan que espíe a nadie.

—Eres muy ingenua. Es parte de tu encanto —Charles apartó la mano—. Te gusta Tom.

—Somos amigos.

—Parece un joven acomodado. ¿Viene de buena familia?

—Sí, así es. ¿Por qué lo preguntas?

—¿Es un pretendiente?

Julianne estaba desconcertada.

—¿Cómo puedes preguntar tal cosa?

Su mirada se intensificó.

—Lo sugiero porque ambos hemos estado evitando el tema de mi marcha.

—No lo hagas.

—¿Hacer qué? —preguntó él poniéndose en pie—. ¿Sacar el tema que ambos deseamos evitar?

—No te vayas —susurró Julianne—. Todavía no.

—Julianne —pasó frente a ella y cerró la puerta. Julianne no protestó, pero, si Amelia subía las escaleras, tendría que explicarle muchas cosas—. Debo marcharme. Ambos sabemos que podría haberme marchado hace días. Ambos sabemos que me he quedado más de lo necesario.

Ella también se puso en pie. Había pasado las últimas semanas soñando con su sonrisa, con estar en sus brazos, con sus encuentros amorosos. Había evitado pensar en el futuro, en su regreso a Francia, a la guerra.

Sentía que no podía dejarlo ir. Estaba profundamente enamorada.

—¿Puedes quedarte un poco más?

Él vaciló.

—Probablemente tardaré unos días en hacer mis planes de viaje.

Julianne le estrechó la mano. Sabía que debía decirle que no tenía más que entrar en la taberna de Sennen y allí encontraría a media docena de jóvenes, todos contrabandistas, dispuestos a cruzar el canal a cambio de dinero.

—¿Volverás al frente? —preguntó.

—Sin duda.

—¿Cómo sabré si estás vivo?

—Será mejor que, cuando nos despidamos, cortemos todo contacto.

Ella se quedó sin palabras durante unos segundos.

—¡Sin duda pensarás escribirme! —exclamó al fin.

La expresión de Charles no cambió.

—Sí, podría escribirte —contestó—. ¿Pero de qué serviría? Yo estaré en Francia, mientras que tú estarás aquí llorando por mí. Deberías pensar en otros hombres; pretendientes que puedan ofrecerte matrimonio. ¿Debería entonces permitirme extrañarte? ¿Desearte? ¿Para qué, Julianne? Será mejor que nos despidamos y cortemos el contacto.

—Podría esperarte. Todas las guerras terminan algún día.

Charles se acercó y le puso las manos en los hombros.

—Sé que esto es duro para ti. No quiero que me esperes. No quiero que llores por mí. Me arrepiento de muchas cosas, Julianne, pero no me arrepiento de lo nuestro. No te mereces ser una viuda de guerra en Cornualles. Te mereces mucho más de lo que yo puedo darte.

—No vas a morir en Francia —Julianne lo miró y trató de contener las lágrimas.

—Lo siento —dijo él.

—¿Cuánto tiempo nos queda?

—Unos pocos días —contestó Charles apretándole los hombros.

Habían estado disfrutando del momento durante semanas. Julianne se acercó a Charles y él la abrazó. Tendría que intentar vivir el momento entonces también, durante el poco tiempo que les quedara.

CAPÍTULO 6

Julianne estaba tumbada entre los brazos de Charles, negándose a apartarse. Él la tenía abrazada mientras la luz del amanecer inundaba la estancia.

Luchaba por contener las lágrimas que se filtraban a través de sus ojos cerrados. Estaba intentando no pensar en su marcha en pocos días, pero resultaba imposible tras la conversación que habían mantenido la noche anterior. Charles le besó el cuello y el hombro.

—Será mejor que te vayas.

Ella no se movió.

—Deberíamos aprovechar al máximo el día. Vamos a ir a hacer un picnic en la cala.

Él sonrió.

—No tengo ningún inconveniente. Pero, Julianne, que me descubran ahora es igual de peligroso que si lo hicieran en cualquier otro momento.

Tenía razón, salvo que en esa ocasión ella era muy consciente de que se les estaba acabando el tiempo. Iba a abandonarla, y no pensaba mantener el contacto. Sabía que ella encontraría la manera de escribirle, quisiera él o no. Pero, peor aún, podría morir.

Se volvió para besarlo antes de salir de la cama. Mientras se ponía el camisón, deseó poder ver alguna señal de angustia en su cara, pero su expresión era igual de contenida que siempre. Antes admiraba su naturaleza estoica. Pero ahora deseaba una señal, algún tipo de emoción. Aun así lo conocía bien. Nunca se permitiría ninguna muestra de emociones.

—Te veré en el desayuno —dijo Charles.

En la puerta, Julianne vaciló. No cuestiona sus sentimientos por ella, pero no podía evitar dudar. Si la amaba, ¿podría abandonarla de ese modo?

Era un héroe. Se iba a la guerra. Claro que podría abandonarla. Era una cuestión de patriotismo.

Salió de su habitación y se recordó a sí misma que debía recuperar la compostura y disfrutar del tiempo que tenían. Cada minuto era muy valioso.

—¿Dónde has estado? —preguntó Amelia.

Julianne se quedó petrificada en la puerta de la habitación que compartían. Amelia estaba completamente vestida, lo que significaba que llevaba despierta algún tiempo, y obviamente estaba esperándola. La expresión de su hermana era tensa y acusadora.

Había sido descubierta.

—¿Julianne? Llevo levantada media hora. Te he buscado en la biblioteca. ¿Dónde has estado?

—Estaba mareada —dijo ella aceleradamente. Odiaba mentir a su hermana—. He estado mareada toda la noche... Debe de ser algo que comí —se llevó la mano a la tripa y se quedó mirando a su hermana. De pronto se le ocurrió que, si decía estar demasiado indispuesta, no podría ver a Charles en el desayuno; Amelia no le permitiría ir.

Amelia se quedó mirándola con incredulidad.

—Tal vez sea mejor que vuelvas a la cama —dijo al fin.

—Creo que ya se me ha pasado —dijo Julianne—. Voy a vestirme y a bajar.

Amelia agarró su chal, se lo puso a Julianne alrededor de

los hombros y abandonó la habitación que compartían sin decir una palabra.

Dominic tenía la casa para él solo. Amelia se había llevado a la señora Greystone a dar un paseo, pero no sin antes enviar a Julianne al pueblo de St. Just a hacer un recado. Julianne le había prometido que regresaría en dos horas, a tiempo de pasar la tarde en la cala.

Él no tenía nada que hacer salvo leer. Ya había recorrido la casa entera en varias ocasiones y su descubrimiento más interesante seguían siendo las cartas de navegación de Jack. Ya había averiguado que las X de las cartas eran cuevas. Había descubierto varias en otra ocasión, a principios de semana, cuando se había quedado solo. Dos de las cuevas contenían cajas de brandy de contrabando.

El día anterior había ido a ver a los caballos del establo. Ni el caballo ni la yegua eran lo suficientemente jóvenes como para soportar el viaje hasta Londres. Cuando se marchara, tendría que llevarse al caballo a St. Just y allí tomar prestado uno mejor del establo de su amigo. De ese modo podría hacer que le devolvieran el caballo a la familia Greystone. Julianne, por supuesto, pensaría que se había marchado a Francia en barco.

Decidió admitirlo; echaría de menos los ratos que compartían.

Le había pedido que se quedara unos días más. Y su intención había sido negarse. Se había curado por completo. Si no fuera por ella, estaría increíblemente aburrido en el campo. De hecho, esperaba ansioso las reuniones clandestinas en Londres con hombres que estuvieran al corriente, como Warlock y Windham. También anhelaba las cosas buenas de la vida que no existían para él en Francia; restaurantes extravagantes y bares, comidas generosas y vinos caros, ropa hecha a medida, y por supuesto la comodidad de su casa en Mayfair.

Su casa. Apenas podía esperar. Llevaba un año y medio sin estar en casa.

Pero no se había negado. Quería hacerlo, pero en vez de eso, había dicho: «Sí, me quedaré unos días más».

Había muchas reglas en el espionaje. Eran todas reglas para sobrevivir, y casi todas las había aprendido por las malas, escapando de la muerte por poco. Algunas reglas se las había enseñado Warlock. La más básica era mantenerse libre. Las relaciones lo volvían a uno vulnerable.

Y lo sabía por experiencia. Cuando Catherine y Nadine estaban en Francia, sin poder comunicarse con él, Dominic había sentido algo parecido al pánico. Le sorprendía haber podido localizar a su madre y haberla sacado del país teniendo en cuenta su estado mental.

Había mantenido una relación con Julianne. Anhelaba los momentos que compartían. Anhelaba hacer el amor con ella. Pero esperaba que el vínculo que sentía se debiera más al alivio que le proporcionaba que a cualquier afecto verdadero por su parte.

Pero no importaba, porque, cuando se marchara, cortaría toda comunicación y aquello habría acabado para siempre. E incluso aunque le hubiera dicho que no permitiría que ella lo esperase, tal vez, cuando la guerra acabara, si seguía vivo, iría a verla, solo para asegurarse de que había sobrevivido a su historia y que estaba casada y con hijos.

Dominic abrió las puertas de la terraza y, por un momento, se quedó contemplando el océano Atlántico, que se extendía hasta donde alcanzaba la vista. Era un día soleado, pero neblinoso, lo cual confería al océano un tono grisáceo al que ya se había acostumbrado. Era imposible saber dónde se juntaba el cielo con el mar.

Algunos habrían considerado que era una vista majestuosa; pero a él le parecía insoportablemente deprimente.

Se sirvió una copa de brandy, pues en aquella casa tenían un brandy francés muy bueno, y se sentó a leer una nueva publicación, que sabía que estaba patrocinada por el gobierno, *The British Sun*. Acababa de empezar a leer un artículo sobre los triunfos de la Asociación para preservar la Libertad y la Propiedad contra los republicanos, pura propaganda tory, cuando oyó que se cerraba la puerta principal.

Tenía la puerta de la biblioteca completamente abierta, y levantó la mirada esperando ver a Julianne, aunque solo hubiera pasado una hora desde que se marchara. Pero antes de que apareciera nadie, oyó los pasos de unas botas. Se puso de pie, asustado, sin dejar de mirar la parte del recibidor que podía ver. Tenía localizado el armario de las armas, a pocos metros de distancia. Había una daga en el escritorio junto a ese armario, pero mientras contemplaba la posibilidad de atravesar la habitación para hacerse con la daga, se dio cuenta de que solo Lucas o Jack Greystone entrarían en la casa sin llamar.

Las pisadas se acercaron. Un hombre alto, de hombros anchos, pelo rubio y ojos grises apareció en la puerta de la biblioteca con una chaqueta, unos pantalones y unas botas. Miró fijamente a Dominic mientras se quitaba los guantes de cuero. Después miró más allá de Dominic para escudriñar el resto de la habitación antes de volver a él.

—Veo que ya habéis descubierto mi brandy, Paget —dijo—. Lucas Greystone, milord.

El sobresalto de Dominic fue instantáneo. ¿Cómo podía saber la verdad sobre su identidad el hermano de Julianne?

—Creo que habéis cometido un error, *monsieur* —dijo con su inglés acentuado.

—Podéis dejarlo ya —dijo Lucas cerrando la puerta tras ellos—. Deduzco que no hay nadie en casa.

Dominic abandonó su acento.

—No, no hay nadie.

—Bien. El mes pasado, Sebastian me envió a Francia a recogeros. Ahora me envía a Greystone a recogeros otra vez. Sus palabras exactas fueron: «ya ha tenido suficientes vacaciones». Os requieren en el departamento de guerra, milord.

Dominic dejó escapar parte de la tensión, pero no toda. Sonrió, pues aquellas palabras eran típicas de Warlock. Pero si Sebastian Warlock había enviado a Lucas Greystone a Francia a rescatarlo, entonces el hermano de Julianne no era el típico caballero que solo se dedicaba a su hacienda.

—Es un placer conoceros, Greystone. Y estaré encantado de reponer el brandy. Llevo bebiéndolo una semana.

—Es un placer —dijo Lucas mientras se acercaba. Le ofreció la mano y Dom se la estrechó—. He oído que habéis encandilado a Julianne.

Amelia le habría escrito una carta, sin duda. Ella no aprobaba el tiempo que Julianne había pasado con él. No alteró su expresión, y no podía saber en qué estaría pensando el otro.

—Cuando me desperté después de la fiebre, no recordaba nada después del disparo en Nantes —dijo Dom con cautela—. No recordaba cómo había llegado aquí, ni sabía si estaba en Francia o en Inglaterra. Vuestra hermana me hablaba en francés, pero yo sabía que era inglesa, así que mi confusión era aún mayor. La verdad es que ella me había oído gritar mientras deliraba y dio por hecho que era un oficial del ejército francés.

—Ahora lo entiendo todo —dijo Lucas—. La radical de mi hermanita debía de estar entusiasmada al creeros un oficial francés. A sus ojos sois un héroe.

Qué bien conocía a su hermana, pensó Dom.

—Estaba entusiasmada, sí. También vi que estaba escribiendo una carta a los jacobinos de París y enseguida comprendí que simpatizaba con ellos. Le hice algunas preguntas y lo confirmé. Y aunque me quedó claro que estaba en Cornualles, pensé que estaba en un nido de jacobinos. Así que seguí con mi identidad falsa. Y una vez que había empezado, no podía echarme atrás sin que ella se diera cuenta de lo que yo hacía en Francia. Hice muy poco para encandilarla. Estaba encantada solo con la idea de que yo fuera un oficial del ejército francés. Y aún cree que soy Charles Maurice.

Lucas se acercó al mueble y se sirvió un brandy.

—Y Amelia también lo cree —dijo.

—Ha estado escribiéndose con vos.

—Claro que sí —respondió Lucas—. Cuando os dejé aquí, mis instrucciones fueron precisas. Quería saber en qué momento estabais fuera de peligro y os recuperabais.

—Creo que empecé a recuperarme una semana después de llegar aquí. Y llevo aquí tres semanas.

—Tres semanas y media —dijo Lucas—. Amelia estaba preocupada y me escribió hace unos días. Y resulta que Sebastian acababa de ordenarme que viniera a recogeros.

Dom dio un trago al brandy y tuvo que admitir que seguía sin lograr saber las intenciones del otro. Dejó su copa y se sentó en el sofá. Prefería no hablar de las preocupaciones de Amelia.

—Decidme exactamente cómo llegué aquí.

Lucas lo miró sorprendido. El tono de Dominic había sido autoritario; quería recordarle al otro hombre quién estaba al mando allí.

—El uno de julio, de madrugada —explicó Lucas—, me dieron la orden de ir a Brest a recoger a un hombre herido y llevarlo directamente a Sebastian. Yo estaba en Londres. Recluté a Jack, que estaba en la ciudad de juerga. Nadie es tan bueno esquivando al ejército como él. Sebastian hizo que preparasen un pequeño navío y una tripulación. Zarpamos ese mismo día y llegamos a Brest por la tarde. Nos habían dado órdenes precisas; estábamos buscando una almenara a cinco kilómetros al sur del puerto principal. Fue fácil de encontrar. Vos estabais más muerto que vivo, así que decidimos que sería mejor llevaros a tierra firme cuanto antes. Os trajimos a Greystone en vez de a Londres. A Sebastian no le gustó la idea. Yo le expliqué que le habría gustado si hubiésemos llegado a Londres con un cadáver.

Los hermanos Greystone habían desafiado a la armada y al ejército franceses para rescatarlo, por no hablar de cualquier gendarme, y él les había pagado seduciendo a su hermana. Se le daba bien juzgar a las personas y sabía que aquel hombre intentaría matarlo si supiera lo que había ocurrido. No era justo. Pero hacía tiempo que había aprendido que la vida no era justa, y que estaba llena de giros inesperados que nadie deseaba. Después de todo, también estaba en deuda con Julianne, y le había pagado con la seducción.

Volvió a sentirse culpable.

—Estoy en deuda con vos, Greystone, y con vuestro hermano también. Pienso compensároslo; y a vuestra familia también —les haría un pago generoso. Y si alguna vez un Greystone necesitaba algo, podría contar con él—. Se me puede localizar siempre en Londres, en mi casa. Cuando no estoy allí, la condesa viuda se encarga de mis asuntos. Siempre saldo mis deudas.

—No nos debéis nada. Soy un patriota y he estado encantado de ayudar.

Dom sabía que hablaba en serio. Lo observó mientras Lucas daba vueltas de un lado a otro con impaciencia, y estuvo seguro de que iba a volver al tema de su relación con Julianne. Pero él también tenía un par de comentarios que hacer.

—Tenéis que vigilar a vuestra hermana —dijo.

Lucas dio un respingo.

—Para ser una mujer intelectual, su ingenuidad es alarmante. No tiene ni idea de lo que está ocurriendo en Francia, no sabe lo que significa la guerra, y no hace más que glorificar la revolución y a los republicanos. Estamos en guerra y ella defiende al enemigo. No puede salir nada bueno de eso.

—Estoy al corriente de las opiniones de Julianne —dijo Lucas—. Las he tolerado, pero no las apruebo, y ella lo sabe. ¿Pero eso que tiene que ver con vos?

—Ella me salvó la vida. En este sentido, yo se la salvo a

ella. No debería expresar abiertamente sus inclinaciones radicales, no en una época tan peligrosa.

Lucas se quedó mirándolo fijamente.

—Sigo sin comprender vuestra preocupación, Paget.

Dom negó con la cabeza.

—Entonces no hace falta que la comprendáis. ¿Sabíais que está pensando en ayudar a los jacobinos de París localizando a la familia de un emigrante que se ha instalado en Cornualles?

—No, no lo sabía.

—Treyton está enamorado de ella. Es un radical peligroso.

—No apruebo a Treyton. Ella puede aspirar a algo mejor. ¿Cómo sabéis lo de esa misión jacobina?

Dom tampoco aprobaba a Treyton, así que le satisfizo.

—Ella me lo dijo. Le he advertido que no vaya tras la familia de ese emigrante que los jacobinos andan buscando. Nunca sobreviviría a los juegos de espionaje.

—Yo la he reprendido una y otra vez. Le he prohibido asistir a las asambleas radicales. Y estoy de acuerdo con vos; Julianne no sobreviviría a los juegos de espionaje. Pero mi hermana es testaruda, y es difícil de controlar. No puedo encerrarla bajo llave.

—Ha de ser controlada, o acabará en una situación de la que no podrá salir. Sus ideas son sediciosas y podría ponerse a sí misma en peligro. Nuestra gente podría decidir procesarla, y los jacobinos la destruirían en cuanto no les fuera de utilidad.

—¿Tan mala es la situación en Francia? —preguntó Lucas.

—Tan mala es —confirmó Dominic—. Vuestra hermana tiene su propio encanto. Le he tomado cariño en las últimas semanas. No quiero que pague un precio terrible por su inexperiencia —ambos hombres se miraron—. Debería meterse en sus asuntos, dejar la política y casarse.

Lucas se rio.

—¿Sabéis, Paget? Os respeto, y no porque seáis Bedford,

sino por lo que estáis haciendo por nuestro país. Y por muy de acuerdo que esté con vos sobre Julianne, si creéis que puedo obligarla a casarse, no la conocéis tan bien como decís. No quiero obligarla a nada.

—Pero sois el cabeza de familia, Greystone, y decidís lo que es mejor para ella. Obviamente alguien debe cuidar de ella. Estoy dispuesto a ayudar en eso.

Lucas pareció sorprendido.

—¿Qué significa eso?

—Repito que siempre saldo mis deudas. Estoy en deuda con vuestra familia. Puedo ayudar con su dote.

—¿Por qué diablos ibais a hacer eso? Amelia me escribió diciendo que estaba muy preocupada por la susceptibilidad de Julianne a vuestra persuasión. Me dijo que estaba asustada porque Julianne había pasado de cuidar de vos a haceros compañía. Decía que estabais todo el tiempo juntos. Yo sabía quién erais cuando recibí su carta, así que no me alarmé, aunque me sorprendió, conociendo a mi hermana como la conozco. Pero ahora sí estoy alarmado. ¿Hasta dónde llega vuestra relación?

—No es necesario que os alarméis —dijo Dominic—. Ya conocéis hasta dónde llega nuestra relación; ella ha sido mi salvadora, mi cuidadora y mi acompañante. He agradecido su compañía mientras he estado confinado. Y eso es todo. No estaréis sugiriendo nada inapropiado.

Lucas se quedó mirándolo.

—No, claro que no. Sois un hombre de honor.

Dom casi se estremeció. Sabía que el lema «Guerra con honor» existía, pero cualquiera que se lo creyera era un tonto que no viviría mucho.

—Considerad mi oferta, Greystone.

—No ayudaréis con la dote de mi hermana —dijo Lucas tajantemente.

Dominic se dio cuenta de que no le permitirían contribuir ni con un penique. El otro hombre le impresionaba.

—También me temo que Julianne será manipulada por sus amigos parisinos. Si yo fuera vos, interceptaría su correspondencia.

—La verdad es que lo he considerado. Pero detesto la idea de espiar a mi hermana. Va en contra de mi sentido del honor.

—Ella necesita vuestra protección. Os arrepentiréis si no lo hacéis.

Lucas dio un trago al brandy.

Dom reconocía una oportunidad cuando la veía.

—Ella me salvó la vida y no quiero que su vida corra peligro por culpa de sus estúpidas ideas. ¿Sabíais que está teniendo problemas con los vecinos? Algunos la evitan. Las puertas que antes le estaban abiertas ahora le están cerradas.

—Sí, lo sé —contestó Lucas—. Pero si creéis que la solución es casarla, para que su marido sea su carcelero, estáis muy equivocado. Incluso aunque lograra llevarla al altar, seguiría manteniendo sus principios radicales, incluso con más fuerza, me parece a mí —Lucas levantó su copa, pedro simplemente se quedó mirándola y girándola en sus manos.

Dom se dio cuenta de que ya no tenía más argumentos para apelar a su protección. Le sorprendió lo importante que era para él hacerlo. Pero Julianne era su propio enemigo. Alguien tenía que cuidar de ella.

Se recordó a sí mismo que no era asunto suyo, ya no. Pero ese recordatorio le sonó vacío. Y conocía a Julianne lo suficiente como para saber que, al final, haría lo que le viniese en gana.

Sin embargo había una cosa más.

—He expresado los asuntos que deseaba exponer, con una excepción.

Lucas levantó la mirada.

—No puedo permitir que me desenmascaren, ni siquiera ahora.

—Julianne nunca os traicionaría, Paget. Sin duda lo sabéis.

Él no sabía tal cosa.

—Solo cinco hombres saben de mis actividades, Greystone. Y ahora seis. Las mujeres de esta casa no pueden descubrir quién soy, ni que soy inglés, ni que soy Bedford. No puedo permitir que tengan esa información en sus manos. Esa información es altamente confidencial.

Lucas se quedó mirándola.

—Sebastian ya me lo había dicho. No le he hablado a nadie de vos, ni siquiera a Jack.

—Bien —Dom sonrió por primera vez aquella mañana y levantó su copa—. Así que seguiré siendo Charles Maurice, y vos podéis fingir que me detenéis.

En cuanto Julianne dejó al caballo en el establo, vio el caballo de Lucas en su cuadra.

Lucas estaba en casa.

Descubriría que Charles era un soldado francés y lo entregaría a las autoridades.

Guardó a la yegua en su cuadra y corrió hacia la casa. Debía evitar que Lucas interfiriera; no podía permitirle que arrestara a Charles. Se levantó la falda y tropezó varias veces a lo largo del camino. Para cuando llegó a la entrada, estaba sin aliento. Entró en la casa sin molestarse en cerrar la puerta. Todo estaba en silencio. ¿Dónde estaban? Lo único que oía era su propia respiración entrecortada.

Corrió hacia las escaleras y pasó frente a la puerta cerrada de la biblioteca. Entonces se detuvo y advirtió el murmullo de voces al otro lado.

Se quedó helada, aún sin aliento. El tono de la conversación parecía normal, como si estuvieran discutiendo tranquilamente.

Lucas debía de estar dentro, pero no podía estar con Charles. Debían de tener otro invitado. Porque Lucas no tendría una conversación normal con un enemigo del estado. Se gritarían; ella detectaría los tonos de alarma o de rabia. Julianne agarró el picaporte, pero estaba tan agitada que su mano resbaló en vez de girarlo, y cuando volvió a agarrarlo, oyó a Lucas hablando distraídamente.

Ella cerró los ojos aliviada; tal vez Charles hubiera huido de la casa.

Pero entonces oyó a un inglés hablando con él.

No podía ser.

No podía ser Charles el que estaba hablando.

Sin pensar pegó la oreja a la puerta.

—Al parecer me cortará la cabeza si no estamos en Whitehall en cuarenta y ocho horas —estaba diciendo su hermano.

—Eso es lo que hacen los republicanos, y debo admitir que la broma me parece de muy mal gusto.

La incredulidad que Julianne sentía aumentó. No era posible. Aquella voz parecía la de Charles. Habría creído que era él, salvo que no tenía el acento francés. Hablaba como una persona cultivada de clase alta.

—Nos marcharemos esta tarde, si os parece bien, Paget. Podemos alquilar un carruaje en Penzance, y así podréis estar en el departamento de guerra como se os ha ordenado.

—Me parece bien —dijo el inglés—. Dudaba sobre si enviar una carta a Londres, pero tenía miedo de echarla al correo.

—Imagino que estaréis ansioso por abandonar Cornualles.

—Francamente, estoy ansioso por regresar a Londres. No me imagino caminando por una calle de la ciudad sin miedo a toparme con una multitud enfurecida y violenta dispuesta a cualquier cosa. Y estoy deseando regresar a mi hogar. Hace un año y medio que no voy.

La incredulidad se había convertido en sorpresa. No. Ese no era Charles, porque Charles era francés, con acento, y no tenía una casa en Londres.

—Julianne se rebelará contra nuestra artimaña con uñas y

dientes —dijo Lucas—. Se pondrá furiosa cuando os arreste para llevaros ante las autoridades londinenses.

—Ella no puede saber quién soy realmente.

Julianne se dio cuenta de que estaba paralizada.

Abrió entonces la puerta y vio a Charles y a Lucas frente a la chimenea.

Ambos se giraron hacia ella. Lucas sonrió. Charles no.

—Hola, Julianne. Acabo de conocer a tu amigo, Maurice.

Julianne ni siquiera vio a Lucas. Solo vio a Charles, que no era francés en absoluto.

La sorpresa se intensificó. Se había quedado sin palabras.

Era una mentira. Todo era una mentira.

—Me temo que nuestro picnic ha sido cancelado —dijo él en francés—. Tu hermano tiene otros planes para mí.

—Antes de que empieces a gritar, debo llevarlo a Londres. Las autoridades querrán interrogarlo —dijo Lucas.

Ella empezó a temblar salvajemente y miró a Paget.

—Mentiroso.

Lucas se acercó a ella y le puso una mano en el brazo. Ella la apartó, sin ni siquiera mirarlo.

—¡Mentiroso! ¡Te he oído hablando en inglés perfectamente, sin acento! ¡No eres francés! ¡Eres inglés!

Su expresión no se alteró en absoluto. Se quedó mirándola sin decir nada, pero ella sintió que su mente se aceleraba.

—No puedes seguir engañándome. ¡No eres francés! —¿dónde estaba su adorado Charles Maurice? ¿Cómo podía estar sucediendo aquello?

—¿Cuánto tiempo has estado escuchando, Julianne? —preguntó Lucas.

Ella no podía dejar de pensar. Seguía mirando al inglés.

—El suficiente para oírte llamarlo Paget; un apellido inglés. El suficiente para oírlo hablando en inglés sin el más mínimo acento. El suficiente para saber que vive en Londres, no en Francia. Que tiene una casa allí y que la echa de menos. El suficiente para oírte decir que debéis estar en Whitehall dentro de cuarenta y ocho horas —estaba horrorizada—. ¡Tom tenía razón! ¡Dijo que no debía confiar en ti!

Y había confiado en él completamente; con su cuerpo y con su corazón.

Finalmente su expresión cambió.

—Lo siento —dijo.

¿Cómo podía estar ocurriendo aquello? La biblioteca empezaba a dar vueltas. Ella no podía pensar con claridad. ¡Aquello era imposible!

Y entonces su mente comprendió perfectamente a quién estaba mirando. Había sido herido en Francia, pero era inglés, lo que significaba una cosa. Era una agente británico, y había estado en Francia para sabotear la revolución.

—¡Eres un espía!

—Lo siento mucho haber tenido que mentirte, Julianne. Pero no soy un espía. Mi madre es francesa, y yo estaba visitando su propiedad en Francia cuando me vi envuelto en la violencia.

Julianne estuvo a punto de carcajearse. ¡Como si fuese a volver a creer una sola palabra de lo que dijera!

¿Dónde estaba su adorado Charles, el héroe revolucionario que la amaba?

—Julianne, debes calmarte. Es una cuestión de supervivencia para Paget seguir fingiendo que es un oficial del ejército francés.

Finalmente Julianne miró a su hermano.

—¿Tú también lo sabías?

—No.

A él tampoco lo creyó.

—Dios mío, ¿tú también eres un espía? ¿Por eso siempre estás en Londres últimamente? Tal vez también callejees por París.

—No tengo tiempo para espiar, Julianne —dijo Lucas—. Y lo sabes.

Ella volvió a mirar a Paget, puesto que no sabía tal cosa.

Él estaba allí de pie, con aire arrogante y de superioridad, como un auténtico noble británico. ¿Tendría un título? La incredulidad, el horror y la sorpresa se habían convertido en una maraña de confusión. Aquello era una pesadilla. No podía estar sucediendo.

—No os creo a ninguno de los dos —se dio la vuelta y salió corriendo de la habitación.

Julianne no supo cuánto tiempo estuvo junto a la ventana de su dormitorio, contemplando el camino y los establos. No podía moverse. No podía respirar. Era imposible pensar con claridad. La sorpresa era demasiado debilitadora y la sobrepasaba.

Todo era una mentira.

Se sentía consumida por sus recuerdos de Charles y todas las veces que habían estado juntos; compartiendo comidas, leyendo los periódicos, paseando por los acantilados, haciendo el amor.

Ella amaba a Charles Maurice, y Charles la había amado a ella. ¡Estaba segura! ¡Deseaba que regresara!

Pero Charles Maurice no existía. Su héroe francés era una mentira. El mes que habían pasado juntos, primero como inválido y enfermera, después como amigos y amantes, era una mentira. El hombre que había en el piso de abajo era un espía inglés.

¡Había pasado semanas en la cama de un espía británico!

Y a pesar de la sorpresa, comenzó a sentir el dolor y la rabia.

—¿Podemos tener una conversación racional?

Se quedó helada al oír su voz. Y lentamente, Julianne se dio la vuelta.

El inglés, Paget, estaba de pie en la puerta de su habitación.

—¡Márchate! —exclamó ella, temblorosa.

Él se acercó.

—Pronto nos marcharemos a Londres y me gustaría tener una conversación contigo —cerró la puerta tras él y después la miró.

Julianne estaba ciega de ira. Caminó hacia él y le dio una bofeteada que resonó como un látigo en la pequeña habitación.

Se le puso la mejilla roja, pero ni siquiera se estremeció.

—Probablemente me lo merezco.

—¿Probablemente?

—Esperaba dejar intactos tus recuerdos de Charles Maurice.

Julianne intentó golpearlo de nuevo; en esa ocasión él interceptó el golpe al agarrarle la muñeca.

—No te culpo por querer herirme, Julianne, pero abofetearme no solucionará nada.

Ella se zafó.

—¿Pensabas marcharte sin que supiera la verdad?

—Sí. Julianne, eres una jacobina que tiene contacto con los parisinos. Yo he sobrevivido tanto tiempo confiando en mi instinto, y mi instinto me decía que siguiera haciéndote creer que era un oficial del ejército. Obviamente tenía miedo de que revelaras mi verdadera identidad a mis enemigos.

—¡Me mentiste! ¡Yo cuidé de ti, te leí, te hice la comida! ¡Y tú me mentiste! Te traje las noticias. ¡Me metí en tu cama! ¡Y lo único que tú has hecho ha sido aprovecharte de mí y mentirme!

—Era demasiado peligroso revelar mi identidad. Y baja la voz.

Quería abofetearlo de nuevo, y después sacarle los ojos. Pero bajó la voz.

—¡Llevamos semanas siendo amantes! Podías haberme contado la verdad antes, durante o después de hacer el amor.

—No, no podía.

—¡Oh, Dios! Todas esas sonrisas, todas esas miradas compartidas, la ternura y el afecto. Todo eran mentiras.

—Me gustas mucho.

Julianne lo golpeó de nuevo y él se lo permitió. Después ella se apartó llorando.

—¡Yo me he enamorado de ti!

—Te enamoraste del hombre que querías que fuera.

—Me enamoré del hombre que dijiste que eras. ¡El hombre que fingiste ser! Y eso te vino bien, ¿verdad? —se sentía horrorizada al pensar en cómo había jugado con ella—. Querías seducirme, querías que te amara. ¡Eres un bastardo insensible, mentiroso y despiadado! ¡Lárgate! ¡Aléjate de mí! ¡Vuelve a Francia! ¡Espero que mueras allí!

Él se estremeció.

Cuando no se movió ni habló, Julianne finalmente controló las lágrimas y se dio la vuelta para sacar un pañuelo del bolsillo de un vestido que colgaba de la pared.

—No quería hacerte daño —dijo él—. Solo quería protegerme. Tal vez algún día, cuando estés más calmada, comprendas por qué actué así.

—Nunca lo comprenderé.

—Estaré en Londres varias semanas, si me necesitas.

—Me das asco. No recurriría a ti para nada.

—Solo tienes que enviarme una nota a mi casa de Mayfair. Pregunta por Bedford.

Su mente alterada intentó comprender aquello. Su apellido era Paget. ¿Quién era Bedford?

—Julianne, me salvaste la vida. Sé que no te mostrarás receptiva a nada de lo que te diga hoy, pero estoy muy agradecido y en deuda contigo.

—Si hubiera sabido que eras un espía, te habría dejado morir.

—Ambos sabemos que no lo dices en serio.

Las lágrimas asomaron a sus ojos de nuevo, pero intentó contenerlas.

—Tengo que irme. Tu hermano está fuera con el carruaje de alquiler. Siento mucho que esto tenga que terminar así.

Se marchaba. Y curiosamente su corazón gritó en protesta. Julianne se abrazó a sí misma e ignoró aquella angustia.

—Hasta nunca.

Él se quedó allí, mirándola como si hubiese algo más que deseara decir.

Y de pronto Julianne deseó que Charles se acercara, que la estrechara entre sus brazos y le dijera que la amaba. ¡Pero Charles no existía! Sería un extraño el que lo hiciera...

¡Lo odiaba!

Él suspiró y se dirigió hacia la puerta, pero se detuvo allí.

—Hay algo más. Te olvidarás de que has oído hablar de mí y, sobre todo, te olvidarás de que una vez nos conocimos.

Julianne recordaba que quería cortar todo contacto. Por fin entendía por qué.

—Tengo enemigos, Julianne, pero estoy seguro de que tú no eres uno de ellos.

Julianne apretó los puños, furiosa.

—Vete al infierno, que es donde deberías estar. ¡Charles era un héroe! Pero tú, Paget. ¡Tú eres un cobarde!

Con la expresión imperturbable como siempre, él se dio la vuelta y se marchó.

CAPÍTULO 7

Julianne se tambaleó al pasar frente a la habitación de invitados. Amelia había dejado la puerta abierta tras cambiar la cama. Se quedó mirando la habitación vacía, sobrecogida.

Habían pasado tres días desde que el inglés abandonara Greystone, y el shock había desaparecido. En su lugar quedaba el dolor desgarrador.

Se quedó mirando la habitación que había sido de Charles durante casi un mes entero. Intentó no permitir que un solo recuerdo se formase en su mente. Seguía viendo sus ojos verdes. Lo había amado tan profundamente, pero era una tonta; había amado a alguien que no existía.

Cerró la puerta de golpe. No podía tener el corazón roto. Era imposible. Tener el corazón roto solo sería posible si Charles hubiera existido de verdad.

Charles Maurice había sido un alias. Su nombre real era Dominic Paget.

Se estremeció. ¿Cómo podía haber estado tan ciega? Tom había sospechado al instante. Incluso ella misma se había preguntado en repetidas ocasiones por su tono de voz, su porte, su elocuencia, su educación.

Pero él siempre tenía una explicación, y ella se había creído todas sus palabras.

¿Cuánto tiempo duraría el dolor? Paget la había estrechado entre sus brazos, la había mirado con deseo mientras la conducía a las cotas más altas del placer; le había dado la mano, había sonreído con ternura. Y todo habían sido mentiras.

Tal vez se sintiera mejor si, al menos, ese maldito espía tory la hubiera amado, en vez de usarla para sus propios fines.

¿Y de verdad esperaba que se olvidara de quién era?

Julianne se quedó mirando las escaleras, consciente de que podría vengarse si realmente quisiera. Dominic Paget era un espía. A sus amigos parisinos les encantaría recibir esa información.

Se quedó mirando las escaleras y oyó a Amelia y a su madre en la sala. Intentó recuperar la compostura. Le había contado a Amelia la verdad sobre Dominic, pero había intentado ocultarle a su hermana sus sentimientos. Por las noches deseaba llorar hasta quedarse dormida, pero se contenía. Se había permitido el lujo de llorar solo cuando Amelia no estaba y ella estaba sola en la casa.

Se sentía muy agradecida de que Lucas se hubiera marchado. De lo contrario tal vez habría advertido su tristeza. Aunque tampoco le debía nada. Su hermano podría interrogarla sin cesar y ella seguiría callada. Estaba furiosa con él por no haberla alertado de la verdad sobre Paget desde el principio. Pero, por furiosa que estuviera, también estaba preocupada. Obviamente Lucas estaba involucrado en la guerra de alguna manera, y no le gustaba. Como familia no podrían sobrevivir sin él. Y lo quería a pesar de su mentira.

Julianne bajó las escaleras. Se dio cuenta por primera vez de que fuera estaba chispeando. Era perfecto, pensó, pues el día estaba triste como ella.

¿Estaría ya en Londres?

Pensar en él de esa manera hacía que se pusiera furiosa, consigo misma. ¿Qué diablos le pasaba? Si estaba en Londres, estaría en el departamento de guerra, dándole información confidencial al secretario de guerra.

Amelia salió de la sala y se llevó un dedo a los labios.

—Mamá acaba de quedarse dormida.

Julianne se obligó a sonreír.

—Hace un día perfecto para una siesta vespertina.

—Aún no es mediodía, Julianne.

Julianne sintió que su sonrisa desaparecía. Amelia le dio la mano.

—Ayúdame a preparar la comida.

Julianne se dejó guiar a la cocina, y de pronto recordó cuando le llevaba a Charles la comida en una bandeja. Sintió el dolor en el corazón y se enfadó consigo misma otra vez.

En la cocina, Amelia le entregó un cuenco de judías para lavar y limpiar. Julianne se acercó al fregadero. Mientras llenaba el cuenco con agua, Amelia dijo:

—Parece que hoy hayas descansado mejor.

Julianne imaginaba que habría dormido unas pocas horas la noche anterior.

—Sí.

—¿Qué vas a hacer esta tarde?

—Leer, supongo.

—¿Por qué no vas a ver a Tom?

Julianne escurrió el cuenco de judías. Se dio la vuelta y miró a Amelia. Iba a tener que enfrentarse a Tom tarde o temprano. En cierto modo, estaba ansiosa por correr a contarle lo ocurrido. Cuando se enterase de lo de Paget, estaría escandalizado. También escribiría a París inmediatamente.

Pero eso le hizo dudar. Por otra parte, estaban en guerra.

—Creo que te vendría bien tener una de vuestras discusiones radicales —continuó su hermana.

Julianne había compartido muchas charlas políticas con Paget. Y ahora entendía por qué él temía las revueltas y acusaba a los jacobinos de incitar la violencia; entendía por qué lamentaba la ejecución del rey y la purga de la Asamblea Nacional; y por qué parecía lamentar la avalancha de emigrantes a Gran Bretaña. Había fingido apoyar la revolución. Era un monárquico.

—Julianne, ¿cuándo vamos a hablar de lo ocurrido? —preguntó Amelia.

—No hay nada de lo que hablar. Yo creía que era un héroe. Pero Charles Maurice era un alias.

Amelia le agarró las manos.

—Sé lo mucho que te gustaba. Sé lo destrozada que estás ahora. Deja que te ayude, querida.

Julianne comenzó a temblar.

—Estoy bien, Amelia. De verdad. Simplemente debo asimilar la verdad.

—¿Cómo puedes estar bien? Cuidaste de él, os hicisteis amigos y tú le hacías compañía constante. Le salvaste la vida, y él te paga con una mentira terrible. Nos ha traicionado a las dos, Julianne, pero yo no sentía por él lo mismo que tú. Estoy furiosa, pero puedo imaginarme lo que sientes.

—Lo desprecio.

Amelia asintió.

—Con el tiempo se te olvidará.

Él le había ordenado que se olvidara de que existía, o de que se habían conocido. De pronto Julianne sintió náuseas.

Era el ser humano más frío e insensible que había conocido jamás. ¿Cómo podía haberle mentido de ese modo? ¿Cómo podía haberla abandonado sin sentir nada? Se merecía cualquier destino que le aguardara en la guerra.

Amelia le dio un abrazo.

—Me enamoré de él —confesó Julianne en un susurro—. ¡Lo amaba! Esto me duele mucho. Y la peor parte es que sigo preguntándome dónde estará ahora, si le habrá importado algo. ¡Si le importaba algo a ese maldito tory!

—Seguro que le importabas. Erais amigos, y le salvaste la vida. Pero te olvidarás de él, Julianne —sin embargo sus palabras sonaban como una pregunta.

—¿Cómo voy a olvidarme de lo que ha hecho? Amelia, vi su falta de expresión, su falta de emoción —era una tonta por esperar que él pudiera sentir algo. No podría haberle mentido como lo había hecho si hubiera sentido algo por ella.

Amelia se quedó mirándola inquisitivamente.

—Julianne, la mañana que estuviste enferma... cuando te pregunté dónde habías estado —hizo una pausa—. ¿Estuviste realmente enferma?

Julianne apartó la mirada.

Amelia la agarró del brazo.

—Por favor, dime que no estuviste con él.

Julianne empezó a temblar. Quería negarlo, pero miró a su hermana y de pronto necesitó su cariño y su apoyo.

—Estuve con él, Amelia.

—¡Oh, Dios!

Julianne se dio la vuelta y vio que Amelia estaba blanca como un fantasma.

—Eso ya no importa.

—¡Claro que importa! —exclamó su hermana.

—¡No puedes decírselo a nadie! —Julianne se dio cuenta del peligro que corría por haber confesado aquello—. ¡Amelia!

—No era cualquier plebeyo. ¡Es un caballero y un hombre de honor!

Julianne quiso reírse. No podía.

—Lo siento, puede que sea un noble, pero obviamente no es un hombre de honor.

—A Bedford hay que tratarlo con respeto —susurró Amelia.

Julianne estaba confusa.

—Mencionó algo sobre preguntar por Bedford si lo necesitaba —el único Bedford que ella conocía era un conde—. Por favor, no me digas que está emparentado con el conde de Bedford, porque entonces me muero.

—Él es el conde de Bedford.

Tom levantó la mirada del escritorio en su despacho de High Street, sorprendido. Pero su sorpresa se tornó preocupación.

—¿Julianne?

Julianne había dejado a Amelia en la cocina, pues nada más enterarse de que Dominic Paget era el conde de Bedford, se había sentido consumida por la rabia. Durante la última hora no había hecho más que pensar en los extremos a los que llegaba su mentira.

—Tengo noticias —dijo temblorosa.

Tom se levantó y se puso su chaqueta. Fue hacia ella inmediatamente.

—Pareces disgustada. Tengo miedo de preguntar qué ha pasado.

Ella logró sonreír, pero por dentro estaba rabiosa. Dominic Paget la había tomado por tonta al decir que era un oficial del ejército republicano, cuando no solo era un noble cualquiera, sino un conde que se sentaba en la Cámara de los Lores. Todo el mundo sabía lo acaudalado que era Bedford. Peor aún, Bedford era un tory de renombre. Pitt le había ofrecido el Ministerio de Hacienda anteriormente.

—Han ocurrido muchas cosas en los últimos días —dijo casi sin aliento.

Obviamente su amigo estaba alarmado.

—Estás muy pálida. Deberías sentarte. Puedo preparar té.

—Eres mi amigo y te necesito, Tom.

—¿Qué ha ocurrido?

—Tenías razón con Maurice. Fingía ser un oficial del ejército francés. En realidad es… Bedford —esperó una reacción, la necesidad de herir a Paget era asfixiante.

Tom la miró con los ojos abiertos de par en par. Estaba asombrado.

—Espera un momento. ¿El conde de Bedford es un agente británico?

De pronto, Julianne sintió una punzada de angustia, seguida de una ligera sensación de vergüenza. Acababa de desenmascarar a Paget. Tom no era tonto y enseguida comprendería las implicaciones de su mentira. ¿Realmente ella deseaba destruir a Bedford? ¿De verdad deseaba que regresara a Francia y fuera desenmascarado... y guillotinado? Se sentía tan asediada por los recuerdos que no podía hablar; recuerdos en los que aparecía en brazos de Paget.

—¿Durante todo un mes has estado cuidando al conde de Bedford, no a un soldado cualquiera? —Tom se mostraba incrédulo—. ¡Dios! Sabía que algo pasaba. Podía oler la mentira en él.

Julianne ignoró los recuerdos dolorosos y se abrazó a sí misma. Paget era un mentiroso. La había usado despiadadamente. No se merecía que se preocupara por él. Tendría lo que merecía.

—Tenías razón y yo estaba equivocada. Soy una tonta.

Tom la agarró del hombro.

—Julianne, eres la mujer más inteligente que conozco. Esto no es culpa tuya. Es culpa suya. Es un hombre guapo y encantador, y lo sabe. ¿Dónde está ahora?

Ella vaciló, reticente a decir más. Nunca le diría a Tom que Lucas también estaba involucrado en la guerra contra Francia, y que se había llevado a Paget a Londres. ¿Pero debía decirle a su amigo que Paget había regresado a Londres?

—Se ha ido —de pronto deseaba andarse con rodeos. ¿Qué diablos le pasaba? ¿Acaso no quería que Paget tuviese el destino que merecía?

«Estaré en Londres varias semanas, por si me necesitas».

«Me gustas mucho».

Julianne quería gritar «¡Mentiroso!». En vez de eso, se quedó mirando a Tom.

—Voy a escribir a Marcel inmediatamente —decidió Tom. Se dirigió hacia su escritorio, pero entonces se dio la vuelta—. ¿Julianne, te dijo dónde iba? ¿Ha regresado a Francia?

La reticencia crecía dentro de ella. Estaba confusa. ¿De verdad quería que Paget muriera?

—¿Julianne?

Si le contaba a Tom que Paget se había ido a Londres, ¿se

molestaría en escribir al club de París? ¿No sería mejor esperar y decidir tranquilamente qué hacer cuando ella estuviera más calmada?

—Se ha ido a Londres, creo. Pero no usará el mismo alias si regresa.

Tom se quedó mirándola fijamente.

—Si está en Londres, podemos averiguarlo fácilmente. Estoy seguro de que media ciudad sabrá dónde está su residencia.

—¿Qué vas a hacer?

—Localizarlo, si puedo. Y, por supuesto, darle la información a Marcel.

Julianne se sentía insegura y asustada. Deseaba no haberle dicho nada a Tom. Nunca había creído en la venganza, pero simplemente estaba herida. Una venganza era algo que había que meditar con calma, no durante un ataque de ira.

—¿Qué van a hacer? ¿Enviarán un asesino?

—Lo dudo. Pero probablemente tengan agentes en la ciudad y lo vigilarán de cerca. Al menos eso es lo que yo haría, y estaría preparado para seguir con la vigilancia cuando regrese a Francia —entonces sonrió—. ¡Esta información es una bendición divina!

Julianne tenía ganas de llorar. Se dio la vuelta para que Tom no la viese.

—¿Estás bien? —preguntó su amigo.

Si no tenía cuidado, acabaría llorando en sus brazos.

—Sí.

—¿Qué ocurrió exactamente? ¿Cómo lo descubriste? No creo que confesara voluntariamente.

Había puesto a Paget en peligro, pero nunca pondría en peligro a Lucas.

—Lo oí hablando con el chico del establo en un inglés perfecto —mintió—. Estaba tan triste que me enfrenté a él y ya no pudo negar la verdad.

—¿Pero cómo descubriste que era Bedford? —preguntó Tom al instante.

Julianne se quedó helada. Y recordó su última conversación.

—Lo admitió —dijo temblorosa—. Lo admitió y después me ordenó que guardara el secreto.

Tom aceptó esa explicación y luego dijo:

—¿Sabes cuánto tiempo estuvo en Francia, espiando para Pitt?

—No —se acercó a una de las sillas que había frente al escritorio y se dejó caer en ella. Se dio cuenta de que estaba agotada. Pero era lógico. Le había dicho a Amelia que eran amantes, y después le había dicho a Tom que Bedford era un agente.

Tom se acercó a la mesa y le puso una mano en el hombro. Ella levantó la cabeza y sonrió agradecida.

—Hoy no puedo responder a más preguntas.

—Te gustaba mucho —dijo él lentamente—. Me he dejado llevar por el hecho de que sea un agente y no he pensado en cómo debes de sentirte tú.

—Por favor, no. Estoy bien.

—¿Cómo puedes estar bien? Una cosa es traicionar una causa… y otra es traicionar a una persona.

—Estoy enfadada… y dolida. Creí que éramos amigos. Pero me recuperaré.

Tom se quedó callado durante unos segundos.

—No lo mirabas como si fuera un simple amigo —dijo finalmente—. Lo mirabas como si fuese el príncipe de todos tus sueños.

Julianne dio un respingo.

—Te enamoraste de él, ¿verdad?

Julianne se abrazó a sí misma y sintió las lágrimas en los ojos.

—Sí.

—Maldito sea —murmuró Tom—. ¡Lo sabía! Me aseguraré de que Bedford tenga lo que merece y lamentará el día en el que te reveló su identidad.

Julianne se puso en pie de un salto.

—Tal vez no deberías interferir. Tal vez debiéramos dejarles estos juegos de guerra a los espías y a los agentes que tienen experiencia.

Tom se mostró incrédulo.

—Imagino que querrás que reciba su merecido.

—¡No sé lo que quiero! —exclamó Julianne.

Dominic sonrió al pasar frente a los capiteles góticos de la abadía de Westminster, y aspiró el aire nocivo de Londres en pleno verano.

—Dios, he echado de menos la ciudad.

Lucas se llevó un pañuelo a la nariz.

—Un año y medio es mucho tiempo.

El carruaje que compartían siguió su camino. Dominic no había hablado con Lucas de sus actividades en Francia. Pero llevaban dos días viajando y ya se conocían bastante bien. Habían hablado de la guerra, de la revolución y de las últimas noticias en casa. Greystone conocía hasta el más mínimo detalle sobre las guerras en el continente, y algunos detalles sobre el estado de la política francesa. A Dominic le había quedado muy claro que Lucas Greystone estaba involucrado en la guerra, aunque no sabía hasta qué punto; él no se lo preguntó y Lucas no se lo dijo. Obviamente era tan conservador como él, e igualmente contrario a que la revolución llegase a las orillas de Gran Bretaña. A Dominic le caía bien, pero eso le hacía sentir algo incómodo; se sentía como si hubiese traicionado a Greystone por mantener una relación con su hermana.

No habían hablado de Julianne. Consciente de que el viaje a Londres les llevaría dos o tres días, dependiendo de los carruajes y del tiempo, Dominic había tenido cuidado de mantener la conversación en un tono impersonal.

Entraron con el carruaje en Parliament Street y Dominic

contempló brevemente el río, que estaba lleno de barcos y botes de todas las formas y tamaños. Su último enfrentamiento con Julianne aún le inquietaba. Al igual que el momento en el que ella había descubierto la verdad sobre él. Nunca olvidaría su sorpresa ni su rabia justificada. Sentía mucho que el asunto hubiera acabado así; pero sentía más aún que ella hubiese descubierto que su héroe no existía.

Pocos minutos más tarde llegaron al Ministerio de la Marina y se bajaron del carruaje. Lucas le dijo al chófer que los esperase.

Dominic se mantuvo callado mientras subían las escaleras y atravesaban el espacioso vestíbulo. Oficiales y diplomados de la marina iban y venían por todas partes.

—¡Bedford!

Dominic se volvió y vio al conde de St. Just atravesando el vestíbulo. Grenville era un hombre alto de pelo oscuro, con un aire melancólico que hacía que muchos lo acusaran de distante, mientras que otros lo tomaban por arrogante. Iba muy bien vestido con una chaqueta de terciopelo marrón, puños de encaje, pantalones claros y medias blancas. Como era normal en él, no llevaba peluca, sino el pelo recogido en una coleta. Dominic dejó que Greystone se fuera a la recepción cuando St. Just se detuvo y dejó de sonreír.

—Me preguntaba cuándo volvería a verte. Y si volvería a verte —dijo dándole una palmada en el hombro a Dom—. Me alegro de que hayas vuelto, Bedford.

Dominic sonrió.

—¿Estás en la ciudad a finales de julio? Puedo imaginarme por qué —estaba bastante seguro de que, a pesar de tener dos niños pequeños, Grenville pasaba casi todo su tiempo en el continente; hablaba varios idiomas con fluidez. Como Dominic, estaba firmemente en contra de la revolución francesa.

—Tenemos que tomarnos una copa juntos y compartir nuestros secretos —dijo St. Just, y arqueó las cejas al fijarse en su apariencia—. Necesitas un sastre nuevo, amigo.

—Lo que necesito es mi propio armario. Es una larga historia. Puede que te la cuente.

—Solo estaré en la ciudad unos días más —la sonrisa de St. Just desapareció.

Dominic también dejó de sonreír.

—Yo tampoco me quedaré mucho.

Se miraron mutuamente y después St. Just se alejó. Dom se dio la vuelta y vio a Greystone en la recepción, hablando con un empleado pálido y flacucho de pelo rubio. Caminó hacia ellos y el empleado se adelantó.

—Milord, soy Edmund Duke, el ayudante del secretario. Está encantado de que estéis aquí. Será un placer llevaros ante él.

Dominic le estrechó la mano.

—Duke.

—¿Señor Greystone? El secretario Windham quiere veros a vos también —Duke hizo gestos para que lo siguieran.

Abandonaron el vestíbulo. Dentro, había numerosos despachos ocupados, en su mayor parte, por oficiales de la marina y empleados administrativos. Mientras seguía a Duke, Dom saludó a dos almirantes que conocía. No conocía a Windham en persona, y sentía curiosidad. El despacho de Windham estaba al final del pasillo, tras dos enormes puertas de teca abiertas de par en par.

Duke llamó educadamente a la puerta abierta.

Dominic advirtió una habitación muy espaciosa. Junto a la pared con ventanas que daban a Whitehall, había una serie de sofás y sillones. En el otro extremo de la sala había un escritorio con varias sillas alrededor. Una pared contenía librerías. Contra la última pared había una mesa grande, también con varias sillas, y montañas de papeles. Obviamente allí trabajaban muchos administrativos ayudando a Windham.

Dos hombres que estaban sentados en el sofá se pusieron en pie. A Dom no le sorprendió ver a Sebastian Warlock ni a Edmund Burke. Ambos eran sus mentores, aunque nadie lo supiera salvo las partes implicadas.

Windham era un hombre corpulento vestido con una chaqueta de terciopelo verde y con una peluca blanca y empolvada. Se acercó con una sonrisa forzada.

—Bedford, al fin. Es un placer.

Dominic le estrechó la mano al secretario de guerra.

—El placer es mío, señor.

Windham se dio la vuelta y sonrió a Lucas.

—Greystone.

—Señor.

Así que ya se conocían, pensó Dominic.

—Creo que ya conocéis a Warlock y a Burke.

—Así es —respondió Dom.

Sebastian se acercó. Era un hombre alto y moreno, muy guapo, con ojos penetrantes que nunca se perdían nada.

—¿Has disfrutado de las playas arenosas de Cornualles? Parece que te ha dado un poco el sol.

—Una recompensa bien merecida, ¿no crees?

—Por supuesto que sí.

Le extendió la mano y Dom se la estrechó. Supo al instante que Sebastian tendría docenas de preguntas que hacerle, y que desearía hablar con él en privado cuando Windham hubiera terminado con ellos.

Burke no se mostró tan distante. Abrazó a Dom como si fuera un hermano o un hijo.

—Me alegro de verte tan bien, Dom —le dio una palmadita en la espalda—. Y de que estés sano y salvo, y de vuelta.

Dom miró a Lucas.

—Estoy en deuda con Greystone y con toda su familia. De lo contrario, no estaría aquí ahora mismo.

—Edmund, sírveles a todos mi mejor whiskey —dijo Windham—. Tengo buenas noticias, Bedford. Jacquelyn derrotó a una división entera de las tropas de Biron el diecisiete de julio.

—Gracias a Dios —dijo Dom—. Nos derrotaron a finales de junio a las afueras de Nantes. Estábamos en inferioridad numérica y de armas.

—Lo sabemos —dijo Burke.

Dom miró al secretario de guerra.

—Señor, necesitamos pistolas, pólvora, cañones y otras municiones, por no mencionar pan y comida. Y necesitamos cirujanos. No podemos ocuparnos de los heridos, no si sufrimos otra derrota como la de entonces —aceptó un vaso de whiskey de Duke.

Windham se dio la vuelta.

—Gracias, Edmund.

El ayudante salió y cerró las puertas tras él.

—Somos muy conscientes de vuestras necesidades —dijo Windham—. Jacquelyn nos ha enviado varias misivas. Pero tenemos problemas logísticos.

Sin duda no les negarían ayuda a los rebeldes del valle del Loira, pensó Dom con incredulidad.

—Señor, he venido aquí a pedir suministros, y a organizar un encuentro entre vuestro convoy y Jacquelyn. La Vendée necesita apoyo si queremos vencer a los republicanos franceses.

Burke le dio una palmada en el hombro.

—Mientras hablamos ahora, Tolón, Lyon y Marsella están en nuestras manos. También hay zonas rebeldes en Bretaña.

—Eso son buenas noticias —dijo Dom, y miró a Sebastian—. ¿La carretera a París sigue abierta? —si tomaban París, los republicanos franceses serían derrotados. No podrían soportar semejante derrota.

—Sí, lo está —contestó Windham—. El general Kellerman marcha hacia Lyon con ocho mil soldados, pero creemos que se enfrenta a quince o veinte mil antirrepublicanos furibundos. Los franceses han enviado a Tolón a un oficial joven y sin experiencia, un hombre llamado Napoleón Bonaparte. No triunfará jamás. Y Coburg está consolidando los puestos de la coalición en Flandes, el Rin y los Pirineos. La guerra va bien.

Dom se humedeció los labios. ¿Coburg no marchaba hacia París?

—¿Qué hay de nuestros suministros, señor?

—Hay islas francesas en las Indias Occidentales que nos interesan. Pitt ha enviado varias divisiones al Caribe para apoderarse de ellas —dijo Windham—. Estamos escasos de hombres, de barcos y de suministros.

Dom quería maldecir.

—¿Por eso Coburg está sentado sin hacer nada en el frente?

—Coburg cree que es vital asegurar nuestra posición —respondió Windham con tono de desaprobación.

—¿Y el duque de York marchará hacia París? —preguntó Dominic, cada vez con más incredulidad.

—Se reunirá con Coburg. En un mes o dos irán a París.

—En un mes o dos —murmuró Dom. La frustración le hizo acabarse el whiskey. ¿Cómo podían dejar pasar semejante oportunidad?—. El camino a París lleva abierto desde abril, cuando Dumouriez desertó, ¿y no vamos a marchar sobre la ciudad para conquistarla? Los rebeldes de La Vendée necesitan tropas, pistolas y pan, ¿y esos suministros se van a las Indias Occidentales?

—Podemos reabastecer a La Vendée en otoño —dijo Windham—, pero no antes.

—¡Dudo que podamos esperar tanto tiempo! —exclamó Dom—. He venido a Londres a pedir ayuda mientras siga siendo factible luchar contra los franceses. Señor, os lo ruego. Desviad la ayuda hacia nosotros inmediatamente.

—No podéis permitir que el valle del Loira caiga —dijo Sebastian.

—Enviaremos un convoy en otoño —dijo Windham con firmeza—, y os mantendré informados de la situación.

Dominic sabía que sería un milagro que Jacquelyn y sus hombres sobrevivieran al verano. Pero no había manera de persuadir a Windham.

—¿Señor, me permitís?

El secretario de guerra asintió.

—Las noticias de la guerra son prometedoras. Pero os aseguro que la victoria no es una certeza en Francia. Francia está sumida en la anarquía. Hay escasez de comida por todas partes. Las muchedumbres controlan la calle, incitadas por los jacobinos y por la Asamblea Nacional. La Comuna une la calle con el campo, y es gobernada por los elementos más radicales de la ciudad. Los jacobinos han formado un nuevo Consejo Central revolucionario para entrenar a bandas armadas por todo el país e infundirle así miedo a todo el mundo, por si a alguien se le ocurre apoyar la insurgencia. Francia está consumida por dos elementos: el miedo y la pasión. Incluso aquellos que apoyan la revolución temen ser tachados de enemigos de la república. La pasión de los radicales por extender su mundo de igualdad y libertad no se parece a nada de lo que yo haya visto antes. La pasión inspira a los oficiales y a los soldados franceses. ¿Creéis que el ejército francés es un grupo de reclutas harapientos? Oh, son harapientos, sí. Y están decididos a destruir los poderes de Europa, a liberar al hombre de la tiranía y de la injusticia, y a llevar la revolución hasta el fin; una república sin élite, sin nobleza, sin prosperidad. Una república del pueblo y para el pueblo, donde nadie podrá tener nada que otro no tenga —Dom se detuvo—. ¡Esos reclutas morirán felizmente por La Liberté!

Dom se dio cuenta de que estaba temblando. Todos se quedaron callados después de su diatriba. Fue Greystone quien le entregó otro vaso. Dom dio un trago al whiskey.

—Esta guerra no será corta —dijo.

—Espero que os equivoquéis —dijo Windham—. Quiero que escribáis una carta, Bedford. Detallad lo que necesitáis. Y quiero una segunda carta en la que digáis por escrito lo mismo que acabáis de decir en persona. Tengo una reunión, así que me temo que esto pone fin por hoy a nuestros asuntos. Bedford, gracias. Y gracias a vos también, Greystone.

Dominic salió junto con los demás. En el vestíbulo, Sebastian dijo:

—Me gustaría hablar contigo.

Él asintió, no le sorprendía, así que se despidió de Burke y de Greystone. Miró a Sebastian mientras salían.

—¿Conoces a Greystone?

—Sí. De hecho lo conozco bastante bien.

Dominic esperó una explicación, pero no se produjo. En vez de eso, Sebastian señaló un carruaje negro con las cortinas echadas sobre las ventanas. Dominic sonrió cuando entraron.

—¿Realmente es necesario tener las cortinas echadas?

Sebastian golpeó el cristal tras el chófer.

—Al parque St. James —dijo. Miró después a Dom—. ¿Quién te disparó?

—Creo que me espiaban en París. Los radicales viven en un estado de paranoia, espiando a todo el mundo. Si me siguieron hasta Nantes, me desenmascararon cuando me reuní con Jacquelyn.

—Es una suerte que hayas sobrevivido.

—Así es. Veo lo conmovido que estás —dijo Dom con ironía.

—¿Acaso no te enseñé que no debías establecer vínculos con nadie? —preguntó Sebastian.

Dom sonrió sin mucho regocijo. Pensó en Julianne.

—Sí, es cierto. Y es una suerte para ambos, porque estoy tan empeñado como tú en arrebatarles Francia a los radicales. ¿Jacquelyn te escribió diciendo que estaba herido?

—Sí, lo hizo. Me daba miedo dejar que te recuperases en Francia, por si acaso intentaban asesinarte de nuevo —dijo Sebastian—. Dicho eso, necesito que vuelvas inmediatamente.

—¿Cuándo?

—En un mes como mucho. ¿Tienes la voluntad para hacerlo?

Dom asintió.

—Tengo la voluntad. Nunca les daría la espalda a mis amigos y a mi familia.

—Bien.

Dom se giró para mirar por la ventanilla. Estaban en el parque de St. James, que estaba verde y frondoso. Pero no se fijó en la hermosura del lugar.

—He sostenido a hombres moribundos en mis brazos que eran vecinos míos, amigos y parientes lejanos. Necesitamos ayuda, Sebastian, desesperadamente.

—Pitt está cometiendo un grave error al ir detrás de las islas de las Indias Occidentales. Presionaré a Windham para que encuentre algo que enviarle a Jacquelyn. Te has implicado, amigo mío.

Dom pensó en Michel, al que conocía desde la infancia, y en Julianne.

—Me he implicado.

—Francia nunca fue un lugar seguro para ti. Pero es menos seguro ahora. Rompe tus vínculos.

—Es muy fácil decirlo.

—Eres uno de mis mejores agentes. Eres todo lo sereno que tiene que ser un agente. Sin embargo sientes pasión por Francia, por el Loira, por tu amigo Jacquelyn... Me preocupa.

—La buena noticia es que sé mantener esas pasiones bajo control —dijo Dominic pensando en Julianne.

—¿De verdad?

—Sí.

Sebastian lo miró fijamente.

—¿Qué ocurrió en Greystone? Pareces plenamente recuperado. Ha pasado un mes. ¿Por qué no viniste a Londres hace una semana, incluso hace dos?

Había esperado esa pregunta.

—Estaba disfrutando de las vacaciones.

Sebastian pareció aceptar aquello.

—¿Qué saben las dos mujeres?

—Ambas hermanas saben que soy Bedford. Y es peor que eso.

—¿Cuánto peor?

Dom vaciló. Quería proteger a Julianne, no solo de sí misma, sino de Sebastian.

—¿Qué sabes sobre esa familia? —preguntó Dominic.
—Todo.

¿Sabría Sebastian que Julianne era una radical? Esperaba que no.

—Por desgracia, las mujeres dieron por hecho que yo era francés, así que les seguí el juego. Ahora han descubierto lo que hacía en Francia.

Sebastian miró por la ventanilla.

—Yo me encargaré de ellas.

A Dominic no le gustaba cómo sonaba aquello.

—¿Es necesario? —preguntó—. Están lejos, Warlock. Ninguna de las dos sale del distrito, y mucho menos de Cornualles —pero incluso mientras hablaba pensó en Julianne, escribiendo a sus amigos jacobinos en Francia.

—¿No te preocupa el hecho de que sepan quién eres y lo que haces? ¿Confías en ellas? ¿No temes que esa información pueda caer en manos equivocadas?

—¿Qué piensas hacer? —preguntó Dom con frialdad.

—¿Por qué no has mencionado que Julianne Greystone es una radical activa?

—Porque probablemente sea inofensiva, y además me salvó la vida.

—¿Es eso lo que crees? ¿Que es inofensiva?

Dominic vaciló un instante. No quería poner a Sebastian en contra de Julianne. Y ella no era inofensiva, porque se dejaba manipular con demasiada facilidad.

—No pretende hacer daño a nadie. Tiene unas ideas grandilocuentes sobre el hombre de a pie. ¿Y acaso no nos pasa eso a todos? Es ingenua, Warlock. Tiene unas ideas altruistas sobre la igualdad universal y confía en que eso es lo que está ocurriendo en Francia. Sí, nuestros enemigos podrían utilizarla, pero estoy en deuda con ella. No quiero que la pongas en tu lista de sospechosos.

Sebastian lo miró extrañado.

—No solo tiene inclinaciones radicales, sino que se escribe con el club jacobino de la Rue de la Seine. Lleva más de un año en contacto con ellos.

Dominic se quedó perplejo.

—Entonces ya está en tu lista.

—De hecho no está oficialmente en ninguna lista —contestó Sebastian.

Gracias a Dios, pensó Dom.

—¿Entonces por qué sabes tanto sobre ella?

—Porque es mi sobrina —contestó Warlock.

CAPÍTULO 8

Dominic se dirigió hacia el recibidor principal de la casa Bedford mientras el carruaje de Warlock se alejaba. Su casa había sido construida hacía siglos, pero había sido reformada en vida de su padre. Cuadrada y con tres pisos, albergaba tres torres medievales. En la torre central se encontraba el recibidor principal. Frente a la casa se encontraba la entrada circular para los coches, y en la parte de atrás unos jardines perfectamente conservados. Las rosas y las enredaderas trepaban por las paredes, y el césped se deslizaba suavemente en pendiente hacia la calle.

De pronto las imágenes se agolparon en su mente; hombres heridos y moribundos, el caos del frente y Nadine sin vida, tirada en una calle adoquinada llena de sangre...

Logró regresar al presente con dificultad. ¿Por qué había retrocedido en el tiempo? ¡Estaba en casa!

Parpadeó y vio a dos sirvientes vestidos con librea azul y dorada de pie frente a la puerta, mirándolo. Dom se tomó unos segundos para recomponerse. Jamás había necesitado tanto estar en casa. Maldita guerra.

Se acercó y les dirigió una sonrisa mientras subía los escalones. Ellos abrieron la puerta y le hicieron una reverencia.

Y entonces los recuerdos vívidos desaparecieron. Estaba de

pie en su recibidor. Pocas cosas habían cambiado. Las sillas doradas con damasco rojo se alineaban junto a las paredes. Los suelos eran de mármol blanco y negro, las paredes de estuco blanco y el techo abovedado sobre su cabeza tenía una altura de tres pisos. Varios retratos y paisajes adornaban las paredes, incluyendo un óleo de sus padres y él, pintado cuando era pequeño. Era su hogar. Era increíble; costaba trabajo creerlo.

Su mayordomo apareció por el extremo opuesto del recibidor.

—¡Milord! —exclamó Gerard sorprendido mientras corría hacia él—. ¡No os esperábamos!

Dominic sonrió. Durante el próximo mes, deseaba todas las comodidades y toda la paz que Londres pudiera ofrecerle.

—Buenos días, Gerard. No hace falta que corras. Sí, estoy en casa. ¿Está la condesa?

—Milord, bienvenido a casa. Lady Paget está en la sala dorada, milord. Tiene visita —Gerard era un francés de mediana edad que llevaba con la familia de su madre desde que ella era una adolescente. Era delgado y de pelo gris, devoto de Dominic e incluso más devoto de Catherine. Se quedó mirando la ropa de Dominic con la boca abierta.

—Es prestada —explicó él con una sonrisa, y pasó frente a él.

—Milord, ¿en qué puedo ayudaros?

—¿Dónde está Jean? —preguntó, refiriéndose a su ayuda de cámara, cuando entró en enorme salón de paredes y muebles dorados. Su madre estaba sentada a un extremo de la habitación con otras dos damas, resplandeciente como siempre, vestida con seda verde y esmeraldas. Lo vio inmediatamente. Por supuesto nadie sospechaba que pudiera haber estado en algún sitio que no fuera el campo, donde tenía muchas tierras, y tampoco sabían que no había tenido contacto con Catherine en meses—. Buenas tardes, madre.

Su madre no gritó ni pareció sorprendida, aunque Dominic sabía que lo estaba. En vez de eso, la expresión de Catherine apenas se alteró, aunque sí palideció un poco. Se puso en pie lentamente.

—Llamaré a Jean inmediatamente —dijo Gerard.

—Deseo bañarme y cambiarme de ropa —dijo Dom—. Que me prepare un baño caliente. Y, Gerard, descorcha mi mejor pinot noir. El del ochenta y siete.

Catherine Fortescue Paget era una mujer pequeña de pelo rubio oscuro y una figura excepcional. Era menuda, pero tenía tal porte que uno no se daba cuenta de eso hasta estar delante de ella. Seguía siendo extraordinariamente guapa y encantadora; había rechazado docenas de ofertas de matrimonio en los últimos cinco años, desde que William había muerto. Sonrió a su hijo y Dominic advirtió lo mucho que estaba controlándose.

—Tienes buen aspecto —dijo él. Y hablaba en serio. Estaba increíble con aquel vestido verde, y no parecía lo suficientemente mayor como para ser su madre.

—Dominic —dijo ella con voz rasgada. Dominic sabía que estaba al borde del llanto—. Llevas en el campo demasiado tiempo.

Dominic le estrechó las manos.

—Sí, así es, y me alegro de estar en casa —le dio un beso en cada mejilla y después permitió que le presentara a sus amigas. Ambas mujeres lo saludaron con entusiasmo, y después le dijeron a Catherine que regresarían más adelante durante la semana, pues era evidente que necesitaba estar a solas con su hijo. Dominic esperó con las manos metidas en los bolsillos de la chaqueta mientras Catherine acompañaba a sus amigas a las puertas del salón, les daba las gracias por haber ido a verla y les prometía que pronto iría a visitarlas.

—Debéis traer a lord Bedford —dijo lady Hatfield.

—Haré todo lo posible —contestó Catherine. Cuando se marcharon y se volvió hacia Dominic, estaba lívida.

—Estoy bien —dijo él.

—¡Oh, Dominic! —exclamó su madre con lágrimas en

los ojos. Corrió hacia él y lo abrazó con fuerza. Después dio un paso atrás—. ¿Qué te ha pasado? Hace tres semanas Sebastian Warlock me dijo que te habían disparado. Dijo que regresarías a Londres cuando pudieras viajar. ¡Pero ese bastardo no me dijo nada más! ¡Me puse furiosa cuando no quiso decirme nada más!

Dominic la agarró del brazo y la condujo de vuelta al sofá. No mentiría a su madre, pero tampoco la alarmaría diciéndole que había sido desenmascarado en Francia y que alguien había intentado asesinarlo.

—Como sabes, me uní a Michel Jacquelyn y a sus rebeldes en el Loira —había logrado enviarle una carta a su madre después de reunirse con Michel—. Nos enfrentamos al ejército francés en mayo y en junio, varias veces. Nuestros dos primeros asaltos tuvieron mucho éxito; hicimos que las tropas francesas salieran huyendo. Pero no tuvimos éxito en la tercera batalla. Ahí me dispararon —se encogió de hombros. Detestaba la mentira que acababa de contar, pero era necesario. Catherine nunca se recuperaría si supiera que un asesino había intentado matarlo—. Warlock envió a algunos hombres para que me sacaran de Francia. Apenas recuerdo haber cruzado el canal, pero al final sobreviví. Como puedes ver, estoy bien.

—¿Qué gravedad tenía la herida?

—Fue una herida superficial —nunca le diría que había estado a las puertas de la muerte.

Catherine se quedó mirándolo seriamente, obviamente estaba poco convencida.

—¿Por qué no me escribiste? Warlock me dijo que te habían traído a Gran Bretaña, pero no quiso decirme dónde estabas. Me asusté cuando no supe nada de ti.

Dominic vaciló un instante.

—Estuve en el sur de Cornualles, en manos de una simpatizante de los jacobinos —su madre se quedó con la boca abierta—. Pero fue muy amable y cuidó de mí. De hecho, dio por sentado que era del ejército francés. Obviamente no podía revelar mi identidad y una cosa llevó a la otra —pensó en su aventura con Julianne y se preguntó si seguiría furiosa con él—. No quería escribir y que ella o sus amigos interceptaran mi carta.

—Dios mío —dijo su madre casi sin aliento—. ¡Los jacobinos están por todas partes! No puedo creer que una jacobina te haya cuidado —le rodeó la cara con las manos y le dio un beso en cada mejilla.

—Su compañía era agradable —explicó él.

Catherine suspiró.

—Ah, así que era guapa y te ayudó a pasar el tiempo.

Dominic decidió no hacer ningún comentario.

—Siéntate conmigo —dijo ella mientras se sentaba en el sofá.

Él obedeció.

—Cuando me marché, los radicales de Gran Bretaña eran una pequeña porción de gente cultivada.

—Siguen siendo un grupo pequeño, Dominic, pero hacen mucho ruido; están tan rabiosos como los jacobinos de París. La semana que viene celebran una convención aquí, en Londres. Y ese horrible radical, Thomas Hardy, celebra una convención en Edimburgo. Recibirían al ejército francés si llegara hasta nuestras costas.

Dominic la miró. Odiaba pensar que su madre seguía tan afectada por todo lo que le había ocurrido en Francia como lo estaba él, pero estaba bastante seguro de que los recuerdos la atormentaban. Cuando la había encontrado en Francia, hacía casi dos años, habían pasado varias noches en diversas posadas, en habitaciones contiguas, de camino a Brest para poder escapar. Sabía que Catherine había sufrido pesadillas e insomnio.

Él había regresado a Francia semanas después de dejarla en Londres, para ir a buscar a Nadine. No habían tenido una conversación decente en el año y medio que había transcurrido desde entonces.

—¿Cómo has estado? —preguntó.

—Preocupada, por supuesto.

—No me refería a eso. ¿Cómo te han tratado en Londres?

Su madre le dedicó una sonrisa fugaz.

—La revolución ha cambiado esta ciudad. Todo el mundo habla de las atrocidades en Francia diariamente, por no hablar de la guerra. Y ahora incluso se habla de invasión. ¿Te lo puedes imaginar? ¿Los franceses podrían invadir Gran Bretaña? ¿Se atreverían?

—No en un futuro cercano. Y si alguna vez nos invadieran, lo harían por el norte, tal vez en Escocia, o por el sur, donde hay tantos simpatizantes de los jacobinos —pensó de nuevo en Julianne.

Catherine se quedó mirándolo fijamente y después le apretó las manos.

—Yo solo salgo de Bedford Hall. para ir a Londres. Voy a tomar el té y a fiestas, al teatro y a bailes, y de vez en cuando hay algún pretendiente al que animo. No porque esté interesada en ir al campo, o asistir a un baile, o que me cortejen, sino porque estoy viva, y eso es lo que una mujer debe hacer.

—Siento haber estado fuera tanto tiempo —dijo Dominic. Catherine tenía que volver a casarse, y se preguntaba por qué no habría pensado en eso antes.

—Sé que no hablarás de ello, pero me alegra que seas un patriota, Dominic —le dijo ella—. Me alegra que te quedaras en Francia —no terminó de expresar sus pensamientos, lo cual fue un alivio para él, pues jamás hablaría abiertamente de sus actividades con ella.

—Estoy preocupado por ti. No eres feliz.

—Estoy feliz de que hayas venido —contestó ella—. ¿Pero cómo puedo ser feliz cuando mi país está siendo destruido día a día, semana a semana? Me pone enferma —los ojos se le llenaron de lágrimas.

—Hay rebeliones por todas partes —dijo él—. En Lyon, en Tolón, en Marsella…

—Lo sé. Puede que esto acabe bien, después de todo.

Dominic apartó la mirada.

—No tienes que fingir —dijo ella—. Estoy intentando ser optimista, pero no me siento optimista. En absoluto. ¿Has vuelto al piso? ¿Queda algo?

—No queda nada —contestó él con firmeza, sin emoción—. Pero el castillo está intacto. Los viñedos van bien.

—Intacto —repitió ella—. Destrozarán nuestra casa, Dominic.

Él le estrechó la mano. Ella había nacido en ese castillo.

—Tal vez no. La Vendée es fuerte en estos momentos.

Catherine lo miró con una expresión extraña y le apretó la mano con fuerza.

—Dominic, no lo has oído, ¿verdad?

—¿Oír qué? —no tenía ni idea de a qué se estaba refiriendo.

—Tengo noticias; buenas noticias —se humedeció los labios y después sonrió—. Nadine está viva.

—Me alegra que vayas a tomarte estas vacaciones —dijo Amelia con una sonrisa, sentada en la cama frente a la de Julianne.

Julianne estaba doblando otro vestido para meterlo en la maleta, que yacía abierta sobre su cama. Se detuvo y miró a su hermana.

—Estoy muy emocionada —admitió sonriente—. Ha pasado un año desde que estuve en la ciudad.

—Y yo estoy emocionada por ti —dijo Amelia.

Julianne sonrió. Siempre le había encantado Londres, aunque fuese una ciudad de grandes contradicciones. Le encantaba la multitud, el ruido, el ajetreo; incluso le encantaba el tráfico. Le encantaban las bibliotecas y los museos, pero sobre todo los clubes.

Aunque en la ciudad abundaban todo tipo de clases sociales, desde los más pobres hasta los más ricos, Londres era un imán para los intelectuales. La ciudad estaba llena de poetas, escritores y artistas, filósofos y profesores... y radicales. Cualquier día podía encontrarse con una asamblea de hombres y mujeres que pensaban como ella, discutiendo sobre la mejora de la sociedad y la libertad del hombre. Se abrirían debates sobre el libre comercio, sobre el salario mínimo y sobre las condiciones del trabajo. Encontraría panfletos en cada esquina que hablasen sobre el sufragio universal, sobre las condiciones infrahumanas en las minas y en los molinos, sobre la guerra contra Francia. En una manzana caminaría frente a mansiones imponentes, vería a mujeres con vestidos de seda y diamantes, a nobles con chaquetas de terciopelo. Pero al doblar la esquina se encontraría con los desarrapados sin hogar, cuyos hijos le tirarían de la falda rogándole que les diera un penique.

Londres era el lugar más excitante en el que jamás había estado.

—Qué suerte que Tom parta para su reunión en Edimburgo y tú puedas viajar a Londres con él —dijo Amelia.

Julianne pensaba que era una suerte que la convención de Londres a la que iba a asistir se celebrase una semana antes que la de Edimburgo. Amelia no sabía que esa era la razón por la que Julianne se marchaba a Londres. Pero Julianne pensaba que su hermana la habría alentado a ir incluso aunque hubiera sabido la verdad. Amelia seguía preocupada por ella.

Había pasado una semana desde que Paget fuera descubierto como mentiroso y espía y se marchara a la ciudad. Julianne creía que había sido la semana más difícil de su vida. Había tenido que enfrentarse al hecho de que se le había roto el corazón. Había estado enamorada. Había sido engañada. El dolor era insoportable.

Siempre estaría furiosa con Paget por su mentira. Había empezado a sentirse terriblemente utilizada.

Pero los hechos eran esos y no podía cambiarlos. Lo que sí podía hacer era luchar contra los recuerdos y seguir con su vida. No iba a permitir que ese bastardo le causara más daño del que ya le había causado.

Pero a veces se despertaba en mitad de la noche y echaba de menos a Charles. Y en esos momentos tenía que repetirse una y otra vez que el hombre al que amaba no existía.

Necesitaba marcharse. Viajar con Tom sería divertido. Pasarían los dos o tres días de viaje hablando de guerra y de política. No había nada mejor que eso. Con Tom, y durante la convención, no se permitiría pensar en los recuerdos dolorosos.

—También es una suerte que Lucas tenga una habitación en su piso para ti —continuó Amelia—. Pero me sorprende que no quieras ir a Edimburgo con Tom.

Julianne guardó el vestido doblado en la maleta.

—Me lo preguntó, Amelia, pero no podemos permitirnos un viaje así. Es el doble de lo que cuesta ir a Londres.

—¿Tú quieres ir? —preguntó Amelia.

Julianne se incorporó. Tom la había invitado a ir a la convención de Thomas Hardy. Le había dicho abiertamente que le pagaría los gastos, incluyendo la habitación de hotel. Le había recordado que él sí podía permitírselo y que sería un placer. Pero Julianne se había negado.

Un mes antes, habría estado encantada de aceptar su oferta y tener la oportunidad de conocer a Thomas Hardy, pero aceptar semejante invitación habría sido inapropiado.

Aunque nada había tan inapropiado como su historia con Paget. Tenía que admitir que ya no quería ir a Edimburgo. Había perdido el interés en esa asamblea. Quería ir a Londres…

Y eso le daba miedo. Aunque nunca perdonaría a ese maldito tory por lo que había hecho, sabía que aún estaría en Londres. Dominic Paget seguía en su cabeza.

Julianne sonrió a Amelia y se sentó en la cama frente a ella.

—Sé lo que estás pensando. Estás pensando en ahorrar en tus gastos para que yo pueda ir a Edimburgo.

—Quiero que seas feliz —dijo Amelia, y le estrechó la mano.

—Ya no estoy tan triste como estaba.

—Llevas la tristeza escrita en la cara casi todo el tiempo.

Su corazón estaba roto. Había amado a Charles, pero no haría lo que Amelia le sugería.

—No te gastas nada en ti. Eres la persona más sacrificada que conozco. No permitiré que ahorres más para que yo pueda asistir a los debates radicales en Edimburgo. Además, a ti no te gustan mis ideas políticas y no querrás alentarme.

A Amelia se le llenaron los ojos de lágrimas.

—En estos momentos, si tus ideas políticas te alegran los ojos, te alentaría sin dudar. Me apetece escribir a Bedford y dejarle algunas cosas claras.

Julianne se tensó, horrorizada.

—No te atrevas a pensar tal cosa.

—¿Por qué no? Es un canalla. Estaba en deuda con las dos, y así es como nos ha pagado, con tu seducción. Si estás embarazada, se lo diré a Lucas.

Julianne se puso en pie.

—¡Estoy segura de que no estoy embarazada!

Amelia se levantó también.

—Te ha echado a perder, Julianne. Eres joven y guapa, y Lucas puede encontrarte un marido maravilloso, si le dejas.

—Ya sabes lo que pienso del matrimonio —Julianne pensó en Paget y en sus ojos verdes. ¿Habría sentido algo por ella?—. Pero tú te mereces un buen marido e hijos, Amelia; ambas sabemos que adoras a los niños. ¡Serías una madre maravillosa!

—¡Estamos hablando de ti! —exclamó Amelia.

—Sí, así es, porque tú siempre eres generosa. Así que hablemos de ti —Julianne se sentó en su cama—. Deberías ser tú la que fuera a Londres. Eres tú la que siempre cuida de mamá, la que cuida de todas, en realidad. Cocinas y limpias, y yo me voy a mis reuniones, o me pierdo en un libro.

—Nadie te permitiría a ti cocinar, porque lo quemas todo —dijo Amelia—. Y además limpias igual que yo.

Julianne intentaba hacer sus tareas; pero de vez en cuando se embelesaba con un debate o con un periódico y se le olvidaba. Había estado completamente centrada en Paget durante su convalecencia, y después con su historia de amor. Y ahora estaba consumida por el dolor y la tristeza. Se iba a marchar a Londres, pero era Amelia la que se merecía unas vacaciones.

—¿Te sentiste así cuando St. Just no regresó?

Amelia palideció.

—Sí. Mi corazón estaba roto, pero fui una tonta, Julianne. Tú eras demasiado joven para recordarlo, pero todo el mundo me advirtió sobre él y yo no hice caso. Después de todo, él era un noble adinerado cuando nos conocimos, y nosotros éramos gente pobre. Cuando su hermano murió, debería haberme dado cuenta de que había acabado, que se encapricharía de alguna debutante de sangre azul como él. Pero tú no fuiste una tonta como yo. De ti se aprovechó. Te mintió deliberadamente.

—Deberías ir tú a Londres en mi lugar.

Amelia negó con la cabeza.

—Voy a quedarme aquí cuidando de mamá. No tengo nada que hacer en Londres, Julianne, pero tú sí. Quiero que Lucas te lleve a reuniones, a pasear por el parque, que te presente a caballeros bien parecidos. Quiero que te lleve a cenar, y allí te pedirán bailar. Flirtearán contigo.

—¿Qué?

—¡Eres joven y guapa! —exclamó Amelia—. ¡No debes dejar tu vida pasar!

—¡Lucas no se mueve en esos círculos! —pero Julianne estaba horrorizada, ¿pues acaso no era Amelia la que estaba dejando su vida pasar?

—Lo hace cuando quiere. Nuestro tío Sebastian puede abrirnos cualquier puerta.

—Apenas lo recuerdo —dijo Julianne—. No lo he visto en años.

—Lucas y él se llevan bien.

—¿Estás sugiriendo que vaya a Londres para que Lucas pueda buscarme un pretendiente?

—¿Por qué no?

—No quiero casarme….

—¿Y si conoces a alguien que te haga cambiar de idea como hizo Paget? ¿Y si tuvieras un pretendiente que despierte tu interés como él?

Julianne simplemente se quedó mirándola con el corazón acelerado. Habría hecho cualquier cosa por Paget. Si él le hubiera pedido casarse, antes de revelar la verdad, le habría dicho que sí.

—Eso me parecía —dijo Amelia con satisfacción.

Julianne se humedeció los labios.

—Amelia, nunca volveré a sentir eso por nadie. Tú necesitas un pretendiente, no yo.

—Conocerás a otro hombre. Yo estoy resignada a la soltería. Alguien debe cuidar de mamá y de la casa.

—Tú llevas diez años cuidando de esta familia. Cuando deberías haber sido una niña despreocupada, fuiste la matriarca de esta familia.

—Mamá enfermó cuando éramos niñas. No lo hizo deliberadamente. Y aunque decidiera buscar pretendiente, nadie me querría, por si no te has dado cuenta. Soy demasiado seria y demasiado sosa.

—No eres sosa —dijo Julianne—. Sin embargo, estoy de acuerdo, eres muy seria. No sé, Amelia, me siento mal por irme a Londres ahora.

—Quiero que vayas —Amelia se acercó a ella y la abrazó con fuerza—. Insisto en que vayas. Y si quieres ir a Edimburgo…

—¡No! —exclamó Julianne—. No quiero alentar a Tom —y en parte era verdad.

Amelia la estudió con cuidado. Y Julianne tuvo la impresión de que sabía por qué estaba tan ansiosa por ir a Londres; y no tenía nada que ver con la convención a favor de los derechos universales del hombre.

—Milord, la condesa me ha pedido que os diga que tardará unos minutos más. ¿Puedo traeros algo mientras esperáis a lady Paget?

Dominic negó con la cabeza, dando vueltas impacientemente de un lado a otro del recibidor. Iba vestido con terciopelo negro aquel día, elegido por su ayuda de cámara con su aprobación, con pantalones muy claros, medias blancas y zapatos negros con hebillas de plata.

—No, gracias.

Gerard se marchó. Dominic se quedó mirándolo. Nadine había llegado a la ciudad la noche anterior y estaba a punto de ir a visitarla.

Nadine estaba viva.

Había tenido una semana entera para procesar la información de que Nadine estaba viva. Era un milagro. Aún estaba asombrado, pero también entusiasmado.

No había sido aplastada por esa muchedumbre, como había concluido erróneamente Catherine. Pero había quedado malherida y había sido rescatada por una familia parisina. Había tardado meses en recuperarse. Al parecer había sufrido una pérdida temporal de memoria. Para cuando fue plenamente consciente de su situación, su familia había huido de Francia. Entonces había intentado ponerse en contacto con su padre, que estaba ahora en Gran Bretaña. Al hacerlo, el conde D'Archand se había puesto en contacto con Warlock y él había enviado a su gente a rescatarla. Había llegado a Londres en primavera, pero el conde ya se había instalado en Cornualles e inmediatamente se habían trasladado al campo.

Mientras él se recuperaba en la mansión Greystone, Nadine había estado en algún lugar de esa parte del país. Mientras estaba en brazos de Julianne, su prometida estaba viva.

Claro que se sentía culpable. Recordarse a sí mismo que no sabía que Nadine vivía no aliviaba su culpabilidad.

¿Pero qué iba a hacer? Su historia con Julianne había acabado, aunque él no lo sintiera así. Aunque deseara poder hablar con ella de nuevo, y tal vez convencerla de que no era tan despiadado y desconsiderado. En cuanto a Nadine, habían pasado dos años desde su compromiso y él había cambiado.

Se quedó mirando por la ventana, pero no vio los jardines, ni el carruaje esperando. Había conocido a Nadine desde que recordaba. Catherine lo había llevado a Francia cada verano, desde que era un niño. Prácticamente habían crecido juntos; y la familia de Nadine solía visitar Londres con frecuencia. Habían leído juntos, montado a caballo juntos y jugado al escondite en los viñedos de sus amigos y de sus primos. Siempre la querría.

Pensó en la pasión que había compartido con Julianne. Su cuerpo se agitó al instante. Aún la deseaba, de eso no le cabía duda. Había abrazado y besado a Nadine después de su compromiso, pero no recordaba haber sentido ese deseo cegador por ella.

Tal vez cuando volviera a encontrarse con ella, el deseo hacia Julianne desaparecería. Pero no importaba realmente.

Porque dos años eran mucho tiempo. Y aunque dos años no podrían cambiar su afecto y su lealtad, sí habían cambiado sus obligaciones. Su obligación era detener la revolución en Francia, preservar el modo de vida francés. Estaba obligado a ayudar a los monárquicos del Loira, y en el resto del país.

Le había dicho a Julianne una vez que no debería esperarlo.

No tenía más remedio que decirle lo mismo a Nadine. Se merecía algo mucho mejor de lo que él pudiera ofrecerle; se merecía un marido devoto y una vida normal.

—¿Dominic?

Se dio la vuelta al oír la voz de su madre. Consiguió sonreír cuando Catherine entró en el recibidor, vestida con seda roja, rubíes y una peluca enjoyada.

—Estás deslumbrante —dijo ella—. ¿Pero negro? Vas a ir a visitar a tu prometida después de dos años. Es una ocasión para celebrar.

—Jean insistió y yo le he dado el gusto.

Catherine le pellizcó la mejilla.

—Entonces que sea lo que Jean quiera, pues es un ayuda de cámara insuperable. Ha sido una semana muy larga, esperando a que D'Archand trajera a Nadine a la ciudad para que pudieras reunirte finalmente con ella.

Dominic le ofreció el brazo y comenzaron a caminar hacia la puerta.

—Han pasado dos años. Dos años son mucho tiempo sin las circunstancias adicionales de sobrevivir a la guerra y a la revolución; para los dos. Ya sabes lo que siento por Nadine. Pero estoy experimentando cierto miedo.

—Conoces a Nadine desde siempre —dijo su madre mientras los sirvientes abrían las puertas a su paso—. Ella te quiere y tú la quieres. En cuanto os veáis, estoy segura de que la extrañeza y la incomodidad desaparecerán.

Su madre adoraba a Nadine. No le haría gracia saber que en sus planes ya no encajaba una esposa; no le haría gracia cuando él regresara a Francia.

—Estoy seguro de que tienes razón —respondió tras ayudar a su madre a subir al carruaje y sentarse junto a ella.

Catherine lo agarró del brazo.

—Dominic, hay algo que debo decirte.

Dominic sintió miedo y aguardó.

—Nadine no es la misma.

Dominic se detuvo en la puerta del salón de los D'Archand. Al hacerlo, Nadine, que estaba sentada en el sofá, se levantó.

Y él sintió el calor en su interior. Gracias a Dios que estaba viva.

Ella sonrió ligeramente.

Él le devolvió la sonrisa. Físicamente, Nadine no había cambiado en absoluto. Seguía siendo pequeña, con el pelo negro, los ojos oscuros y una tez bronceada. No llevaba peluca y tenía el pelo suelto. Con su rostro en forma de corazón, sus labios carnosos y sus ojos oscuros rodeados de pestañas espesas, era una mujer increíblemente hermosa.

Se quedó mirándolo y su sonrisa se esfumó. Por un momento Dominic advirtió el miedo en sus ojos.

—¡Dominic! —exclamaron al unísono sus dos hermanas pequeñas.

No había visto a Veronique ni a Angelina, ni siquiera al conde D'Archand. Se fijó en el resto de la familia. Mientras ambas chicas corrían por el salón hacia él, Catherine se apartó, al igual que el mayordomo. Dominic tuvo que sonreír mientras lo empujaban.

—¿Por qué has estado fuera tanto tiempo? —preguntó una de las chicas en francés.

—Te hemos echado mucho de menos, y Nadine también —dijo la otra en inglés.

Veronique tenía doce años y Angelina trece, pero eran casi idénticas, como si fueran gemelas. Se parecían a la difunta esposa de D'Archand, rubia y de ojos color ámbar.

—Yo también os he echado de menos —dijo él antes de darles un beso en la mejilla—. Pero por un momento he pensado que estaban pisoteándome salvajes americanos —finalmente miró a Nadine de nuevo y siguió sonriendo.

—Habéis olvidado vuestros modales, las dos —les dijo Nadine a sus hermanas, pero sin dejar de mirarlo a él—. Hola, Dominic.

Siempre había sido una de las mujeres más elegantes que conocía. Había algo en sus movimientos, en sus gestos, en su tono y en su porte que hacía que los demás se volviesen a su paso, e igualmente tenía un imponente aire de nobleza. Habría sido una condesa excepcional.

Pero se dio cuenta al instante de que, aunque seguía teniendo su elegancia innata, estaba llena de tristeza. El brillo en su mirada había desaparecido. Soltó a Veronique, se acercó a ella y le agarró las manos.

—¿Cómo estás?

Ella vaciló un instante.

—Estoy bien.

Él no vaciló. Se agachó para darle dos besos y abrió los brazos. Nadine entró en ellos y Dominic la abrazó.

Resultaba muy familiar, porque la había abrazado muchas veces, de forma íntima, pero superficial, como estaba haciendo en ese momento. Pero, mientras la abrazaba, pensó en Julianne. Se quedó asombrado, no solo porque sus pensamientos fuesen tan erráticos, sino porque, cuando abrazaba a Julianne, no había nada de superficial en ello. Y entonces se puso incómodo. En sus brazos, Nadine era como una hermana, no como una prometida. La quería profundamente, siempre la protegería y cuidaría de ella, pero de pronto supo que nunca podría hacerle el amor.

La soltó y logró sonreír.

—Me alegro mucho de que estés viva. Pasé meses buscándote en Francia.

Nadine tenía los ojos brillantes con las lágrimas, pero no era el tipo de mujer que llorase con facilidad.

—Lo sé. Me enteré. Por favor, Dominic, no te culpes por no poder encontrarme. Estaba escondida.

Él le acarició la mejilla. Nadine era una mujer muy fuerte, pero debía de haber sentido miedo, y había estado sola.

—Desearía poder haber estado contigo.

—Lo sé, pero no tiene sentido lamentarse por lo que ya no puede cambiarse.

—No, no tiene sentido —convino él. Se volvió hacia su padre y ambos se dieron la mano—. ¿Así que os habéis instalado en Cornualles?

—Sí. Nos condujeron a una finca que llevaba años abandonada y la compré —dijo D'Archand. Era un hombre guapo, alto y moreno que se había casado con una mujer mayor siendo muy joven; el matrimonio había sido concertado por las familias de ambos. Llevaba muchos años viudo. Había perdido dos inmensas fincas en Francia, una en el Loira y la otra al sur, cerca de Marsella—. Me parece un lugar seguro para educar a Veronique y a Angelina —añadió con firmeza y, antes de que ninguna de las dos chicas pudiera protestar, les dirigió una mirada apaciguadora.

Dominic se volvió de nuevo hacia Nadine, consciente de que las chicas detestaban el campo.

—¿Te gusta Cornualles?

—Es tranquilo, está aislado, pero ahora estamos juntos —sonrió brevemente y él se preguntó en qué estaría pensando realmente—. Has cambiado, Dominic.

—Soy mayor —respondió él.

—Los dos lo somos. Tú has cambiado mucho —insistió ella—. Claro que supongo que ambos lo hemos hecho.

—Estás incluso más guapa que la última vez que estuvimos juntos.

Finalmente ella sonrió y se secó las lágrimas de los ojos.

—¿Te atreves a hacerte el galante conmigo?

—Lo digo en serio.

—No me importa, y lo sabes.

—Sí, lo sé —a Nadine nunca le había importado su aspecto y, al contrario que las demás mujeres francesas que conocía, no era coqueta.

—¿Quieres dar un paseo?

—Por supuesto —ella le ofreció el brazo y él la miró con cautela. ¿Por qué había tanta tensión entre ellos? Antes estaban tan unidos como un hombre y una mujer que no eran amantes, sino buenos amigos. La conocía bien, y ella nunca se había mostrado tan contenida. Era como si hubiera levantado un muro invisible entre ellos. ¿O habría sido él?

D'Archand abrió la puerta de la terraza y les dirigió una sonrisa mientras salían.

—Me alegra que estés en casa.

Dominic se detuvo al borde de la terraza de pizarra. Frente a ellos se encontraba el pequeño jardín con la fuente.

Ella le soltó el brazo y lo miró a los ojos.

—Esta no es mi casa, no realmente.

Dominic le acarició la mejilla.

—¿Realmente te gusta Cornualles?

—Así que todavía puedes leerme el pensamiento, como un gitano.

—No, no puedo.

—Antes yo podía leerte los pensamientos —dijo ella—, y ahora tampoco puedo. Solo sé que hay algo diferente en ti, o en los dos.

Dominic quería decirle que había pasado el último año y medio en Francia, espiando para Pitt. Sabía que no debía. ¿Y cómo debía responder a su comentario?

—No has respondido a mi pregunta.

Ella se encogió de hombros en un gesto muy europeo.

—Supongo que me acostumbraré a mis nuevas circunstancias, pero siempre echaré de menos mi hogar en el valle del Loira.

—Necesitas tiempo para recuperarte y adaptarte. Nada más.

—Sí, con el tiempo me acostumbraré a esta nueva vida.

—¿Tanto hemos cambiado que ahora somos extraños el uno para el otro?

Sus ojos se llenaron de lágrimas de nuevo.

—¡Espero que no! Te quiero, Dom.

Él sabía que no hablaba con pasión, así que la abrazó.

—¿Has estado en Francia todo este tiempo? —preguntó Nadine con la cara contra su pecho.

Dominic se tensó. No quería mentirle.

—Será mejor que hablemos del futuro, no del pasado.

Ella levantó la cabeza y lo miró.

—¿Entonces no hablaremos de lo que ambos hemos soportado estos últimos años? Han pasado dos años, Dominic, desde la última vez que nos vimos.

El corazón le dio un vuelco. Recordaba la última vez que la había visto; en un baile, la noche antes de que ella se marchara hacia París.

Se habían besado con pasión. De pronto se entristeció. ¡Qué inocentes habían sido! ¡Qué ingenuos! Habían estado dispuestos a amarse mutuamente durante toda una vida.

—Hay cosas de las que no puedo hablar, ni siquiera contigo —le dijo.

Nadine se apartó de él y lo miró.

—Entonces doy por hecho que habrás sobrevivido a momentos muy difíciles, como yo.

—Sí, ambos hemos conseguido sobrevivir a dos años muy difíciles —le dio la mano y deseó poder ser sincero con ella; deseó poder haber sido sincero con Julianne también. Pero se debía a su país, y eso requería cautela y desconfianza—. ¿Y no es eso una proeza?

—Eres uno de los hombres más fuertes que conozco. Podrías sobrevivir a un huracán, aunque estuvieras en una balsa en el océano.

—Nadie podría sobrevivir a eso —contestó él con una sonrisa.

Ella también sonrió, y pasaron los dos varios segundos estudiándose.

—Esto es extraño, ¿verdad?

—Sí, lo es.

—Yo no soy tan fuerte como tú —dijo ella.

—¿Qué significa eso? Veo que has sufrido. Veo que estás triste.

—Significa que he cambiado. He perdido mi inocencia, Dominic, mi ingenuidad —ya no sonreía—. La mujer con la que deseabas casarte ya no existe.

—No —dijo él—. Sí que existes, pero has cambiado, igual que yo. Ya no soy un muchacho insensato, igual que tú no eres una chica ingenua.

—Nunca fuiste un muchacho insensato —dijo ella—. Siempre fuiste un joven de honor, orgullo, coraje y deber. Y veo que esos rasgos se han fortalecido, no han mermado.

—¿Sabes qué no ha cambiado?

Ella lo miró alarmada.

—Mi lealtad.

—Sabía que era eso lo que dirías…

—¿Y te disgusta? Siempre me preocuparé por ti y siempre te protegeré, si puedo.

—¿Pero?

Dominic se quedó callado; no quería sacar un tema especialmente íntimo.

Ella sonrió.

—Pero ya no somos dos niños —siguió diciendo ella—. Ni siquiera somos una rica heredera francesa y un poderoso conde inglés que bailan despreocupados.

—Tal vez tengamos que hablar de los dos últimos años —contestó él con mucha cautela.

—Sí, tal vez tengamos que hacerlo… en otra ocasión.

Dominic se sintió aliviado de que quisiera retrasar la conversación. Vaciló.

—La guerra cambia a todo el mundo. Detesto que te haya afectado. Desearía poder habértelo ahorrado, Nadine. Pasé cinco meses buscándote. Nunca me habría rendido si hubiera creído que estabas viva. Y no permitiré que los años pasados arruinen nuestra relación.

—Pero hay un huracán en Francia. La guerra, la anarquía, las movilizaciones, los jacobinos. ¿No lo han destruido todo a su paso?

Dominic se quedó callado de nuevo y se sintió inundado por los recuerdos sangrientos, y también por los recuerdos de Julianne. Y en ese horrible momento se dio cuenta de que la maldita revolución ya había destruido las dos relaciones más importantes de su vida.

—Nada sigue siendo igual, ¿verdad? —dijo Nadine finalmente—. Nada.

El corazón le dio un vuelco.

—No. Nada es lo mismo, Nadine.

CAPÍTULO 9

—Esa debe de ser la casa —dijo Julianne sorprendida.

Iba sentada en el asiento trasero del carruaje de Tom, y se encontraba contemplando una bonita casa de dos alturas en Cavendish Square, Londres. Estaba en un vecindario próspero lleno de casas similares. La calle estaba llena de olmos y de carruajes. Oxford Street, con sus lujosas tiendas, se encontraba a una manzana de distancia. La casa era mucho más grande y elegante de lo que había imaginado.

—Supongo que la mina y la cantera van mejor de lo que Lucas había dicho —comentó Tom con asombro.

—¿Pero podemos permitirnos esto? —preguntó ella. Lucas no podía llevar esa casa él solo. Debía de tener un ama de llaves y una sirvienta.

—Supongo que se lo preguntarás a tu hermano —contestó Tom con una sonrisa—. Ah, veo que tiene mozo de cuadras.

Julianne vio a un joven acercándose desde la parte trasera de la casa, donde se veía un establo y una cochera. Bajó del carruaje, al igual que Tom, que habló brevemente con el chófer. Tom pasaría la noche allí antes de partir hacia Edimburgo por la mañana.

Julianne vio acercarse un elegante carruaje ligero. Cuando pasó por delante, vio a dos jóvenes deslumbrantes en la parte de atrás, vestidas con sedas y tocados. Las damas saludaron con sus manos enguantadas al pasar por delante.

Fue un momento singular, pero Julianne se sintió pobre y torpe.

Tom se situó a su lado y frunció el ceño.

—Son completamente indiferentes al sufrimiento que se produce a la vuelta de la esquina —dijo su amigo.

Ella suspiró.

—Sí, lo son. Pero has de admitir que eran hermosas.

Él le dirigió una mirada de extrañeza y, en parte, de reprobación.

—No, no lo eran. Tú eres la hermosa.

Julianne logró sonreír. El viaje desde Cornualles había durado tres días; habían pasado las noches en una posada pública. Había sido un viaje agradable, pues ella había disfrutado de la compañía de Tom, así como la de la viuda que viajaba con ellos. Julianne no podía viajar sola con Tom, y la señora Reston iba a visitar a sus hijos en la ciudad. Habían pasado todo el tiempo leyendo periódicos, escribiendo cartas y hablando de política mientras la señora Reston dormitaba. Por suerte él había sido lo suficientemente considerado como para no sacar el tema de Paget. Su amigo había encontrado numerosos momentos en los que admirar su inteligencia y sus atuendos de viaje. ¿Estaría dejando claros sus sentimientos o simplemente estaría siendo amable?

Julianne seguía con el corazón magullado. Seguía pensando en Paget con frecuencia, con dolor y con rabia. Esperaba que Tom no tuviera intenciones serias.

El primer día de viaje ella se había atrevido a sacar el asunto de escribir a sus aliados jacobinos en París, por el que estaba constantemente preocupada.

—¿Has escrito ya a Marcel?

—Sí, lo he hecho.

Julianne había sentido pánico.

—¿Has identificado a Bedford?

—Desde luego que sí, Julianne. No estarás arrepintiéndote sobre lo de revelar sus actividades, ¿verdad?

Estaba muy segura de que no deseaba que sus enemigos en Francia conocieran sus actividades, pero se había quedado callada. Tom había interpretado su silencio como aquiescencia, y la conversación había terminado.

—Entremos en la casa y descansemos un poco —dijo en aquel momento, aún incómoda por sus halagos—. Aún te queda un largo viaje por delante —lo agarró del brazo.

Al girarse hacia la casa, la puerta principal se abrió.

Lucas salió con una sonrisa.

—Veo que has llegado a Londres sana y salva. Hola, Julianne —caminó hacia ellos. Llevaba unos pantalones claros, un chaleco plateado y una chaqueta verde oscuro. No llevaba peluca y tenía el pelo recogido en una coleta, pero resultaba gallardo de todos modos.

Julianne lo abrazó, consciente de que su sonrisa fue fugaz. No estaba verdaderamente enfadada con él, y ansiaba poder tener una conversación sincera lo antes posible.

—Hemos sobrevivido a caminos en muy mal estado —dijo. Vio como Lucas se volvió hacia Tom y le estrechaba la mano. La última vez que los había visto interactuar había sido en Penzance. Había sido hacía más de un mes; el día de la última reunión de la Sociedad a la que ella había asistido. El día que Jack había llevado a Paget a Greystone.

Lucas había desaprobado a Tom entonces. Ahora se mostraba frío y educado.

—Gracias por acompañar a Julianne a la ciudad, Thomas.

—Es un placer —dijo Tom.

—Tom se quedará a pasar la noche, si no te importa —dijo Julianne.

—¿Solo se quedará una noche? —preguntó Lucas.

Julianne se dio cuenta de que no podía saber lo que estaba pensando. En aquel momento le recordó a Paget. ¿Pero acaso él no estaba mintiéndole, y a Amelia y a Jack? Había quedado claro al descubrir a Lucas con Paget que estaba de alguna manera involucrado en la guerra contra Francia. ¿No había dicho algo sobre unas órdenes de Whitehall?

—Me voy a Escocia —dijo Tom.

—Ah, sí, esa asamblea radical de Tom Hardy —respondió Lucas con rostro impasible. Su tono de voz, sin embargo, llevaba cierto sarcasmo. Pero antes de que Julianne pudiera alarmarse, continuó—. No es ningún secreto. Entrad. Tengo la cena preparada —miró a Julianne—. Me sorprende que no hayas intentando convencerme para que te permita ir a Edimburgo con él.

Julianne pensó en su convención londinense. Simplemente sonrió.

Él la miró con desconfianza.

Julianne se detuvo frente a la puerta abierta del salón, donde Lucas estaba sentado a solas con un brandy y el *London Times*. La cena había terminado hacía tiempo y se había puesto una bata con estampado de cachemira y las zapatillas. La vio y se puso en pie.

Julianne no se había cambiado el vestido que había llevado a la cena. Era el mejor vestido que tenía, de seda color rosa con un escote en caja y mangas tres cuartos. Amelia había insistido en que llevara los pendientes y el colgante de perlas de su madre, que aún no se había quitado. Sonrió al entrar al salón y cerró la puerta tras ella.

—La cena ha sido muy agradable —dijo Lucas, y le acercó una silla de tapizado azul y patas blancas—. Me alegra que hayas venido a la ciudad, Julianne, pero debo marcharme por la mañana. Ha sido algo inesperado, pero solo será por unos días.

Julianne pensó en la convención, que era solo una asamblea de dos días, y se sintió aliviada. Lucas nunca descubriría la verdadera razón por la que había ido a Londres.

—Estaré bien —vaciló. De nuevo su hermano iba a viajar. ¿Acaso no se había preguntado si siempre estaría en Londres cuando decía que estaba?—. ¿Adónde vas?

—A Manchester. He descubierto una nueva fundición para nuestro hierro.

No pudo evitar dudar de él.

—Has hecho un gran esfuerzo por llevarte bien con Tom, Lucas, y te lo agradezco —se sentó.

Él se sentó también, en el sofá, y estiró las piernas.

—No me gustan sus ideas —dijo con franqueza—. Y me preocupa que te incite a hacer cosas que de lo contrario ni considerarías.

—No soy una sumisa descerebrada —dijo ella, sorprendida.

—Pero a veces eres maleable.

¿Estaría refiriéndose a su encaprichamiento con Paget? No sabía por dónde empezar, si preguntarle por la casa, o por Paget, o por sus actividades en tiempo de guerra.

—¿Por qué no me dijiste quién era?

Lucas vaciló.

—No me pareció que tuviese sentido, Julianne.

—¡Creo que me estás mintiendo!

Su hermano se sonrojó.

—¿En qué estás involucrado? Nunca estás en Greystone, siempre en Londres, o eso dices. ¿Y cómo podemos permitirnos esta casa? ¿También eres un espía?

—No soy un espía. Sin embargo, soy un patriota. Si puedo ayudar a mi país en algún aspecto, lo haré. Esta casa pertenece a nuestro tío, y él nunca la usa. Yo alquilo mi habitación aquí por una pequeña cantidad.

Eso explicaba lo de la casa, pensó ella, sorprendida por su tono y por su expresión severos.

—¿Y cómo estás ayudando a nuestro país? ¿Ayudando a Paget a sobrevivir? Empiezo a pensar que fuiste tú quien lo trajo a casa, no Jack —ya no sabía qué creer.

—Me enviaron a buscar a Paget. Recluté a Jack. Julianne, eres la última persona a la que querría contarle esta información.

—Eres mi hermano. Te quiero.

—Ya lo sé. No puedes decirle a nadie, incluyendo a Tom y a Amelia, que me enviaron a Francia traer de vuelta a Paget.

Julianne se abrazó a sí misma, consciente de que se le había acelerado el corazón. Claro que no se lo contaría a Tom.

—¿Cuánto lo conoces? —preguntó al fin.

—No lo conozco bien. Hablamos por primera vez cuando llegué a la casa, y después nos conocimos mejor durante nuestro viaje a Londres. ¿Por qué?

Julianne imaginaba que se sentía aliviada.

—¿No debería tener curiosidad? Fue nuestro invitado durante varias semanas, y aun así no tengo ni idea de quién es realmente.

—Es el conde de Bedford. ¿Qué más necesitas saber?

Había sido la amante de Paget. Sentía que necesitaba saber muchas cosas más. ¿Pero acaso importaba? Vaciló y sintió que se le sonrojaban las mejillas.

—¿Sigue en Londres?

Lucas entornó los párpados.

—Eso creo. Repito, ¿por qué?

No sabía cómo responder. ¿Por qué le importaba dónde estaba? No iba a ir a visitarlo. La había traicionado de todas las maneras posibles. Lo despreciaba y su historia había acabado; no tenía nada que decirle. ¿O sí?

¿Cómo podía haberla amado como lo había hecho mientras la engañaba deliberadamente?

—No lo sé. ¿Regresará a Francia? —si regresaba, ¿qué pasaría con la carta que Tom le había escrito a Marcel?

Empezó a dolerle la cabeza. Si se enteraba de que iba a volver a Francia, tendría que advertirle de que sus enemigos estaban al corriente de su identidad y de sus actividades.

Lucas se puso en pie.

—No voy a hablar de Paget contigo. Mejor dicho, no voy

a hablar de sus planes contigo. De ninguna manera. Aunque tampoco los conozco. Pero sí que deseo hablar de la relación que tenías con él. Ambos os tomasteis muchas molestias para decirme que erais algo más que una enfermera y su paciente. Al igual que tú, él también me dijo que os habíais hecho amigos. Pero fue una amistad extraña, ¿verdad?

Era evidente que sospechaba algo.

—Es un hombre inteligente y educado. Y tenía mucha información sobre la guerra. Teníamos muchas cosas de las que hablar. ¿Cómo no íbamos a hacernos amigos? Sobre todo cuando pensaba que éramos aliados en pos de la libertad.

—Te conozco, Julianne. Te hiciste amiga suya porque pensabas que era un héroe de guerra. ¿Pero era más que eso? Es un hombre culto y guapo. Es encantador. Entiendo que haya podido despertar tu interés romántico.

Julianne quería disimular, pero no podía.

—Sientes algo por él.

—Sentía algo por Charles Maurice. Así que sí, supongo que tienes razón. Me siento herida por su mentira. Estoy furiosa. Pero no siento nada por Paget —mientras hablaba su corazón se rebelaba. Era como si no pudiera separar a Maurice de Paget, como si fueran el mismo.

Lucas se puso en pie y caminó hasta el mueble bar del salón. Julianne lo vio servirse un jerez que después le entregó. La miró atentamente.

—Te sugiero que te mantengas alejada de Mayfair —dijo—. Y de la mansión Bedford.

Julianne caminaba por Newgate, consciente de que llegaba tarde. Era su segundo día en Londres. Dos niños harapientos aparecieron delante de ella y le cortaron el paso. Julianne le dio a cada uno una moneda sin dejar de caminar; ellos sonrieron y se marcharon corriendo. Ella también sonrió, aunque sabía que no debía ir desperdiciando sus ahorros.

Se puso seria. Había al menos una hora de camino desde la casa de su tío en Cavendish Square hasta la posada donde se celebraba la convención. No había pensado en tomar un coche de caballos; no quería gastarse el dinero. Pero la noche anterior, de vuelta a casa, cansada como estaba, se había visto tentada de desviarse de Maylebone para entrar en Mayfair.

Se había visto tentada de ver dónde vivía. ¿Qué diablos le pasaba?

Incluso había llegado a preguntarse qué ocurriría si sus caminos se cruzaban.

Pero sus caminos no iban a cruzarse. Ella no iba a entrar en Mayfair, aunque una parte de ella deseara hacerlo, y él no aparecería en Cavendish Square ni en Newgate. De hecho, estaba segura de que Paget nunca habría puesto un pie en el oprimido lado este de Londres.

Newgate y Mayfair eran tan distintos como la noche y el día. Las calles en Newgate eran estrechas y sucias, llenas de tiendas cochambrosas. Sobre ellas había pisos pequeños con la colada tendida en las ventanas como banderines. Zapateros, carpinteros, prostitutas y lavanderas se anunciaban en la calle. Los soportales estaban llenos de gente sin hogar y los mendigos estaban por todas partes.

Nadie se moría de hambre en la zona norte, pero en el este la pobreza abundaba. Aquello enfurecía a Julianne y le daban más ganas de luchar por su causa. Se enfurecía cuando veía a los caballeros en sus carruajes atravesando los barrios bajos intentando decidir qué prostituta les gustaba más. ¡Le resultaba asqueroso!

Si Paget se hubiera molestado alguna vez en adentrarse en aquella zona de Londres, comprendería por qué ella apoyaba los cambios políticos y sociales de Francia como lo hacía, y por qué anhelaba la justicia y la igualdad en Gran Bretaña. Tal vez él no cambiara sus ideas conservadoras, pero seguro que deseaba cierto grado de justicia social.

Julianne ni siquiera sabía cuáles eran sus verdaderas ideas.

Casi deseaba haber tenido la previsión de preguntarle por qué le parecía necesario ir a Francia y espiar a los republicanos franceses.

Al fin la posada apareció ante ella. Julianne estaba deprimida. Se había sentido demasiado herida y furiosa como para pensar en exigirle algunas verdades antes de que se marchara de Cornualles. Había pasado semanas con un hombre y no sabía nada sobre él. Lucas no le había dado ninguna información. Decidió que lo que más le interesaba saber era cómo había resultado herido. Había dicho que sucedió durante un enfrentamiento contra los monárquicos de La Vendée. ¡Temía que hubiera estado luchando contra el ejército republicano!

Julianne esquivó la basura y abrió la puerta de la posada. Estaba en la ciudad para asistir a debates y a discusiones, para promover la causa de la revolución francesa y los derechos del hombre, no para revivir el pasado ni para imaginarse un encuentro con Paget. Él defendía todo aquello contra lo que ella luchaba. Defendía la ostentación, la desigualdad y la injusticia. Tenía que recordarse a sí misma su mentira y sus diferencias. Tenía que sacárselo de la cabeza.

Nada más cruzar la puerta se encontraba uno de los organizadores de la convención. George Nesbitt tenía una lista de nombres de todos los asistentes, pero, cuando la vio, sonrió.

—Llegáis tarde, señorita Greystone. Entrad directamente.

Ella le devolvió la sonrisa. Claro que se acordaba de ella. Asistirían unas setenta y cinco personas a la convención. Julianne había visto solo a cinco mujeres. Casi todos los asistentes eran trabajadores de la fábrica, artesanos o empleados domésticos, pero también había algunos miembros de la alta burguesía. Al entrar en el salón, vio que estaba completamente lleno, al igual que el día anterior. Pero encontró un espacio vacío en uno de los bancos y se sentó. El joven que había allí le sonrió.

—Hola. John Hardy —dijo ofreciéndole la mano. Tenía el pelo oscuro y rizado y la piel clara.

Ella le estrechó la mano.

—Julianne Greystone. ¿Eres un pariente?

—Ojalá —respondió él. Entonces bajó la voz—. Ese es Jerome Butler.

El interés de Julianne aumentó. El día anterior la convención había consistido en una introducción por la mañana y después conferencias por parte de dos pensadores radicales relativamente conocidos. Pero todo el mundo esperaba ansioso la conferencia de Butler, un abogado poco conocido, pero muy controvertido. Estaba de pie en el podio; era un hombre moreno y corpulento con una mirada magnética. Mientras lo escuchaba, Julianne se dio cuenta de que Butler rechazaba el concepto de reforma en Gran Bretaña. Empezó a enumerar las reformas más esperadas, como la eliminación de los condados corruptos y el derecho al voto, y explicó entonces las razones por las que tales acciones serían inútiles. La reforma no acabaría con las relaciones entre los adinerados y el parlamento. La reforma no subiría los salarios ni mejoraría el empleo, porque los que estaban en el poder conspiraban contra tales avances. Solo una revolución como la de Francia podría lograr algo. Solo despojando a los terratenientes de sus tierras y después redistribuyéndolas por igual se conseguiría la verdadera justicia.

—En resumen —dijo Butler—, diré esto. Debemos recibir al ejército francés cuando llegue a las playas de Dover y de Cornualles, y a las orillas rocosas de Irlanda. Sí, seguiremos el ejemplo de los republicanos franceses en nuestro propio país y perseguiremos a aquellos que se oponen a nosotros y nos oprimen. ¡Sí, apoyaremos la libertad y la igualdad para todos, sin importar la política del actual ministro, sin importar las leyes à la Français!

Todos aplaudieron y gritaron. Julianne miró las caras a su alrededor, desconcertada. Los hombres que veía estaban embelesados. Pero Julianne no quería robar a los ricos para dárselo a los pobres. ¡Eso era ilegal! Butler ni siquiera había sugerido otros medios de instaurar la justicia social, como aplicar el controvertido impuesto sobre la renta de los adinerados o revocar los aranceles a la importación.

—Es bueno, ¿verdad? —preguntó el joven sentado a su lado.

Todos se habían puesto en pie para ovacionar a Butler. Julianne logró sonreír, pero de pronto un estruendo en las puertas del salón llamó su atención. Ella también se puso en pie y vio a un puñado de hombres que se llevaban las manos a la boca. Estaba casi segura de que estaban abucheando a Butler, pero había tanto escándalo que no podía oír nada. Un joven con chaqueta azul se abrió paso entre la multitud con pasos acelerados; Julianne pensaba que querría abandonar la asamblea. Abrió la puerta por la que ella había entrado, pero no se marchó. En vez de eso, dio un paso atrás.

Una docena de hombres, tal vez más, entraron en la sala con palos.

Julianne se quedó helada.

Los hombres que entraron corriendo comenzaron a gritar como si estuvieran dando órdenes, pero Julianne no podía oír lo que estaban diciendo, porque todo el mundo seguía vitoreando y aplaudiendo a Butler. Por el rabillo del ojo vio al hombre de azul agarrar la lista de asistentes.

De pronto levantó la vista y sus miradas se encontraron. Le dirigió una sonrisa burlona a Julianne mientras doblaba la lista, aparentemente sin prisa, y se la guardaba en el bolsillo interior.

Caminó por el pasillo mientras los hombres armados comenzaban a empujar a los asistentes hacia las paredes, amenazándolos con sus palos. Algunos de los asistentes les devolvían los empujones. Ella vio a uno de los invasores golpear a un hombre en la cara con la culata de su pistola. Vio a otro darle un puñetazo a un hombre que intentaba empujarlo.

Estaban siendo atacados.

Tenía que marcharse cuanto antes.

Pero estaba rodeada de violencia por todas partes. Retrocedió, se chocó contra dos hombres que estaban peleándose y se apartó de ellos. Vio que Butler había sido apresado y estaba tirado en el suelo mientras cuatro asaltantes le daban patadas repetidamente. Temió que pudieran matarlo.

Julianne quiso ayudar a Butler, pero alguien le dio un codazo en las costillas cuando intentaba llegar al podio.

Fue un accidente, pero el golpe fue como un cañonazo y durante unos segundos no pudo respirar.

Después se enderezó y empujó a otros tres hombres que se peleaban, pero recibió un puñetazo. Volvió a incorporarse y vio que el diablo vestido de azul se alzaba sobre el podio. Sus miradas se encontraron de nuevo.

—¡Poned fin a esto! —le gritó.

Tras él, Butler yacía en el suelo, sin moverse; Julianne no sabía si estaba inconsciente o muerto.

El desconocido levantó un megáfono y dijo:

—La sedición no se tolerará en Gran Bretaña. ¡Somos de la Sociedad Reeves! ¡Lucharemos contra los radicales y los rebeldes aquí! ¡No habrá sedición ni traición en Gran Bretaña! ¡Sufrid ahora las consecuencias de vuestra traición!

Julianne miró a su alrededor y vio que los asistentes que no luchaban estaban siendo empujados hacia la pared con las manos en alto. Una docena de radicales más estaban tirados en el suelo, magullados y ensangrentados. Algunas peleas continuaban, pero sus amigos no tenían armas. Algunos de los radicales se negaban a moverse, y los asaltantes simplemente los golpeaban con los palos y los tiraban al suelo. Julianne estaba horrorizada.

Por supuesto, lo sabía todo sobre las sociedades reaccionarias de Reeves. Había leído sobre esos grupos violentos que desmantelaban las reuniones radicales siempre que podían y del modo que podían.

Estaba demasiado asustada para ponerse furiosa.

—Incluso las damas tienen que ir contra la pared, si eso es lo que sois —dijo un hombre tras ella.

Julianne se dio la vuelta, dispuesta a protestar. Antes de que pudiera hablar, el corpulento hombre la empujó hacia la pared.

Fue como si la hubieran golpeado. Colisionó con dos hombres que estaban peleando y alguien le dio un codazo en la mandíbula.

Gritó de dolor mientras se le nublaba la visión. Antes de caer, el fortachón la agarró con fuerza.

—Qué ramera tan guapa —dijo.

El miedo se convirtió en alarma y después en pánico. Julianne intentó retorcerse, pero él se negaba a soltarla. Sin pensar le arañó la cara.

La soltó al instante.

Julianne se apartó y vio los arañazos en su cara.

—¡Perra! —exclamó el asaltante con rabia.

Julianne pensó que iba a matarla.

Pero entonces el hombre de azul se interpuso entre ellos.

Ella se dio la vuelta, desesperada por huir, pero se tropezó con un brazo o una pierna y cayó al suelo con fuerza. Alguien la pisó y supo que tenía que levantarse.

Acabaría aplastada. Y cuando intentó incorporarse y la empujaron de nuevo al suelo, alguien la puso en pie.

Se quedó mirando a los ojos azules del líder reaccionario. Él la arrastró por entre la multitud enfurecida y la lanzó contra la puerta.

—Marchaos a casa —dijo.

Julianne quería golpearlo, pero simplemente huyó.

Hacía un día precioso, pensaba Dom.

Avanzaba a lomos de su caballo negro por el sendero de Hyde Park. Casi todos los carruajes junto a los que pasaba transportaban a mujeres hermosas, a muchas de las cuales conocía. Él saludaba a todas. Y todas ellas parecían conocerlo a él, porque sonreían y le daban la bienvenida a Londres. También recibió varias invitaciones para cenar.

El cielo estaba despejado, salvo por algunas nubes esponjosas, y el sol brillaba con fuerza. La hierba estaba verde, el follaje era exuberante y las margaritas abundaban en los prados. Tomó aire y se dio cuenta de que echaba de menos los momentos sencillos de la vida. No había momentos así en Francia, y sabía que en el pasado no había sabido valorar su vida en Gran Bretaña. No volvería a hacerlo.

Junto al sendero de los caballos había otro para viandantes, y dos mujeres jóvenes paseaban de la mano. Las seguía un sirviente con dos cocker spaniels atados a una correa. Tenían la edad de las hermanas de Nadine. Les dirigió una sonrisa y ellas se sonrojaron y se rieron.

Entonces se puso serio. Obviamente Nadine había sufrido en los últimos dos años. Dominic no quería hacerle daño, pero no se imaginaba siguiendo adelante con el matrimonio que habían planeado. No podía casarse con ella y después abandonarla, prácticamente en el altar, para seguir con sus actividades en Francia; tal vez para no volver nunca.

Otro jinete se acercó a él subido a un bonito semental pardo.

—¿Contemplando a las damas, Dom? —preguntó Sebastian, ataviado con una chaqueta verde oscuro, un chaleco más oscuro aún y unos pantalones claros. Parecía contento.

—¿Por qué no? —preguntó Dom—. Cuando deje de apreciar al género femenino, estaré muerto.

—Son muy jóvenes.

—Solo estaba disfrutando de la vista, igual que estoy disfrutando de este maravilloso día.

—Y espero que estés disfrutando también de tu tiempo en la ciudad —dijo Warlock.

El significado de sus palabras era evidente. Solo pasaría un breve tiempo de descanso en Londres.

—¿Me has citado aquí para hablar de cosas sin importancia? —preguntó Dom.

—No —se sacó un sobre arrugado del bolsillo de la pechera y detuvo a su caballo—. Unos amigos llegaron a la ciudad ayer. Esto es para ti.

Dom aceptó el sobre y reconoció al instante la letra de Michel Jacquelyn. El corazón le dio un vuelco.

—¿La has abierto?

—¿No está sellada?

Parecía haber sido sellada de nuevo.

—Gracias —se preguntaba si los amigos que habían llegado desde Francia serían emigrantes o agentes. Ambos siguieron avanzando por el camino.

—¿Disfrutaste de tu encuentro con lady Nadine? —preguntó Sebastian.

Dom sonrió, aunque sin ganas.

—Si no supiera que no es cierto, pensaría que tenías espías en mi casa.

—¿Por qué iba a hacer eso?

—Porque estás obsesionado y no tienes nada mejor que hacer que jugar al ajedrez con piezas humanas —no le cabía duda de que Warlock se pasaba la noche en vela conspirando.

—Seguís prometidos. Era inevitable que fueses a visitarla tarde o temprano.

—¿También la espías a ella? —preguntó Dom.

—Los chismorreos son tan valiosos para mí como las cartas como la que tú tienes en la mano. Oí que el conde había venido a la ciudad. La razón de su regreso era obvia, sobre todo con este calor.

Dom lo miró a los ojos.

—¿Para eso querías que nos viéramos? ¿Para hablar de mi prometida?

—Tengo noticias.

El corazón le dio un vuelco.

—El convoy para La Vendée partirá de Dover el cinco de octubre.

Julianne entró tambaleándose en casa de Sebastian Warlock, cerró la puerta y se apoyó en ella. Estaba medio ahogada con los sollozos que había intentado controlar mientras corría desde la posada de Newgate hasta allí.

Comenzó a llorar. ¡Había pasado mucho miedo!

La habían empujado, la habían golpeado y habían estado a punto de aplastarla hasta morir. Y nunca se olvidaría de la sensación que había experimentado en aquel suelo, magullada, sabiendo que tenía que levantarse, y sabiendo también que no podría levantarse lo suficientemente deprisa. El maldito cabecilla de los reaccionarios la había levantado del suelo y, por mucho que lo odiase, se sentía agradecida.

Caminó hacia las escaleras, se dejó caer sobre el primer escalón y se quitó los zapatos. Tenía tantas ampollas en los pies que le sangraban dos de los dedos.

Comenzó a llorar de nuevo. Deseaba que Lucas estuviera en casa.

Y entonces pensó en Dominic, en su poder, en su fuerza, y en lo maravilloso que sería esconderse en sus brazos. Curiosamente sabía que él nunca permitiría que nadie le hiciese daño.

Pero él mismo la había herido terriblemente.

Empezó a llorar otra vez. En su cabeza seguía viendo a los asistentes a la conferencia mientras los golpeaban y los empujaban; seguía viendo a Butler tirado en el suelo, recibiendo patadas sin parar.

Julianne se puso en pie sin dejar de temblar. Logró llegar al salón. Estuvo a punto de caerse al llegar al mueble bar; en vez de eso se aferró con fuerza a la madera y lloró con más fuerza.

Las imágenes del altercado daban vueltas en su mente.

Cuando finalmente se tranquilizó, cuando los sollozos se convirtieron en simples hipidos, estaba hecha un ovillo en el suelo.

Se quedó allí tumbada, intentando no pensar.

Pero había una cosa en la que sí pensaba. Si no estuviera tan agotada, si los pies no le dolieran tanto, iría a ver a Dominic.

En vez de eso, apoyó las manos en el suelo y logró levantarse. Sacó el jerez del mueble bar, destapó la botella y dio un trago. Después, sin soltar la botella, cojeó hasta las escaleras. El camino hasta su habitación le pareció el más largo de toda su vida.

Dejó la botella en la mesilla de noche, se dejó caer sobre la cama y se quedó dormida casi de inmediato.

—¡Abrid la puerta! ¡Julianne Greystone!

Julianne parpadeó al despertarse. Después se quedó mirando un techo oscurecido por la noche que no reconocía. ¿Dónde estaba?

—¡Abrid la puerta! ¡Julianne Greystone!

Y Julianne se despertó al instante. Recordó que estaba en la casa que Lucas le había alquilado a Warlock, y recordó el terrible ataque en la convención.

Un hombre estaba aporreando la puerta principal, gritando iracundo.

Ella se incorporó, horrorizada.

Oyó como forzaban la puerta.

Tenía que esconderse.

El instinto era animal. No sabía quién subía corriendo las escaleras, pero oía varios pares de botas.

—¡Julianne Greystone!

Julianne se tiró al suelo. Las pisadas sonaban cada vez más cerca, casi al final de las escaleras. No lograría salir de la habitación a tiempo, así que se metió debajo de la cama.

Pocos segundos más tarde, los oyó frente a la puerta de su habitación. Vio que una pequeña porción de la habitación se iluminaba; alguien llevaba una vela. Ella temblaba de terror.

Oyó los pasos. Vio una mano... que le tocó el hombro. Gritó.

Alguien la agarró del pelo y la sacó de debajo de la cama. Después la puso en pie y Julianne se encontró cara a cara con un oficial del ejército británico.

—¿Qué queréis? —preguntó.

Había dos hombres detrás de él, pero no llevaban uniformes de color carmesí.

—Estáis bajo arresto —dijo el oficial—. La sedición es un crimen contra el rey.

CAPÍTULO 10

El guardia que la escoltaba por el pasillo de piedra la agarró del brazo con fuerza. Ella gritó, pero no porque le hubiese hecho daño. Le dolían los pies. Cada paso que daba le causaba dolor. Pero lo peor era que tenía las manos atadas a la espalda, así que, si se caía, no podría protegerse.

Estaba en estado de shock. La habían llevado a la Torre de Londres... como prisionera política.

Había celdas a cada lado del pasillo. Las antorchas iluminaban el camino. Las sombras resultaban tenebrosas; pero no tanto como los prisioneros frente a los que pasaban. Los hombres se acercaban a los barrotes de sus celdas para mirarla con lascivia.

El corazón le latía con tanta fuerza que la cabeza le daba vueltas.

—¿Qué vais a hacer conmigo? —preguntó.

El guardia le tiró del brazo y no respondió. El oficial que la había arrestado hacía una hora se había negarlo a responder también. La habían metido en la parte de atrás de un carruaje y le habían dicho que guardara silencio. Había preguntado por los cargos, por las pruebas, había pedido un abogado, pero la habían ignorado. Agotada, se había acurrucado en un rincón del carruaje, demasiado asustada para llorar.

—Celda dieciséis... esta es para ti.

Vio una celda vacía y se sintió aliviada. Al menos no estaría encarcelada con otros prisioneros, todos los cuales parecían ser hombres. Había cinco hombres en la celda contigua. La miraron mientras el guardia y ella se acercaban a la puerta de la celda. Julianne apartó la mirada.

—Vamos —dijo el guardia, abrió la celda y le quitó las esposas.

Julianne entró en la celda, tropezó y se agarró a los barrotes.

—¿Cuándo seré juzgada? ¿Cuándo podré hablar con un abogado? —si lograba ponerse en contacto con Tom, él la ayudaría.

La puerta de la celda se cerró. El guardia no volvió a mirarla mientras se alejaba por el pasillo hasta desaparecer. Finalmente los ojos se le llenaron de lágrimas.

Nadie sabía dónde estaba. Podría pasar semanas en aquella celda, o incluso meses antes de que la juzgaran. Había oído historias horribles sobre lo que les ocurría a los prisioneros. Comenzó a temblar violentamente. No podía respirar bien.

—¿Señorita Greystone?

Aquella voz le resultaba familiar. Se dio la vuelta y vio a George Nesbitt de pie en la celda adyacente, con otros cuatro hombres que reconoció de la convención. Gritó. ¡Tal vez hubiese esperanza! ¡No estaba sola!

—¿Estáis bien, señorita Greystone? —preguntó él.

Tenía magulladuras y un ojo morado.

—¿Estáis bien vos? —preguntó ella.

—Viviré… si solo nos juzgan por sedición.

Julianne se había agarrado a los barrotes con tanta fuerza que los dedos le dolían. Los soltó, aún sin comprender nada. Pero estaba muy cansada y apenas podía pensar.

—¿Qué estáis intentando decir, señor Nesbitt?

—Digo que llevo meses oyendo rumores. Es Windham, no Pitt —se refería al secretario de guerra, que tenía fama de ser un halcón de guerra muy impaciente—. El departamento de espionaje fue idea suya. Y piensa tomar medidas enérgicas contra la sedición. Quiere acechar y arrestar a los radicales como nosotros.

Julianne tragó saliva. El rey había ilegalizado la sedición en mayo con su proclama.

—No somos culpables de sedición, señor Nesbitt. Y este es un país de leyes. Nuestro gobierno no puede acechar a sus propios ciudadanos, y mucho menos acusarlos falsamente.

—¿No? ¿Entonces por qué estamos todos aquí?

—La ley se ignora todo el tiempo, sobre todo en época de guerra —dijo uno de los compañeros de celda de Nesbitt. Era un hombre alto y delgado. Se presentó a sí mismo como Paul Adams.

Ella cerró los ojos con fuerza. Le ardía el estómago y pensó en el líder de los reaccionarios de Reeves. Había disuelto deliberadamente su asamblea pacífica. Cuando sus hombres habían comenzado a agredir a los asistentes, no les había ordenado que parasen. También se había llevado la lista de asistentes; ella lo había visto. ¿Trabajaría secretamente para el departamento de espionaje? ¿O simplemente habría decidido ayudarlos por voluntad propia? ¿Podrían ser acusados de sedición? ¿Podrían declararlos culpables?

Se estremeció. Llevaba solo un vestido veraniego, sucio y con manchas de sangre, y no se le había ocurrido preguntar si podía llevar un chal.

—El líder de los hombres de Reeves. ¿Quién era?

—Rob Lawton —contestó Nesbitt—. Es un fanático y un reaccionario.

Julianne se estremeció de nuevo.

—¿Os han dicho los cargos?

—No. Pero me pregunto si nos acusarán de sedición o de traición.

Se quedaron mirándose mutuamente. La traición era una ofensa castigada con la horca.

—Tal vez puedan argumentar que en nuestra asamblea se dijeron discursos sediciosos, pero hay una gran diferencia entre la traición y la sedición, señor —pero entonces recordó a Jerome Butler y se estremeció. Él había abogado por la traición.

—También podrían decidir olvidarse de que estamos aquí hasta que la guerra termine —dijo Adams.

—Tenemos leyes —argumentó Julianne—. No nos pueden detener sin presentar cargos. En algún momento tendrán que acusarnos.

—A los hombres como Windham no les importan las leyes. Supongo que ya os habréis dado cuenta —dijo Adams—. Solo quieren detener la revolución sin importar lo que cueste.

Julianne quería argumentar, pero estaba demasiado cansada para hacerlo. Era una radical, pero no creía que hombres como Pitt y Windham subvirtieran las leyes para lograr sus propios fines. ¡Eran ciudadanos ingleses!

—Vos no deberíais estar aquí, señorita Greystone —dijo Nesbitt, de pronto cansado. Se apartó de los barrotes para sentarse en su camastro.

—Ninguno de nosotros debería estar aquí. No hemos hecho nada malo —dijo Julianne con firmeza. Pero tenía ganas de llorar de nuevo. Nadie sabía dónde estaba, ni cuáles eran sus circunstancias.

¡Aquello era un terrible error! ¿No podría encontrar la manera de convencer a las autoridades para que la soltaran sin cargos? Si aquel maldito Rob Lawton no hubiera aparecido en la convención… Julianne sabía que desear que no hubiese ocurrido no solucionaría nada, pero estaba tan cansada y asustada que resultaba difícil pensar con claridad. La cabeza le daba vueltas sin parar.

Había varios camastros en la celda. Cojeó hasta uno de ellos, se sentó y comenzó a quitarse los zapatos. Las ampollas le sangraban de nuevo. Necesitaba jabón, agua y vendas. Obviamente nadie le llevaría ninguna de esas cosas.

Se llevó las rodillas al pecho y cedió a la desesperación. ¿Cómo había ocurrido aquello? Sintió las lágrimas tras sus párpados cerrados. Tenía que encontrar la manera de salir de aquello.

Lucas volvería a casa al día siguiente. En algún momento, tal vez a última hora de la noche, se daría cuenta de que había desaparecido. Registraría por completo la ciudad para encontrarla.

¿Pero cómo la localizaría? ¿La habría visto algún vecino abandonar la casa encadenada en mitad de la noche? Intentó recordar exactamente qué había ocurrido mientras la acompañaban al carruaje que esperaba frente a la casa, pero no recordaba nada. Todo resultaba borroso e increíble. Rezó para que alguien hubiera presenciado el episodio, pero no podía contar con ello.

¿Habría dejado atrás alguna pista? Y aunque Lucas la encontrara, ¿cómo la sacaría de allí? Hacía cientos de años el apellido Greystone era respetado en todas partes, pero en la actualidad la respetabilidad de la familia pendía de un hilo. Su hermano no tenía los medios ni el poder para sacarla de allí.

Sebastian Warlock, el tío al que no había visto en años, sí tenía medios. ¿Tendría poder? Sin duda la ayudaría, aunque apenas la conociera. Amelia había dicho que Lucas y él se llevaban bien.

Julianne se meció hacia delante y hacia atrás, con el estómago revuelto. ¿Qué iba a hacer? Si tan solo dejara de dolerle la cabeza, si pudiera controlar el miedo para pensar con claridad.

Poder…

Unos ojos verdes aparecieron en su mente.

Julianne se incorporó y abrió los ojos. Pero no vio su celda, ni la celda del otro lado del pasillo. Vio a Dominic Paget.

«Me salvaste la vida. Estoy en deuda contigo. Si me necesitas, Julianne, envíame una nota».

Dominic la ayudaría. Estaba convencida de ello, a pesar de todo lo que había sucedido entre ambos.

Se puso en pie. Descalza, corrió hacia los barrotes de su celda.

—¡Guardia! ¡Guardia! —gritó.

—No os responderán —dijo Adams.

Ella lo miró sin ver. La esperanza había reemplazado a la desesperación. ¡Tenía que ponerse en contacto con Dominic!

—¡Guardia! ¡Guardia!
Pero no hubo respuesta.

Julianne había tenido miedo de quedarse dormida, miedo de no ver a los guardias cuando les llevasen el desayuno a los presos. Como resultado, estaba tumbada de costado sobre el camastro, abrazada a sí misma para protegerse del frío, anhelando una manta y negándose a cerrar los ojos.

Finalmente las conversaciones cesaron en el calabozo. Los únicos sonidos eran los ronquidos y los roedores. Y finalmente la luz de su celda comenzó a palidecer.

Julianne se quedó muy quieta mientras los primeros rayos del amanecer entraban por la pequeña ventana situada sobre su cabeza. La celda estaba cada vez más iluminada. Los demás prisioneros se estiraron y comenzaron las conversaciones de nuevo. Oyó a alguien usar el orinal. Lo ignoró.

Después oyó pisadas y el sonido de unas ruedas oxidadas. Se incorporó al ver a un par de guardias que llevaban un carro lleno de cuencos. Cada celda tenía pequeñas ventanas de barrotes. Los guardias levantaron los barrotes y les entregaron los cuencos a los prisioneros. Julianne se dio cuenta de que comían con los dedos. El estómago se le revolvió.

—Vaya, vaya, pero si es la hermosa traidora —dijo el guardia al detenerse frente a su celda—. Ven a por ello, cariño.

Julianne se puso en pie.

—No tengo hambre. Necesito tu ayuda.

Él le dirigió una mirada lasciva y se rio.

—Deja que lo adivine. Tú te ocuparás de mí si yo me ocupo de ti.

Estaba tan cansada que, al principio, no comprendió nada. Entonces se sonrojó cuando él se quedó mirando sus pechos descaradamente.

—Necesito enviarle un mensaje al conde de Bedford. Supongo que podrás traerme pergamino y una pluma.

El guardia se acercó a su puerta.

—Oh, os traeré diamantes, Alteza, si primero me hacéis un pequeño favor —dijo con un guiño.

Julianne se sonrojó.

—Debo ponerme en contacto con Bedford. ¡Y habrá una buena recompensa si me ayudas! ¡Por favor! —sin duda Dominic la ayudaría a recompensar a aquel hombre. Y, si no lo hacía, ya se le ocurriría la manera.

—Como si Bedford quisiera tener algo que ver con gente como tú. Pero si me invitas, digamos, esta noche, te conseguiré el pergamino y la pluma.

—¿Esta noche? —preguntó ella—. No puedo esperar a esta noche. Debo escribir a Bedford...

—¿Quieres las gachas o no?

—¡No!

El guardia se alejó y se detuvo frente a la celda de Nesbitt para darles sus cuencos a los prisioneros.

Julianne no podía creérselo. Entonces se agarró a los barrotes de su celda.

—¿Quién está al mando aquí? ¡Maldita sea! ¡Bedford hará que te corten la cabeza cuando sepa cómo me has hablado y que te has negado a ayudarme! ¿Quién está al mando? ¿Cuál es tu nombre?

El guardia se dio la vuelta y la miró con el ceño fruncido.

—El alguacil está al mando de todos los prisioneros. Y sé que no eres la esposa ni la hermana de un conde. Al conde de Bedford no le importará. ¡Se trata de un truco!

—Sí le importará. ¡Soy su amante! —gritó ella.

Una docena de hombres se giró para mirarla, incluyendo a sus camaradas de la celda de al lado. Julianne tomó aire y habló con firmeza.

—Sí, le importará. Le importará mucho. Puedes ayudarme ahora o sufrir las consecuencias de tu apatía más tarde. Porque Bedford acabará por enterarse de que estoy aquí. Y no querrás ser aquel a quien dirija su ira.

El guardia parecía indeciso. Miró al otro guardia, que tenía los ojos desorbitados, y dijo:

—Tal vez deberías ir a buscar al alguacil. Yo terminaré aquí.

Julianne estuvo a punto de derrumbarse contra los barrotes, aliviada, pero no se atrevía a mostrar debilidad. Uno de los guardias se marchó. El otro siguió avanzando por el pasillo y repartiendo los cuencos.

—Deberíais comer —susurró Nesbitt.

Ella lo miró y vio la pasta gris de su cuenco. Estaba bastante segura de que contenía todo tipo de bichos.

—También os ayudaré a vos.

—Bedford es un tory —dijo él.

Julianne se quedó mirando hacia el pasillo.

El tiempo pasaba muy despacio. No sabía si habían pasado cinco minutos o cincuenta, pero finalmente el otro guardia regresó.

—¿Qué ha ocurrido? —preguntó ella.

—El alguacil no ha llegado aún.

—¡Entonces ve a esperarlo! —gritó ella.

El guardia simplemente se encogió de hombros y se alejó con indiferencia.

Julianne empezó a dar vueltas de un lado a otro de su celda. El guardia hablaría con el alguacil cuando este llegara. Pero la mañana y la tarde pasaron con una lentitud agonizante. El alguacil no apareció. Varios guardias acudieron a servir las comidas al mediodía. Todos ignoraron sus peticiones para hablar con el alguacil. Finalmente, se quedó dormida entre llantos. Cuando se despertó, ya había oscurecido fuera.

Casi llevaba encarcelada un día entero. Para entonces el alguacil ya habría abandonado la Torre. Se lo imaginó cómodamente en su casa, con su mujer y sus hijos.

—Os habéis perdido la cena —dijo Nesbitt.

Julianne intentó sonreír, pero no lo consiguió. Le dolía demasiado el estómago por la ansiedad como para tener apetito. Comenzó a dar vueltas lentamente por su celda.

¿Cuántas veces le habría rogado Lucas que tuviera cuidado al expresar sus opiniones? ¿Cuántas veces le habría prohibido que asistiese a las asambleas radicales? Solo había querido protegerla, y tenía razón. Era demasiado peligroso expresar abiertamente sus ideas. Pero no le había hecho caso.

¿Habría vuelto su hermano a Londres? ¿Estaría en casa en aquel momento? ¿Estaría preocupado por ella? ¿Habría hablado con los vecinos? Aunque ellos hubieran visto cómo la metían en el carruaje, Lucas no tendría ni idea de adónde se la habían llevado.

Tal vez, solo tal vez, le pidiera ayuda a Paget.

De pronto, se sintió mareada. Corrió al camastro para tumbarse. Una vez allí, se quedó tumbada sin más, agotada física y mentalmente. Se hizo un ovillo, cerró los ojos y pensó en su vida en la mansión Greystone, en su historia con Paget y en el altercado. Finalmente, cerca del amanecer, el sueño volvió a vencerla de nuevo.

La luz de la mañana la despertó. El calabozo bullía con conversaciones a su alrededor. Inmediatamente reconoció el sonido del carro de la comida. Se incorporó lentamente, con miedo.

Seguía en la Torre.

Los mismos dos guardias se acercaban con el carro de la comida. Se levantó, pero el mareo hizo que volviera a sentarse. Esperó a que se le pasara.

Entonces se levantó más lentamente y se acercó a los barrotes. El guardia con el que había hablado el día anterior la miró.

—El alguacil no vino —dijo ella.

—No estaba aquí ayer cuando acabó mi turno —respondió él.

—Bedford debe saber que estoy aquí —hablaba con calma. No tenía energía para gritar ni exigir nada—. Serás recompensado.

—Veré si puedo hablar con él cuando haya terminado aquí —dijo el guardia. Levantó un cuenco y lo colocó cerca de la puerta.

Julianne agarró el cuenco, se sentó en el camastro y se comió las gachas con los dedos. Ignoró las manchas negras que vio en ellas.

Después utilizó el orinal, con toda la discreción de la que fue posible, volvió a sentarse y rezó para que el maldito guardia hablara con el alguacil. Los minutos se convirtieron en una hora, después en dos. Ella se quedó mirando el otro extremo del pasillo, negándose a pensar en que su destino era seguir encerrada allí.

La puerta se abrió. El hombre que apareció iba bien vestido con una chaqueta de terciopelo marrón, un chaleco color cobrizo, unos pantalones claros y unas medias. Incluso llevaba la peluca empolvada.

Julianne se puso en pie lentamente.

—Alguacil.

Él la miró de arriba abajo con escepticismo.

Julianne sabía que parecía una sin hogar del lado este.

—Soy Julianne Greystone —dijo—. Mi hermano es Lucas Greystone, mi tío es Sebastian Warlock. Y Bedford es amigo mío. Por favor, decidle que estoy aquí.

El alguacil se quedó mirándola.

—Hablas muy bien.

—A Bedford no le hará gracia cuando sepa que estoy aquí y que han hecho oídos sordos a mis plegarias.

El hombre la miró y ella supo que estaba sopesando los riesgos de abordar a un noble como Bedford con lo que posiblemente fuese una mentira.

—Os estoy diciendo la verdad. Debéis decirle a Bedford que estoy aquí. ¿Señor, qué ganaría yo enviándoos allí?

—Eso es justo lo que estoy intentando decidir —contestó él.

—Buenos días, querido —dijo Catherine al entrar en el salón del desayuno, que era una estancia de paredes amarillas situada en una de las torres.

Dominic dejó el periódico, se puso en pie y fue a darle un

beso en la mejilla. Su madre llevaba puesto su traje de montar y tenía las mejillas sonrojadas, lo que significaba que acababa de volver de un paseo matutino.

—Buenos días —le sorprendía que Catherine hubiese acortado su paseo para poder desayunar con él—. Qué sorpresa tan agradable.

—Hace días que no tenemos un momento privado —sonrió y ocupó la silla que él acababa de ofrecerle.

—Eso es porque estás siempre ocupada —dijo él con cariño.

Catherine siempre tenía visitas y su agenda estaba completa.

—¿Debería quedarme en casa sola? ¡Qué aburrido sería eso!

—Dios sabe que tú nunca eres aburrida.

Apareció un sirviente, que le sirvió a Catherine su té favorito. Ella le dio las gracias y dijo:

—¿Disfrutaste de la fiesta que lady Davis dio anoche?

—Me aburrí bastante —contestó Dominic.

—Eso me parecía. Vi que Nadine no asistió, aunque estaba invitada.

Dominic no había visto a Nadine desde su reencuentro, y había esperado verla en la fiesta. D'Archand había estado presente y, aunque había parecido estar de buen humor, no había querido hablar de Nadine con él, salvo para decir que tenía algo de tos.

Dom no se lo había creído. Sospechaba que a Nadine le interesaban los actos sociales tanto como a él.

Tenían más en común ahora que antes de que comenzara la revolución.

—La veré más tarde. Ya le he enviado una nota.

—Bien —dijo su madre con una sonrisa de satisfacción—. Eres el perfecto diplomático, Dominic, y el perfecto caballero. ¿Alguna vez te lo había dicho? Nadine es una joven muy afortunada.

De pronto Dom pensó en Julianne, gritándole que era un mentiroso. Julianne no estaría nada de acuerdo con las palabras de su madre.

—Ser diplomático normalmente es una solución práctica a un conflicto —dijo. Catherine se quedaría horrorizada si se daba cuenta de que él había sacrificado su caballerosidad a cambio de la supervivencia hacía mucho tiempo.

—Bueno, si vas a ir a visitarla esta tarde, yo esperaré y lo haré mañana. Estoy seguro de que la extrañeza pasará, Dominic.

Él dio un sorbo al té. A Catherine no le gustaría cuando rompiera el compromiso. Tendría que acostumbrarse, igual que se acostumbraría al hecho de que él se marcharía en poco tiempo a Francia. Antes de que pudiera encontrar una respuesta apropiada, Gerard entró en la habitación.

—Milord, tenéis visita.

Dom frunció el ceño.

—Son las nueve de la mañana. Nadie viene de visita a estas horas.

—Dice ser el alguacil de la Torre.

—¿El alguacil de qué torre?

—De la Torre de Londres, milord —respondió Gerard.

Dom no conocía al alguacil de la Torre de Londres, así que se levantó intrigado.

—¿Dónde está?

—En el recibidor de la entrada.

—Discúlpame —le dijo a Catherine, que parecía tan sorprendida como él. Pasó frente a Gerard, que lo siguió desde el salón del desayuno hasta el pasillo de fuera. La torre hacía las veces de prisión, de arsenal y de almacén de tesoros y dineros reales. El alguacil de la torre podría tener muchas responsabilidades, pero ninguna que tuviera que ver con él—. ¿Ha dicho para qué desea verme?

—Ha dicho que tiene un mensaje para vos de uno de sus prisioneros.

Dominic no creía conocer a nadie que pudiera estar encarcelado allí en la actualidad; solían ser prisioneros políticos de cualquier índole. Pero había estado fuera mucho tiempo. Tal vez tuviera algún conocido que estuviera encerrado en la torre. Consciente de que Catherine los había seguido hasta el recibidor, la miró por encima del hombro.

—¿Alguien que conozcamos ha sido encarcelado?

—No se me ocurre nadie —contestó su madre.

Últimamente nadie sabía realmente quién podría ser enemigo del estado. Pero aquellos que estaban en contra de la guerra y a favor de la república francesa ocultaban sus ideas.

Entonces apareció en su mente la imagen de Julianne.

Julianne; una simpatizante declarada de los jacobinos.

Sintió un vuelco en el corazón. Pero intentó racionalizar. Julianne estaba en Cornualles. A nadie le importaba la Sociedad de Amigos del Pueblo. Nadie salvo Treyton y él sabía que a Julianne le habían pedido que localizara a una familia de emigrantes. Nadie en Londres sabría de su existencia. Se calmó ligeramente cuando llegó al recibidor de la casa. El alguacil se dio la vuelta con una sonrisa. Dom confirmó que no lo conocía.

—Milord, soy Edward Thompson. Siento mucho venir a esta hora, pero me han pedido que os entregue un mensaje. No es lo común, pero la mujer insistió. Solo espero que no estemos hablando de traición, y que yo no esté siendo víctima de una pequeña conspiración.

La mujer insistió...

Dominic logró disimular la sorpresa. ¡No podía ser Julianne!

—¿Quién desea ponerse en contacto conmigo?

—La señorita Julianne Greystone, milord. Insistió en que viniera directamente y os informara del hecho de que ha sido encarcelada. Espero no haber cometido un grave error.

Julianne estaba en la Torre de Londres.

Empezó a sentirse furioso.

—Llevadme a ver a la señorita Greystone.

Seguro que Dominic acudiría en su ayuda.

Rezaba para que fuese un hombre de palabra.

Julianne estaba sentada en el camastro, abrazada a sus rodillas, mirando hacia el final del pasillo. La puerta estaba demasiado lejos para poder verla, pero sabía que estaba allí. Dominic tendría que atravesarla si iba a buscarla. Iría.

Creyó ver un movimiento al final del pasillo. Se quedó helada. Y después oyó la puerta de hierro cerrarse y pasos lejanos.

Rezó para que fuera él. Las pisadas ya podían oírse con claridad. Cada vez sonaban más cerca. Tenía miedo de que fueran guardias los que caminaban hacia ella. El corazón se le aceleró e hizo que le costara trabajo respirar.

Dominic emergió de entre las sombras...

La vio en el mismo instante en que ella lo vio a él. Sus miradas se cruzaron. Él se detuvo y sus ojos verdes la miraron con incredulidad.

Julianne se puso en pie lentamente, temblorosa por el cansancio y el alivio. Y se preguntó cómo había podido considerarlo en alguna ocasión un oficial del ejército. Era el epítome de la riqueza, del poder y de la autoridad; un auténtico noble. Nunca lo había visto con su propia ropa. Llevaba una chaqueta de terciopelo azul marino, un chaleco de seda azul plateado, pantalones blancos, medias también blancas y unos zapatos negros. Incluso llevaba una elegante peluca oscura y un tricornio negro.

Se quedó mirando su falda manchada de sangre y tierra. Se dio la vuelta. Julianne vio que llevaba varios anillos.

—Soltadla inmediatamente —ordenó con firmeza. Era un tono que nadie se atrevería a desobedecer.

—Sí, milord —dijo el alguacil. Asintió y un guardia se apresuró a obedecer.

Julianne tuvo que controlar la necesidad de derrumbarse y llorar. Había acudido en su ayuda. Iba a hacer que la liberasen.

Volvió a mirarlo a los ojos y se preguntó si estaría enfadado.

—¿Estás bien? —preguntó él cuando el guardia giró la llave en la cerradura.

Julianne vaciló. No estaba bien, y creía que nunca volvería a estar bien.

—¿De quién es esa sangre, Julianne?

—No estoy herida —tomó aire cuando se abrió la puerta—. No lo sé.

Él arqueó las cejas.

El guardia le hizo gestos para que saliera de la celda, pero ella se volvió y miró a Nesbitt, a Adams y a los otros tres hombres de la celda. Ellos le devolvieron la mirada. Ya les había dicho que, si la soltaban, los ayudaría a salir, mientras que Nesbitt le había pedido que pusiera de manifiesto el despotismo atroz del gobierno de Pitt. Ella le había prometido que lo haría.

—Julianne —dijo Dominic con tranquilidad. Aun así, sonó como una orden.

Julianne sonrió débilmente a sus amigos, se dio la vuelta y comenzó a caminar. Al hacerlo, la celda se inclinó. Los barrotes empezaron a dar vueltas.

Dominic gritó.

Julianne vio su horror mientras corría hacia ella; pero eso fue lo último que vio.

Julianne fue consciente de la luz a través de sus párpados cerrados, y advirtió un torso fuerte y sólido contra su espalda, así como unos brazos masculinos que la rodeaban.

—Charles —murmuró.

—Te has desmayado. Estate quieta.

Abrió los ojos y contempló el rostro de su adorado Charles. Pero no era Charles quien la tenía entre sus brazos, tumbada en la parte de atrás de un carruaje con asientos de terciopelo rojo. Era Dominic Paget.

Entonces lo recordó todo.

—Dominic.

—Sí.

—Has venido —se sintió tremendamente aliviada. Ya no estaba encarcelada. Estaba con Paget; a salvo.

—Claro que he venido.

Julianne intentó incorporarse y él la soltó. Era un hombre de palabra; el horror de los últimos días había acabado.

—Tenía miedo de que no vinieras.

—Te dije que me enviaras una nota si alguna vez me necesitabas, Julianne. Hablaba en serio cuando dije que estaba en deuda contigo. Probablemente estemos en paz.

Su voz sonaba desprovista de emoción. ¿Sería rabia lo que acababa de ver en sus ojos verdes?

—Tenía miedo de que te hubieras ido de Londres.

—Como puedes ver, me he quedado en la ciudad —observó fijamente su rostro.

Julianne sintió un vuelco en el corazón. Se mantuvo tumbada sobre el banco, casi al borde del colapso, con sus cuerpos rozándose. No deseaba apartarse de él, cuando sabía que debía poner distancia entre ellos. Dominic no dejaba de mirar su cara.

La había rescatado de la Torre.

Ni siquiera había esperado volver a verlo.

—Me estás mirando —dijo—. Ahora no pareces muy republicano.

Él apartó la mirada inmediatamente.

¿Se sentiría culpable por su mentira?

—¿Dónde estamos? —el carruaje se movía con una velocidad moderada, pero las cortinas estaban parcialmente echadas y no podía ver lo que había fuera.

—En mi carruaje. El alguacil quería que te llevara a su despacho, pero me negué. Quería sacarte de allí y llevarte a mi médico lo antes posible. ¿Estás enferma?

—Me siento débil. No he comido en días —añadió ella a modo de explicación—. Gracias, Paget.

—De nada —dijo él, acariciándole la mejilla—. Tienes la mandíbula magullada.

Ella vaciló. ¿Qué cosas sabría?

—Me vi envuelta en un altercado terrible. Alguien me golpeó en la cara.

Él frunció el ceño. Julianne se preguntó si alguna vez se olvidaría del horror de aquel altercado, o del horror de estar encarcelada en la Torre. Casi deseaba que la abrazara y la consolara, pero sabía que debía controlar esas necesidades. No debía olvidar por qué estaban allí.

¿Pero qué significaba su mirada?

Obviamente debía de tener muy mal aspecto. Estaba magullada y tenía la ropa sucia. Pensaba quemar ese vestido. Era una pena que no pudiera deshacerse de sus recuerdos del mismo modo.

—¿Crees que volverás a desmayarte? Estás muy pálida.

Julianne lo miró y se preguntó si estaría realmente preocupado.

—Aún me siento algo mareada. Nunca había estado tan asustada —dijo sin pensar.

Algo brilló en sus ojos y Dominic la acercó más a él para estrecharla contra su pecho. Julianne cerró los ojos e intentó contener las lágrimas. Él apoyó la barbilla en su cabeza.

—Ya no tienes por qué temer.

Entonces comenzaron las lágrimas, que resbalaron por sus mejillas. Dominic la abrazó con más fuerza y ella hundió la cara en su pecho. La habían golpeado en la mandíbula y tirado al suelo. La habían arrastrado de debajo de la cama y la habían metido en la cárcel. Había pasado mucho miedo y había comprendido verdaderamente lo que significaba estar impotente, sin derechos, sin protección.

—¿Sabes lo valiente que eres?

—No soy valiente en absoluto.

—No estoy de acuerdo contigo —y, para su sorpresa, se quedó mirándole la boca.

Aunque dejó de mirarla al momento y se apartó de ella, Julianne sabía lo que significaba esa mirada. Charles la había mirado así cientos de veces cuando estaba a punto de besarla.

Se puso nerviosa. El corazón se le aceleró. ¿Quería besarla?

—Quiero saber lo que ha ocurrido.

Ella vaciló y lo observó atentamente. Estaba casi segura de que estaba enfadado. Esperaba que fuera porque la habían encarcelado, y no porque supiera lo de la convención y no estuviera de acuerdo.

—Vine a Londres para asistir a una asamblea de radicales de dos días. No podía permitirme ir a la convención de Thomas Hardy en Edimburgo, y Tom me sugirió que viniese a Londres. Por supuesto, ni Amelia ni Lucas saben por qué estoy aquí. Creen que he venido a la ciudad a... —se detuvo. No sabía si debía ser del todo sincera—. Creen que he venido a Londres a distraerme un poco.

—¿Después de mi mentira? —preguntó él.

—Sí, después de tu mentira.

Dominic se quedó mirándola.

—¿Qué ocurrió exactamente, Julianne?

—Los hombres de Reeves irrumpieron en la asamblea y nos atacaron. Se produjo una pelea. Yo me vi envuelta en ella. Así es como me magullaron la barbilla.

La expresión de Dominic se endureció.

—¿Alguna vez has oído hablar de Rob Lawton? Él era su líder. Sus hombres tenían palos y cachiporras. ¡Aprobaba el asalto! —exclamó ella—. ¡Me tiraron al suelo y pensé que iban a aplastarme hasta matarme!

—Conozco a Lawton. Está muy en contra de los republicanos, Julianne.

Ella se apartó.

—Es un bruto que utiliza la violencia y la intimidación para conseguir sus fines reaccionarios —entonces pensó en como la había puesto en pie y la había sacado de la asamblea. Ignoró ese recuerdo.

—Esos hombres de Reeves son los que deberían estar encarcelados, no yo.

—Yo no apruebo el que nadie se tome la justicia por su

mano, Julianne, igual que no apruebo el uso de la violencia para lograr cualquier fin. Pero estamos en guerra y tú apoyas al enemigo. ¿Se habló de sedición durante la asamblea?

Ella se tensó.

—No puedes ir por Londres o por Cornualles o por cualquier parte de Gran Bretaña defendiendo abiertamente la derrota del ejército británico y el triunfo de la república francesa.

Ella ya había llegado a esa conclusión, pero no quería admitirlo.

—Soy una ciudadana británica con derechos. Lawton se llevó la lista de los asistentes, yo lo vi. Anoche me sacó de la cama un oficial británico.

—Lo siento —dijo él. Su mirada parecía distante, casi despiadada.

—¿Estás enfadado?

—Estoy muy enfadado.

—¿Conmigo?

—Contigo, con Lawton, con el oficial que te arrestó —entonces la abrazó y la estrechó contra su pecho.

A Julianne se le aceleró el corazón. ¿Qué estaba haciendo? Tenía que protestar.

Entonces Dominic le dio un beso en la sien.

Fue un beso ligero y casto. Su deseo se encendió y su mente se quedó en blanco. La atracción que sentía por él no había disminuido en absoluto.

Le acarició la oreja con los labios y ella se estremeció.

Tomó aire. No podía dejar de temblar. Si tan solo pudiera pensar con claridad. No debía estar en sus brazos de aquella manera. Pero él la protegería. En aquel momento sentía que necesitaba protección.

Y entonces Dominic la agarró de la barbilla, le levantó la cara y se quedó mirando su boca.

—Bésame, Paget —se oyó susurrar a sí misma.

Y antes de que hubiera terminado la frase, sus labios ya se

habían encontrado. No había escapatoria; a Julianne no le importaba. Gimió y abrió la boca. Sintió su lengua. Deslizó las manos por debajo de su chaqueta; deseaba sentir su piel desnuda. Dominic apartó la boca de la suya y le cubrió de besos el cuello y el escote. Julianne volvió a gemir y estiró la mano hacia la parte delantera de sus pantalones. Sintió el bulto duro y grande que había allí.

—Prométeme, Julianne, que no volverás a tentar al destino nunca más.

—Te deseo —susurró ella, sin apenas oírlo—. Que Dios se apiade de mí, pero te deseo.

—Bien —la recostó sobre los cojines y sus bocas volvieron a juntarse. Cuando sus lenguas se fusionaron, un deseo intenso recorrió todo su cuerpo. El carruaje se detuvo. No le importaba. Él siguió besándola durante varios segundos. Finalmente se apartó, levantó la cabeza y la miró con la respiración entrecortada.

Ella se quedó mirándolo, sorprendida al comprobar que el deseo entre ellos no había cambiado. En todo caso se había intensificado.

—Terminaremos esto más tarde.

Y Julianne se dio cuenta de que lo único que deseaba era meterse en su cama. Pero la cordura empezaba a regresar. No podía retomar su aventura. Era imposible.

Él se incorporó y le ofreció la mano.

Ella vaciló, y se incorporó sin su ayuda. Dominic le dirigió una mirada indescifrable y se recolocó la chaqueta y el chaleco. Mientras lo hacía, se abrió la puerta del carruaje.

Julianne dio un respingo. Un sirviente con levita azul y dorada apareció al otro lado de la puerta. Entonces miró más allá del sirviente, se fijó en la fuente situada en el centro de la rotonda y se quedó perpleja. Más allá de la fuente se alzaba una antigua mansión con tres torres y rosales de rosas rojas que trepaban por los muros de piedra.

—Bienvenida a mi casa, Julianne.

CAPÍTULO 11

Dom la ayudó a bajar del carruaje y Julianne se quedó contemplando la impresionante fachada de la mansión. La casa era muy antigua, pero estaba muy bien cuidada. Sabía que Paget era un aristócrata con tierras, un título y mucho dinero, pero no había imaginado aquello.

—¿Te encuentras bien? —le preguntó él cuando Julianne entrelazó el brazo con el suyo.

—No lo sé —respondió ella. Se había enamorado de un francés normal y corriente que creía en la justicia social igual que ella. Pero no había nada normal ni corriente en Paget, y estaban en lados opuestos tanto de la guerra como de la revolución.

—Esta casa lleva siglos en mi familia, Julianne.

Era normal. Había heredado la casa, el título y el dinero. Representaba el tipo de injusticia social contra el que ella luchaba. Y aun así no quería luchar contra él, además no era tan hipócrita como para despreciar la riqueza heredada. Lucas había heredado las tierras de Greystone.

Empezó a temblar. Sin su riqueza y su poder, ella aún seguiría en la Torre de Londres.

—Tienes frío —dijo Dominic.

—Estoy bien —mintió ella. Estaba enferma; era un cálido día de agosto, y sin embargo tenía tanto frío que no podía dejar de temblar.

Dominic le pasó un brazo por la cintura y la condujo hacia los escalones de piedra de la entrada. Julianne sentía como si el chófer y los dos sirvientes estuvieran observándolos, como si estuvieran enterados de su aventura.

Los sirvientes ya habían abierto la puerta, e hicieron reverencias a su paso. El corazón se le aceleró. Seguía habiendo demasiadas diferencias entre ellos.

Tropezó al subir el último escalón.

—Estás enferma —dijo él, y la agarró con más fuerza como si hubiera sentido su angustia.

—No debería estar aquí.

—Tonterías. Voy a llamar al médico, Julianne.

Ella no pudo responder, porque la condujo a través de la puerta hasta el recibidor de la entrada.

Mientras se fijaba en el tamaño de la sala circular, en la altura del techo, en la belleza de los suelos y de los muebles, le oyó hablando tranquilamente con el criado que se había materializado ante ellos. Se preguntó si podría dejarse caer en la silla más cercana. Sentía que iban a fallarle las rodillas.

—Julianne —dijo Dominic—, este es Gerard. Cualquier cosa que desees no tienes más que pedírselo y estará encantado de complacerte.

—Espero que estés de broma —dijo ella, consciente de que Dominic había dejado el brazo alrededor de su cintura.

—Has vivido una experiencia terrible. Estás aquí para recuperarte y descansar. Hablo en serio —se volvió hacia el criado—. Gerard, llama al médico árabe, Al Taqur.

—¿Y si pido diamantes y perlas? —preguntó ella con lágrimas en los ojos. ¿Qué le había hecho decir tal cosa? No era una amante para que la cubriera de regalos.

—Tú nunca pedirías esas cosas.

Julianne estaba a punto de echarse a llorar de nuevo, pero no por la experiencia que acababa de vivir. Sentía de nuevo el dolor en el corazón como si fuera algo reciente. Negó con la cabeza para intentar hacerle entender que aquello era imposible e insoportable.

Se oyeron unos pasos de mujer por el pasillo.

Julianne se tensó. Una mujer sorprendentemente hermosa acababa de entrar en el recibidor por el extremo contrario. La dama se detuvo al verlos.

—Mi madre, lady Catherine Paget, la condesa viuda —dijo Dominic.

Julianne se dio cuenta de que Dominic no la había soltado y de que cualquiera se daría cuenta de cuál era su relación. Quería soltarse, pero no podía moverse, porque lady Catherine se acercaba.

La condesa era la mujer más elegante que hubiese visto jamás. Nunca había visto tantas joyas, ni un tocado tan espléndido. Las damas que habían pasado a su lado en Cavendish Square, y que la habían hecho sentir pobre y torpe, no eran nada en comparación con aquella magnífica mujer. Su mirada, del mismo color verde que la de Dominic, no se apartó de ellos. Cuando Catherine se detuvo, Julianne se dio cuenta de que lo más sorprendente en ella era su aire de seguridad y confianza en sí misma. Estaba segura de que a lady Catherine nunca se le escaparía un solo detalle.

—Así que esta es la radical a la que has rescatado de la Torre —dijo.

—Madre —dijo él con tono de advertencia—. Julianne Greystone me salvó la vida. Pasó semanas cuidando de mí en Cornualles, sin un solo sirviente que la ayudara.

Catherine miró a Julianne. Su sonrisa fue fría y controlada.

—Entonces estoy en deuda con vos, señorita Greystone. Bienvenida a mi hogar.

Julianne intentó mantener la compostura. Dominic había dicho exactamente lo mismo, pero sus palabras parecían sinceras. Era evidente que Catherine no sentía lo que había dicho. Julianne estaba casi segura de que la otra mujer ya la odiaba.

—Gracias.

Catherine le dirigió una mirada condescendiente, como si fuera muy torpe y hubiera dicho algo incorrecto.

Julianne no deseaba enfrentarse a esa mujer en aquel momento, cuando peor se encontraba. Se sentía débil, tenía frío y estaba muy cansada. Mientras la habitación se inclinaba, las imágenes pasaron por su mente a toda velocidad. El momento en que había sido arrastrada de debajo de la cama, los guardias que la miraban con lascivia y le pedían favores sexuales...

—¡Vas a desmayarte otra vez! —exclamó Dominic, y la tomó en brazos.

Ella se aferró a sus hombros para no perder el equilibrio. Se sentía terriblemente mareada, pero no lo suficiente como para no ver la expresión de desaprobación de su madre.

—Puedo caminar. Debo irme. No debería estar aquí —murmuró.

—No pienso dejar que vayas a ninguna parte —respondió Dom mientras se alejaba—. Envíame una doncella con una bata, una bandeja con la cena y una botella de brandy —le dijo a su madre por encima del hombro.

Julianne cerró los ojos, pero no sin antes ver las caras de asombro de los sirvientes.

—Lo saben todos —murmuró apoyando la mejilla en su pecho.

—No lo sabe nadie. Estás muy enferma y yo estoy muy preocupado. Tú cuidaste de mí. Ahora yo cuidaré de ti —comenzó a subir las escaleras.

Julianne seguía mareada, pero abrió los ojos de todas formas y vio una escalera con una alfombra roja. Temblorosa, miró hacia abajo mientras él subía y vio varios salones que tenían la puerta abierta, todos magníficamente decorados. En uno de ellos había un piano de cola. Ella no había tocado en años.

Dominic ya había llegado al segundo rellano.

—¿Qué sucede?

—Vendimos nuestro piano cuando yo tenía trece años. Aquel día lloré —«¿estaré delirando?», se preguntó. ¿Por qué iba a contarle tal cosa?

Dominic abrió una puerta y entró en un bonito dormitorio rosa y blanco. Julianne miró a su alrededor cuando la tumbó en mitad de una cama con dosel. Se fijó en el sofá de seda, en las sillas, en la alfombra persa, en la repisa de mármol sobre la chimenea. Él se sentó a su lado, le apartó el pelo de la cara y ella se volvió para mirarlo.

—Tienes fiebre, Julianne.

Tenía mucho frío. Se dio cuenta de que Dominic estaba quitándole los zapatos.

—¿Qué estás haciendo?

—Quiero meterte debajo de las sábanas —contestó él—, pero no con ese vestido —tiró los zapatos al suelo y comenzó a bajarle las medias.

Julianne quería protestar, pero no tenía fuerzas. Se recostó sobre las almohadas de la cama, absolutamente exhausta, y entonces se dio cuenta de que no eran los únicos en la habitación. Había también una joven doncella con los ojos desorbitados como los de lady Paget, que los observaba con frialdad.

—Creo que Nancy puede desvestirla, Dominic —dijo la condesa.

«Está echando a perder mi reputación», pensó Julianne. Y entonces se dio cuenta de que no le quedaba reputación que echar a perder.

—Ayúdame con el vestido —ordenó él.

Julianne se incorporó mientras Dominic y la doncella le quitaban el vestido manchado de sangre. La condesa se dio la vuelta y abandonó la estancia con cara de reprobación. Julianne miró a Dominic mientras le quitaban el corsé e intentó mantener los ojos abiertos.

—No lo caigo bien.

—No —confirmó él con calma mientras le entregaba las

prendas a la doncella. Después la ayudó a quitarse las enaguas que llevaba.

—Puedo quedarme con la camisa —dijo ella.

—Hay que lavarla.

Sin ella se quedaría completamente desnuda.

Dominic se puso en pie y miró a la doncella.

—Quítasela.

Julianne se sintió aliviada mientras Nancy le quitaba la prenda mugrienta. Dominic mantuvo la mirada apartada mientras la doncella la ayudaba a ponerse un bonito caftán de seda.

Julianne no podía más y acabó por derrumbarse sobre la cama, pero Dominic la agarró y la tumbó cómodamente.

—Creo que estoy enferma —murmuró ella.

—¡Julianne!

Se rindió y la oscuridad la envolvió.

—¿Estás enamorado de ella?

Julianne temblaba, estaba ardiendo. Intentó recordar la identidad de la mujer que estaba hablando, convencida de que la conocía.

—Esa es una pregunta del todo inapropiada —dijo Charles con calma.

—¡Nunca te había visto tan preocupado por nadie, ni siquiera por Nadine!

Julianne pataleó bajo las capas de sábanas y mantas. Nadine era su prometida, pero Nadine estaba muerta.

—Me salvó la vida. Haré todo lo posible por salvar la suya.

—El médico ha dicho que es joven y está sana; no se morirá. Tiene fiebre, nada más.

—Tú no viste ese lugar. Estaba infectado.

—Es una jacobina, Dominic. Es el enemigo. ¡No puedes confiar en ella!

—Se lo debo. Se está despertando.

—¡Estás enamorado!

—¿Julianne? No pasa nada. Estás conmigo, Dominic. Estás en mi casa; estás enferma.

Julianne consiguió mirarlo. ¿Dominic? No, era Charles, su adorado héroe revolucionario. Sonrió y le acarició la cara. Tiró de él e intentó besarlo.

—Te quiero —dijo, y entonces recordó que Charles no existía, que todo era una mentira, que su héroe era Dominic. La había rescatado de la Torre...

—Tienes fiebre —susurró él—. Estás delirando.

«Lo quiero», pensó ella. Y se dio cuenta de que había hablado en voz alta.

—¿A quién? —preguntó él.

La cabeza le daba vueltas. Vio a Charles. No, a Dominic. La miraba inquisitivamente. Dominic, Charles...

Le pusieron un paño húmedo en la frente y Dominic le acarició la frente.

—Cierra los ojos. Duérmete. Tienes fiebre.

—Charles —dijo ella con un suspiro.

Julianne se despertó y se quedó petrificada durante unos segundos, sin reconocer la habitación en la que se encontraba. Se quedó mirando el dosel que había sobre su cabeza. «¿Dónde estoy?», pensó.

Su memoria regresó con una fuerza y una claridad asombrosas. Dominic Paget la había rescatado de la Torre de Londres y la había llevado a su casa.

Al incorporarse lentamente, consciente de la exquisita sensación de la seda sobre su piel desnuda, ya que solo llevaba un precioso caftán de rayas rosas y doradas, vio a Dominic en un pequeño sillón con estampado de flores, con las piernas cruzadas, una pluma en la mano y una bandeja sobre su regazo. Escribía rápidamente sobre un pedazo de pergamino extendido sobre la bandeja.

El corazón se le aceleró al verlo. Recordaba todo perfectamente; se había ocupado de ella. Se quedó mirándolo, sorprendida, recordando cómo la había llevado al dormitorio, cómo la había ayudado a desvestirse, incluso cómo le había puesto compresas húmedas en la frente.

«¿Estás enamorado de ella?».

¿Lo había soñado, o su madre le había preguntado eso? ¿Qué había respondido él? ¿Y estaría ella loca por siquiera preguntarse por su respuesta?

Por supuesto que no la amaba.

Pero aun así se mordió el labio, temblorosa.

—Pareces asustada. Buenos días —Julianne dio un respingo cuando Dominic habló. Lo miró a los ojos, que parecían cálidos. Se puso en pie. Iba ataviado con una bata del color de sus ojos y unas zapatillas.

Julianne jamás olvidaría la sensación de alivio que experimentó al verlo entrar en la prisión. Lo había necesitado y él había acudido en su ayuda.

«Creo que estoy enamorada de él», pensó. «Aun así es un completo desconocido. No sé nada sobre él, salvo que es el conde de Bedford, un espía británico y que me mintió sin piedad mientras cuidaba de él».

Sabía que no debía permitirse amarlo. No debía permitirse confiar en él.

—Buenos días —susurró, y logró apartar la mirada de su cara. Miró hacia una de las ventanas. La luz del sol inundaba la habitación, y decidió que probablemente fuese casi mediodía.

Dominic dejó la bandeja y la pluma sobre una mesita y la miró sin sonreír.

—¿Cómo te encuentras?

Julianne lo pensó unos segundos.

—Débil. Hambrienta. Mejor.

Se acercó a ella.

—Estuviste muy enferma.

—Tú cuidaste de mí —lo estudió, casi con incredulidad. ¿Por qué había cuidado de ella? ¿Simplemente querría saldar su deuda por haberle salvado la vida? ¿O significaba algo más?

—Sí, así es. Estaba preocupado.

—Debes de tener una docena de sirvientes que podrían atenderme.

—No tengo una docena de sirvientes —respondió él con una sonrisa fugaz—. Y, francamente, tuve un poco de ayuda. Dos doncellas me ayudaron a cuidar de ti. Has tenido fiebre casi toda la noche —de pronto se inclinó sobre ella y le puso una mano en la frente. Su caricia fue increíblemente tranquilizadora, pero también hizo que se le acelerase el corazón.

Se preguntó si el roce de su piel siempre la excitaría. No era su héroe revolucionario. Había demasiadas mentiras de por medio.

Dominic la miró como si supiera que se le había acelerado el pulso y bajó la mano.

—Hace unas horas que no tienes fiebre —dijo con expresión severa—. Espero que hayas aprendido una lección.

Julianne no se estremeció.

—Sí. Evitar que me vuelvan a encarcelar, sea como sea.

Él arqueó las cejas.

—Creo que pronto tendremos que hablar seriamente.

—¿Por qué? ¿Por qué te importa?

Se quedó mirándola durante unos segundos.

—Supongo que me importa por muchas razones. Voy a vestirme. Te mandaré el desayuno.

Le importaba. Charles nunca le había dicho que le importara, pero había actuado como si la amara, y en ese momento ella lo había creído. Al desenmascararlo como un mentiroso, ya no había sabido qué creer. ¿Se atrevería a creer a Paget ahora?

Deseaba creerlo.

Julianne se abrazó a sí misma y lo vio marchar. Una parte de ella deseaba que regresara y la estrechase entre sus brazos.

Otra parte, más cuerda, le decía que huyera de él. Todo lo deprisa y lo lejos que le fuera posible.

Cuando Dominic se marchó, una doncella entró sin llamar con una bandeja de desayuno. Lady Paget iba tras ella, resplandeciente con un vestido de seda rosa con adornos dorados.

—Veo que estáis despierta, señorita Greystone.

Julianne sintió un vuelco en el corazón. A punto de levantarse, se recostó en la cama y se tapó con las sábanas, como si ellas pudieran protegerla de la madre de Dominic. Su sonrisa no había cambiado. Era descaradamente falsa.

—Nancy, por favor, deja la bandeja sobre la cama para que la señorita Greystone pueda alcanzarla —ordenó lady Paget.

Julianne se moría de hambre, pero cuando le pusieron la bandeja con los platos cubiertos, no la tocó.

—Buenos días —dijo con cautela.

—Mi hijo estaba muy preocupado por vos, pero eso ya lo sabéis —señaló con la cabeza el sillón que Dominic había abandonado y la doncella lo colocó junto a la cama. Lady Paget se sentó en él y se quedó mirándola.

—Somos amigos —Julianne no sabía qué decir, pero sabía que nada bueno saldría de aquella conversación.

—Me lo ha contado todo sobre vos, señorita Greystone. Agradezco mucho que cuidarais de él cuando estuvo herido.

A Julianne no le gustaba la insinuación de su primera frase. ¿Por qué aquella mujer la miraba por encima del hombro? ¿Sería simplemente una esnob pretenciosa y engreída? ¿O tendría razones para despreciarla? Porque verdaderamente parecía despreciarla.

—No podía dejarlo morir.

—¿Incluso aunque hubierais sabido la verdad? ¿Que era un conde y un patriota?

Ella se mordió el labio.

—Incluso aunque hubiera sabido la verdad, lo habría ayudado. ¿Os dijo que lo confundí con un francés?

—Me dijo que lo confundisteis con un oficial del ejército francés.

«Lo sabe», pensó Julianne. «Sabe que estamos en bandos opuestos en la guerra».

—Estoy muy agradecida a Dominic por lo que ha hecho, y por dejarme recuperarme en esta casa... —comenzó a decir, pero Catherine la interrumpió.

—Estoy en deuda con vos por cuidar de mi hijo cuando estuvo herido, así que os he permitido recuperaros de la encarcelación y de la enfermedad aquí —sus ojos verdes brillaban con rabia—. Pero ahora estáis bien. Esta es mi casa también. No tolero a los jacobinos, señorita Greystone. A ninguno.

Julianne tomó aire.

—Estoy segura de ello —contestó, y decidió que no tenía sentido señalar que aquel era un país libre.

Catherine se puso en pie.

—Tenéis derecho a pensar como queráis, pero no tenéis derecho a una habitación en esta casa. Sois el enemigo.

Julianne se quedó mirándola, rígida con la tensión.

—Yo apoyo la revolución —dijo—, pero no soy vuestra enemiga.

—Desde luego que sois el enemigo —insistió Catherine—. Yo soy francesa, condesa y monárquica. Mi hijo es inglés, tory y patriota. ¡Vos os reunís con vuestros camaradas radicales y defendéis la causa de *l'egalité, la liberté*, para todos! ¿Y dónde está esa libertad, señorita Greystone? No está en París, donde una muchedumbre enfurecida arrasó mi casa. Huí de París temiendo por mi vida. ¿Eso es libertad? ¿Es esa la revolución que apoyáis?

Julianne ni siquiera intentó responder.

—Tengo miedo de volver a mi casa, que lleva siglos en mi familia. ¿Eso es libertad?

—Yo no apruebo el vandalismo, la violencia u otros medios de intimidación —dijo Julianne—. Pero los siervos, los trabajadores y los campesinos también se merecen libertad.

—En esta casa podéis guardaros vuestras opiniones. En cuanto a vuestras actividades radicales, mi hijo soporta grandes cargas, ¿y ahora ha de preocuparse por vos? ¿Rescataros? ¿Daros cobijo? ¿Y todo porque está encaprichado de una melena roja, de una figura esbelta, de una cara bonita?

—Somos amigos.

—Reconozco a unos amantes cuando los veo —dijo Catherine—. Si creéis que mi hijo se comprometerá alguna vez con una mujer como vos, con una radical y una bohemia jacobina, estáis equivocada. Esto no es más que una inclinación pasajera por su parte. ¡Conozco a mi hijo! —sonrojada, se dio la vuelta y caminó hacia la puerta. Pero, antes de marcharse, se detuvo—. Os quiero fuera de mi casa en cuanto estéis completamente recuperada, señorita Greystone. Espero que sea hoy. Dominic está cegado por vuestros encantos, pero yo no.

Julianne se derrumbó sobre las almohadas. La condesa resultaría intimidante incluso aunque ella no fuese el objetivo de su furia. ¿Y cómo podía creer que Dominic estaba cegado por sus encantos? ¡Era el hombre más frío y racional que había conocido jamás!

«¿Estás enamorado de ella?».

«Esa es una pregunta del todo inapropiada».

¿Por qué haría lady Paget una pregunta así? Julianne se quedó mirando al techo, tan tensa que tenía los puños apretados. Se sentía atraída por un hombre al que ni siquiera conocía, con una guerra entre medias y cuando ella no representaba para él más que un interés pasajero. ¿Qué diablos estaba haciendo?

Se incorporó y se destapó. Se sintió mareada.

Volvió a recostarse. Tenía que comer algo, y entonces se marcharía.

Julianne pidió su ropa, pero la doncella le dijo que habían tirado el vestido a la basura y que la ropa interior estaba tendida. Su conversación con lady Paget seguía presente en su cabeza. Quería marcharse inmediatamente, antes de tener otro encuentro desagradable. La idea de no volver a ver a Dominic le dolía terriblemente, lo cual era razón de más para marcharse.

Tras suplicarle, Nancy le llevó su propia ropa, y ahora Julianne llevaba una camisa y unas enaguas mientras le ajustaban un miriñaque.

—Muchas gracias por dejarme tu ropa —susurró. Aún se sentía algo mareada.

Nancy era una mujer francesa de pelo negro y complexión pequeña. Debía de tener la misma edad que Julianne.

—Lord Bedford ordenó que nos ocupásemos de todas vuestras necesidades, milady. Yo nunca me negaría, y menos cuando milord está tan encariñado con vos —explicó la doncella con una sonrisa.

Julianne no le devolvió la sonrisa. Sabía exactamente lo que la hermosa doncella estaba pensando.

—Somos amigos —dijo.

Nancy se rio. Era un sonido alegre.

—*Bien sûr!* Estuvo despierto toda la noche con vos, milady.

Julianne empezó a hablar en francés.

—Llámame «señorita Greystone», Nancy. No tengo título —el corazón le latía con fuerza—. ¿De verdad ha estado despierto toda la noche conmigo?

—¿Por qué no me lo preguntas a mí? —dijo Dominic antes de que Nancy pudiera responder.

Julianne se volvió. Estaba apoyado contra la puerta, con una chaqueta marrón con bordados en oro. Debajo llevaba un chaleco de color bronce y por los puños y la pechera asomaba encaje francés. Sus pantalones eran de color crema, con medias blancas.

—¿Por qué has salido de la cama? —preguntó él.

Nancy se había quedado quieta detrás de ella, con la cabeza agachada.

—Me estoy vistiendo. Me marcho.

—¿De verdad? ¿Cuándo lo has decidido? —preguntó mientras entraba en la habitación.

—Debo irme, Paget.

Dominic levantó el brazo y le acarició la barbilla para levantarle la cara. Julianne temblaba de deseo.

—Hoy no vas a ninguna parte.

Sus temblores aumentaron. Nunca le contaría el desagradable encuentro con lady Paget.

—No puedo molestarte más.

—Yo te molesté a ti durante un mes entero.

—Dominic...

Él le apartó el pelo del hombro. Parecía el gesto despreocupado de un amante.

—Nancy, por favor, déjanos solos un momento.

Nancy huyó intentando disimular su sonrisa.

—Lo sabe. Todos lo saben —dijo Julianne.

—Lo sospechan, que es algo bien distinto. Pero nadie puede demostrar nada. Yo negaré cualquier rumor si alguien se atreve a chismorrear. ¿Por qué huyes de mí?

—¡Porque sería tonta si me quedara!

—¿Así que deduzco que no me has perdonado por mi mentira durante mi estancia en Greystone?

—No.

Dominic se apartó y dijo:

—Necesitas descansar. No puedes marcharte aún.

—Probablemente Lucas esté en casa. Se asustará cuando se dé cuenta de que he desaparecido.

—Lucas aún no ha vuelto a la ciudad. Esta mañana le he dejado una carta.

Julianne se quedó mirándolo asustada.

—¿Qué le has dicho?

—Oh, no temas. No le he contado por carta que te sacaron a rastras de la cama y te metieron en la Torre de Londres con cargos de sedición. Eso prefiero decírselo en persona.

—¡Por favor, no debemos contarle lo que ha ocurrido! —exclamó ella.

—Has cruzado muchas barreras, Julianne. Podrías haber resultado herida, o violada en esa prisión. Y acusada. Y nadie podría haberse enterado.

—Pero nada de eso ha ocurrido, y pienso ser mucho más circunspecta en el futuro.

—Nada de eso ha ocurrido porque yo te he rescatado. ¿Estás sugiriendo que seguirás haciendo campaña por sus causas radicales? —preguntó con incredulidad.

—No puedo cambiar lo que pienso.

—La gente cambia de opinión todo el tiempo.

—¿Y quieres que me convierta en un tory, en una reaccionaria como tú?

—Soy un tory, pero no soy reaccionario, Julianne.

—Lo siento. Ni siquiera te conozco. No tengo derecho a dar por sentado lo que piensas o lo que crees.

—No, no lo tienes. No espero que cambies tu manera de pensar. Te conozco bien. Tus creencias están arraigadas. Están en tu corazón.

La conocía bien porque ella siempre había sido sincera con él. Pero Julianne no lo conocía en absoluto.

—Sí que espero que cambies tu comportamiento. Te pedí que me prometieras que te abstendrías de seguir con tus actividades radicales cuando estábamos en mi carruaje, pero no hiciste la promesa.

Julianne no sabía qué decir. No quería que volviesen a arrestarla nunca, y aun así la causa por la que luchaba era más grande que ella misma.

Dominic se carcajeó.

—Oh, siento que ahora mismo estás maquinando; no tienes intención de echarte atrás. Julianne, la próxima vez puede que te hagan daño. La próxima vez tal vez te acusen de sedición, o algo peor. He oído que Butler habló en vuestra asamblea.

Estaba desconcertada.

—Yo no estoy de acuerdo con él.

—¡Gracias a Dios!

—Pitt es un tirano.

—Cree lo que quieras. Pero vamos a considerar los hechos. Esto es la guerra, y los que apoyan a Francia ya no serán tolerados, Julianne. El gobierno ha declarado la guerra a los radicales como tú. Puedes aferrarte a tus creencias, pero no puedes defenderlas en público ni actuar en base a ellas. ¡Es una insensatez! Por favor.

—Parece como si te preocuparas por mí.

Dominic estiró el brazo y la pegó a su cuerpo.

—Ya te he dicho que me importas. ¿Cuántas veces tengo que repetirlo?

—Me mentiste una vez.

—Sí, lo hice, y lo lamento.

Julianne se quedó quieta cuando la besó ferozmente. Entonces sintió el deseo y ya no fue capaz de querer resistirse.

Le devolvió el beso, preguntándose si se atrevería a creerlo, a confiar en él. Dominic apartó la boca y le besó el cuello y los pechos. Solo dos finas capas de tejido cubrían su cuerpo, y Julianne soltó un suave gemido. Era imposible pensar con coherencia.

Pero él la agarró por los hombros y volvió a besarla. Julianne dejó de intentar pensar. Solo existía el placer y el deseo.

Dominic puso fin al beso y la miró con fuego en los ojos.

—Te deseo muchísimo.

Julianne se quedó mirándolo, demasiado excitada para hablar. ¿Se atrevería a empezar de nuevo con él?

Su corazón le gritaba que sí.

Dominic le acarició la mejilla con los nudillos.

—No quiero volver a experimentar el horror de encontrarte en prisión.

—Yo no quiero volver a estar en prisión.

—Bien —respondió él—. En eso estamos de acuerdo. Y

quiero que te quedes aquí conmigo hasta que estés completamente recuperada.

Julianne sabía que, si se quedaba, acabaría convirtiéndose de nuevo en su amante.

—No pienso permitir que te marches.

—Eso es muy tiránico.

—Supongo —dijo él con una sonrisa.

—No creo que lady Paget me permita quedarme.

Dominic simplemente arqueó una ceja y dijo:

—Esta es mi casa y hará lo que yo desee.

Entonces Julianne supo que había perdido la batalla.

Julianne estaba acurrucada en su cama cuando llamaron a la puerta. Había estado tan agotada que había dormido durante casi todo el día. Acababa de despertarse y ya estaba anocheciendo. El corazón le dio un vuelco. Esperaba que fuese Dominic el que estuviese en su puerta.

Fue Nancy la que entró, con una pila de ropa en los brazos.

—Tenéis visita. ¿Puedo ayudaros a vestiros?

La única persona que iría a visitarla sería Lucas, pensó. Rezó para que Dominic no estuviera en casa.

—¿Lord Paget está en casa? —preguntó al incorporarse.

—Está abajo con vuestra visita —respondió Nancy, y le mostró una bonita camisa de seda con encajes.

Julianne se acercó a ella y contempló el corsé de lino, las enaguas y el conjunto azul pálido.

—¿De quién es esta ropa? —preguntó. Nunca había llevado prendas tan delicadas.

—No lo sé. Creo que lord Paget envió a alguien a la modista de lady Paget. Tal vez fuera encargada por otra persona y él encontró la manera de adquirirla.

—Creo que no debería ponérmela.

—Me han ordenado que os la traiga —dijo Nancy con

cara de preocupación—. Estaréis preciosa, señorita Greystone, con ese tono azul pálido.

Julianne se rindió. En aquel momento no le importaba lo que llevase puesto; si Paget estaba contándole a Lucas los detalles de sus peripecias, su hermano iba a estar furioso con ella.

Quince minutos más tarde, con el pelo cepillado y algunos mechones recogidos, Julianne siguió a Nancy escaleras abajo. Mientras descendía los últimos peldaños, pudo ver el gran salón, pues las puertas de caoba estaban abiertas de par en par. Los vio antes de que ellos la vieran a ella. Dominic miraba hacia la puerta, aún con su chaqueta marrón. Tenía una bebida en la mano. Lucas estaba de espaldas a ella. Julianne se detuvo cuando Dom se fijó en ella.

Lucas se dio la vuelta entonces y la miró con frialdad.

El corazón se le aceleró. Ni siquiera intentó sonreír, terminó de bajar las escaleras y entró en el salón con miedo.

—Hola, Lucas.

Su hermano no se anduvo con rodeos.

—Estoy muy enfadado contigo.

Julianne miró a Dominic.

—¿Te has callado algo?

—No —respondió él.

Julianne se dirigió hacia su hermano y le dio un beso en la mejilla, pero él la agarró del brazo.

—Fuiste encarcelada.

—Sí. Pero, como puedes ver, estoy bien.

—¡Solo porque Paget consiguió liberarte!

—Tú también tienes tus propias actividades clandestinas.

Lucas la miró con incredulidad.

—¡Yo no ando metido en asuntos de sedición ni de traición! Y no te molestes en defenderte. Estoy cansado de oír hablar de tus derechos. Obviamente te he permitido demasiadas cosas cuando no debería haberlo hecho.

—Te haya dicho lo que te haya dicho Paget, estoy segura de que ha exagerado.

—Se lo he contado todo, Julianne —dijo Dominic.

Ella se mordió el labio.

—¡Entonces sabrá que estoy bien!

—Lo que sé es que me mentiste, Julianne —dijo Lucas—. Que asististe a una asamblea en la que había discursos sediciosos, que te golpearon y que te tiraron al suelo. ¡Tienes la mandíbula morada! Sé que has estado muy enferma. Pero en cuanto estés lo suficientemente recuperada para viajar, volverás a Greystone. Al menos allí nadie prestará atención a lo que digas o hagas.

—Ya no estoy seguro de eso —dijo Dominic—. Lo que ha ocurrido en Londres estará ocurriendo por todo el país. He confirmado mis sospechas. El departamento de espionaje perseguirá a los radicales británicos por todo el país.

Lucas se volvió hacia Julianne.

—Yo había oído lo mismo. Tengo muchas cosas de las que preocuparme. Y ahora debo preocuparme por ti.

Julianne se sintió culpable entonces.

—No soy tonta, Lucas. No tengo intención de defender abiertamente mis causas ni de llamar la atención de las autoridades —ambos se quedaron mirándola—. Lo digo en serio. Y me alegra que hayas vuelto a la ciudad —concluyó con una sonrisa.

—Tengo que marcharme de nuevo mañana por la mañana. Odio tener que admitir esto, pero tengo miedo de dejarte sola en casa de Warlock.

—Puede quedarse aquí —dijo Dom—. Estoy en deuda con ella y pienso saldarla.

Julianne se volvió hacia él.

—Puede quedarse aquí —insistió Dominic sin mirar a Lucas—, y me aseguraré de que descanse hasta que esté recuperada.

—¿Así que serás mi guardián? —preguntó ella.

—Sí —respondió él—. Alguien tiene que protegerte... de ti misma.

—¿Qué está pasando aquí? —preguntó Lucas.

—Tu hermana me salvó la vida. Siento que ahora yo debo salvársela a ella.

—Ya lo has hecho, Bedford, cuando la sacaste de prisión. Ya has saldado tu deuda —Lucas los miró a ambos con desconfianza.

—No creo que esté saldada. ¿Y si los hombres de Pitt deciden interrogarla? Sin duda su nombre aparece en la lista.

Lucas miró a Julianne.

—Tienes razón. Me gustaría hablar un momento con mi hermana, si no te importa.

Dominic asintió, dejó el brandy sobre el mueble y salió de la habitación.

Julianne se dejó caer en una silla. Estaba agotada, sobre todo emocionalmente. Lucas acercó la otomana y se sentó frente a ella.

—¿Por qué estás a punto de echarte a llorar?

—Estoy exhausta.

—Sí, estar encarcelado resulta agotador.

—¡Lucas!

—Él no es Maurice, Julianne. Es Bedford.

—Lo sé.

—¿Lo sabes? Creo que te estás enamorando de él.

—Debería irme a casa —dijo ella, refiriéndose a la casa de Warlock en Cavendish Square.

—No me has respondido —insistió su hermano agarrándole la mano.

—Rezo para no estar enamorándome de él, contra todo sentido común. Pero a veces parece que sí es mi héroe.

—No es para ti, Julianne. Confía en mí. Claro que te parece un héroe; acaba de sacarte de prisión. Pero algún día se casará con una debutante adinerada. Es lo que hacen los nobles. Por muy inteligente, guapa y maravillosa que seas, nunca serás esa mujer. Es el conde de Bedford, Julianne, y no tienes más que mirar a tu alrededor ahora para darte cuenta de que no puedes ignorar las diferencias que os separan. Detesto que tus sentimientos sean esos.

Julianne temía que Lucas pudiera tener razón.

—¿Ha intentado algo? —preguntó su hermano.

Julianne tardó un momento en poder hablar.

—¿Cómo puedes preguntar tal cosa?

—Gracias a Dios que no. Ahora tengo que irme, Julianne. He viajado durante todo el día y se está haciendo tarde. Pero creo que es mejor que te quedes aquí durante un tiempo.

—No vas a decirme en qué andas metido, ¿verdad? —Lucas simplemente sonrió, sin contestar, y ella lo abrazó con fuerza—. Por favor, ten cuidado, Lucas.

—Siempre tengo cuidado.

¡Parecía tan seguro de sí mismo! Julianne lo acompañó a la puerta. Dominic estaba en el recibidor. Ella se detuvo en el umbral mientras los dos hombres se daban la mano, consciente de que, en pocos segundos, Paget y ella estarían solos en esa casa.

Cuando Lucas se marchó, los sirvientes cerraron la puerta y Dominic se volvió hacia ella. El corazón se le aceleró cuando sus miradas se encontraron.

Él atravesó la sala en dirección a ella. Julianne sabía que debía olvidar que habían sido amantes; debía ignorar la atracción que seguía envolviéndolos.

Dominic no intentaría nada, ¿verdad? ¡Ella estaba convaleciente!

La agarró del brazo y la condujo de vuelta al salón. Julianne no se resistió.

Dominic sirvió un poco de brandy en una copa y se la entregó.

—Ha sido un día muy largo.

—Sí, lo ha sido.

—¿Por fin te has resignado a quedarte aquí?

—Supongo.

—No pareces muy feliz al respecto.

Julianne dejó la copa sin tocar.
—No seré feliz si me quedo, y tampoco si me voy.
—Al parecer pensamos lo mismo.
—¿Qué quiere decir eso? —susurró ella.
—Quiere decir que te he echado de menos, Julianne.
—Dominic, yo también te he echado mucho de menos.
Dominic la abrazó y la besó sin decir nada más.

CAPÍTULO 12

Dominic abrazó a Julianne mientras ella dormía, con la luz de primera hora de la mañana inundando su habitación. Sentía como si se hubiese quitado un gran peso de los hombros. No podía negar que la había echado de menos. Cuando estaba en sus brazos, dormía plácidamente, sin pesadillas.

Ella se agitó.

—Shh —murmuró él—. Quédate en la cama. Deberías descansar.

La soltó con reticencia y se incorporó. Tenía que admitir que se había encariñado mucho con ella. Durante las últimas semanas se había dicho a sí mismo que no importaba. Los acontecimientos de los últimos días lo habían cambiado todo.

Había estado muerto de miedo al enterarse de que Julianne estaba en la Torre, y se había sentido horrorizado al verla en aquella celda. Se enfurecía cada vez que se la imaginaba envuelta en el altercado de la asamblea a la que había asistido.

Se levantó de la cama con cuidado, alcanzó la bata y se la puso sobre su cuerpo desnudo. Él era un tory y ella una jacobina. Ambos defendían sus creencias con pasión. Pero ahora eran amantes. Podía confiar en ella.

¿Y acaso importaba? Aquello no podía ser un nuevo comienzo. ¿Cómo podía serlo, cuando él regresaría a Francia en poco tiempo?

Y por otro lado estaba Nadine.

Muchas cosas habían cambiado entre ellos. Él ya no se sentía vinculado a su prometida; ya no podía mirarla a los ojos y saber lo que estaba pensando. Ella había admitido que sentía la misma distancia. Aun así Dominic siempre la admiraría, la defendería y se preocuparía por ella. Había planeado poner fin al compromiso por razones políticas, pero ahora tenía a su amante bajo su techo y eso hacía que fuese más necesario hablar con ella.

Nadine siempre lo había comprendido. Nunca habían discutido. Él siempre había deseado lo mejor para ella y ella siempre había deseado lo mejor para él. Nadine había señalado que había perdido el interés en su unión también, pero aun así Dominic no disfrutaría diciéndole que se había acabado. No podía imaginarse a ninguna mujer contenta con el hecho de que su prometido se hubiese ido con otra.

Esperaba que algún día Nadine pudiera interesarse por otro hombre como le había pasado a él con Julianne.

Dom atravesó su dormitorio velozmente, pero se detuvo frente a la puerta de su sala de estar para volver a mirar a Julianne. La cama tenía sábanas azul marino y un dosel acolchado también azul. La parte de arriba del dosel era dorada, al igual que las cortinas y las almohadas. Julianne parecía muy pequeña, tumbada sola en la enorme cama. El corazón le dio un vuelco, pero no pudo evitar sentir cierta aprensión.

Si pudiera confiar en ella por completo. Deseó poder contarle cada horrible detalle de los últimos dos años. Sería agradable quitarse ese peso. Pero nunca haría tal cosa.

Se dio la vuelta, entró en la sala de estar y se dirigió hacia su secreter.

Nadie podía entrar en su suite salvo su ayuda de cámara, Jean. Las doncellas que limpiaban lo hacían bajo la supervisión de Jean. Él iba a vestirse y a salir. Julianne se quedaría sola en sus aposentos privados.

Los últimos años le habían enseñado que debía ser suspicaz

y circunspecto. Había aprendido a no confiar en nadie. Examinó su escritorio con cuidado, aunque no era propio de él dejar pruebas que pudieran incriminarlo. La carta que estaba escribiendo era inofensiva. Junto a ella solo había pergaminos, una pluma y un tintero. La carta que había recibido de Michel el día anterior estaba guardada bajo llave.

Dominic se acercó a su librería y sacó un libro de una de las estanterías. Lo abrió, sacó la llave del pequeño compartimento que había sido tallado en la cubierta y volvió a dejar el libro en su lugar.

Regresó al escritorio, abrió el tercer cajón a mano derecha y sacó la carta. Ya la había leído, y las noticias no eran buenas. El Comité de Seguridad Pública había ordenado que el general Carrier emprendiera el «proceso de paz» en La Vendée mediante la destrucción total de la región. Michel necesitaba el convoy con la ayuda mucho antes de mediados de octubre.

Le escribiría una carta y le transmitiría el plan, pero también le aseguraría que no cesaría en su empeño de acelerar el proceso. Esperaba poder enviar la carta por mensajero al amanecer del día siguiente.

Dominic sacó una caja de pedernal de otro cajón y encendió una de las piedras. Quemó entonces la carta de Michel.

Volvió a cerrar el cajón con llave, porque también guardaba allí algunas notas y mapas que había trazado.

Regresó a la librería, sacó el volumen de poesía y guardó la llave. Suspiró. No estaba seguro de creer que Julianne fuese a espiar entre sus efectos personales. Simplemente estaba actuando con cautela.

Si ya estaba enamorándose de Paget antes, ahora era peor.

Julianne se quedó mirando el dosel azul marino que colgaba sobre su cabeza. Acababa de abrir los ojos y no sabía si sentirse entusiasmada o angustiada. No había ningún sitio en el que prefiriese estar que no fuera en los brazos de Dominic.

De pronto lo oyó moverse en la habitación contigua y se apoyó sobre un codo. Dominic estaba guardando un libro en la librería, de espaldas a ella. Después atravesó la habitación y desapareció. Oyó que una puerta se abría.

El corazón le dio un vuelco y ella volvió a recostarse sobre las almohadas. Tal vez fuese inexperta, pero no era tonta. Él la deseaba y había admitido que la necesitaba; pero eso no significaba que la amara. Sin embargo, el más pequeño de los gestos le hacía concebir ilusiones. Cuando le daba un beso casto en el hombro o en la mejilla, Julianne tenía la sensación de que se estaba enamorando de ella también.

Sabía que era peligroso empezar a pensar que compartía sus sentimientos. Sabía que no debía confiar en su palabra, no después de la mentira en Cornualles. Y aunque se preocupara por ella, vivían en mundos diferentes. Algún día él se casaría con una mujer rica y con título.

Julianne tenía miedo. Tenía miedo de sus propios sentimientos. No debía permitirse enamorarse. Y no porque le hubiese mentido, no porque fuese un extraño, o un espía, o un tory, sino porque era el conde de Bedford. Ella solo era su amante.

Se incorporó lentamente y se tapó con las sábanas de seda. Nunca antes había estado en su suite privada. Se sentía como si estuviera en una habitación real. La parte baja de las paredes estaba forrada con paneles de madera, y la superior con un tejido azul marino con bordados dorados. Los techos eran blancos y dorados, con dos enormes lámparas de araña. Había dos zonas para sentarse en la habitación; una frente a la chimenea, que tenía una repisa de mármol blanco y dorado. También había una bonita mesa de desayuno junto a la ventana, desde la cual podían apreciarse los espectaculares jardines. Los adornos florales de la mesa eran amarillos y púrpuras. Estaba segura de que las flores provenían de sus jardines.

Debía abandonarlo. Debía levantarse, vestirse y volver a

Cavendish Square. Después encontraría a algún viajero que regresara a Cornualles y le rogaría que la llevase a casa. Una vez allí, volvería a su vida política y normal. Una vez allí, podría intentar olvidarlo.

Pero no iba a hacer eso, porque deseaba ver a Paget otra vez. Deseaba mirarlo a los ojos después de la noche anterior. Sabía que esperaba ver un reflejo de sus propios sentimientos allí.

La bata que había llevado puesta el día anterior estaba extendida sobre el respaldo de una silla. Se la puso y creyó oír una puerta que se cerraba. Corrió para cerrar la puerta del dormitorio y después entró en la sala adyacente, pero Dominic no estaba allí.

Estaba segura de que acababa de marcharse, pues la puerta de su vestidor estaba abierta, igual que la puerta que daba al recibidor situado frente a la sala de estar. Aquella sala era dorada, con tonos azules y, como tal, era mucho más alegre y menos majestuosa que el dormitorio. Había un pequeño sofá frente a la chimenea, y la mesa para comer estaba puesta frente a las ventanas que daban a los jardines. En una pared se encontraba la librería, en la otra el secreter.

Se acercó al vestidor y llamó a la puerta. No hubo respuesta, así que dijo su nombre y se asomó. Vio su caftán en el suelo y supo que ya se había vestido y se había marchado. Se sintió absurdamente decepcionada.

Era media mañana y estaba lista para desayunar, pero vio el pergamino y la pluma en el escritorio y se detuvo. Debería escribir a Tom. Solo le llevaría unos minutos y deseaba ponerle al corriente de los acontecimientos recientes. Se acercó al escritorio e ignoró la carta que Dominic estaba escribiendo. Alcanzó una página en blanco. Cuando se sentó y tiró del papel, se fijó en la letra en negrita escrita en la carta, y vio la fecha y el saludo.

Mi querido Edmund. La fecha era de una semana antes.

Sin mucho interés, Julianne alcanzó la pluma y vio entonces un sobre junto al tintero. Resultaba imposible no leerlo.

¡Estaba dirigida al infame reaccionario Edmund Burke!

Julianne se quedó perpleja. ¡Odiaba las ideas de Burke! Odiaba a Burke. Era despreciable. Antiguo amigo y seguidor de Charles James Fox, a quien Julianne admiraba, Burke había anunciado recientemente su separación formal de los liberales británicos y se había convertido, casi de la noche a la mañana, en uno de los torys más influyentes de la nación. Burke era famoso por haber escrito numerosos tratados sobre las desventajas y las maldades de la revolución francesa, que consideraba una auténtica anarquía. Era partidario de contener la revolución cuanto antes.

Atemorizada, Julianne agarró la carta de Dominic y comenzó a leer, tan agitada que apenas podía respirar correctamente.

Se sintió confusa.

Dominic había empezado escribiendo:

Ya sabes, mi buen amigo, que te apoyo en los principios que nos unen, y que estoy de acuerdo en que hemos de evitar que la revolución llegue a las costas de este país grande y libre. Sin embargo, tengo mis reservas con respecto a la utilización del Departamento de Espionaje para reprimir las discrepancias a lo largo y ancho del país. En una nación como la nuestra, la discusión de las ideas encontradas fortalece la libertad. No la debilita. Obviamente la sedición ha de ser castigada, pero también hay que permitir la libertad de expresión.

Continuaba diciendo que el tejido sociopolítico de Inglaterra debería fortalecerse mediante una reforma gradual y necesaria; como por ejemplo la ampliación del voto o la implantación de un salario mínimo. Incluso decía que sería aconsejable considerar la idea de un impuesto sobre la renta para los más adinerados. Terminaba diciendo:

Espero que tengas en cuenta mis sugerencias. No te quepa duda de que sigo siendo leal al primer ministro Pitt y al partido conserva-

dor, y que seguiré haciendo todo lo que esté en mi poder para impedir que los radicales y los republicanos importen la revolución hasta nuestras tierras.

Julianne estaba asombrada. Sí, Dominic estaba en contra de la revolución, y pensaba contraatacarla, pero no era el reaccionario absoluto que ella pensaba. Julianne no se oponía a una reforma gradual en su propio país. Estaba segura de que esas reformas nunca se llevarían a cabo; los partidos que estaban en el poder tenían mucho que perder. Aun así, las ideas de Dominic no eran incompatibles con las suyas.

«No es para ti, Julianne. Confía en mí. Algún día se casará con una debutante adinerada».

Se estremeció al recordar las palabras de Lucas. ¿Importaba realmente que Dominic apoyara la reforma en Gran Bretaña? Sería mejor que no se olvidara de que siempre sería el conde de Bedford, y que estaba tan por encima de ella como el príncipe de Cenicienta. Que se preocupara por ella no significaba que la amara, y en cualquier caso los hombres de su posición no se casaban por amor.

Julianne dejó la carta en su lugar. ¿Acaso deseaba secretamente casarse con Paget?

El corazón se le había desbocado.

Había perdido el deseo de escribir a Tom. Tal vez podría escribir a Amelia.

La pluma ya no estaba sobre el escritorio, así que miró al suelo. Se había caído. Al agacharse para recogerla, vio que la punta se había roto y ya no servía. Intentó abrir un cajón para sacar otra pluma.

Pero estaba cerrado.

Probó con uno de los cajones que tenía a su derecha. También cerrado. ¿Qué guardaría allí dentro? Ni siquiera tuvo que pensarlo; probablemente fueran notas y secretos de guerra.

Le alegraba que estuviera cerrado. No quería espiarlo. Tiró

del cajón situado encima y este se abrió de inmediato. Vio varias plumas, así como una pila de sobres atados con un lazo negro.

La escritura delicada sobre el primer sobre era evidentemente femenina.

Se quedó helada. Sabía que estaba frente a una pila de cartas de amor.

Cerró el cajón inmediatamente. Sabía que no debía mirar aquellas cartas. Pero tenía la mente en blanco. ¿Tendría una rival? ¡Seguro que eran cartas antiguas!

Compartía la cama de Paget. Tenía que saber de quién eran esas cartas, y si eran recientes o no.

Así que sacó los sobres con una mano temblorosa, desató el nudo y dio la vuelta a la primera carta. Era de Nadine D'Archand.

Se quedó petrificada. D'Archand. ¿Sería una de las emigrantes que Marcel deseaba localizar? ¿Sería posible? ¿Era D'Archand un apellido común o poco común? Apenas podía creer la coincidencia.

Pero aquella carta era de su prometida. Se preguntó entonces si Nadine estaría realmente muerta. Al fin y al cabo, cuando le había hablado de ella, él estaba representando un papel.

Miró por encima del hombro, pero la puerta de la sala permanecía cerrada. Abrió el sobre, sacó la carta y la leyó.

15 de abril, 1791
Mi querido Dominic, sé que anoche nos dijimos adiós, pero no he podido evitarlo. Lo de anoche fue maravilloso. Qué velada tan maravillosa antes de mi viaje a Francia con tu madre. Podría haber bailado contigo hasta el amanecer. Ya sabes, por supuesto, que eres un bailarín soberbio, y que todas las parejas que había allí estaban verdes de envidia.

Julianne sintió náuseas. Casi podía oír la risa suave y cálida de Nadine. Casi podía verla con su bonito vestido. Siguió leyendo con lágrimas en los ojos.

Sé que estás un poco nervioso por nuestras vacaciones en Francia, pero echo de menos mi casa, y Catherine también. ¡Echo de menos París! Querido, estaremos bien y volveremos a casa antes de que te des cuenta de que nos hemos ido. Gracias por las flores y por la pulsera. Gracias, Dom, por una velada tan perfecta. Ya te echo de menos.
Con todo mi amor,
Nadine

Julianne se quedó mirando la carta, incapaz de ver la letra con claridad. Nadine había estado enamorada de Dominic. Claro que sí. No le cabía duda de que había sido una mujer hermosa, amable y cariñosa. ¿Dominic la habría amado?

«¿Aún la amas?».

«No».

De pronto Julianne no se creía sus palabras. Dominic se había hecho pasar por Charles Maurice durante aquellos días. Y ahora ella tenía miedo. ¿Estaría en Cornualles la familia de Nadine? ¿Estaría Nadine en Cornualles?

Volvió a doblar la carta con manos temblorosas. Se recordó a sí misma que estaba fechada dos años atrás. Intentó tranquilizarse. ¿Por qué iba a decir que Nadine estaba muerta si en realidad no lo estaba? Y era horrible esperar que alguien estuviese muerto, pero ella jamás le habría permitido a Paget tales libertades si hubiera estado prometido con otra mujer. Metió la carta en el sobre y comenzó a atar el lazo. Las lágrimas le nublaban la visión. Entonces oyó pasos al otro lado de la puerta.

Metió las cartas en el cajón y lo cerró de golpe. Al ponerse en pie, Dominic abrió la puerta y la vio.

Julianne tomó aire.

Él la miró con los párpados entornados.

—Iba a escribir a Tom —dijo ella. Pero, nada más hablar, supo que no debería haber dicho nada en absoluto.

—Entiendo —contestó él en tono neutral y con una expresión imposible de interpretar.

Julianne se humedeció los labios.

—Buscaba una pluma —se detuvo al darse cuenta de su error, pero jamás había estado tan nerviosa.

—La pluma está justo ahí, encima del escritorio.

Su expresión era de indiferencia, pero Julianne sabía que sospechaba que hubiera estado espiando entre sus cosas.

—Está rota.

—Entiendo.

Los dos se quedaron mirándose. Si le preguntaba por su prometida, Dominic sabría que había estado leyendo sus cartas. Aun así deseaba hacerle muchas preguntas.

—¿Estabas espiándome? —preguntó él al fin.

—¡No!

Se hizo el silencio.

—Creí que tal vez querrías desayunar. Por desgracia no puedo quedarme contigo. El desayuno está en tu habitación.

Julianne se apartó del escritorio. Él no se movió. Ni intentó abrazarla. No hubo palabras cariñosas ni referencias a la noche apasionada que habían compartido. Dominic la miraba con desconfianza.

Julianne deseó no haber rebuscado en el escritorio ni haber encontrado esas cartas.

Julianne estaba sorprendida mientras se acercaba al salón donde Sebastian Warlock la esperaba. No recordaba cuándo había visto a su tío por última vez; probablemente con diez u once años. Pero Amelia había dicho que Lucas y él se llevaban bien; Lucas debía de haber mencionado que ella estaba hospedada en la mansión Bedford. Imaginaba que era una suerte tener la oportunidad de conocer al hermano de su madre. Pero mientras seguía a Gerard por el pasillo, cayó en la cuenta de que Warlock nunca iba a visitar a su madre.

Sebastian Warlock estaba de pie junto al sofá en el salón azul. Julianne se detuvo. Era un hombre moreno y guapo. Parecía impaciente. Iba vestido de marrón, sin peluca, lo cual indicaba o indiferencia por la moda o unas circunstancias desafortunadas. Habiendo visto su casa en Londres, Julianne sospechaba que sería lo primero. No lo reconoció en absoluto.

Él se quedó mirándola durante unos segundos, inspeccionándola. Julianne se sentía desconcertada.

Finalmente Warlock sonrió y se acercó para saludarla y darle la mano.

—Ha pasado mucho tiempo, Julianne —se inclinó con una reverencia.

—Sí, así es —dijo ella. Estaba tensa. Se recordó a sí misma que aquel hombre le permitía a Lucas usar su casa, y a su hermano le caía bien—. Esto es una sorpresa, pero agradable.

—Tú eres la sorpresa, querida. Eres muy hermosa y me recuerdas a tu madre.

La tensión de Julianne aumentó, incluso sabiendo que su madre había sido muy hermosa en su juventud.

—Espero que estéis halagándome.

—Solo quería decir que es agradable mirarte.

—Sin duda sabréis que mi madre tiene algo mermadas las facultades mentales.

—Oh, sí, lo sé. Y también sé que tú eres una bohemia intelectual.

Julianne no sabía qué decir. ¿Sería un cumplido? ¿Le habría contado algo Lucas? Él nunca revelaría sus ideas radicales a nadie que no fuera cercano.

—Me interesan muchos temas. Soy una lectora empedernida, pero no puedo seguir todo lo que me interesa.

—Creo que Lucas mencionó algo al respecto.

Empezaba a sentirse algo alarmada, aunque eso era absurdo. ¿Por qué iba Lucas a hablar de ella?

—Mi hermana también lee mucho, aunque prefiere las novelas a los periódicos.

—No he venido aquí para ver a Amelia —dijo él.

—Sois muy amable por venir a visitarme —dijo ella—. Os ofrecería algo de beber, pero solo soy una invitada.

—No necesito nada de beber. ¿Cómo te sientes después de tu experiencia?

¿A qué se estaría refiriendo exactamente? ¿Disfrutaba haciéndola sentir confusa? Porque empezaba a tener la sensación de que no se trataba de una visita de cortesía.

—¿Lucas os ha contado que he estado enferma?

—Lucas está muy preocupado por ti. Y yo también estoy preocupado —señaló hacia el sofá.

Julianne se sentó, temiendo lo peor. Lucas no podía haberle contado a su tío lo de su encuentro con las autoridades, porque al hacerlo habría dejado al descubierto su orientación radical.

—Lucas se encarga de los terrenos y lleva todos los asuntos de la familia; siempre se preocupa, a veces innecesariamente —sonrió con firmeza, esperando poder zanjar el tema.

Su tío también sonrió, pero no fue una sonrisa amable ni cálida.

—Julianne, tengo poco tiempo. He venido por dos razones. La razón evidente es mi preocupación por tu bienestar como miembro de la familia.

Ella volvió a sonreír. Sin duda Lucas debía de haberle contado a Warlock que había estado enferma.

—He estado enferma recientemente, pero ya estoy casi recuperada. Es muy amable por vuestra parte interesaros por mí.

—Estoy hablando de tus actividades radicales, querida.

Julianne se quedó helada.

—Hablo de tu Sociedad de Amigos del Pueblo en Cornualles, del club de la Rue de la Seine en París y, por supuesto, de tu asistencia a la convención de Newgate a principios de semana; y de tu arresto y encarcelamiento en la Torre de Londres.

Julianne se puso en pie, pero él la agarró del brazo y volvió a sentarla.

—No has de tenerme miedo. Al fin y al cabo soy tu tío.

—¿Cómo ha podido contaros Lucas todo eso?

—Primero quiero que me escuches; que me escuches atentamente. No te he visitado en años, Julianne, pero eso no significa que no me preocupe lo que te pase. Esta vez has tenido mucha suerte de que Bedford acudiera en tu ayuda. ¿Realmente esperas vencer al gobierno británico? Esto no es Francia. No estamos preparados para una revolución. Solo hay tres destinos posibles para los radicales como tú, Julianne; la encarcelación, la deportación o la ejecución.

—Estáis intentando asustarme —dijo ella—. No puedo entender por qué Lucas os ha contado todos mis secretos.

—¿Puedes admitir la derrota y renunciar a tus causas?

—No, no puedo. Ni puedo ni admitiré la derrota. No pienso renunciar a nada, señor —se puso en pie de nuevo.

Warlock también se levantó.

—Entonces préstame atención. No estás jugando una partida de cartas. Estás jugando a un juego que afecta a la vida de los hombres y provoca su muerte.

A Julianne le llevó unos segundos absorber aquella información.

—Yo no estoy jugando a ningún juego.

—Desde luego que sí. Un juego muy peligroso, querida. En este juego somos nosotros contra ellos. Es un juego de vida o muerte. El riesgo es alto, y si insistes en jugar, entonces debes hacerlo con gran cuidado.

Julianne deseaba poner fin a la conversación, pero se quedó mirando a su tío, casi hechizada.

—Eres valiente —dijo él.

—¿Qué es lo que deseáis?

—Es un juego parecido al ajedrez. Nosotros hacemos un movimiento, ellos contraatacan. Yo me llevo a Paget. Tú escribes a los jacobinos en París. Yo busco localizar a un traidor. Tú buscas localizar a una familia. Es un juego muy peligroso y todos somos jugadores.

¿Sabía que le habían pedido localizar a la familia D'Archand en Cornualles? Julianne estaba estupefacta. ¿La consideraba una traidora?

¿Y qué era él exactamente? Porque no creía que Warlock fuese el simple lord de una pequeña finca.

—¿Te asustaste cuando Rob Lawton irrumpió en la convención? ¿Cuando te metieron en la Torre?

—¡Claro que me asusté!

—Bien. Si vas a jugar, entonces deberías asustarte; el miedo nos hace cautos.

—¿Qué significa eso?

—La Convención de Edimburgo fue cancelada antes de empezar. Tom Treyton ha sido arrestado junto con otros trescientos asistentes.

Julianne gritó con incredulidad.

—¡Serán juzgados por traición, Julianne!

No podía asimilar lo que estaba diciendo. ¿Cómo había ocurrido? Y entonces se dio cuenta del peligro que corría Tom.

—¡Esa ofensa se castiga con la horca!

—Sí, así es.

—¡Debo liberar a Tom!

—Había esperado una respuesta similar. Yo puedo ayudar a Treyton.

—¡Entonces hacedlo, por favor!

Su tío asintió ligeramente.

—Haré que lo suelten sin cargos si tú haces algo a cambio por mí.

—¿Qué queréis de mí? —preguntó ella con temor.

—Quiero que continúes con tus actividades radicales, Julianne. Y que me mantengas informado.

Le llevó unos segundos comprenderlo.

—¿Queréis que espíe a mis amigos y camaradas?

—Sí. Eso es.

Julianne se quedó mirándolo asombrada.

—Esta visita no tiene nada de familiar —dijo—. Queréis

utilizarme. ¡Sois despreciable! ¿Lucas sabe lo que me estáis pidiendo?

—Desde luego que no, y te sugiero que mantengas esta conversación en secreto.

—¡Pienso contarle a Lucas lo horrible que sois!

—Eso no es muy inteligente, Julianne. Recuerda que yo tengo lo que tú deseas; la posibilidad de que liberen a Tom. Tengo unos cuantos remedios contra los radicales como Treyton, querida. Ninguno de ellos agradable si no hicieras lo que te pido, o si hablaras con tu hermano.

Julianne se dio cuenta de lo que estaba diciendo; le haría daño a Tom si lo desafiaba.

—¡Sois despreciable!

—Lo soy. Esto es la guerra, Julianne.

Ella comenzó a negar con la cabeza. Pero aunque deseaba negarse, se preguntó hasta dónde sería capaz de llegar. ¿Realmente torturaría a Tom si se negaba a ayudarlo?

—Debo irme —dijo Warlock. Julianne quería escupirle. En vez de eso, se quedó mirando mientras él recogía su bicornio—. Te sugiero que pienses bien en el pobre Treyton, solo en una celda, a merced de sus carceleros —se dirigió hacia la puerta del salón—. Mejor aún, pensad en Treyton colgado en la horca, porque sin duda será declarado culpable si yo no intervengo.

Julianne se quedó mirándolo, incapaz de decir nada. Odiaba profundamente a su tío.

—No soy tan malo, Julianne. De hecho, soy un patriota, y haré lo que tenga que hacer para mantener a salvo mi país —se puso el sombrero y asintió con la cabeza—. Espero tu respuesta a finales de semana.

Julianne lo vio marchar. Después corrió hacia la puerta y la cerró de golpe antes de derrumbarse contra ella.

CAPÍTULO 13

Dominic siguió al sirviente de D'Archand hasta el salón para esperar a Nadine, y recordó a Julianne cerrando el cajón de su secreter cuando entró en la habitación. El estómago le dio un vuelco. Había registrado su escritorio.

Probablemente no estaría espiándolo para sus amigos radicales. Pero ya le había dicho que sus amigos jacobinos en París le habían pedido que localizase a una familia emigrante que se había afincado en Cornualles; ¿qué más le habrían pedido?

No quería creerlo.

Nadine apareció en el umbral e interrumpió sus oscuros pensamientos. Llevaba un vestido rosa pálido, un color que realzaba su piel bronceada, y su sonrisa se reflejaba en sus ojos. En aquel momento le recordó a la mujer que había conocido desde la infancia. Pero aquello no mejoró su estado de ánimo. Nadine era una amiga y una aliada; confiaba en ella; le confiaría su vida. Pero no podía confiar en Julianne, la mujer que era su amante.

—Me preguntaba cuándo volverías a visitarme —dijo ella.

Dominic se acercó, le tomó las manos y le dio un beso en cada mejilla.

—Lo único que tenías que hacer era pedírmelo.

—Creí que los dos necesitábamos tiempo para acostumbrarnos al reencuentro, después de tanto tiempo de separación.

Dominic la condujo al sofá. Nadine había sido siempre muy sensata. Su comentario no le sorprendió.

—Siempre hemos pensado de manera parecida. Yo también necesitaba tiempo para acostumbrarme a nuestras circunstancias.

Ella lo observó mientras se acomodaba en el sofá, después le dio la mano y se la sujetó con cariño; un gesto que él había olvidado.

—Veo que estás preocupado, Dom. Se te ve en los ojos.

Dominic vaciló. Quería hablarle de Julianne, pero debía abordar el tema con cuidado.

—Tengo muchas cosas en la cabeza, relacionadas con la guerra y con la revolución.

—¿Hay noticias?

—Siempre hay noticias. El duque de York ha decidido sitiar Dunkerque, lo que sería estupendo para Londres. Pero creo que York debería marchar sobre París.

—Estoy de acuerdo. El camino a París no permanecerá abierto indefinidamente, pero yo no soy general —Nadine se encogió de hombros y se quedó callada durante un momento—. ¿Qué sucede?

—Últimamente no hago más que meditar con melancolía, Nadine.

—Ambos hemos cambiado mucho, ¿verdad, Dom? Después de todo lo que hemos pasado, parece que bailé todas aquellas noches con otra persona; alguien sin preocupaciones reales, alguien que no sabía lo que era la guerra ni la muerte.

—Es así como me siento —dijo él—. Éramos muy inocentes, ¿verdad? Y pensar que me parecía una crisis que un arrendatario no pudiera pagar su alquiler… No me parecías joven e ingenua cuando nos prometimos, pero ahora eres mucho más madura. Es casi como si fueras una mujer completamente diferente.

Ella negó con la cabeza.

—Apenas reconozco a esa chica joven. Ella no tenía ni

idea de que la tristeza y la brutalidad existen en el mundo. No tenía preocupaciones reales; ella era feliz todo el tiempo. ¿Quién es feliz todo el tiempo, Dominic? Yo también me he vuelto melancólica.

—Hoy pareces bastante feliz.

—Estoy feliz de estar contigo. Has cambiado de tema muy hábilmente, pero no lo suficiente. ¿Qué es lo que realmente te preocupa?

No podía evitar la conversación. La miró durante varios segundos.

—Tenemos que hablar de nuestras cosas, Nadine, pero no quiero angustiarte; esa no es mi intención. Ya has sufrido bastante.

Ella le puso una mano en el antebrazo.

—Siempre hemos sido sinceros el uno con él otro. Me niego a ser de otra manera contigo. Si hay algo que desees decirme, aunque sientas que me pueda angustiar, debes decírmelo de todos modos. Puede que te sorprenda, Dominic. Muy pocas cosas me angustian últimamente; salvo la muerte, la anarquía, la guerra y la revolución.

Tenía razón. Siempre habían sido sinceros el uno con el otro, y él había ido allí a hablarle de Julianne. Se lo debía a las dos.

—No fui sincero cuando le dije a tu familia que había pasado los últimos meses en el campo.

—Lo sé —dijo Nadine con una sonrisa. Se puso en pie, se acercó a la puerta y asomó la cabeza al recibidor. Después la cerró y regresó al salón—. ¿Has estado en Francia todo este tiempo?

—¿Crees que te están espiando? —preguntó él, alarmado.

Ella vaciló.

—Tenemos muchas cosas de las que hablar.

—¿Por qué iba alguien a espiarte? —preguntó él, sorprendido.

—Primero dime por qué creías que tenías que mentir a mi familia. Y quiero saber qué estabas haciendo en Francia, y cuánto tiempo estuviste allí —se sentó de nuevo a su lado.

—He pasado más de un año y medio en Francia —dijo Dominic. Las horribles imágenes comenzaron a tomar forma de nuevo en su cabeza e hizo un esfuerzo por reprimirlas—. Cuando encontré a Catherine en París y no pudimos encontrarte, la acompañé a casa; era finales de noviembre —Nadine y su madre se habían ido a Francia en la primavera de 1791—. Después regresé para seguir buscándote. Me rendí después de varios meses, pero para entonces ya era Jean Carre, un jacobino dueño de una imprenta. Había descubierto muchas cosas sobre los jacobinos, incluyendo los de la Asamblea Nacional, y me di cuenta de que debía quedarme, seguir con la pantomima y enviar a Inglaterra toda la información que pudiera recabar —se detuvo y pensó en sus vecinos, a los que había tenido que mentir con regularidad. Había tomado el té con el panadero, deleitándose con todos los triunfos republicanos, pero había sido todo una farsa. Después regresaba a su tienda, cerraba por la noche y volvía a ser Dominic Paget.

—Continúa —susurró ella.

—Pero en primavera hubo rumores de levantamiento en el Loira. Puedes imaginar lo mucho que me afectó eso. Esos rumores incluían el apellido del líder de los rebeldes; Jacquelyn.

—¿Michel? —preguntó Nadine—. ¿Nuestro Michel es el líder de los rebeldes de La Vendée?

—Sí. Michel está vivo, luchando contra el ejército francés. El pasado mayo me uní a él.

—¿Estabas en Saumur?

—Capturamos a una división entera a principios de mayo, después consolidamos el control del río y de la ciudad en junio —sabía que debía mantener sus recuerdos bajo control, pero cada vez estaban más vívidos en su mente. Los muertos y los moribundos en el río, el padre Pierre, muerto en sus brazos, Michel gritando que debían retirarse.

—Dominic —Nadine le acarició la mejilla.

Dom regresó al presente.

—Lo siento. Nos derrotaron a las afueras de Nantes a finales de junio.

—Me enteré. No puedo creer que estuvieras allí. ¡Murieron miles de personas! ¿Cómo está Michel?

—La última vez que lo vi, estaba sano y salvo, y decidido a continuar.

—¿Hay alguna manera de que pueda enviarle una carta?

Él se quedó mirándola extrañado.

—Es amigo mío desde hace años.

—Sí, hay manera de contactar con él —dijo Dominic. Entonces vaciló.

Ella le agarró las manos.

—Hay malas noticias, ¿verdad?

—¿Recuerdas al padre Pierre?

—Claro que lo recuerdo. Él casó a mi primo Lucien; enterró a mi madre.

—Murió en aquella última batalla.

—¡Era un anciano! ¿Luchaba contra el ejército francés?

Dominic asintió y la rodeó con un brazo.

Ella comenzó a temblar, pero no se aferró a él, como habría hecho dos años atrás. Dominic buscó en el bolsillo de su chaqueta y le entregó un pañuelo, con el que Nadine se secó los ojos. Parecía decidida a no llorar.

—¿Cuándo terminará esta maldita guerra? —preguntó.

—No lo sé.

Se apartó y él la dejó ir.

—Esta guerra me ha cambiado, Nadine. Y también ha cambiado mi vida.

—Claro que sí. Nadie puede ser el mismo. Basta con vivir una única batalla, o un único tumulto, yo no soy la misma.

—Pero sigues siendo una mujer guapa e inteligente; más que nunca. Sigues siendo extraordinaria.

—¿Y por qué estoy segura de que estás a punto de decepcionarme.

—Mis sentimientos hacia ti no han cambiado. Soy tu más

ardiente admirador, tu amigo más fiel. Pero he cambiado, Nadine, y no podré volver a ir de baile en baile contigo.

Ella se quedó mirándolo sin soltarle las manos.

—Me encantaría ir a un baile, pero sería un poco absurdo. ¿Qué estás intentando decir?

—No puedo casarme ahora mismo. De hecho, no sé si podré volver a pensar en matrimonio.

Pareció sorprendida, pero, aparte de eso, Dominic no sabía lo que estaba pensando.

—Sé que existe un contrato. Sé que te di mi palabra. Pero el matrimonio se ha convertido en una imposibilidad.

—Entiendo —respondió Nadine—. Vas a volver, ¿verdad? Volverás a tu imprenta y a tu vida como Jean Carre.

Estuvo a punto de mentir, pero la conocía desde hacía demasiado tiempo y podía confiarle aquel secreto.

—De hecho adoptaré otra identidad.

—Quiero regresar contigo.

—¡Ni hablar! —estaba horrorizado. Había esperado que tal vez ella le rogara para mantener el compromiso, pero no aquello—. ¿Por qué querrías regresar a Francia? Esto no será por nuestro compromiso, ¿verdad?

—No. No es por eso —dijo ella poniéndose en pie—. Yo también tengo mi propia historia que contar, Dom. Sufrí graves lesiones en el tumulto, pero los huesos rotos se curan en meses; no en un año y medio.

Dominic se quedó mirándola. Se había preguntado por qué habría tardado tanto en regresar a Gran Bretaña.

—Un amable tendero me rescató del tumulto —dijo Nadine. Se había puesto pálida—. Él lo presenció todo y, cuando acabó, me encontró inconsciente en la calle. Pensaba que estaba muerta, pero estaba viva, así que me acogió. Su esposa y su hija cuidaron de mí hasta que me curé. Son gente buena y maravillosa que vive con miedo a que su traición al estado sea descubierta algún día.

Dominic también se puso en pie y le tomó la mano, consciente de su angustia.

—¿Sigues en contacto con ellos?

—No. Eso los pondría en peligro.

—¿Y qué te impidió regresar a casa inmediatamente?

Nadine se soltó y comenzó a caminar lentamente por la habitación.

—Descubrí a una madre y a su hija ocultas en una tienda abandonada, temiendo por sus vidas —se detuvo junto a una ventana y contempló los jardines—. Eran de una familia con título. Ese era su crimen. Su marido había sido arrastrado de la cama en su casa de Marsella y había sido apaleado hasta morir; delante de su hija. Ambas fueron violadas. Después Marianne y Jeanine fueron abandonadas como basura. Huyeron a París con la esperanza de encontrar a algún pariente. No fue así; su familia se había ido. Yo las escondí en un sótano vacío durante varios meses mientras intentaba encontrar los medios para llevarlas a Le Havre y, desde ahí, a Gran Bretaña. Finalmente logré el contacto adecuado. Conocí a un francés en la gendarmería que en realidad es monárquico; supongo que seguirá en la policía, ayudando activamente a gente como Marianne y Jeanine. O podría haber sido descubierto. Y podría estar muerto —se volvió para mirar de nuevo a Dominic.

—Podrías haber sido descubierta —dijo él.

—Sí. En cuanto logré el contacto, Marianne y Jeanine se fueron a un lugar seguro. Y yo había aprendido que podía ayudar a gente como ellas, como yo, a escapar de los horrores de la guerra. Marianne y Jeanine fueron las primeras de una docena de hombres, mujeres y a veces niños a los que ayudé a escapar de Francia.

—Lo que hiciste fue muy valiente, Nadine; y peligroso. Gracias a Dios que saliste de Francia sana y salva.

—No me arrepiento.

—No te permitiré que regreses a Francia. Puedes ayudarnos aquí, en Gran Bretaña, en vez de volver a Francia, donde al final te descubrirán y te ejecutarán.

—Una parte de mí teme volver. Vivía con miedo constante, pero no me engaño. De hecho, la razón por la que volví a casa no fue solo que echara de menos a mi padre y a mis hermanas. Había un gendarme de alta graduación que estaba muy interesado en mí. Creía que había descubierto la verdad y que ya no era seguro quedarme en París.

—Entonces agradezco que te marcharas cuando lo hiciste —dijo él. Por fin comprendía su miedo a los espías; tal vez fuese objetivo de los agentes franceses—. Quédate aquí, en Gran bretaña, Nadine, y yo te pondré en contacto con los hombres adecuados; hombres que necesitan de tus talentos y tus habilidades.

—Tú tampoco deberías volver.

—Voy a volver.

Y entonces vio las lágrimas que habían ido acumulándose en sus ojos.

—Tú nunca lloras —le dijo.

—He aprendido a llorar, Dominic. Has dicho que tus sentimientos por mí no han cambiado, pero yo creo que sí. Y, si es así, lo comprendo. No soy la misma mujer que dejaste en un baile hace dos años, igual que tú no eres el mismo hombre. Ninguno de los dos tiene tiempo ahora para un romance.

Dominic pensó en Julianne y se tensó. Se preguntó si podría ocultar el hecho de que tenía una relación con ella.

—No estás peleando por nuestro matrimonio.

—No. Al igual que tú, he perdido el interés en nuestro matrimonio, pero no por ti; por la revolución —de pronto su mirada pareció distante—. No puedo casarme ahora. Como tú mismo has dicho, el matrimonio es una imposibilidad.

—¿Entonces no te he hecho daño?

—No, no me has hecho daño —sonrió y se acercó a él—. Aún te quiero. Siempre te querré. Podría esperarte, si es lo que deseas, o cuando termine esta horrible guerra podríamos decidir si deseamos unirnos por fin.

Sabía que debía hablarle de Julianne.

—Me hirieron antes de abandonar Francia. Pasé el mes de julio recuperándome en Cornualles.

—¿Y me lo dices ahora? ¿Qué gravedad tenía la herida?

—Estuve a punto de morir.

Nadine se quedó mirándolo horrorizada.

—Pero sobreviví. Una mujer me cuidó día y noche y me curó de una infección. Se llama Julianne Greystone.

—¿Es pariente de Lucas y Jack Greystone?

—¿Por qué conoces a los hermanos Greystone?

—Me ayudaron a escapar de Francia, Dominic. Jack Greystone me salvó la vida.

—¿Sacándote del país?

—La policía nos atacó en la playa, justo antes de llegar al barco. Varios hombres fueron disparados. Estuvieron a punto de dispararme.

—¿Qué ocurrió?

—Alguien nos traicionó. Los policías estaban escondidos en la cala cuando llegamos, y nos tendieron una emboscada. Fue una batalla terrible. Estoy en deuda con Greystone, que me protegió de los disparos con su propio cuerpo. Me sacó de la playa y me metió en el barco; y le dispararon a él en vez de a mí; aunque nunca dijo nada.

Dominic pensó entonces que estaba doblemente en deuda con Jack Greystone. Se quedó mirándola fijamente, seguro de que estaría recordando aquella noche con todo detalle.

—Julianne es una de sus hermanas, Nadine. Yo los conozco a los dos. Lucas y Jack me sacaron de Francia.

—¡Qué mundo tan pequeño! —exclamó ella sorprendida—. ¿Y dices que te llevaron a Cornualles? Nuestro nuevo hogar está a las afueras del pueblo de St. Just. ¿Lo conoces?

—Sí, lo conozco. El conde es amigo mío y yo estuve en la mansión Greystone, que está a poca distancia.

—Qué irónico; su hermana te salvó a ti y él me salvó a mí.

—Sí, es muy irónico. Julianne está actualmente en la mansión Bedford. Es mi invitada.

—Bien. Quiero conocerla.

—Nadine, no hay manera fácil de decir esto. Espero que

lo comprendas. Esa chica ha llegado a importarme; no solo como amiga.

Durante unos segundos Nadine se quedó mirándolo en blanco. Después pareció comprender.

—Así que, cuando me has preguntado si mis sentimientos por ti han cambiado, mi respuesta sigue siendo no. No han cambiado. Sin embargo, he estado... —vaciló un instante— cortejando a Julianne.

Ella siguió mirándolo con incredulidad.

—¿Estás enamorado? —preguntó al fin.

—¿Por qué quieres saber eso —replicó, incómodo.

—Acabas de decirme que estás cortejando a otra mujer, cuando oficialmente seguimos prometidos. ¿Estás plantándome por ella? —preguntó Nadine bastante calmada.

—Voy a volver a Francia —respondió él, sonrojado—. Me niego a hacerlo dejando atrás una prometida. Conoces los riesgos tan bien como yo. Y no estoy enamorado.

—¿Es tu amante?

Sabía que debía negarlo, por muchas razones; incluyendo que Lucas Greystone nunca se enterase.

—Nadine, es una dama.

—Sí, lo es. Lo que significa que, si la has seducido, eres un completo canalla. Por no hablar de que estás en deuda con sus hermanos por salvarte la vida. Resulta que yo sé que no eres amoral, lo que me lleva de vuelta a mi primera pregunta. ¿Estás enamorado?

—Difícilmente —respondió él—. No me gusta que me interroguen. En cualquier caso, ahora es mi invitada, y sin duda os conoceréis.

—¡Estás enfadado! Esta mujer te tiene embobado —Nadine frunció el ceño—. No sé cómo interpretar esta... esta circunstancia. Te he perdido no por la guerra, sino por otra mujer. ¡Por una amante!

—No me has perdido. Nunca me perderás —dijo él, y hablaba en serio.

—Te he perdido si la estás cortejando a ella y no a mí.

Dominic se quedó mirándola. Tal vez en cierto modo tuviese razón.

—Estás enfadada, pero no tan enfadada como debería estar una mujer a la que han plantado.

—Yo no deseo casarme, pero sí estoy enfadada. Estoy confusa. Hemos estado separados durante dos años; aun así, nos conocemos desde que éramos niños.

—Y por eso siempre seré tu más fiel amigo.

—Yo quiero que seas feliz. Pero ella es solo tu amante. A no ser, claro, que estés enamorado. ¿Estás pensando en casarte con ella?

En ese momento fue él el que se quedó desconcertado. Y se preguntó qué le parecería casarse con Julianne si Gran Bretaña y Francia no estuvieran en guerra, si la monarquía constitucional se restaurara en Francia. Pero había algo más que las diferencias políticas entre ellos. Pensó en su lugar en la sociedad. Sería una unión difícil y conflictiva, pero no imposible.

—¿Estás pensando en casarte con ella? —repitió Nadine.

Francamente no lo sabía. ¿Acaso no había sospechado de ella aquella misma mañana?

—Me gusta mucho, pero nuestra relación está llena de conflictos.

—¿Qué diablos significa eso? ¿Te exige que os caséis?

—No, en absoluto.

—¿Entonces qué podría causar conflicto entre tu amante y tú?

Dominic vaciló un momento. Nadine se enteraría de las ideas políticas de Julianne tarde o temprano, porque Catherine no le ocultaría los hechos.

—Hay algo que deberías saber. Julianne simpatiza con los jacobinos.

Nadine se quedó mirándolo con incredulidad.

—Me salvó la vida, Nadine, y ella simplemente no comprende la realidad de la revolución. No tiene ni idea de la anarquía en Francia. Su deseo de ayudar al hombre de a pie es admirable, de hecho. Se quitaría su propia capa para dársela a una desconocida, incluso aunque fuera la única que tuviera.

—¿Pero tú te oyes? ¿Estás defendiendo a una jacobina?

—Estoy seguro de que...

—¡No hay nada de admirar en los jacobinos! Debe de ser muy guapa.

Dominic decidió no responder.

—No tienes que responder —dijo ella—. Sé que es hermosa. Sé que comparte tu cama. ¡Estás en la cama con el enemigo!

Cuando Warlock se marchó, Julianne se sentó en el sofá, temblando. Se llevó las manos a la cara.

Tom estaba en grave peligro. Él era mucho más radical que ella. Tal vez incluso aprobara las ideas de Butler. Desde luego despreciaba a la aristocracia inglesa; había hablado de desposeer a toda la clase alta de sus privilegios, sin importar lo que costase. Incluso había hablado de derrocar al rey y de tener un gobierno como el de Francia; dirigido por representantes electos de la población. Pero Julianne nunca había debatido con él sobre la idoneidad de semejantes ideas revolucionarias. Como había dicho Warlock, Inglaterra no era Francia, y no estaban preparados para una revolución allí.

Pero las creencias de Tom eran consideradas traición.

Si era acusado de traición, Julianne tenía razones para creer que lo declararían culpable.

¿Cómo podía no obedecer al despreciable de su tío? Si tan solo hubiera otra manera de liberar a Tom.

—¿Julianne?

Se puso en pie de un brinco al oír la voz de Dominic. Estaba de pie en el umbral de la puerta del salón, mirándola intensamente.

—Estás a punto de llorar. Gerard me ha dicho que Warlock ha estado aquí. ¿Qué ha ocurrido?

¿Tendría Dominic el poder de liberar a Tom? Corrió hacia él.

—Nunca había despreciado tanto a alguien —Julianne cerró la puerta tras él—. Tom ha sido arrestado. Va a ser juzgado por alta traición.

Dominic le puso las manos en los hombros.

—Cálmate si puedes.

—¿Cómo voy a calmarme? Las autoridades irrumpieron en la convención de Edimburgo. Trescientos asistentes han sido arrestados. ¡Uno de ellos era Tom!

Él la soltó.

—Anoche me enteré de los arrestos. Nunca se me ocurrió que Treyton pudiera ser uno de ellos.

—Estoy muy preocupada; y tú no estás preocupado en absoluto.

—Treyton es jacobino. Creo que podría ser peligroso para hombres como yo, para hombres como tu hermano.

Julianne se quedó helada. Se había olvidado de que Tom había escrito a Marcel y había identificado a Dominic como un agente británico. Comenzó a temblar, consciente de que tenía la obligación de decirle a Dominic la verdad. Podía estar en peligro. Podría haber espías cerca de la casa, o incluso dentro de ella.

Pero nunca olvidaría la mirada en sus ojos cuando la había descubierto junto a su escritorio aquella mañana. Si le decía lo que había hecho, nunca confiaría en ella; y no ayudaría a Tom.

No sabía qué hacer.

—¿Por qué te estás retorciendo las manos?

Julianne paró de hacerlo.

—No puede ser juzgado por traición. ¿Y si lo ahorcan? Es mi amigo; lo conozco desde la infancia.

—¿Qué más te ha dicho Warlock?

Ella tomó aliento. Warlock no le había prohibido revelarle su conversación a Dominic, pero estaba bastante segura de que debía mantenerlo en secreto.

—¿Julianne? Estás pálida.

—Tengo miedo de él.

—Supongo que te refieres a Warlock.

—No debes enfrentarte a él.

Dominic la agarró del brazo con bastante fuerza.

—¿Qué quería?

—Quiere que espíe para él.

—¿Te lo ha dicho así?

Ella asintió.

—Quiere que traicione a mis propios amigos. Quiere que mantenga mis actividades radicales y que informe de cualquier trama o conspiración. Si lo hago, hará que liberen a Tom sin cargos. De lo contrario, le hará daño. ¡Él mismo lo ha dicho! Dominic, es mi tío.

—¿Qué le has dicho tú? —preguntó Dominic tras soltarle el brazo.

Ella dio un paso atrás.

—Yo nunca espiaría a mis amigos. Jamás traicionaría a la revolución.

Dominic se quedó mirándola. La tensión de Julianne era cada vez mayor. Si al menos no le hubiera contado a Tom la verdad sobre Dominic.

—¿Por qué me miras así?

—Porque ahora recuerdo la jacobina apasionada que eres —contestó él.

La miraba con recelo. Ella lo había traicionado, pero él no lo sabía. Nunca debía saberlo.

—¿Qué es lo que no me estás contando?

Julianne negó con la cabeza, horrorizada por su propia hipocresía.

—Te lo he contado todo.

—Mientes muy mal —se dirigió entonces hacia el mueble bar. Julianne vio como servía dos brandys. Después se dio la vuelta y le entregó uno de ellos.

—Me traicionaste en Cornualles, pero yo no quiero traicionarte a ti.

—Bien —dijo él—. Entonces no lo hagas.

—¿Qué vas a hacer con Warlock?

—Por el momento, nada. Siempre y cuando tú te mantengas alejada de sus juegos.

—Así es exactamente como describió el espionaje, Dominic. Como un juego peligroso y mortal. ¿Warlock es el jefe de los espías?

—No te estás bebiendo el brandy.

No iba a responder.

—¿Cómo puedes estar tan tranquilo?

—La histeria no resolverá nada.

Julianne tenía que centrarse en el asunto que tenía entre manos. Warlock era el jefe de los espías, Lucas estaba involucrado y ella tenía que pensar en Marcel y en lo que podría estar haciendo. Pero la vida de Tom pendía de un hilo.

—Me aterroriza que puedan colgar a Tom. Tú me ayudaste a mí. Hiciste que me soltaran de la Torre antes de que me juzgaran. Seguro que puedes hacer lo mismo por Tom.

Dominic dio un trago a su brandy.

—¿Por qué debería ayudar a Treyton?

Julianne se quedó con la boca abierta y dejó su copa sin tocar sobre una mesa.

—¡Por todas las razones que acabo de darte!

—Lo siento, Julianne, pero no me importa que sea tu amigo. Creo que debería ser encarcelado para que no cause más daño.

Julianne vio que hablaba en serio. Se sintió horrorizada.

—No puedo dejar que lo ahorquen, Dominic. Simplemente no puedo. No lo haré. Te lo ruego, si significo algo para ti, harás lo posible, irás contra tus principios para ayudarlo.

—Eso es un golpe bajo. Significas mucho para mí, pero mi respuesta sigue siendo no.

—Dios mío, entonces mi única opción será hacer lo que Warlock me ha pedido.

—Ni hablar —dijo él—. No vas a jugar al espionaje, Julianne.

Julianne sabía que estaba pensando en cuando la había encontrado esa mañana junto a su escritorio. De pronto Dominic dejó su copa y se acercó. Ella se tensó cuando la abrazó.

—¿Quieres contarme algo más, Julianne? —le susurró contra la mejilla.

Ella lo miró con miedo, pensando en Tom y en Marcel, y en las cartas de Nadine.

—Quiero confiar en ti —murmuró Dominic—. Compartes mi cama.

—Anoche hicimos el amor —contestó ella suavemente—. Como hicimos el amor en Cornualles.

Él esperó.

—Hemos hecho el amor esta mañana —continuó Julianne. Quería confesar hasta dónde llegaban sus sentimientos por él—. Me rescataste de prisión cuando estaba desesperada.

—Así que estás haciendo el amor conmigo porque ahora estás en deuda conmigo.

—No. Estoy haciendo el amor contigo porque me importas.

—¿Te importo yo, o Charles Maurice?

—Me importas tú, Dominic.

Él se quedó mirándola fijamente.

—Nunca antes habías admitido que te importaba.

—Sabes que eres mi primer amante. No podría haber hecho el amor si no me importaras.

—Pero eso fue entonces, cuando yo era un revolucionario. Ahora soy un tory. ¿Cómo puedes sentir algo por un conservador como yo?

—¿Crees que estoy jugando con tus sentimientos? —preguntó ella.

—Quiero creerte. ¿Qué estabas haciendo en mi secreter esta mañana?

—Quería escribir a Tom —se humedeció los labios, desesperada—. Leí tu carta a Burke, Dom. ¡Y lo siento! ¡Lo desprecio! Cuando vi su nombre en el sobre, no pude evitarlo.

—Agradezco tu confesión.

—Fue una gran sorpresa descubrir que nuestras ideas no son del todo incompatibles, y darme cuenta de que no eres un reaccionario.

Dominic se quedó mirándola durante varios segundos.

—No, nuestras ideas no son del todo incompatibles.

Julianne le tocó el brazo.

—Hay más. Por favor, no te enfades... husmeé en tus asuntos privados. También leí una de las cartas de Nadine.

Su expresión no cambió.

—Entiendo. ¿Y esas cartas no estaban atadas con un lazo y guardadas en un cajón?

—Sí. Pero no estaba espiando. Estaba buscando una pluma.

—Quiero creerte, Julianne. No me gustó encontrarte en mi escritorio.

—¡No volverá a ocurrir!

Dominic parecía querer sonreír, pero no lo hizo; simplemente le tocó la mejilla fugazmente.

—Hay algo que debo decirte. Es sobre Nadine.

Julianne se quedó helada y sintió el miedo al instante. Sabía que aquello llegaría.

—No está muerta, ¿verdad?

—No, no lo está.

Su prometida estaba viva.

Y aquella noticia fue como otra traición que le atravesó el corazón.

—¿Otra mentira? —estaba intentando comprenderlo, pero no podía soportar otra mentira.

—No. No fue una mentira por mi parte —contestó él con firmeza y deslizó las manos por su espalda—. Todo el mundo pensaba que había muerto en un tumulto en Francia en 1791. Yo creía que había muerto porque, cuando regresé a Francia a buscarla, nunca la encontré. Hubo testigos que la vieron desaparecer entre la gente. Mi madre creía que había sido pisoteada hasta la muerte. Hasta que regresé a Londres la semana pasada, realmente creí que estaba muerta.

Su prometida estaba viva. Nadine estaba viva. Nadine, que lo amaba. ¿Cómo podía estar ocurriendo aquello? ¿Cómo podía estar entre los brazos de Dominic mientras Nadine estaba viva?

Aunque sus pensamientos se agolparan en su mente, oyó todas y cada una de las palabras y se sintió mal por la otra mujer.

—Gracias a Dios que no murió; y menos así.

—Es muy generoso por tu parte.

—¿La quieres? —preguntó.

—No de la manera que estás pensando —respondió él—. La quiero como a una hermana.

Julianne apenas podía respirar. Sentía las lágrimas acumulándose en sus ojos, pero eran lágrimas de alivio.

—¿Estás seguro?

—Estoy muy seguro —le tomó la cara entre las manos, pero no la besó—. Vamos a poner fin a nuestro compromiso.

Julianne se quedó mirándolo, sorprendida de nuevo.

—Me gusta mucho. La conozco desde siempre. Es cariñosa conmigo y yo lo soy con ella. Siempre cuidaré de ella. Pero ambos hemos cambiado y ninguno de los dos tiene interés en casarse ahora. Ella está de acuerdo conmigo.

La cabeza le daba vueltas.

—Le he hablado de ti.

—¿Qué?

—¿Qué tipo de hombre sería si te llevara a la cama mientras siguiera prometido con ella? Le debía una parte de la verdad. Nunca le contaría hasta dónde llega nuestra relación, pero te advierto que es astuta y ha dado por hecho que eres mi amante. Obviamente yo no se lo he confirmado.

—No puedo creerme que le hayas hablado de mí.

—Era importante para mí hacerlo, porque te has convertido en alguien importante para mí.

Julianne se quedó con la boca abierta, y finalmente Dominic la besó.

CAPÍTULO 14

Julianne bajó las escaleras lentamente. Era casi mediodía del día siguiente y ella acababa de salir de su habitación. Aunque Dominic le había hecho el amor la noche anterior, no había sido capaz de dormirse después. Lo único en lo que podía pensar era en Tom encarcelado en Edimburgo, en la terrible proposición de Warlock y en la noticia de que Nadine estaba viva. Y ahora empezaba a preocuparse por haberle contado a Tom la verdad sobre Dominic. Temía que Dom descubriese alguna vez lo que había hecho.

La esperanza batallaba con el miedo. Dominic sentía algo por ella, era evidente. Había puesto fin a su compromiso y le había hablado a Nadine de ella. También era evidente con cada caricia y cada beso. Pero sentir algo por ella no era lo mismo que amarla. ¿Existiría alguna posibilidad de que su relación progresara y se volviera legítima? Julianne deseaba algo más que ser una simple amante. Pero anhelar un cortejo, anhelar ser su esposa, era algo peligroso. Como Lucas había dicho, ella estaba muy por debajo de él en la sociedad como para que pensara en casarse. Por otra parte, Bedford podía hacer lo que le viniese en gana.

Sabía que tenía que ser paciente. Solo el tiempo diría dónde acabaría su viaje con Dominic. Pero Tom no tenía el tiempo de su lado. Iba a ser acusado de traición y, cuando eso ocurriera, iría directo a juicio. Julianne sabía que nunca podría obtener un indulto real. Por tanto tenía que encontrar a alguien que la ayudase a liberarlo antes de que fuera acusado; o eso, o jugar al juego de espionaje de Warlock. No sabía si Lucas habría vuelto a la ciudad, pero rezaba para que así fuera. Iba a ir a verlo para pedirle ayuda.

Mientras bajaba por las escaleras, oyó voces en un salón cercano. Se detuvo y miró hacia abajo, convencida de que una de las voces era la de la condesa. No tenía ganas de encontrarse con ella, así que decidió retirarse en vez de intentar correr hacia la puerta principal. Pero, antes de que pudiera darse la vuelta para volver a subir las escaleras, Catherine apareció en la puerta de uno de los salones adyacentes.

—Alguien ha venido a veros, señorita Greystone.

Julianne se tensó. La sonrisa de la condesa era tan fría como siempre. Pensó en su tío y temió que pudiera ser él. Pero entonces una mujer de pelo oscuro apareció junto a Catherine.

Y Julianne supo quién era. Sintió un vuelco en el corazón. La joven era increíblemente hermosa e iba vestida con elegancia. Obviamente era aristócrata; todo lo que ella no era. Sabía que se encontraba cara a cara con Nadine.

Parecía perfecta para Dominic. ¿Por qué habría terminado con ella?

Julianne se dio cuenta de que se habían quedado mirando la una a la otra. Se obligó a sonreír.

—Venid, señorita Greystone —dijo lady Paget con una sonrisa—. ¿Conocéis a lady D'Archand, la prometida de mi hijo?

Julianne miró a lady Paget. Dominic no le había dicho a su madre lo de la ruptura de su compromiso. Y aunque se aseguraba a sí misma que pronto lo haría, eso no era un consuelo. Nadine era demasiado elegante, demasiado rica y demasiado hermosa. Era justo el tipo de mujer con el que Dominic debería estar. Y de pronto Julianne perdió toda seguridad en sí misma. ¿Cómo podría competir con ella por el afecto de Dominic? ¿Por qué habría decidido no casarse con ella? ¿Qué le había hecho cambiar de opinión? ¡Dominic había dicho que siempre se preocuparía por Nadine!

¿Y cómo podía Julianne presentarse a esa mujer cuando Nadine había sido su prometida y ella ahora compartía su cama?

—Hola, señorita Greystone. Dominic me ha hablado de vos —dijo Nadine, se acercó y le tendió la mano. Su sonrisa era tirante, pero su tono era educado.

Aquello hizo que Julianne se sintiera aún peor. Se dio cuenta de que le costaba respirar. ¿Qué le habría dicho exactamente Dominic sobre ella?

—Es un placer conoceros, lady D'Archand.

—Yo estaba deseando conoceros. Según tengo entendido, cuidasteis de Dominic en Cornualles. Os lo agradezco mucho.

La mirada de Nadine era inquisitiva, como si deseara conocer todos sus secretos. Julianne se sintió como una adúltera, salvo que no era tal cosa. Tanto Dom como ella habían creído que Nadine estaba muerta cuando empezaron a ser amantes. Aun así no le deseaba ningún mal a la otra mujer.

—Hemos sido amigos desde que aprendimos a caminar —continuó Nadine—. De niños montábamos juntos en poni, almorzábamos juntos y explorábamos juntos. Antes de la guerra hubo muchos tes y muchas fiestas. Había bailes maravillosos de cuento de hadas —sonrió, pero siguió mirándola fijamente—. Haría cualquier cosa por él y él haría cualquier cosa por mí. No podría soportar vivir en un mundo sin él, así que gracias por salvarle la vida.

Había dejado claro lo que quería decir. Dominic y ella lo tenían todo en común, mientras que lo único que Julianne tenía era su interés actual.

¿Acaso Dominic no había dicho que Nadine había dado por hecho que eran amantes? Esperaba no recordar sus palabras correctamente.

—Estuvo muy enfermo, y yo habría cuidado de cualquiera que hubiera estado así.

—Sois muy amable y generosa —dijo Nadine—. Según creo, estuvo bajo vuestro cuidado durante un mes entero.

—No podía darle la espalda —contestó Julianne—. Haría lo mismo por cualquiera.

Nadine se quedó mirándola.

—Un mes es mucho tiempo para pasar en un lugar como Cornualles. Y ahora estáis en Londres y sois su invitada.

Julianne estaba segura de que se había sonrojado. ¿Le parecía que Nadine había enfatizado la última palabra?

—Supongo que nos hemos hecho amigos, debido a la experiencia que compartimos.

—¿Y qué experiencia es esa? —preguntó Nadine—. ¿La experiencia de que estuviera a punto de morir en vuestra casa, o la experiencia de que vos fuerais encarcelada en la Torre de Londres como prisionera política?

—¿Os lo ha contado?

—No, no lo ha hecho —respondió Nadine.

—Se lo he contado yo —intervino Catherine—. Nadine es la hija que nunca tuve. Se lo he contado todo, señorita Greystone.

Julianne estaba segura de que lady Paget le habría contado a Nadine que Dominic y ella eran amantes. Tal vez Nadine sospechara la verdad, pero lady Paget solo tenía que preguntarle a cualquier sirviente dónde había dormido ella.

—Debéis de estarle muy agradecida a Dominic. No me imagino encarcelada en ningún lugar, y mucho menos en la Torre —dijo Nadine—. Nadie debería sufrir así, señorita Greystone, y menos una mujer. Pero parecéis haberos recuperado.

Lo último que Julianne deseaba era hablar con Nadine sobre su confinamiento, o sobre su papel como invitada en casa de Dominic. Pero Nadine estaba siendo muy generosa.

—Siempre le estaré muy agradecida —dijo, y decidió que

era el momento de escapar—. Llego tarde —explicó, pero Nadine la interrumpió.

—Y Dominic debe de haberos tomado mucho cariño.

¿Qué podía decir? Se quedó helada.

—Nos hemos hecho amigos.

—Sí, desde luego que sí. Entiendo que os hicierais amigos mientras él estaba convaleciente. Dominic puede ser encantador y muy persuasivo cuando desea serlo. También es muy guapo. Entiendo que os hayáis hecho amigos, aun a pesar de que seáis una jacobina y él simplemente fingiera ser republicano. Pero ya no sois enfermera e inválido. Ya no estáis en Cornualles. Seguís siendo una jacobina y él no es un oficial del ejército francés. Aun así estáis en Londres, y sois su invitada.

Julianne se quedó mirando a Nadine.

—Sí —dijo al fin—. Simpatizo con los jacobinos y él me ha invitado a quedarme aquí por nuestra amistad.

Hubo una pausa. Fue como si Nadine estuviera luchando por mantener la dignificad.

—¿Cómo pueden ser amigos una jacobina y un tory en tiempos de guerra? —preguntó con aparente calma—. Me parece algo imposible.

—Hemos acordado dejar nuestras diferencias políticas a un lado —respondió Julianne.

—¿Es eso posible? Conozco bien a Dominic. Su vida corre peligro, gracias a vuestros aliados. Francia se encuentra en mitad de una guerra civil y vos estáis del lado de los enemigos de Dominic.

Julianne no sabía cómo responder.

—Simpatizo con la revolución, pero siento mucho vuestras pérdidas y no apruebo el caos y la anarquía, ni la expropiación de las tierras de toda una clase social.

—¿Alguna vez os ha hablado de su vida en Francia? ¿Alguna vez os ha hablado de los muchos parientes que tiene allí? Tiene docenas de primos en el valle del Loira, señorita Greystone, casi todos casados y con hijos. ¿Os ha dicho cómo son las navidades? Ponen acebo en los salones y el aire huele a pino. Y compartimos la cena de Navidad con nuestros primos y nuestros vecinos. ¡Ni siquiera cabemos todos en tres salas enteras! ¿Os ha mencionado cómo es la vendimia en otoño? ¿Sabíais que se remanga, se quita los zapatos y las medias y recoge las uvas con los campesinos y los niños? ¿Sabíais que le encanta hacerlo? —se le habían humedecido los ojos—. Jugábamos al escondite en los viñedos, señorita Greystone. Con mis hermanas y mis primos.

Nadine estaba dejando las cosas claras otra vez. Dominic era medio francés, ella era francesa, lo tenían todo en común.

—Sois tan hermosa como sospechaba que seríais —dijo Nadine mientras una lágrima resbalaba por su mejilla.

Julianne se sentía muy mal y deseaba escapar.

—No me ha contado ninguna de esas cosas —logró decir.

Nadine recuperó la compostura y finalmente sonrió.

—No, no lo ha hecho; porque no puede hablar con vos de su vida —tomó aire y otra lágrima afloró a sus ojos—. ¿Cuánto tiempo os quedaréis en la ciudad, señorita Greystone?

Julianne vaciló e intentó recuperar su compostura.

—No lo sé.

—Me gustaría conoceros mejor. Sois la invitada de Dominic, así que debemos conocernos. Debéis venir a visitarme. Vivo a la vuelta de la manzana. Y también está Cornualles. ¿Sabéis que somos vecinas?

Julianne se quedó mirándola horrorizada.

—No, no lo sabía.

—Sí. Nos hemos instalado en una mansión cerca del pueblo de St. Just. Mi padre pensaba que la soledad de Cornualles sería un lugar seguro para nosotros. Al parecer estamos a poca distancia la una de la otra.

La familia de Nadine tenía que ser la familia que le habían pedido que localizara. El padre de Nadine estaba en problemas; estaba siendo investigado por los jacobinos.

—Parecéis sorprendida; no, angustiada.

—Me alegra tener nuevos vecinos —contestó Julianne con una sonrisa. Tenía que contárselo a Dominic inmediatamente.

—O quizá vaya yo a visitaros —dijo Nadine—. Si no os importa.

A Julianne no se le ocurría nada peor, pero tuvo que sonreír.

—Eso sería maravilloso —obviamente Nadine pretendía husmear en su relación con Dominic. Julianne deseaba poder defenderse y explicarle que amaba a Dominic, pero nunca ofrecería una defensa así—. Me alegra que hayamos podido conocernos. Pero, sintiéndolo mucho, debo irme. Voy a reunirme con mi hermano, Lucas, y llego tarde.

—¿El señor Greystone está en la ciudad? —preguntó Nadine sorprendida.

—Sí, está aquí. ¿Lo conocéis?

—Lo conozco. Pero no mucho. Sin embargo, Jack Greystone y él me salvaron la vida en una playa no lejos de Brest.

Julianne se quedó mirándola con asombro.

—¿Lucas y Jack os ayudaron a escapar de Francia?

—Sí.

La cabeza le daba vueltas. Lucas había sacado a Dominic de Francia en el barco de Jack. Su hermano también estaba involucrado en la guerra, o sería simplemente un contrabandista, como Lucas y él aseguraban?

Julianne se dio cuenta de que se habían quedado mirando la una a la otra, y se preguntó en qué estaría pensando Nadine.

—Me alegra que lograrais salir del país sana y salva.

—Parece que habláis en serio —respondió Nadine.

—Desde luego.

—No sois precisamente lo que había esperado —dijo Nadine tras dirigirle una mirada penetrante—. ¿Os habéis enamorado de él?

Julianne se tensó.

—Le hice a él la misma pregunta y también se negó a contestar.

Julianne sentía náuseas. ¿Por qué Dominic no había respondido?

—Por poco correcto que sea, debo ser directa —dijo Nadine—. O estáis enamorada de él o lo estáis utilizando, señorita Greystone. No logro decidir cuál de las dos cosas.

Julianne palideció. Se negaba a mirar a lady Paget.

—Yo nunca traicionaría a Dominic.

—Eso espero —dijo Nadine.

Julianne golpeó la puerta de la casa de Warlock en Cavendish Square, con la esperanza de que Lucas hubiera vuelto ya a la ciudad. Estaba esperando que un sirviente abriera la puerta, pero fue Jack quien lo hizo.

Pareció sorprendido al verla. Obviamente no sabía que estaba en la ciudad.

—¡Julianne! —sonrió y la abrazó.

Julianne estaba angustiada, perro se alegraba de verlo. Tras darle un abrazo, se apartó y entraron en la casa; Jack tenía un aspecto desaliñado, con la ropa manchada, probablemente con sangre seca y pólvora.

—¿Qué estás haciendo en Londres, Julianne?

—Estoy de vacaciones —respondió ella apresuradamente—. ¡Jack! ¿Dónde diablos has estado todo el verano? ¿Qué ha sucedido?

—He estado haciendo una fortuna con esta guerra —dijo él alegremente mientras cerraba la puerta—. Y no es tarea fácil despistar a dos armadas. ¿Pero qué es lo que te aflige? Pareces angustiada.

Julianne revivió en su mente el encuentro reciente con Nadine. Pero había ido a Cavendish Square a rogarle a Lucas que ayudara a Tom a escapar de la horca.

—¿Y por qué has venido de visita? Si estás en la ciudad, ¿no te hospedas aquí? —preguntó su hermano.

—Me hospedo en la mansión Bedford. Estoy de invitada allí.

—¿Desde cuándo te mueves en esos círculos?

—Desde que le salvé la vida a Bedford.

—Oh, no. Aquí hay gato encerrado. ¿Qué es lo que no me estás contando?

—¿Dónde está Lucas? Necesito su ayuda, pero tú me servirás.

—Muchas gracias —Jack la rodeó con un brazo y la condujo hacia el salón—. Sabes que yo siempre te ayudaría.

—Gracias a Dios. Ha ocurrido algo terrible, Jack. La policía entró en la convención de Edimburgo y Tom estaba entre los arrestados.

—Ya había oído hablar de ello. ¿Así que Treyton era uno de los arrestados? —no pareció alterado por la noticia.

—¡Pronto será acusado con cargos de alta traición! —gritó ella—. Tenemos que ayudarlo. Siempre te ha gustado Tom.

—No, siempre me ha gustado el hecho de que estuviera encandilado contigo, pero lo encuentro demasiado político y furibundo.

—¡Yo soy política y furibunda!

—Pero tú eres una radical con encanto. Además de mi hermana pequeña.

—¿Lo ayudarás?

—Julianne, incluso aunque accediera a ayudarlo, no tengo el poder para que lo suelten.

—Warlock sí.

—¿Qué te hace pensar eso?

—¿No es el jefe de los espías? ¿El jefe de Lucas y tuyo?

—¿Perdón?

Y Julianne se preguntó si debía contarle el intento de chantaje de Warlock. Tenía miedo de hacerlo. Jack se pondría furioso y se lo contaría a Lucas. Uno u otro se enfrentaría a Warlock. Jack probablemente lo asaltaría. Y Warlock acabaría haciéndole daño a Tom.

—No me gusta Warlock y no creo que ninguno de los dos debáis confiar en él.

—Lucas confía en él; por lo tanto, yo también. ¡Pero no es jefe de los espías! Es un caballero extremadamente pobre con unos modales pésimos y unas tierras igualmente pésimas.

—Muy bien —dijo ella—. ¡Pero sé lo que te propones, Jack! Así que no digas que no estás involucrado en la guerra. Ayudaste a Dominic a huir de Francia, y también a Nadine. Me pregunto a cuántos franceses habrás ayudado a llegar a este país. ¡No digas que eres un simple contrabandista! ¡Sé que tienes medios!

—¿Cómo sabes lo de lady D'Archand?

—Acabo de conocerla. Mencionó que le salvaste la vida.

—No podía permitir que le disparasen, Julianne.

Se habían desviado del tema.

—¿Vas a ayudar a Tom o no?

—Ya te he dicho que no tengo los medios para ayudarlo.

—Lucas y tú podéis hacer cualquier cosa cuando os lo proponéis.

Jack puso los ojos en blanco.

—¿Así que todavía te gusta Tom?

La había malinterpretado, pero no le importaba.

—Sí. Por favor, Jack, te lo ruego.

—¿Y por qué siento que estás jugando conmigo?

—Prométeme que ayudarás a Tom.

Se quedó mirándola durante unos segundos, después se acercó al aparador con ese aire arrogante suyo. Se sirvió un vaso de whiskey escocés y lo levantó en su dirección.

—No puedo prometer tal cosa. Así que háblame de Bedford.

—Bedford no tiene nada que ver con esto.

—Tom es un agitador, Julianne.

—No se merece morir.

—Probablemente no.

—¿Entonces lo ayudarás?

—Mi instinto me dice que debo dejarlo exactamente donde tiene que estar, Julianne. Pero discutiré el asunto con Lucas.

Ella se estremeció. Jack había cambiado. Se había vuelto duro. ¿Pero acaso la guerra no los había cambiado a todos? Y sabía que Lucas no querría ayudar a Tom.

—Está bien —dijo furiosa—. Pero si dejáis que lo cuelguen, nunca os lo perdonaré.

—Nunca es mucho tiempo.

Julianne pasó frente a los dos sirvientes de la puerta y se preguntó si Dominic estaría en casa. Era última hora de la tarde y estaba deseando saltar a sus brazos para que la consolara. Lucas nunca accedería a ayudar a Tom y Jack parecía igualmente decidido. ¿Cómo iba a dejar que lo colgaran sin más?

Si fuera ella la que estuviera en peligro, Tom haría todo lo que estuviera en su poder para ayudarla.

La casa estaba en silencio. Corrió escaleras arriba en dirección a los aposentos de Dominic.

La suite estaba al final del pasillo, más allá de su dormitorio. Mientras se aproximaba oyó voces provenientes del otro lado de las puertas. Se detuvo frente a la puerta de la sala de estar, que estaba entreabierta.

—Eso es todo, François —dijo lady Paget satisfecha.

Julianne había estado a punto de llamar, pero se echó a un lado.

No quería encontrarse con la condesa. ¿Estaría contándole a Dominic su horrible encuentro con Nadine? Julianne no se movió cuando el sirviente abandonó la suite, y se preguntó si debería llamar de todas formas o simplemente retirarse. François la miró sin inmutarse. Ella sonrió educadamente y oyó el tono estridente de Catherine.

—¡Eres mi hijo y se están aprovechando de ti!

Julianne tomó aire; estaban hablando sobre ella.

—Estás siendo injusta —dijo Dominic—. Y no me gusta que te metas en mis asuntos privados.

—Sin duda sabrías que Nadine la conocería tarde o temprano.

—Esperaba poder estar presente cuando se hicieran las presentaciones.

—¡No puedes presentarle a tu amante a tu prometida! —exclamó Catherine.

Julianne contuvo la respiración, temerosa de lo que pudiera decir.

—Nadine y yo estamos de acuerdo, como siempre. Ninguno de los dos desea seguir con el compromiso, y mucho menos casarse.

Lady Paget suspiró.

—Sé que estás decepcionada, pero ahora no tengo tiempo para una esposa.

—Nadine es una de las mujeres más hermosas e inteligentes que conoces. Habéis sido amigos desde niños y os queréis mucho…

—No voy a cambiar de opinión.

—¡Julianne Greystone es una jacobina! ¿Y aun así has terminado con Nadine por ella?

—Ella no es el enemigo. Te estoy pidiendo que respetes el afecto que le tengo y que le des una oportunidad de ganarse el tuyo.

Se hizo el silencio. Julianne se atrevió a asomarse a la habitación. Catherine estaba pálida, mientras que Dominic tenía esa expresión autoritaria y decidida que ella conocía bien.

—¿Y si es una espía a la que han enviado para destruirte?

—Sé por lo que has pasado, así que no te culpo por tenerle miedo a Julianne. También sé que estás preocupada por mí. Si lograras ver más allá de las ideas políticas de Julianne, te caería muy bien. Solo te pido que lo intentes.

—¡Pero no puedo ignorar sus ideas políticas!

—Sé que harás lo que te pido —dijo él con firmeza—. ¿Dónde está Jean? ¿Quién es François?

Su voz sonaba tan severa que Julianne volvió a asomarse a

la habitación. La expresión de Dominic era de disconformidad.

—Hubo una muerte en su familia —dijo lady Paget—. Jean tuvo que marcharse; estará de camino a Francia mientras hablamos. Por suerte encontré un nuevo ayuda de cámara inmediatamente. Viene recomendado por lord y lady Frasier.

La respuesta de Dominic fue inmediata.

—La madre de Jean murió hace dos años y él no regresó a casa. Los Frasier son del norte, ¿verdad? De la frontera con Escocia.

—Sí, así es —dijo lady Paget.

—Líbrate de él. Podría ser un agente enviado para espiarnos.

Julianne se quedó horrorizada.

—Pero los Frasier...

—La recomendación podría ser inventada y nos llevaría semanas descubrirlo.

—Dios, Dominic, ¿a esto hemos llegado? ¿Debemos desconfiar de los que están en nuestra propia casa? ¿Qué hacías realmente en Francia? ¿Por qué te marchaste?

—Sabes que no voy a responder a ninguna de esas preguntas. Simplemente deshazte de François.

Se hizo el silencio de nuevo y Julianne apoyó la espalda contra la pared mientras los ojos se le llenaban de lágrimas. Era culpa suya. No le cabía duda. Si François era un agente francés, enviado para espiar a Dominic, era porque ella lo había delatado ante Tom. Jamás se había arrepentido tanto de algo. Y ahora tendría que confesar. Dominic tenía que saberlo.

Oyó unas pisadas y se estremeció.

Lady Paget atravesó el umbral con cara pálida y la vio.

—¡Tú! ¿Cuánto tiempo llevas ahí?

—He venido a ver a Dominic. No pretendía escuchar, pero no quería interrumpir.

—¡Espero que no destruyas a mi hijo! —exclamó la condesa, se levantó la falda y se alejó por el pasillo.

Dominic salió de la habitación segundos más tarde.

—Imagino que me estabas buscando.

—Sí —contestó ella—. No quería escucharos, pero me daba miedo encontrarme con lady Paget, así que me he escondido.

—Ha sido un auténtico ogro contigo, ¿verdad?

—Entiendo que me desprecie —dijo ella.

Dominic le hizo un gesto y ella entró en la sala azul y dorada.

—Pero no me estás espiando.

—No. Nunca haría tal cosa.

—Has conocido a Nadine —dijo él con una sonrisa fugaz—. ¿Cómo ha ido?

—Es una mujer encantadora, pero ha sido horrible.

Dominic la abrazó.

—Siento que estés disgustada.

—Siento como si estuviéramos engañándola.

—No. No la estamos traicionando. No es ni mi prometida ni mi esposa.

Julianne lo miró a los ojos, que se habían vuelto cálidos. Temía decirle lo que le había contado a Tom.

—¿Julianne?

—Dominic, me preocupa que el conde D'Archand esté en peligro.

—¿Por qué?

—No supe que el apellido de Nadine era D'Archand hasta que leí su carta. Debería haberme dado cuenta de que es a su familia a la que nos pidieron que localizáramos. Pero me pareció un apellido corriente. Esta mañana he averiguado que su familia se ha instalado en Cornualles y me he dado cuenta de que deben de ser los emigrantes que Marcel está buscando.

—Les advertiré de inmediato —dijo él, la soltó y se giró hacia la puerta.

Se sintió consternada. Pero era lógico que Dominic corriese a avisar al conde del peligro que corría. Julianne no quería que les pasara nada ni a Nadine ni a su padre. ¿Pero qué pasaba con su confesión?

Dominic se detuvo en la puerta.

—¿Hay algo más?

Él ya sospechaba de posibles espías, ¿así que por qué habría de decirle nada? Simplemente sonrió.

—Date prisa, Dominic —dijo ella con una sonrisa.

—Es una orden que no puedo desobedecer.

Julianne se despertó con una sonrisa.

Suspiró, consciente de que estaba sola. Hacía más o menos una hora, Dom la había besado en la mejilla y le había dicho que tenía que irse. Volvió a suspirar. Se sentía increíblemente satisfecha y había dormido profundamente, como si no tuviera preocupaciones. Pero cuando abrió los ojos, la ansiedad se apoderó de ella al instante.

Esperaba no haber cometido un grave error al no decirle a Dominic que le había revelado su identidad a Tom. Rezaba para que no hubiese espías en la casa. E iba a tener que hacer lo que Warlock le había pedido; iba a tener que espiar a sus amigos.

Las cortinas del dormitorio de Dominic estaban echadas, pero un poco de luz se filtraba por entre las rendijas. Julianne se destapó y se incorporó. Al hacerlo tiró al suelo algo que había en la almohada junto a ella.

Había un sobre en la otra almohada, con su nombre escrito en negrita. Reconocería la caligrafía de Dominic en cualquier parte. Miró la preciosa alfombra situada debajo de la cama y el corazón le dio un vuelco. Había tirado al suelo una caja de joyería de terciopelo azul.

¿Qué diablos…?

Salió de la cama, recogió la caja y la abrió.

Se quedó helada. Dentro había una preciosa pulsera de diamantes.

Dominic le había regalado diamantes.

Sintió lágrimas en los ojos.

Dejó la pulsera sobre la cama y abrió el sobre. Dentro había una nota que decía: *Llévala bien. Siempre tuyo, Dominic.*

Hacía un día precioso para salir, pensó Julianne, sentada en el asiento trasero de un pequeño carruaje conducido por uno de los cocheros de Dominic. Sonrió y admiró la pulsera de su muñeca derecha. Brillaba como el fuego cuando la levantaba hacia el sol. Dominic le había regalado diamantes y ahora sus preocupaciones parecían inconsecuentes. Estaba enamorada, el corazón le latía desbocado y tal vez, solo tal vez, él sintiera lo mismo.

Iba de camino a Hyde Park. Dominic no estaba en casa cuando finalmente había terminado de vestirse y había bajado las escaleras. Tendría que darle las gracias más tarde.

Hyde Park estaba frente a ella. Le había enviado una nota a Warlock pidiéndole reunirse con él, pero aún no había recibido respuesta. Había decidido disfrutar del día mientras pudiera. Su intención había sido pasear, pero lady Paget salía en aquel momento también y había insistido en que se llevara el carruaje.

La sonrisa de Julianne desapareció. Cuando lady Paget había llegado al recibidor, Julianne estaba en la puerta. Ni siquiera había tenido que pensarlo; había tirado de la manga hacia abajo para ocultar la pulsera y que la condesa no la viera. No podía imaginarse cómo se pondría cuando descubriera lo que Dominic había hecho.

Y entonces la condesa había mencionado que tendrían invitados para cenar y que se requería el habitual atuendo de noche. Julianne se había quedado estupefacta. Acababa de ser invitada a una fiesta de Catherine.

El carruaje atravesó las imponentes puertas de hierro de la entrada de Knightsbridge y Julianne se inclinó hacia delante.

—Voy a caminar un rato, Eddie.

El joven cochero frenó el carruaje para que ella pudiera bajarse.

—No hace falta que esperes —le dijo ella al apearse—. Hace una tarde preciosa y voy a disfrutar cada momento de ella.

—La condesa me ha dicho que espere, señorita Greystone —respondió Eddie.

A Julianne aquello le resultó raro también, pero tal vez lady Paget estuviera intentando hacer lo que le había pedido su hijo; tal vez estuviese intentando darle una oportunidad. Julianne sonrió al cochero y comenzó a caminar por un sendero cercano. No estaba sola. Había varias damas paseando también, así como dos parejas y un caballero.

Parecía el día más maravilloso que hubiese presenciado jamás. Iba sonriendo cuando se topó con el caballero.

—Oh, os pido perdón —dijo ella, y se encontró mirando un par de ojos azules. Había estado tan distraída que se había chocado con él.

—¿Estáis bien, señorita Greystone? —preguntó él. Era alto y delgado, con el pelo rubio, casi blanco, y una nariz enorme.

—Estoy bien —contestó perpleja—. ¿Os conozco, señor?

Él sonrió y aquello hizo que un escalofrío le recorriera la espalda.

—No, pero yo os conozco a vos y pensé que os gustaría saber cómo le va a Tom Treyton.

El corazón le dio un vuelco.

—Tranquila, tranquila —dijo él, y la tomó del brazo—. No pretendía asustaros, señorita Greystone.

—¿Quién sois? No nos conocemos, estoy segura —intentó zafarse, pero él no la soltaba.

—Podéis llamarme Marcel.

Julianne se quedó con la boca abierta. Marcel era el contacto jacobino de Tom en París. Pero aquel hombre era inglés. Aun así no podía ser una coincidencia.

—¿Qué queréis?

—Solo quiero ayudaros —dijo él con una sonrisa gélida—. Y vos queréis ayudar a Tom.

Un inglés en el corazón de Londres estaba trabajando para el gobierno francés.

—Claro que quiero ayudar a Tom. ¿Cómo está? ¿Lo han acusado ya?

—Será acusado de traición a finales de esta semana, señorita Greystone.

¿Sería cierto? Warlock no había dicho tal cosa.

—¿Qué queréis de mí?

—Soy alguien que puede ayudar a vuestro amigo, si vos me ayudáis a mí.

—¿En qué puedo ayudaros?

La sonrisa de Marcel se esfumó.

—Hay planes para reabastecer a los monárquicos de La Vendée. Debo conocer esos planes.

—¡No puedo ayudaros!

—Bedford tiene esos planes, querida. Y ambos sabemos que vos sois la más apropiada para descubrirlos.

Se sintió horrorizada. ¿Quería que espiara a Dominic?

—Bedford regresará a Francia en breve —dijo Marcel—. Debo saber la fecha en la que el convoy se reunirá con los monárquicos, y la localización exacta antes de que se marche y se lleve con él la información.

Julianne estaba cada vez más sorprendida. ¿Dominic iba a regresar a Francia? ¡No podía creérselo!

—Creo que se marcha esta semana, así que debéis actuar con rapidez. Y, por supuesto, sentíos libre de transmitir cualquier otra información útil con la que os encontréis y que pueda ayudarnos a ganar esta guerra en contra de la revolución.

¡Jamás espiaría a Dominic! Sabía que tenía las mejillas rojas, porque le ardían.

—No sé de qué estáis hablando.

—Ambos sabemos que es un agente británico, señorita Greystone, y que vos sois una jacobina activa. Ambos sabemos que compartís su cama. No debería resultaros muy difícil rebuscar en su escritorio y en sus efectos personales hasta encontrar lo que nos interesa. Y si esa búsqueda no nos proporciona la información que necesitamos, estoy seguro de que podréis sacarle la información directamente a él.

Julianne apenas podía respirar.

—No pienso espiarlo.

—Entonces Treyton será colgado; y me aseguraré de que sea el primero de los trescientos.

Julianne dio un grito. La cabeza le daba vueltas. Trabajaría para Warlock para evitar espiar a Dominic. Se lo contaría todo a su tío. Sin duda él podría proteger a Tom.

Como si pudiera leerle el pensamiento, Marcel dijo:

—No le hablaréis a nadie de esta conversación, señorita Greystone. Ni a vuestro amante, ni a vuestro hermano, ni a vuestro tío. Puedo dificultaros mucho la vida; y puedo hacer lo mismo por Treyton.

Julianne se quedó mirándolo, pensando. Si descubría quién era realmente, Warlock o Lucas o Dominic podrían arrestarlo.

—Pensadlo de este modo, señorita Greystone. Nosotros ya vigilamos a Bedford día y noche gracias a vos. ¿Qué importa una traición más?

—Bastardo —dijo ella.

—Estáis ayudando a una buena causa, la cual defendéis, y evitaréis que vuestro amigo sea ejecutado. ¿Y bien? ¿Os he convencido para ayudar a La Republique?

Ella asintió y rezó para que no descubriera que estaba mintiendo.

—El tiempo no está de nuestro lado —dijo Marcel—. Me pondré en contacto con vos dentro de dos días. Procurad tener algo para mí.

Ella no se movió. Tendría que averiguar dónde podría localizarlo.

—¿Y si obtengo la información antes? ¿Cómo me pondré en contacto con vos?

—No podréis —contestó él con una sonrisa.

¿Cómo podría entregarlo a Dominic si no podían encontrarlo para arrestarlo?

—Si le hacéis daño a Tom de cualquier manera, no os ayudaré.

—Oh, haréis exactamente lo que os he dicho. ¿No hay dos mujeres indefensas viviendo en la mansión Greystone?

Julianne se quedó helada.

—¿No está inválida vuestra madre? Y vuestra querida hermana, ¿cómo se llama? Ah, sí, Amelia. Es la mayor, ¿verdad? ¿Una solterona devota? Me sorprende que dos mujeres vivan solas en una región tan aislada. Si hubiera algún problema, digamos un incendio, o un robo, o incluso un secuestro, no tendrían ningún vecino al que recurrir. No entiendo cómo podéis dejar a dos mujeres solas en una época tan peligrosa.

—¿Estáis amenazando a mi hermana y a mi madre? —preguntó Julianne.

—Sí. Si no hacéis exactamente lo que digo, una o las dos sufrirán las consecuencias. Y si necesitáis pruebas, puedo enviar a mis hombres para daros un ejemplo con vuestra madre. Solo para que sepáis que hablo en serio, claro.

—No les hagáis daño —dijo Julianne—. Haré lo que me decís.

—Que tengáis un buen día, señorita Greystone —Marcel hizo una reverencia y se alejó.

Julianne lo vio marchar y se quedó aterrorizada.

CAPÍTULO 15

Julianne estaba sentada en una de las sillas de su habitación, contemplando la chimenea vacía. Habían pasado varias horas y seguía horrorizada. Había un agente francés en Gran Bretaña y quería que ella espiara a Dominic. Y además el destino de Tom no era el único que pendía de un hilo. Si no obedecía, les haría daño a Amelia y a su madre.

Aquello era mucho peor que lo que Warlock le había pedido. No sabía qué hacer. Su primer impulso había sido escribir a Amelia y advertirle del peligro, pero estaba segura de que la estarían vigilando. Al fin y al cabo, Marcel estaba espiando a Dominic. Sería inútil; su carta sería interceptada. Y no quería enfurecer a Marcel.

No se atrevía a acudir a Warlock, Lucas, Jack o Dom. No podrían hacer nada porque ella no tenía manera de conducirlos hasta él.

Sintió las lágrimas en los ojos. Estaba con el agua hasta el cuello y lo sabía.

Iba a tener que espiar a Dominic para proteger a su madre y a su hermana.

—Buenas tardes.

Julianne se estremeció, pues no había oído a Dominic abrir la puerta de su dormitorio. Se recompuso con rapidez y le dirigió una sonrisa mientras se ponía en pie.

—¿Ocurre algo? —preguntó él.

Su instinto era contárselo todo a Dominic, porque Marcel era su enemigo y Dominic era ajeno a ello.

Pero no podía decir nada. Y, aunque estuviese dañando la rebelión en La Vendée, no estaba dañando directamente a Dominic, y además estaría protegiendo a Amelia y a su madre. Incluso estaría ayudando a Tom.

—Me encanta mi pulsera —susurró.

—¿Por eso estás llorando? —perplejo, se acercó a ella.

Julianne asintió, dispuesta a llorar entre sus brazos.

—Estás muy disgustada —dijo Dominic mientras la abrazaba.

—Te quiero —susurró ella contra su pecho.

Él se apartó, sorprendido.

Julianne se quedó mirándolo, sin intención de retractarse de sus palabras.

—¿Qué ha ocurrido, Julianne?

—¡Me has regalado diamantes! —exclamó con una sonrisa a pesar de las lágrimas—. Estoy desarmada.

Él sonrió también, pero Julianne vio que seguía confuso.

—Me preguntaste si te importaba y yo quería dejarlo claro.

Julianne se apartó de sus brazos y se alejó para recuperar la compostura. Si no lo hacía, Dominic se daría cuenta de que algo pasaba.

—Acabo de hablar con D'Archand —dijo él.

Ella se volvió con sorpresa.

—De hecho ha ido muy bien —explicó él con una sonrisa—. No le ha sorprendido y, como Nadine y yo hemos acordado terminar en buenos términos, se ha mostrado amable.

Su compromiso había terminado oficialmente. ¿Pero acaso importaba ya? De pronto se dio cuenta de que, si Dominic descubría alguna vez lo que estaba a punto de hacer, no volvería a dirigirle la palabra. Y además estaba el hecho de que iba a regresar a Francia; a la guerra y a la revolución.

—¿Le has advertido sobre Marcel?

—Sí, lo he hecho. ¿Qué es lo que te preocupa, Julianne?

Era tan inteligente que debía tener cuidado. No debía saber jamás que lo había espiado, si acaso lograba su objetivo. Así que sonrió y le puso las manos en los hombros.

—Quiero darte las gracias por la pulsera de diamantes —sonrió antes de besarlo.

Él dio un respingo cuando sus labios se rozaron, pero después le devolvió el beso. Segundos después, sus bocas se habían fundido y él recorría su espalda con las manos. Julianne dejó la mente en blanco. Nunca lo había necesitado tanto. Nunca lo había amado así.

—Si no supiera que no es cierto, pensaría que estás intentando distraerme —dijo él.

—Hazme el amor.

—Nos esperan abajo en dos horas...

—No me importa.

Dominic la tomó en sus brazos y la llevó a la cama.

—Antes hay algo que debo decir —dijo al tumbarla en el colchón.

—Entonces date prisa y habla —respondió ella.

—Muchacha ansiosa —dijo él. Se sentó junto a su cadera y su sonrisa desapareció—. Julianne... yo también te quiero.

Julianne vaciló al pie de las escaleras. Oía las conversaciones, la música del arpa y el tintineo de las copas. El corazón le latía con fuerza.

Había un espejo al otro lado del recibidor, y se vio reflejada en él. Ni siquiera se reconoció. Estaba mirando a una elegante desconocida.

Dominic le había enviado un impresionante conjunto para la ocasión; vestido de seda plateado con mangas abombadas, corpiño de corte bajo y falda drapeada. También llevaba una magnífica peluca rojo rubí adornada con encaje y perlas.

Nunca antes se había vestido con tanta elegancia, y dudaba que fuese a volver a suceder.

Dominic la amaba y confiaba en ella. Y ella estaba a punto de violar ese amor, esa confianza.

Julianne divisó el gran salón. Era justo como lo había imaginado, con los muebles brillantes, las lámparas de araña y las obras de arte. Estaba lleno de invitados que iban tan elegantes como ella. Vio a lady Paget, que iba vestida de color carmesí, y a una docena de damas más, todas con sus joyas y sus vestidos de noche. Los caballeros llevaban todos chaquetas, pantalones de satén y medias de seda. Casi todos llevaban pelucas blancas empolvadas.

Entonces vio a Dominic.

El corazón se le aceleró, primero con amor y después con miedo. Si él se enteraba de sus acciones, nunca la perdonaría.

Llevaba una chaqueta de terciopelo azul marino, encaje francés en los puños y en la pechera. También lucía unos pantalones de satén tostados y medias beige. La peluca era del mismo color que su pelo. Nunca lo había visto tan elegante, tan noble, tan espléndido. Lo amaba desesperadamente, tal como era, y no podía imaginárselo sin ser Bedford, sin ser un tory.

«No es para ti. Confía en mí».

No quería recordar las palabras de Lucas, pero él tenía razón, más de la que imaginaba. Comenzó a avanzar, pero entonces se detuvo. Nadine estaba con Dominic; estaban charlando.

Se sintió angustiada. Nadine era una mujer hermosa, cálida y generosa, y además una aristócrata. Se tenían mucho cariño y eran perfectos el uno para el otro. Nadine nunca lo espiaría. En ese momento Julianne sintió como si tuviera una bola de cristal y pudiera ver el futuro en ella.

Dominic se enteraría de su traición algún día y se iría con Nadine. Se casaría con ella y vivirían los dos felices para siempre...

Dominic la había visto. Se le iluminaron los ojos y comenzó a avanzar hacia ella. Julianne logró sonreír.

Él la sorprendió al tomarle la mano y besársela.

—¿Por qué te has quedado aquí de pie? No te había visto.

Nunca antes había mostrado abiertamente su afecto por ella.

—Siento llegar tarde.

—Yo no. Nunca te había visto tan guapa. Debo llevarte a más fiestas.

Lo miró a los ojos y se dio cuenta de que no había nada más que pudiera desear. Deseaba que no hubiese guerra, deseaba llevar una vida normal.

—Estoy segura de que eso podrá arreglarse —respondió ella, aunque sabía que era mentira.

—No llevas la pulsera —observó Dominic.

—¿Cómo voy a llevarla? Si alguien la ve, sabrá que ha sido un regalo tuyo y sacarán la única conclusión posible.

—¿Que estoy enamorado? —preguntó él con una sonrisa.

—Que estoy echada a perder —respondió ella con el corazón desbocado.

—Tienes razón. Te compraré algo más discreto —dijo él, y la tomó del brazo—. ¿Quieres que te presente a los demás? Será un placer —su sonrisa se esfumó—. Nos están observando.

Julianne sintió un vuelco en el corazón. Warlock estaba de pie con un hombre atractivo y elegantemente vestido, y ambos estaban mirándola.

—Warlock está aquí —se asustó terriblemente, pero, por otra parte, en su nota había dicho que hablaría con ella esa noche—. ¿Y quién es ese?

—Ese es el padre de Nadine, el conde D'Archand —contestó él—. ¿Te encuentras bien? Pareces nerviosa.

—Estoy bien —mientras hablaba, vio a Nadine apartarse de su grupo y acercarse a ellos con una sonrisa. Julianne no podía imaginarse conversando con ella en aquel momento, pero se detuvo ante ellos.

—Buenas noches, señorita Greystone. Sin duda sois la mujer más hermosa aquí esta noche.

Julianne se quedó sorprendida, pues el cumplido parecía de verdad.

—Gracias, pero lo dudo. Es una fiesta espléndida, ¿verdad?

Nadine le puso una mano en el brazo.

—No he venido para incomodaros.

—Estoy bien —dijo ella por segunda vez. Si no recuperaba la compostura, tendría que alegar un dolor de cabeza y marcharse. Como si hubiera notado su vulnerabilidad, Dominic le puso una mano en el hombro.

—Tampoco he venido para conversar de cosas triviales. Quiero daros las gracias por advertir a mi familia del peligro que corremos —dijo Nadine.

Julianne miró a Dominic.

—¿Se lo has contado?

—Sí, lo he hecho.

Nadine le estrechó la mano.

—Estoy en deuda con vos, señorita Greystone, y al parecer os he juzgado mal.

—No estáis en deuda conmigo —contestó Julianne.

—Siempre saldo mis deudas —insistió Nadine, les dirigió una sonrisa y siguió su camino.

—Sabía que al final acabaríais por caeros bien —dijo Dominic con satisfacción.

Antes de que ella pudiera responder, se dio cuenta de que lady Paget se acercaba, así que sonrió.

—Buenas noches, señorita Greystone —dijo la condesa con una sonrisa—. Es un placer que os hayáis unido a nosotros. Vuestro vestido es asombroso. Os queda muy bien.

Julianne estaba sorprendida por su reacción.

—Debo decir, Julianne, que me siento intrigado —dijo Sebastian Warlock al entrar en la sala de música, donde Julianne estaba esperándolo.

Eran las once y media de la noche. La cena de doce platos había sido interminable.

—Tal vez deberíamos cerrar la puerta para que nadie nos vea —dijo ella.

—No es buena idea. Si nos encuentran con la puerta cerrada, la gente sacará conclusiones erróneas.

—¿Pensarían que tenemos una relación? ¡Pero si eres mi tío!

—Dudo que fuesen a pensar eso, pero se preguntarían de qué estamos hablando. Toca para mí —dijo con una sonrisa—. Llevas tus sentimientos escritos en la cara, mi dulce sobrinita.

Debía de saber que lo despreciaba, pensó Julianne mientras se sentaba en el banco del piano.

—He advertido a Jack sobre ti.

—¿De verdad? Lucas y Jack me caen bien. Yo les caigo bien. Imagino que se tomó a broma tus advertencias.

—Algún día los dos se darán cuenta de que eres un bastardo egoísta y amoral.

—¡Oh, no! Se te dan bien las palabras, lo cual admiro. ¡Y menudo temperamento! Pero no me sorprende. Tu madre también tenía temperamento.

—¿Mi madre? —preguntó ella sorprendida. Su madre era la persona más calmada que conocía.

—Sí, lo tenía, pero eso fue hace mucho tiempo, cuando era una debutante malcriada, acostumbrada a salirse siempre con la suya —acercó una silla y se sentó frente a ella—. ¿Tocas?

—No he tocado en años —colocó las manos sobre el teclado con el corazón desbocado. ¿Cómo se atrevía a hablar de su madre de esa forma?—. Nunca la visitas.

—No me recuerda.

—Deberías visitarla; deberías visitar a Amelia. Es tu otra sobrina —comenzó a tocar una sonata de Andel, sorprendida de que aún se la supiera de memoria.

Estaba muy preocupada, pero con la música se dejaba llevar. Inundaba cada rincón de su cuerpo. Había pasado tanto tiempo...

—Deduzco que has aceptado mi propuesta —dijo él por encima de la música.

—Sigo considerándola —deslizó las manos sobre las teclas, casi sin aliento, mientras él la miraba con disconformidad. Satisfecha, terminó la pieza con una serie de notas profundas y poderosas que resonaron por toda la habitación.

Warlock le agarró la muñeca derecha de pronto.

—¿Perdón?

Julianne se volvió hacia él lentamente.

—Primero debes hacer algo por mí.

—¿Qué estratagema es esta?

Julianne apartó la mano y se puso en pie.

—Libera a Tom y yo espiaré a quien tú quieras.

Julianne estaba mintiendo. Dudaba que Warlock accediera. Pero, si lo hacía, ella tendría un peón menos del que preocuparse.

—Ni hablar —dijo él mirándola con frialdad.

—¿Qué está pasando aquí? —preguntó Dominic, que había entrado en la habitación. Se dio la vuelta y cerró de un portazo.

—Julianne está tocando para mí —dijo Warlock amigablemente.

Dominic tenía una mirada asesina. Si las miradas mataran, Warlock habría caído muerto al suelo.

—Déjanos solos, Warlock. Hablaré contigo en otro momento.

—¡Qué ímpetu! —dijo Warlock.

Dominic señaló la puerta cerrada y Warlock le dirigió una sonrisa a Julianne.

—Espero volver a verte, Julianne. Ha sido un placer.

Ella lo vio marchar, aliviada de que el encuentro hubiera acabado.

—¿De qué estabais hablando? —le preguntó Dominic.

No tenía sentido mentir.

—Estábamos hablando de Tom.

—Treyton tiene lo que merece.

—Las prisiones son lugares peligrosos —dijo Julianne.

—No pienso interceder por él. Y tú no te verás involucrada en juegos de espionaje, Julianne. No lo permitiré. Quiero tu palabra.

Ella se mordió el labio y asintió.

—Yo no quiero jugar a juegos de espionaje —dijo, y era la verdad.

—Bien —la abrazó contra su pecho—. Los últimos invitados ya se están marchando.

Julianne estaba deseando saltar a sus brazos.

La luz del sol le golpeó en los párpados. Julianne se despertó y se dio cuenta de que una doncella estaba descorriendo las cortinas del dormitorio de Dominic. Por un momento, sonrió al pensar en el amor de Dominic. Pero entonces recordó lo que tenía que hacer.

Se incorporó con un nudo en el estómago. Se recordó a sí misma que no tenía elección. La seguridad de Amelia y de su madre estaba en juego.

El estómago le dio un vuelco.

Sentía náuseas.

—Os he traído *le petit déjeuner, mademoiselle* —dijo Nancy con una sonrisa—. Lord Paget se marchó a las nueve esta mañana y me dijo que os despertara a las diez.

Julianne no pudo devolverle la sonrisa.

—*Mademoiselle?* ¿Os encontráis mal?

Julianne saltó de la cama y corrió hacia el orinal, donde vomitó violentamente.

Cuando terminó, Nancy le puso el caftán sobre su cuerpo desnudo. Julianne se incorporó lentamente con la ayuda de la doncella y vio su expresión de preocupación.

—¿Ya estáis mejor? —preguntó Nancy.

¿Qué explicación había para aquel malestar?

—Últimamente no me siento bien, Nancy —contestó con una sonrisa y, mientras hablaba, se dio cuenta de que era verdad. Últimamente había estado durmiendo hasta tarde y aun así se despertaba cansada, si no exhausta. En ocasiones se sentía hambrienta. En otras ocasiones sentía náuseas. Y le dolía la cabeza constantemente.

—Creo que estoy un poco mareada —dijo.

—Una tostada os ayudará —dijo Nancy con una sonrisa extraña.

Y Julianne se preguntó si la doncella se habría dado cuenta de que estaba embarazada de Dominic.

—Sí, estoy segura.

Julianne sonrió y fue a lavarse los dientes. ¿Cómo podía empeorar? Le entusiasmaba estar embarazada; si en efecto lo estaba. Pero traer al hijo de Dominic al mundo cuando debía traicionarlo le parecía una farsa.

Finalizó sus abluciones matutinas y se quedó en el cuarto de baño, escuchando a la doncella mientras hacía la cama. Finalmente Nancy se marchó.

Julianne salió del baño con el corazón acelerado. Odiaba lo que estaba a punto de hacer. Caminó hasta la puerta del dormitorio, deseando poder cerrarla con llave, pero sabiendo que no debía. En vez de eso, escuchó atentamente ante cualquier posible sonido proveniente del pasillo. Todo estaba en silencio.

Convencida de que no había nadie al otro lado, abrió la puerta ligeramente y asomó la cabeza al pasillo. Estaba vacío.

Cerró la puerta y corrió hacia el secreter de Dominic. El cajón de la derecha seguía cerrado. ¿Dónde habría escondido la llave?

Se sentó frente al escritorio e inspeccionó rápidamente los demás cajones. Encontró varios objetos, pero no una llave. Así que se sentó en su silla, giró la cabeza hacia la puerta y comenzó a pensar.

Su mente se puso en funcionamiento. Le había visto varias veces junto a la librería a primera hora de la mañana, cuando se despertaba. Y siempre en el mismo lugar. Con frecuencia iba a escritorio y tomaba notas o escribía cartas después de hacer el amor, mientras ella se quedaba dormida.

Se quedó mirando la pared de libros. ¿Qué mejor lugar para esconder una llave?

Se levantó y se dirigió hacia la zona en la que le había visto. Comenzó a inspeccionar los libros de las estanterías superiores, convencida de que le había visto devolver un libro a la segunda o tercera empezando por arriba.

Diez minutos más tarde, una pequeña llave de latón cayó del interior de un volumen de poesía.

Julianne se quedó mirando el suelo con el corazón desbocado. Podía oírlo, y sonaba como un tambor. Dejó el libro horizontalmente sobre una pila de libros colocados en vertical y se agachó para recoger la llave.

Pensó que iba a marearse de nuevo.

Miró hacia la puerta y corrió hacia el secreter. Abrió el cajón y se sentó.

Dentro había varias notas garabateadas. Su letra cursiva era indescifrable, lo cual resultaba un alivio. Pero también había un dibujo y una carta inacabada.

Julianne maldijo en voz baja.

El dibujo era de una costa. Había varias marcas, pero no nombres de lugares. No importaba. Estaba bastante segura de que reconocía aquella costa. Dominic había dibujado las costas de Bretaña y de Normandía. La zona con la X parecía estar entre medias de las dos.

Las náuseas eran cada vez más fuertes, pero logró memorizar el dibujo. Después sacó la carta. Estaba escribiendo a alguien que ella no conocía.

Mi querido Henri,
Gracias por tu carta. Siempre es un placer mantenerme al corriente

de los acontecimientos en el castillo. Por favor, comenzad con la vendimia la segunda semana de octubre, pues he decidido que es la mejor época para recoger las uvas y asegurarnos la mejor fruta. Mis agentes llegarán a Granville para inspeccionar la producción de la temporada y discutir los precios cuando la calidad esté asegurada. Si hubiera algún retraso debido a las dificultades inherentes en estos tiempos conflictivos, te informaré inmediatamente.
Un saludo cordial,
Dominic Paget.

¿Estaría escribiendo al encargado de uno de sus viñedos, o toda la carta estaría escrita en clave? ¿Realmente le importaba la vendimia y el precio del vino? Por un lado, esperaba no haber encontrado nada más que unos dibujos extraños. Por otro, rezaba para que Marcel quedara satisfecho.

Julianne devolvió las notas, el dibujo y la carta al cajón, lo cerró con llave y guardó esta de nuevo en el libro.

Y pensó entonces en lo fácil que había sido.

—Pareces preocupado —dijo Warlock mientras se levantaba de la silla del club donde estaba sentado.

Eran las cinco de la tarde y Dominic llegaba justo a tiempo para su reunión. Aquel club de caballeros en particular era oscuro y tenebroso, con los paneles de madera casi negros en las paredes, las alfombras de color rojo oscuro y los muebles sombríos. Había varios grupos de caballeros sentados por la habitación, algunos leyendo, otros bebiendo o conversando. Era la primera vez que se reunían allí. Nadie miraba a Warlock, pero varios caballeros vieron a Dominic e intentaron llamar su atención.

Él ignoró a todo el mundo. Julianne había estado actuando de manera extraña los últimos días y no podía imaginarse qué le sucedía. Sentía que tenía que ser algo más que la situación de peligro en la que se encontraba Tom Treyton.

Su relación progresaba con mucha rapidez y le asombraba hasta dónde llegaban sus sentimientos por ella, así como la nueva naturaleza de la intimidad que compartían. Incluso su manera de hacer el amor había cambiado. Pero ella estaba triste, y él también, pero por sus propias razones. Odiaba la idea de volver a Francia, pero aun así sabía que tenía que hacerlo. Era casi como si de pronto estuviera dividido entre quedarse con ella y luchar por su país.

Warlock estaba allí solo con un brandy y un periódico. Señaló una silla adyacente de cuero con los brazos terriblemente gastados.

—Si sigues enfadado conmigo por hablar con Julianne anoche, te alegrará saber que no ha accedido a nada.

Dominic se sentó abruptamente.

—Déjala al margen de tus malditos juegos de espionaje; si quieres mi ayuda.

—¡Estás enamorado!

—Tal vez. En cualquier caso, te sugiero que dejes en paz a Julianne —chasqueó los dedos cuando un sirviente pasó junto a ellos y pidió un whiskey.

—¿Estás amenazándome? —preguntó Warlock—. Te conozco mejor que tú mismo. No importa lo que sientas por ella, nunca darías la espalda a La Vendée.

Warlock tenía razón. Estaba enamorado, pero no tenía intención de renunciar a sus compromisos ni de incumplir su deber como patriota.

—Simplemente mantenla fuera de esta maldita guerra. ¿Has sabido algo nuevo de Windham?

—Hay un topo en el ministerio de la marina —dijo Warlock.

No era eso lo que le había preguntado.

—Tú debes de saber quién es, o estar a punto de descubrirlo. De lo contrario, no estarías de tan buen humor.

—Es uno de los empleados de Windham —contestó Warlock con una sonrisa.

Dominic se quedó perplejo. ¿Había un agente francés trabajando para el secretario de guerra británico?

—Aún no sé quién es, pero estoy tras su rastro y pronto lo descubriré.

Dominic conocía bien a Warlock.

—Ahora veo por qué estás de tan buen humor. Vas a dejarlo ahí y a jugar con él al gato y al ratón.

—Oh, sí —contestó Warlock alcanzo su vaso—. Cuando llegue el momento, le daremos información falsa. Al final lo desenmascararemos y desarticularemos toda la red.

Le encantaba aquella guerra, pensó Dominic. Pero alguien tenía que hacer lo que Warlock hacía.

Sebastian buscó en el bolsillo de su pechera y le entregó una carta sellada.

Reconoció al instante la caligrafía de Michel.

—También he recibido una carta de Jacquelyn —dijo Warlock—. Los soldados franceses que fueron derrotados y encarcelados en Mainz han sido liberados. Les han dado un nuevo destino, y van a marchar sobre los rebeldes de La Vendée en el Loira.

El corazón le dio un vuelco. El centro de operaciones en el frente del Rin era la ciudad de Mainz, que había sido sitiada por los aliados el pasado marzo.

Dominic abrió la carta de Michel y comenzó a leerla. Como había imaginado, los rebeldes se morían de hambre y les faltaban armas y municiones. Y Jacquelyn sabía que las tropas liberadas de Mainz se dirigían hacia ellos; rogaba ayuda inmediata.

Y mientras leía la carta, las entrañas se le revolvieron. Iba a volver a la guerra, a la anarquía y a la revolución... No estaba seguro de si sobreviviría en esa ocasión. Y por primera vez no estaba pensando en su vida, sino en su cordura.

—¿Windham está considerando adelantar la fecha del suministro? —preguntó finalmente.

—No.

Decidió que enviaría la carta que acababa de escribir al amanecer del día siguiente. A Michel no le agradaría saber que el encuentro con el convoy de suministro no se produciría hasta pasadas otras seis semanas; a mediados de octubre.

—He organizado tu viaje para el amanecer del día siete —dijo Warlock.

Dominic se quedó mirándolo. ¡Regresaría a Francia en cuatro días! Su descanso había acabado.

—Irás directamente a Nantes, te encontrarás allí con Jacquelyn y evaluarás la situación. Mantente fuera de combate. E infórmame de inmediato. Tal vez tu estimación de la situación haga que Windham cambie de opinión.

De pronto Dominic se puso furioso y le lanzó la carta al pecho.

—Todo está aquí. Se están muriendo de hambre. Tienen pocas armas. No tienen municiones. ¡Ese es mi informe!

—Estimamos que las tropas francesas estarán cerca en una semana —dijo Warlock con calma—. Y lo digo en serio, Paget. Eres demasiado vulnerable; ni se te ocurra meterte en una batalla.

Dominic sabía que nunca se quedaría de brazos cruzados como un cobarde mientras su gente se iba a la guerra. Pero ahora comenzaba a asimilar verdaderamente la noticia. Se marcharía en cuestión de días.

¿Qué pasaría con Julianne?

Algo en su corazón se retorció. Le dolió. Curiosamente no deseaba abandonarla.

En ese momento supo que debía hacer planes para ella. Julianne no podría regresar a Cornualles y vivir en Greystone con los pocos recursos a los que estaba acostumbrada. Le ordenaría a Catherine que le permitiese vivir en la mansión Bedford; incluso podría llevar a su madre y a su hermana a la ciudad para que le hiciesen compañía, si Julianne lo deseaba. ¿Pero después qué? No podía pedirle que lo esperase. No sería justo.

Se puso en pie abruptamente. No iba a quedarse allí con Warlock. Esa noche llevaría a Julianne a la ópera, o al teatro, o a cualquier cosa que pudiera entretenerla. Al día siguiente enviaría a buscar a una modista. Llevaba tiempo queriendo hacerlo. Y le compraría algún adorno que pudiera llevar con regularidad; algún colgante o camafeo discreto.

—Tengo que irme —dijo. De hecho se pasaría por la joyería de camino a casa.

Warlock negó con la cabeza.

Hyde Park estaba desierto a media tarde. Eran las seis.

Las últimas horas habían sido una agonía mientras Julianne esperaba noticias de Marcel. Dominic la había llevado a Vauxhall la noche anterior, y después habían cenado en su suite a la luz de las velas. Aquella mañana había enviado a una modista a su dormitorio y le había encargado un armario entero. Después la había llevado al Museo Británico, donde habían pasado la tarde. Julianne había estado dividida entre la alegría y la desesperación; su afecto nunca había sido tan evidente, pero ella seguía preocupada por lo que debía hacer.

No sabía por qué Dominic se había vuelto tan cariñoso. Sospechaba que había sido consciente de que el tiempo se les agotaba. Aún no había mencionado que regresaría a Francia, pero se comportaba como si quedase poco tiempo.

Julianne daba vueltas de un lado a otro, no lejos del sendero de los carruajes, consumida por el miedo y la ansiedad.

¿Cómo podía traicionar a Dominic de esa manera? ¿Cómo podía no hacerlo? Incluso aunque Dominic no le hubiese advertido de lo peligrosos que eran los juegos de espionajes, estaría asustada. Marcel parecía despiadado.

Siguió dando vueltas. No podía dejar de recordar detalles de la maravillosa velada que habían compartido la noche anterior; la sonrisa de Dom viéndola mirar a los músicos sobre el escenario, su mirada mientras la contemplaba durante la cena, sus ojos cargados de deseo mientras se movía en la cama encima de ella; Dom rebuscando entre sus prendas, aceptando algunas, descartando otras, mientras ella simplemente los miraba boquiabierta a él y a la modista; ellos dos paseando de la mano por el museo mientras los demás visitantes se giraban para mirarlos.

Julianne apenas podía pensar. Su vida era un desastre.

Un carruaje se acercaba por el sendero desde Park Lane. Se quedó quieta, agarró su bolso con fuerza y el corazón comenzó a latirle con fuerza dentro del pecho. Estaba casi segura de que sería Marcel.

El carruaje aminoró la velocidad al acercarse. Julianne caminó hacia el sendero y se detuvo a su lado. El vehículo finalmente llegó hasta ella y Marcel se tocó el ala del sombrero con una sonrisa.

Julianne no sonrió.

—Eres despreciable.

—¿Qué tienes para mí?

Julianne buscó en su bolsillo y le entregó el dibujo del mapa de Dominic, que había esbozado de memoria, y las notas que había tomado sobre su carta.

—¿De dónde has sacado esto? —preguntó Marcel tras echar un vistazo a los papeles.

—El dibujo original está guardado bajo llave en un cajón, igual que la carta. Memoricé ambas cosas. Ya he cumplido con mi parte. Ahora quiero tu palabra de que dejarás a mi hermana y a mi madre en paz.

—¿Y por qué iba a hacer eso, cuando has demostrado lo útil que puedes ser para mí? Tu hermano Lucas se marcha a Francia. Creo que se dirige a Le Havre. Averigua exactamente cuándo se marcha, hora y lugar de partida, y dónde piensa desembarcar.

Julianne se quedó con la boca abierta. ¿Quería que espiara también a Lucas?

—¡Maldito bastardo! ¡Has mentido! ¡No haré tal cosa!

—Si no lo haces, imagino que tu pobre madre podría caerse por las escaleras y romperse el cuello —sonrió, pero sus ojos seguían siendo fríos—. Ahora me perteneces, Julianne.

Eran casi las ocho en punto y Dominic aún no estaba en casa. Julianne daba vueltas de un lado a otro del salón mientras las sombras del crepúsculo comenzaban a inundar la sala. Estaba tan afectada por lo que había sucedido que de hecho vomitó al llegar a casa. En esa ocasión supo que el malestar no tenía nada que ver con el embarazo.

¿Se atrevería a contarle a Dominic lo de Marcel? No podía continuar así. Pero, si se lo contaba, tendría que contárselo todo.

Oyó un movimiento en la puerta del salón, se detuvo y se dio la vuelta. Era lady Paget, que parecía preocupada.

—¿Va todo bien?

Catherine había sido educada e incluso amable con ella desde el día de la cena. ¿Habría acabado por ganarse su simpatía? Si le contaba a Dominic lo de Marcel, no dudaba que Catherine se enteraría de su traición y volvería a odiarla.

Se le ocurrió que la condesa no sabría que Dominic pensaba regresar a Francia en poco tiempo. Conocía a lady Paget lo suficiente como para saber que era temperamental; no era alguien que ocultaba sus sentimientos. Si lo supiera, se sentiría angustiada.

—Es tarde. Estoy esperando a Dominic.

—He retrasado la cena para los tres —dijo Catherine, lo que sorprendió a Julianne. Aún no habían cenado nunca solos los tres—. Dominic me envió una nota diciendo que llegaría un poco tarde.

De pronto Julianne advirtió un movimiento al otro lado de las ventanas, que daban al camino de entrada. Se giró y vio el carruaje de Dominic y a un sirviente preparado para abrir la puerta.

Extrañamente aliviada, Julianne sonrió a lady Paget y corrió hacia el recibidor. Catherine la siguió. La puerta ya estaba abierta. Fuera, el cielo estaba oscuro y teñido de rojo.

Dominic bajó del carruaje.

Julianne se detuvo junto a la puerta de entrada, con Catherine a su lado.

Dominic sonrió al acercarse, y entonces Julianne vio por el rabillo del ojo a alguien atravesar corriendo el camino, como si viniera de los establos. No estaba lejos de Dominic. Él debió de haberlo oído, porque miró hacia atrás y dio un respingo al verlo.

—¿Qué está haciendo François aquí? —preguntó Catherine.

Confusa, Julianne miró de nuevo al sirviente y lo vio sacar una pistola y apuntar a Dominic.

Dominic se tiró al suelo justo cuando la pistola se disparó.

Julianne dio un grito.

François tiró la pistola, se dio la vuelta y salió corriendo.

Dominic se puso en pie de un salto y corrió tras él, junto con sus sirvientes.

Julianne se levantó la falda y bajó apresuradamente las escaleras, siguiendo a Catherine. François iba por delante de Dom y sus hombres, y ella no sabía si lograrían atraparlo. Pero en ese momento el sirviente tropezó y cayó.

Segundos más tarde Dominic se lanzó sobre él.

Julianne corrió hacia ellos.

—¿Quién te envía? —preguntó Dominic, sentado a horcajadas encima de François.

Jadeando, Julianne tropezó y se detuvo.

Aquello era cosa de Marcel.

—¡Cerdo! —exclamó François tras escupirle—. Te alimentas gracias a los pobres. Engordas y nosotros sufrimos. Nunca te diré quién me envía. ¡Cerdo!

Dominic sonrió y le dio un puñetazo en la nariz.

—¿Quién te envía? —repitió—. Dímelo o te partiré las piernas.

François volvió a escupirle en la cara.

Dominic lo puso en pie.

—Tráeme un palo, Eddie —dijo con fuego en la mirada—. De hierro servirá.

—Dominic —susurró Julianne.

Se volvió para mirarla.

—Entra en casa, Julianne. Tú también, madre.

Julianne no se movió. Le pitaban los oídos. Sentía que iba a desmayarse. De hecho era como si acabase de salirse de sí misma y estuviese a punto de presenciar una escena horrible.

—Yo sé quién le envía. Ha sido Marcel.

Dominic soltó a François y se quedó mirándola con incredulidad.

—¿Qué ha dicho? —preguntó Catherine mientras Eddie y uno de los sirvientes agarraban a François.

Julianne se quedó mirando horrorizada a Dominic. Él se acercó a ella y habló con voz tranquila.

—Marcel es el jacobino que os escribió a Treyton y a ti.

—Sí.

—¿Y por qué crees que Marcel ha enviado a este asesino?

—Porque después de que abandonaras Greystone le dije a Tom quién eras realmente; y él se lo dijo a Marcel.

Dominic no se movió.

—Oh, Dios mío, yo tenía razón —susurró Catherine horrorizada.

—Eso fue hace más de un mes —dijo Dominic.

—Sí —respondió Julianne. Tenía que contarle el resto, pero estaba paralizada.

—¡Esta semana se ha reunido dos veces con un hombre en el parque! —gritó Catherine.

Julianne comprendió entonces por qué al chófer le habían ordenado que la llevase y que la esperase en el parque. Había estado espiándola.

—¿Con quién te reuniste en el parque? —le preguntó Dominic.

—Con Marcel —contestó ella entre lágrimas—. Amenazó a Amalia y a mi madre. ¡Hablaba en serio! Yo no tenía elección, Dominic. ¡Por favor, intenta comprenderlo! —pero incluso mientras le rogaba, sabía que sus plegarias caerían en saco roto.

—¿Y tú qué hiciste? —preguntó él sin alterar el tono.

—Registré el cajón cerrado con llave de tu escritorio.

Dominic asintió lentamente.

—¿Y le diste a Marcel las notas, el mapa y la carta?

—No —respondió ella—. Memoricé el mapa y la carta y le transmití el contenido.

Dominic comenzó a temblar con la emoción.

—Te quiero —dijo Julianne—, ¡pero no tenía elección!

—¿Dónde está Marcel ahora?

—No lo sé. Él se pone en contacto conmigo.

Se hizo el silencio.

Dominic se quedó mirando el suelo bajo sus pies, como si estuviera pensando. Julianne lo observaba y apenas podía respirar. Después él levantó la mirada y dijo:

—Madre, envía a buscar a Warlock —se dio la vuelta—. Eddie, ata a François, enciérralo en la biblioteca y haz que lo vigilen. Ve armado —finalmente miró a Julianne. Ella se estremeció—. Ya no eres bienvenida aquí.

CAPÍTULO 16

Julianne siguió a Dominic, a su madre y a los sirvientes de vuelta a la casa y en estado de shock. Se había acabado. Un sirviente cerró la puerta tras ella y entonces se detuvo. ¿Qué podía hacer? No sabía qué hacer ni adónde ir.

Catherine se alejó, obviamente con la intención de avisar a Warlock. Eddie y el otro sirviente arrastraron a François hacia la biblioteca. Dominic no se detuvo ni un instante, entró en el salón y cerró ambas puertas tras él. No había mirado atrás, y Julianne se quedó allí sola.

Se dio cuenta de que estaba temblando violentamente. Se sentía como si hubiera dejado de existir para el resto de habitantes de la casa.

Se quedó mirando las puertas cerradas del salón. Aquella mañana había estado en los brazos de Dominic. Ahora le daba miedo intentar hablar con él.

¿Cómo podría vivir sin él?

Pero desde el principio sabía que aquel sería el precio que tendría que pagar por su traición.

Cerró los ojos con fuerza y recordó su expresión impasible de hacía unos minutos. Tenía que haberle hecho daño; debía de estar furioso.

Y era culpa suya que hubiera estado a punto de ser asesinado. Se despreciaba a sí misma.

Reunió todo su valor, se acercó al salón y abrió una de las puertas.

Él estaba de pie junto al aparador, con una copa en la mano.

—Yo no entraría si fuera tú —dijo con voz neutra.

—Tenía que protegerlas —respondió ella.

Dominic le dio la espalda y dio un trago.

Julianne cerró la puerta y subió corriendo las escaleras hacia su dormitorio. Allí se lanzó sobre la cama y lloró. Sabía lo disciplinado que era. Cuando se decidía por una cosa, no había manera de hacerle cambiar de opinión. Estaba segura de que acababa de sacarla de su vida y de su corazón.

No supo cuánto tiempo estuvo llorando, pero al final se quedó quieta, mirando al techo. Nunca se había sentido tan agotada.

Mil recuerdos se agolpaban en su cabeza; en todos aparecía con Dom, y él estaba tan enamorado de ella como ella de él.

Entonces llamaron a su puerta.

Se incorporó y se sintió decepcionada al ver a Nancy entrar en la habitación.

—No deseo que me molesten —dijo Julianne.

—Lo siento, *mademoiselle*, pero me han dicho que os ayude a hacer la maleta. Lord Paget tiene un carruaje esperando —dijo la doncella, y le entregó un pañuelo.

Julianne comenzó a temblar. Dominic iba a echarla esa misma noche. Era lógico.

—¿Qué habéis hecho para que os expulse? —susurró Nancy—. Estaba muy enamorado de vos, *mademoiselle*.

—Lo he traicionado, Nancy.

La muchacha se quedó con los ojos desorbitados.

Julianne se sentó al borde de la cama e intentó pensar, aunque estaba aturdida y exhausta. Había un carruaje esperándola. Ella no tenía fuerza, voluntad ni valor para intentar quedarse en esa casa. ¿Y por qué habría de quedarse? Se había acabado. Se preguntó de pronto si sus hermanos estarían en Cavendish

Square. Se lo contaría todo. Necesitaba un hombro en el que llorar.

Sentía como si estuviese en una pesadilla. Aquella mañana Dominic la había amado; ahora la despreciaba y deseaba que se fuera.

—Deberíamos empezar a hacer el equipaje —dijo Julianne tras tomar la decisión de marcharse. Pero en cuanto se puso en pie, el suelo pareció moverse bajo sus pies y supo que estaba tan cansada que iba a desmayarse. Nancy gritó, la agarró y la sentó de nuevo en la cama.

—¿Le habéis dicho que estáis embarazada? Perdonará vuestra traición. No me cabe duda. ¡Os ama y no tiene heredero!

Julianne tomó aire. Al contrario que Nancy, ella no se dejaba engañar. No creía que Dominic fuese a perdonarla jamás, estuviera embarazada o no. Y ella nunca utilizaría a su bebé para recuperar su amor. Ni siquiera había pensado qué hacer con ese tema. En aquel momento no tenía fuerzas para hacerlo.

—Por favor, no digas nada. Aún no. Ya me siento mejor. Después de tomarme un té, podré ayudarte con las maletas.

—Deberíais decirle lo del bebé —insistió Nancy—. Con el tiempo os perdonará, porque os ama.

Julianne no la creía; y tampoco estaba segura de querer hacerlo. La esperanza le parecía una emoción peligrosa que no podía permitirse. Pero su historia había sido como un cuento de hadas. Dos amantes separados por la política y por la guerra. Él, un príncipe; ella, una aburrida chica de campo…

¿Habría sido una tonta por creer en ese amor?

—No creo que vuelva a amarme nunca —le dirigió a Nancy una mirada severa; no quería hablar de ese tema. Así que ambas comenzaron a recoger sus cosas. Mientras lo hacía, Julianne sentía la desesperación y el desaliento. Sentía que cada vez se hundía más en el fango y en la tristeza. Finalmente se detuvo y se quedó mirando los objetos sobre la cama. Se había acabado. Se marchaba. Pero todas las prendas que poseía se las había regalado Dominic. Cada objeto tenía muchos recuerdos asociados. Y eso era todo lo que estaba a punto de abandonar. ¿Pero acaso tenía derecho a llevarse alguna de esas cosas?

Volvieron a llamar a la puerta. Julianne se detuvo mientras doblaba una camisa. No le cabía duda de que Catherine había ido a reprenderla por su traición.

Nancy la miró inquisitivamente.

Julianne sabía que no podría soportar más conflictos.

—Que se vaya —dijo en voz baja.

Pero la puerta se abrió y dio paso a Dominic, seguido de Warlock.

—¿Dom?

Su expresión era severa cuando entró. Miró las prendas tiradas sobre la cama, como si estuviera evaluando el progreso de sus actividades. Después la miró a ella.

—Después de todo no te marcharás esta noche —dijo con desprecio en la mirada.

Julianne sintió que le temblaban las rodillas. La odiaba.

Y Dominic no se movió. Fue Warlock quien se apresuró a agarrarla.

—¿Estás enferma?

—Me duele la cabeza —respondió ella mirando a Dom.

Su mirada no vaciló. Su expresión de desprecio no se alteró. Mandó marchar a Nancy, que salió apresuradamente de la habitación. Dominic cerró entonces la puerta, lo que alarmó a Julianne.

—Deberías haber acudido a mí, Julianne. Yo quiero atrapar a Marcel —dijo Warlock mientras la sentaba en la cama.

—Lo habría hecho si hubiera sabido quién era o dónde podíais encontrarlo. Pero es demasiado listo. Él se pone en contacto conmigo, no al revés. ¡Ha amenazado a Amelia y a mamá, Sebastian! Por favor, envía a buscarlas para que estén a salvo.

—Si envío a alguien a buscarlas, él sabrá que has sido descubierta.

Ella gritó con angustia.

—¿Sacrificarías a tu propia hermana por tus propios fines?

—No, Julianne —contestó él con una sonrisa—. Enviaré a uno de mis hombres a Cornualles esta noche para que se haga pasar por el nuevo criado. Tiene muy buena puntería y ha hecho muchas veces de guardaespaldas. Él protegerá a Amelia y a Elizabeth.

El alivio hizo que a Julianne se le llenaran los ojos de lágrimas. Su madre y su hermana estarían a salvo. Entonces miró a Dominic, que apartó la mirada.

Ya ni siquiera podía soportar mirarla. ¿Tanto la odiaba? Nancy se equivocaba; nunca la perdonaría.

—¿Qué pasa con Tom?

—Lo dije antes y lo repetiré. Si me ayudas, ayudaré a Tom —dijo Warlock con una sonrisa, como si estuvieran hablando de las carreras de caballos—. Necesitamos a Marcel. ¿Cuándo volverá a ponerse en contacto contigo?

—No lo sé. Ahora quiere que espíe a Lucas.

—Eso debe de ser porque daba por hecho que esta noche me matarían —dijo Dominic.

Oh, Dios, tenía razón, pensó Julianne. Marcel había recibido la información que necesitaba, lo que significaba que podía deshacerse de Dom. Ella era tan responsable como Marcel de aquel intento de asesinato.

Warlock se quedó mirándola.

—Te quedarás aquí. Paget y tú seguiréis como si nada hubiera ocurrido. No podemos permitirnos que Marcel piense que has sido descubierta.

Julianne estaba confusa; debía de haber oído mal. Miró a Dominic.

—¿Qué está diciendo?

—Está diciendo que seguiremos fingiendo que somos unos amantes felices —respondió Dominic—. Regresarás a mis aposentos. Dormirás ahí. En público, delante de los sirvientes, nos sonreiremos con cariño.

Se metió la mano en el bolsillo del pecho y lanzó un objeto sobre la cama. Era una pequeña caja de joyería.

—Incluso llevarás eso puesto, porque te lo había comprado esta tarde. Desempeñaremos nuestro papel a la perfección.

Julianne no tocó la caja. No podía sentirse más devastada.

—Tiene razón, Julianne. Debéis desempeñar vuestro papel de amantes a la perfección. Marcel no debe sospechar que nos conducirás hasta él —dijo Warlock, y arqueó una ceja—. Pareces devastada. Vas a tener que interpretar.

Entonces Julianne comenzó a entenderlo todo. No iban a expulsarla de la casa. Al menos de momento. Pero solo porque querían localizar y arrestar a Marcel. Y ella tenía que fingir que todo iba bien con Dominic, cuando en realidad la despreciaba.

Comenzó a temblar. Odiaba a Marcel. Deseaba que lo arrestaran y lo colgaran.

—Claro que ayudaré —dijo mirándolos a los dos—. ¿Y qué ocurrirá cuando hayáis descubierto a Marcel?

No fue Warlock quien respondió.

—Abandonaremos esta farsa —dijo Dominic con frialdad—. Y podrás irte allí donde perteneces.

Julianne emergió del vestidor de la suite de Dominic ataviada con un camisón rosa y un gorro blanco. Nunca había estado tan insegura y tan desesperada. Dominic la despreciaba y ella no podía culparlo. ¿Pero cómo iba a compartir habitación con él?

Cuando saliera de allí, aunque solo fuera para ir al piso de abajo, ¿cómo iba a fingir que no había ocurrido algo terrible?

No podía dejar de temblar. Nancy le había llevado una bandeja con la cena, pero no había sido capaz de beber ni comer nada. En vez de eso, seguía reviviendo en su cabeza el intento de asesinato y la reacción de Dominic a su confesión.

Ya era suficientemente difícil soportar su ira, y ahora le tenía miedo. Nunca le haría daño, pero tenía miedo de recibir otra mirada mordaz. Lo único que deseaba era acurrucarse en su propia cama y que la dejaran en paz con su tristeza.

Al menos mamá y Amelia estarían a salvo de ese monstruo jacobino.

Se preguntó si debería meterse en la cama, taparse hasta el cuello y fingir que estaba dormida cuando él regresara. El estómago le dio un vuelco. ¿Realmente iban a compartir cama? ¿Debería irse con una manta al sofá? ¿Podría soportar aquello? ¿Cuánto tiempo tardaría Marcel en ponerse en contacto con ella?

Se estremeció al oír la puerta de la sala de estar. Se dio la vuelta lentamente, tan rígida como si fuera un bloque de hielo. Dominic entró en la habitación con la chaqueta sobre un brazo. Ni siquiera pareció verla de pie junto a la librería cuando pasó por delante. Atravesó el salón y entró en el dormitorio sin mirarla. Julianne oyó que se estaba quitando la ropa.

Era como si se hubiese vuelto invisible a sus ojos.

Se dejó caer sobre la otomana. ¿Qué podía hacer? ¿Esperar a que se quedara dormido y después decidir en qué silla derrumbarse? Pero Dominic siempre se acostaba tarde y se despertaba temprano. Ella estaba agotada y no creía que pudiera mantenerse despierta más tiempo que él.

Se puso en pie lentamente y caminó hacia el dormitorio. Lo vio allí dentro y tomó aire. Estaba completamente desnudo, de espaldas a ella. Él alcanzó un caftán carmesí y se lo puso.

El corazón se le aceleró. Conocía cada centímetro de ese cuerpo mejor que el suyo propio.

¿Cómo podía estar ocurriendo aquello?

Dominic se dio la vuelta y la miró.

Aquella mañana había estado en sus brazos, acariciando su piel, igual que él acariciaba la suya. Inevitablemente sintió el fuego del deseo corriendo por sus venas.

—Ni lo pienses —dijo él—. No te tocaría ni aunque estuviera muriéndome y esta fuese mi última noche en la tierra.

Ella se estremeció.

—¿Qué quieres que haga?

Dominic se dio la vuelta, quitó una de las mantas de la cama, caminó hacia ella y se la lanzó. Julianne la atrapó al vuelo y después vio una almohada que volaba en su dirección. Eso no pudo agarrarlo y cayó al suelo.

—No me importa lo que hagas —dijo él—. Duerme en el sofá, en la silla, en el suelo. No me importa.

Julianne hizo un esfuerzo por no llorar.

Entonces, Dominic pasó frente a ella y entró en la sala de estar. Julianne se abrazó a la manta con fuerza, lo vio dirigirse hacia la librería, sacar el libro de poesía y la llave de dentro. Comenzó a gimotear.

Él la ignoró, caminó hasta el escritorio y se sentó. Abrió el cajón, sacó la carta que estaba escribiéndole a Henri y la rompió en pedazos antes de tirarlos.

Julianne no se movió. Siguió llorando en silencio.

Él abrió otro cajón, sacó un papel en blanco y mojó la pluma en el tintero. Se quedó pensando durante unos segundos y comenzó a escribir con rabia.

Incapaz de detener las lágrimas, Julianne recogió la almohada del suelo. Caminó hacia el sofá sintiéndose vieja; no, anciana. No iba a poder sobrevivir a aquella mentira, pensó angustiada. Cuanto antes atraparan a Marcel, mejor.

Él siguió escribiendo furioso sobre el papel.

Julianne se tumbó en el sofá, se hizo un ovillo bajo la manta y giró la cabeza para no mirarlo.

Tres días más tarde, Julianne se agarraba a la correa de seguridad del carruaje de lady Paget mientras circulaba por Oxford Street. Era una bonita tarde de septiembre; el verano aún no se había ido y varios carruajes recorrían la calle. Varias mujeres de la nobleza paseaban del brazo contemplando escaparates.

Marcel se había puesto en contacto con ella aquella mañana y le había pedido reunirse con él a las tres de la tarde. Julianne deseaba con todo su corazón que la farsa en casa de los Bedford terminara lo antes posible. Fingir ser la feliz amante de Dominic era angustioso; no podía dormir ni comer, y tenía náuseas constantemente.

Pero sobre todo sufría. Cada vez que él le daba la mano y se la besaba, o sonreía, todo por el bien de las apariencias, ella sentía ganas de llorar. Pero se recordaba a sí misma que odiaba a Marcel y que haría cualquier cosa para capturarlo. Así que le devolvía la sonrisa a Dominic.

Pero las veladas que pasaban en privado eran horribles. Él la ignoraba por completo, como si no existiera.

Nunca se había sentido tan sola, sobre todo porque sus hermanos estaban fuera de la ciudad y no sabían lo que estaba pasando. Había comenzado a escribir a Amelia, pero sabiendo que pronto regresaría a casa e incapaz de expresar lo que sentía, había roto el papel y lo había tirado a la basura.

Julianne se dio cuenta de que estaban aproximándose al Panteón, donde se reuniría con Marcel. Comenzó a sudar. Gracias a Dios que aquel horrible calvario terminaría pronto. Solo quería irse a casa y escapar de la indiferencia de Dominic.

Eddie aminoró la velocidad. Pocos segundos después la ayudó a bajar.

—Dudo que tarde más de media hora —dijo ella.

Entró en el Panteón y agarró el bolso con fuerza. El recibidor principal era inmenso, casi tan grande como toda la mansión Bedford, con un techo alto y abovedado. Sabía que allí había diferentes estancias, pero Marcel le había dicho que se encontraría con ella en el recibidor de la entrada. Debía de haber una docena de grupos allí; grupos de caballeros con peluca charlando entre ellos, mujeres paseando, y varias parejas. La estancia estaba flanqueada a ambos lados por pasillos de dos pisos situados tras docenas de columnas majestuosas. Julianne no podía distinguir nada en las sombras de esos pasillos laterales.

Al mirar a su alrededor no vio a Marcel. Sin duda estaría escondido detrás de alguna columna, o en las sombras de un pasillo. ¿Estarían también ahí Dominic y Warlock? Le habían dicho que irían al Panteón y ocuparían sus posiciones antes de que ella llegara.

Vio a una pareja flirteando junto a una de las columnas, no muy lejos de donde ella estaba. Él iba vestido con terciopelo verde; el de ella era azul oscuro. El chico estaba de espaldas a ella, pero Julianne podía ver la hermosa cara de la joven. Eran amantes, pensó con una punzada de dolor en el corazón, porque la mujer no dejaba de tocarle el brazo y de sonreír mientras él le estrechaba la mano. Julianne observó como se la besaba ardientemente. O, si no eran amantes aún, pronto lo serían.

Ahora era una mujer experimentada.

De pronto el joven se apartó de la mujer y se dio la vuelta. Julianne se quedó helada al reconocer a Marcel, que llevaba una peluca blanca y rizada. Se acercó con paso lánguido.

—Buenas tardes, Julianne. Vaya, tienes un aspecto horrible. ¿Qué sucede?

—No disfruto espiando a la gente.

Marcel se quedó mirándola.

—¿Y?

Julianne hizo un esfuerzo por no mirar más allá de Marcel. Por el momento no veía a Dominic ni a Warlock.

—Lucas se marcha a Francia mañana a primera hora y desembarcará en St. Malo.

Marcel dio un respingo, después sonrió.

—Eso está muy bien, Julianne. ¿Tienes algo más para mí?

—¿No es suficiente? —preguntó ella, pero notó la tensión

en su voz. ¿Dónde estaban Dominic y Warlock? Se dio cuenta de que acababa de mirar a su alrededor.

—¿A quién estás buscando?

—A nadie.

—Espero que no estés pensando en traicionarme.

Tenía ganas de escupirle en la cara.

—Algún día tendrás lo que mereces.

Él se carcajeó y se alejó.

Julianne se quedó sola en mitad de la sala, incrédula. ¿Qué acababa de ocurrir? ¿Por qué Dominic no había atrapado a Marcel?

Se dio la vuelta y vio a Marcel abandonar la sala por la puerta principal, que le llevaría a Oxford Street. Apretó los puños con frustración. Entonces volvió a mirar a su alrededor, pero no vio a ninguno de los dos.

Furiosa, se levantó la falda y corrió hacia la calle, donde Eddie estaba esperándola con el carruaje.

—Llévame a casa, por favor —dijo al montarse. Parecía que aquel episodio no había acabado todavía. No podría sobrevivir una noche más a solas con Dominic.

Se rodeó a sí misma con los brazos y luchó contra la necesidad de rendirse a la autocompasión. La mente le daba vueltas en círculos mientras intentaba decidir qué habría pasado con Dominic. Comenzó a preocuparse. Solo un terrible accidente podría haberle impedido atrapar a Marcel en el Panteón.

Media hora más tarde, el carruaje llegó a la mansión Bedford. Julianne se quedó con la boca abierta. El carruaje de Warlock estaba en la entrada, aparcado frente a los escalones, no muy lejos del de Dominic.

Prácticamente saltó del carruaje sin ayuda y estaba a punto de subir corriendo los escalones cuando se abrieron las puertas de la casa y aparecieron dos sirvientes con unas maletas que le resultaban sospechosamente familiares. Se parecían a las maletas que Nancy había llevado a su habitación para que las usara la primera noche después de que Dominic descubriera su traición. Se quedó helada.

Los sirvientes no la miraron. Llevaron las maletas al carruaje de Dominic y las colocaron sobre el techo antes de asegurarlas.

—Bien hecho.

Julianne se dio la vuelta al oír la voz de Warlock. Dominic y él acababan de salir de la casa y estaban al pie de los escalones. Warlock parecía satisfecho; Dominic estaba serio.

—¡No lo habéis atrapado!

—Nunca dije que pensáramos atraparlo, Julianne. Pero ahora conozco la identidad de nuestro hombre.

Habían jugado con ella.

—¿Estabais en el Panteón?

—Claro que estábamos —contestó Warlock.

Ella se volvió hacia Dominic y supo que, fuera quien fuera Marcel, no serían buenas noticias. Y, por primera vez en días, Dominic la miró a los ojos.

—¿Qué sucede? —preguntó ella.

Él no respondió.

—Por desgracia Marcel está muy bien situado —dijo Warlock. Bajó los escalones, le tomó la mano y se la besó—. Sé que me desprecias, pero, si alguna vez necesitas mis servicios, házmelo saber.

Julianne apartó la mano como si le quemara. ¿Estaba diciéndole adiós?

Y entonces, al girarse hacia Dominic, lo supo. El corazón le dio un vuelco cuando sus miradas se encontraron.

—Puedes llevarte mi carruaje a Cornualles —dijo él mientras bajaba los escalones.

—No puedo marcharme así.

—No te estoy dando a elegir —la agarró del brazo y la condujo hacia el vehículo.

Julianne sintió el pánico. ¿Cómo podía marcharse así? ¿Y si Nancy tenía razón después de todo? ¿Y si algún día lograba perdonarla? Pero nunca lo haría si se marchaba sin poder explicarle sus razones.

—Por favor, déjame hablar contigo antes de que me vaya. Por favor; si alguna vez he significado algo para ti…

Habían llegado hasta el carruaje, donde un sirviente le abrió la puerta.

—No queda nada que decir —dijo él sin ni siquiera mirarla.

—¡Lo siento! ¡Te quiero!

Dominic la empujó hacia el interior del vehículo. Una vez dentro, la puerta se cerró de golpe.

Julianne se acercó a la ventanilla y la abrió. Los dos se miraron. Él asintió y Julianne oyó cómo quitaban el freno.

—¿Te vas a Francia?

Dominic se apartó del carruaje cuando este comenzó a moverse.

La enviaba de vuelta a Cornualles y él regresaba a Francia. Se había acabado.

Julianne se quedó pegada a la ventanilla, asomada, hasta que lo perdió de vista.

CAPÍTULO 17

Septiembre, 1793. Cornualles, Inglaterra

Julianne se pegó la capa de lana al cuerpo mientras el perfil de la mansión Greystone aparecía en la distancia. Sentada en el interior del carruaje de Dominic, se quedó mirando tristemente al frente. Qué desolada y gris parecía la mansión, perfilada sobre el cielo azul pálido cubierto de nubes y el vasto océano Atlántico. Podía olerse la lluvia en el aire, pensó con impotencia, y se sintió tan sola y aislada como la mansión.

Se frotó con sus propios brazos, pero no por el frío.

El viaje desde Londres le había parecido interminable. Nancy había sido enviada con ella para hacerle compañía, y estaba sentada frente a Julianne en aquel momento. Había hecho todo lo posible por alegrarla, pero, por supuesto, sus esfuerzos habían sido en vano. Tras el primer día de viaje, Nancy había acabado por sumergirse en una novela, al darse cuenta de que Julianne no estaba interesada en hablar. ¿Cómo podía conversar? Sentía demasiado dolor. Había viajado en ese mismo carruaje con Dominic en múltiples ocasiones, y las recordaba todas. Sus recuerdos la consolaban y al mismo tiempo la entristecían. Nunca había echado tanto de menos a Dominic.

Su futuro parecía tan gris como aquel día otoñal en Cornualles.

Se quedó mirando la mansión cuando el carruaje se detuvo. Realmente se había acabado y debía aceptarlo. Los recuerdos serían su única compañía. En vez de sentirse angustiada por ellos, debía sentirse consolada. Tenía que pensar en su bebé.

En algún momento tendría que decirle a Dominic lo del embarazo... si sobrevivía.

Seguía temiendo por su vida. Él ya estaba en Francia. ¿Estaría en mitad de una batalla en el Loira mientras ella estaba cómodamente sentada en su carruaje? ¿O estaría en mitad de una peligrosa misión, metido en juegos de espionaje en Nantes o en París?

¡Sus enemigos estaban por todas partes! Eran los soldados republicanos; eran los jacobinos en la calle. Ella había oído hablar de los *représentants en mission*, los ciudadanos con fajines tricolores que rastreaban el país en busca de traidores a la revolución. Esos agentes podían acusar de traición a los generales y quitarles el mando. Podrían acusar a Dominic de traición. ¿Cómo podía Warlock permitirle haber vuelto?

¿Intentarían asesinarlo de nuevo? ¿O sería arrestado y enviado a prisión para esperar la guillotina?

Tenía que saber que estaba bien. Ya había decidido escribir a Nadine, pues sin duda ella estaría al corriente de su suerte. Pero tenía miedo de que Nadine no respondiera a su carta. Probablemente Catherine ya se lo habría contado todo.

—Ya hemos llegado, *mademoiselle* —dijo Nancy.

Julianne logró sonreír.

Un sirviente les abrió la puerta. Al hacerlo, la puerta principal de la mansión también se abrió y Amelia salió corriendo seguida de un hombre alto y musculoso.

—¡Julianne! —estaba resplandeciente mientras corría hacia ellas.

Y de pronto Julianne comenzó a llorar. Nunca antes había

visto una imagen tan grata. Salió corriendo hacia su hermana y ambas se abrazaron con fuerza.

—¿Estás bien? —preguntó Amelia—. ¿Ese es el carruaje de Bedford?

Julianne le había escrito dos veces mientras estaba en Londres. No le había hablado a Amelia sobre su aventura, aunque había deseado confiar en su hermana. Pero Amelia no lo aprobaría, igual que no había aprobado su aventura en julio. Le había dicho que Dominic sentía que estaba en deuda con ella y que estaba en su casa como invitada. Le había asegurado a su hermana que a Lucas le parecía bien, y después había distraído su atención con historias de sociedad y eventos a los que asistía.

—Sí, es de Dominic —al hablar se le quebró la voz. No podía seguir disimulando con Amelia; nunca antes había necesitado tanto a su hermana.

Amelia le pellizcó la mejilla con preocupación.

—Me alegra que hayas vuelto. Te he echado mucho de menos. Entra, Julianne.

Amelia sabía que algo pasaba, pensó Julianne.

—Nancy, entra. Pasarás la noche aquí.

Nancy hizo una reverencia.

—*Merci, mademoiselle.*

Amelia se volvió hacia el desconocido que estaba de pie junto a la puerta, observándolas.

—Garrett, por favor, lleva a Nancy a la cocina.

Las hermanas entraron del brazo en la casa. Su madre estaba sentada en uno de los enormes sillones burdeos frente a la chimenea, donde el fuego crepitaba; ya hacía bastante frío dentro de la casa. Al girar la cabeza y verlas a las dos, sus ojos se iluminaron.

—¡Julianne! —exclamó con cariño.

La había reconocido. Durante unos segundos, Julianne se quedó perpleja. Después corrió hacia ella y se arrodilló frente a su madre para abrazarla.

—¿Cómo estás, querida? —preguntó su madre acariciándole el pelo—. ¿Y por qué estás tan angustiada?

Julianne miró a su madre, llorando. No la había reconocido en meses.

—He estado en la ciudad, mamá. En Londres. Y simplemente estoy cansada por el viaje de vuelta a casa —consiguió sonreír.

—Espero que hayas asistido a muchos bailes —dijo su madre—. No lo recuerdo... ¿tienes algún pretendiente?

Julianne se tensó, pero siguió sonriendo.

—Claro que sí.

Su madre asintió y miró a Amelia.

—De pronto me siento cansada...

Amelia miró a Julianne con los ojos brillantes.

—La llevaré arriba y bajaré enseguida.

Julianne asintió y se puso en pie mientras Amelia y su madre se marchaban.

—¿Queréis que os prepare un té? —preguntó Nancy al entrar en la sala.

Ella asintió e intentó sonreír. Después oyó a su hermana bajar por las escaleras. Amelia se acercó y le dio la mano.

—Se ha acordado de mí —susurró Julianne.

—Ha sido su momento más lúcido en meses, o quizá en años —dijo su hermana—. Tienes el corazón roto, y esta vez es peor que la anterior.

—Sí, mi corazón se ha roto.

Amelia abrió los brazos y Julianne se dejó abrazar. Había creído que no le quedaban lágrimas, pero, tal vez por el bebé, sintió que resbalaban otra vez por sus mejillas.

—Amo profundamente a Dominic —dijo al apartarse—. Y él me amaba a mí... hasta hace poco.

—Oh, Julianne —dijo Amelia, pero con cierta compasión.

Julianne sabía que su hermana estaba comparando a Dominic con St. Just.

—No, él se enamoró de mí, Amelia. Rompió el compromiso con su prometida y me regaló esto —levantó la mano, se remangó el brazo y le enseñó la pulsera de diamantes. Amelia se quedó con la boca abierta. No le mostró a su hermana el camafeo que le había regalado en un estado de ira; no podría llevarlo puesto.

—Si está enamorado de ti, ¿entonces por qué se te ha roto el corazón?

—Un radical me amenazó, Amelia, y no tuve otra opción que espiar a Dominic.

Amelia se puso blanca.

Le contaría a su hermana todo sobre Marcel, pues Amelia necesitaba saberlo, a pesar de que tuvieran un guardaespaldas.

—Por culpa de mis acciones, Dominic estuvo a punto de ser asesinado —dijo—. Y tuve que confesar mi traición —Julianne se dejó caer en uno de los sillones—. Se puso furioso y no me perdonó.

Amelia se arrodilló ante ella y le dio la mano.

—Me ha echado, Amelia. Me ha dado la espalda como si nunca nos hubiéramos amado. Pero yo podría aceptar que lo he perdido, si tan solo supiera que está a salvo. Ha vuelto a Francia, Amelia, para espiar a sus enemigos. Incluso mientras hablamos, no sé si está vivo.

—Oh, Julianne. No sé qué decir. Sin duda te habrías enterado si le hubiera pasado algo terrible. ¿Estás segura de que te amaba? En verano se mostró tan despiadado... Por favor, dime que no retomasteis vuestra aventura.

—Amelia, hay muchas cosas que no sabes. Me encarcelaron en la Torre de Londres por mis opiniones radicales, pero él me rescató. Caí enferma, y él me cuidó. Estar en sus brazos fue la cosa más maravillosa que me ha pasado en la vida. Siempre lo amaré, y nunca habrá nadie como él. Pero ahora me desprecia, y lo peor es que está en Francia, donde podría morir —Amelia tendría que saberlo tarde o temprano—. Además, estoy embarazada, Amelia —se tocó la tripa, que había comenzado a hincharse.

Amelia se quedó mirándola perpleja. Se había puesto pálida.

—¿Estás segura de eso?

—Sí. No he tenido el periodo desde junio —no cabía duda.

Amelia la rodeó con un brazo.

—Todo me da vueltas —dijo—. Debe casarse contigo, Julianne.

Ella se carcajeó, histérica.

—Me sentiré satisfecha si sobrevive a la guerra; eso es lo único que le pido a Dios en mis oraciones. Pero no hay manera de obligarlo a ir al altar, Amelia, y yo nunca me casaría con él en esas circunstancias.

—Estás embarazada de su heredero —dijo Amelia—. Puede que sea un canalla, pero estoy segura de que actuará con honor.

¿Decidiría casarse con ella si alguna vez regresaba? ¿Aunque la despreciara? Julianne se estremeció. Ya había experimentado lo que era vivir con él en esas circunstancias. No podría volver a hacerlo.

—Él no lo sabe.

—Entonces debes decírselo.

—Antes no estaba segura, y entonces descubrió mi traición. Claro que debe saberlo, cuando regrese —se estremeció de nuevo al pensar si regresaría.

—Hay tiempo. Y tienes razón —le dijo su hermana—. Lo primero es preocuparnos por lo que pueda pasarle. Y hemos de cuidar de ti y del bebé.

Y de pronto Julianne se alegró de estar en casa.

—Gracias, Amelia.

—No tienes que dármelas.

Mi querida hermana,
Ya imaginarás mi sorpresa cuando recibí la carta de Amelia en la

que me decía que estás embarazada de Bedford. Julianne, yo confiaba en ti. De lo contrario no te habría permitido residir en la mansión Bedford. Mi primer impulso fue ir a Cornualles para reprenderte por haber traicionado esa confianza, pues mi sorpresa pronto se convirtió en rabia. Pero entonces recordé que habías confesado tus sentimientos por Paget.

No puedo estar enfadado contigo durante mucho tiempo, Julianne. Me importas demasiado. Sin embargo, estoy decepcionado y angustiado. No importa tu ingenuidad y tu inexperiencia, habría esperado que te resistieras al intento de seducción de Paget.

Pero también debo culparme a mí mismo por no ver lo que estaba ocurriendo delante de mis ojos. Debo culparme por dejarte a su cuidado en su casa. Debo culparme por anteponer las exigencias de la guerra a las necesidades de mi propia hermana.

Y culpo a Paget por su comportamiento inexcusable.

Pero lo hecho, hecho está. Ahora he de pensar en tu bienestar y en el de mi sobrino o sobrina. No se ha mencionado nada de matrimonio. Pienso hablar con Paget tan pronto como sea posible y asegurarme de que sus intenciones son honradas.

Espero que estés bien cuando recibas esta misiva.
Tu devoto hermano,
Lucas.

Julianne tomó aire al terminar de releer la carta de Lucas. No le había sorprendido. Amelia le había dicho un día o dos después de su llegada a la mansión que escribiría a Lucas y a Jack inmediatamente. La respuesta de Lucas era como había imaginado; calmada, racional e indulgente.

¿Quería decir que hablaría con Dominic en Francia? ¿Sería eso posible?

El corazón le dio un vuelco. Le había escrito a Nadine una bonita nota invitándola a visitarla en la mansión cuando regresara a Cornualles, sin mencionar el asunto con Marcel. Había preguntado por Dominic, pero aún no había obtenido respuesta.

Si no respondía, volvería a escribir en una semana o dos.

Si aun así no contestaba, eso confirmaría sus sospechas; que lady Paget había predispuesto a Nadine en su contra. La próxima vez explicaría sus acciones y las justificaría.

Pero si Lucas se reunía con Dominic, entonces sabría que aún estaba vivo.

En cuanto a que Lucas creyera que podía obligar a Dominic a casarse, su determinación resultaba preocupante. Todo el que sabía lo del embarazo parecía pensar que Dominic se casaría con ella cuando lo supiera. Pero lo peor era que Lucas era un hombre muy decidido. Nunca había fracasado en nada que se propusiera conseguir.

Los sentimientos de Julianne habían cambiado. No quería obligar a Dominic a casarse con ella, pero había empezado a ser muy consciente del bebé que crecía en su interior. Ese bebé se merecía un padre y la vida que Dominic podría darle. Al final sabía que tendría que anteponer el futuro del bebé a sus propias necesidades. Si Dominic regresaba y decidía casarse con ella, tendría que acceder y conseguir soportar un matrimonio sin amor.

Jack también le había escrito una nota.

Julianne, ¿quieres que lo encuentre y lo mate? Porque, si no regresa y se casa contigo, eso es exactamente lo que voy a hacer. J.

A Julianne no le sorprendió, porque Jack decía en serio todas y cada una de sus palabras. Podía imaginárselo enfrentándose a Dominic.

—Julianne —dijo Amelia al asomar la cabeza al dormitorio que aún compartían—. Tom está abajo.

Julianne se quedó helada. ¿Tom había sido puesto en libertad?

Gritó entusiasmada. ¡Por fin una buena noticia! Amelia sonrió.

—Pensé que te alegrarías. Pero... ¿piensas decirle lo del bebé? Al final lo averiguará.

Su sonrisa se esfumó. Aún no se le notaba, pero Cornualles era un lugar pequeño y, en un mes, se le notaría si no intentaba ocultarlo. Pero después no habría manera de disimularlo en absoluto.

—No lo sé —siguió a Amelia al piso de abajo, consciente de que Tom se quedaría horrorizado, y lo encontró frente a la chimenea. Se giró y la miró sin sonreír.

—¡Me alegra ver que te han liberado!

—Hola, Julianne.

Ella retrocedió. La tensión era palpable. Tom había cambiado, lo vio al instante. Pero la prisión era un lugar terrible, y él había estado encarcelado durante mucho más tiempo que ella.

—Me alegro de verte, Tom.

—Bedford consiguió que me soltaran.

Se quedó sorprendida. ¿Había sido cosa de Dominic?

—Imagino que fuiste tú quien le pidió que me ayudara. Después de todo, has sido su invitada durante casi todo el verano.

A Julianne le dio la impresión de que sospechaba la naturaleza de su relación con Dom. ¿Pero por qué Dominic habría hecho que lo soltaran? Seguramente, lo habría hecho después de descubrir su traición. ¡No tenía sentido!

—Pareces muy sorprendida.

—Es cierto que pasé parte del verano en la mansión Bedford. También me encarcelaron a mí, Tom. Los hombres de Reeves reventaron la convención de Londres. Dominic me rescató y me invitó a quedarme. Sentía que estaba en deuda conmigo por salvarle la vida.

—Y tú le convenciste para que me salvara la vida.

—¿Estás enfadado conmigo?

—Sí, estoy enfadado. ¿Creías que no averiguaría la verdad? ¡Estás compartiendo su cama!

Julianne se quedó con la boca abierta.

—No intentes negarlo. Marcel me lo dijo. ¡Eres su amante!

—Sí, lo soy. Lo amo.

—¡Es un maldito tory!

—¡Y no me importa!

Tom palideció.

—¿Qué ha sido de tus principios?

—Mis prioridades han cambiado.

—¿Tus prioridades han cambiado? —repitió él con incredulidad.

—Marcel me utilizó y después intentó asesinar a Dom.

—Bien —respondió Tom—. Es una pena que fallara.

Julianne se sintió como si acabaran de dispararle.

—Debes abandonar esta casa ahora mismo —dijo.

—¿Así que tú también eres una maldita tory? —preguntó él sin moverse.

Julianne no se dignó a responder aquella última pregunta.

—Te estoy pidiendo que te vayas —mientras hablaba, vio por el rabillo del ojo a Garrett entrar en la sala.

—¿Así que ahora somos enemigos? —preguntó Tom amargamente.

—Sí, Tom, somos enemigos.

Tom se quedó callado durante unos segundos.

—¡Yo te quería!

Julianne no respondió. Estaba demasiado furiosa para hacerlo.

Tom se dio la vuelta con expresión de rabia y se marchó.

Octubre, 1793. Valle del Loira, Francia

Dominic se quedó contemplando una serie de colinas, todas ennegrecidas y quemadas. El corazón le latía aceleradamente y apenas podía respirar.

Hasta donde le alcanzaba la vista, todas esas tierras le pertenecían.

Habían destruido los viñedos. Los habían reducido a cenizas.

No podía creer la destrucción que estaba presenciando, sentado a lomos de su caballo negro en lo alto de una de las colinas. Él había crecido en aquellos viñedos, e intentó no recordar todas las veces que había jugado allí de niño con Nadine y sus primos. Tomó aire y recuperó la compostura. ¿Seguiría en pie el castillo? ¿O también les habrían arrebatado eso?

No habían sido capaces de acabar con la rebelión de La Vendée, pensó, así que en vez de eso destruirían sus tierras. Era más que una táctica militar, mucho más que la intención de matar de hambre a los rebeldes. El gobierno francés pretendía castigar a los monárquicos; quería minarles la moral.

Y Dominic decidió que lucharía hasta el amargo final, hasta su último aliento.

—*Á la victoire* —susurró. Y sintió las lágrimas resbalándole por las mejillas.

Se las secó furioso. Había dejado a Michel tras la batalla de Cholet; una batalla que habían perdido. Pero era mucho peor que eso. El ejército de Michel había sido dividido. Se había llevado a unos veinticinco mil hombres a Granville, donde se encontraría con el convoy de suministro británico. El resto de sus hombres estaban aislados tras las líneas enemigas. El encuentro con el convoy había sido reprogramado para la tercera semana del mes. Las tropas de Michel corrían el riesgo de ser aniquiladas.

Michel lo necesitaba. Él era el segundo al mando. No había seguido las órdenes de Warlock. Se había metido en mitad de la batalla. Las mujeres y los niños los habían seguido, igual que ahora seguían a Michel. Una madre joven había muerto en sus brazos con su hija pequeña aferrada a ella. Un pariente se había llevado a la niña; Dominic ya tenía otro recuerdo más de esa maldita guerra.

No, pensó amargamente. Llevaba en Francia ya seis semanas y tenía cientos de nuevos recuerdos, cada uno peor que el anterior.

Dominic había querido visitar el castillo Fortescue, puesto que se encontraba a medio día de camino de Cholet, pero no había querido abandonar a Jacquelyn y a sus hombres. Michel le había instado a que se fuera.

Comenzó a cabalgar por entre las vides calcinadas. El hedor era insoportable. Era lógico que hubieran elegido sus tierras para castigarlos. Marcel había sabido que regresaba a Francia, y sin duda sus enemigos conocían su posición dentro del ejército de Jacquelyn.

Sintió un nudo en el estómago. ¿Lo habrían seguido hasta Francia? Después de todo, Marcel seguía en libertad y nadie, ni siquiera Warlock, podía seguir todas sus actividades.

Nunca había vivido con tanta cautela. No parpadeaba sin mirar por encima del hombro para asegurarse de que no hubiera ningún francotirador allí.

Julianne lo había espiado por encargo de Marcel.

Era una verdad desoladora que vibraba dentro de su ser con cada aliento que daba. Dominic comenzó a descender por una pendiente inclinada, pensando en Julianne. Parecía como si su corazón estuviese incendiado dentro del pecho. ¿Cómo podía haberlo traicionado? Esa pregunta lo atormentaba día y noche. Era como si la respuesta estuviera ahí, en alguna parte. Si tan solo pudiera encontrarla. Y cuando la encontrara, lo comprendería...

Ya no dormía por las noches. Le asaltaban las pesadillas. En ellas, los inocentes morían en batallas sangrientas y Julianne estaba allí, dispuesta a traicionarlo. Prefería mantenerse despierto mirando al techo, atormentado por una simple pregunta. ¿Por qué?

En brazos de Julianne había dormido como un bebé.

Ella estaría a salvo en Cornualles. Al menos eso era un alivio. ¿Seguiría involucrada en actividades radicales? Si tan solo pudiera ver lo que estaba ocurriendo en Francia. Por enfadado que estuviera, no quería que ella se involucrara en la guerra; y quería que Marcel no pudiera alcanzarla. Warlock le había asegurado que Garrett Ferguson era uno de sus mejores hombres. Le había jurado que Julianne y su familia estarían a salvo de Marcel y de sus compinches.

Julianne lo había traicionado, pero él siempre la protegería. Había traicionado a La Vendée, pero siempre la amaría. Sin embargo, nunca regresaría con ella. Jamás la perdonaría por su traición. Jamás lo comprendería.

El corazón le quemó de nuevo. Sentía como si hubiese más lágrimas que desearan brotar. No lo permitiría. No quería pensar en ella. No quería recordar sus ojos brillantes y llenos de amor, ni su sonrisa cálida. No quería pensar en lo hermosa que estaba con aquel vestido plateado, ni lo apasionada que era en la cama. No debía recordar su ingenuidad, ni como en ocasiones le frustraba, pero otras veces se sentía cautivado por ella. No debía pensar en el tiempo que habían pasado juntos; pero pensaba en ella todos los días inevitablemente, y soñaba con ella por las noches.

Una hora más tarde, azuzó a su caballo por un camino que había surgido entre las colinas. A lo lejos podía divisar el castillo. Seguía en pie. Pero eso no resultó un alivio; sintió miedo.

Cada vez estaba más cerca. Vio que los establos, los edificios externos y la bodega habían sido destrozados. Los edificios de piedra estaban ennegrecidos.

El edificio principal, de dos pisos de alto, estaba flanqueado por dos torres más altas. Los muros de piedra estaban calcinados en algunos puntos. Muchas ventanas estaban rotas. La puerta principal estaba abierta de par en par.

Dominic detuvo a su caballo y desmontó. Caminó por el sendero de piedra hacia la casa, se detuvo frente a la puerta abierta y asomó la cabeza.

En otra época la sala principal había lucido suelos de mármol inmaculado, muebles carmesí y obras de arte. No quedaba nada, ni siquiera la enorme lámpara de araña.

Echó un vistazo al salón contiguo. Se habían llevado hasta las cortinas doradas.

Se lo habían llevado todo.
Incluso a Julianne.

Dos días más tarde, Dominic le entregó su caballo a un joven del campamento y le dijo que lo alimentara bien. El chico se llevó al animal y él caminó por entre los grupos de hombres, mujeres y niños, todos apiñados en torno a las hogueras. Michel estaba cenando con sus oficiales en otra hoguera más grande.

No podrían alimentar bien a su caballo. No había cereal, y el animal pastaría donde pudiera.

Era una noche oscura y sin estrellas, con nubes intermitentes que ocultaban casi toda la luna. Pero el fuego era intenso y, cuando se acercó, vio a Michel vestido con unos pantalones, unas botas y una chaqueta harapienta. Michel dejó su sopa a un lado; una sopa que Dominic sabía que consistía en patatas, zanahorias y, con un poco de suerte, un pedazo de carne. Allá donde iban, los granjeros locales les ofrecían ayuda, pero no podían alimentar a un ejército entero.

Dominic fue a sentarse junto a Michel sobre una manta doblada. Jacquelyn lo agarró del hombro y le dirigió una mirada penetrante. No dijo nada.

Dominic tardó varios segundos en hablar, conmovido como estaba por lo que había visto.

—No queda nada. Han quemado las tierras. Se han llevado todo lo de la casa.

—Las casas pueden reamueblarse —dijo Michel tras soltarle el hombro—. Los viñedos pueden sembrarse.

Dominic no pudo sonreír. Sí, era cierto, pero solo si el maldito gobierno republicano era derrocado.

Michel se acercó al caldero y sirvió un poco de sopa en un cuenco. Regresó y le entregó el cuenco a Dominic antes de volver a sentarse a su lado.

—Aún no hay rastro del convoy. Llevamos aquí dos días.

Dominic dejó el cuenco en el suelo. Por una parte no le sorprendía, pero estaba furioso.

—Vendrán.

—¿De verdad? Nos morimos de hambre y no tenemos armas. No podemos seguir así mucho tiempo —dijo Michel.

—Espera unos días más —le aconsejó.

—Eso pretendo. La guarnición de Granville no sabe que estamos aquí… todavía. Tenemos el elemento sorpresa de nuestro lado.

Dominic se tensó. No creía que atacar a la guarnición fuese una buena idea, pues estaban pobremente armados y les faltaba un tercio de sus soldados. Por otra parte, Michel había demostrado ser un excelente comandante. No respondió, levantó su cuenco y comenzó a comer. La sopa no sabía a nada. Estaba muriéndose de hambre y no le importaba.

Michel tampoco dijo nada hasta que Dom se hubo terminado la sopa.

—Debes regresar a Londres —dijo entonces.

—No puedo marcharme ahora.

—Eres más valioso para mí en Londres, en el departamento de guerra, como mi emisario. ¡Debes asegurarte de que el maldito convoy llega!

Tenía razón, pensó Dominic. Pero no quería dejarlo solo. Michel necesitaba a todos sus hombres.

—¿Además, no estás cansado de dormir en una cama fría y vacía?

Dominic dio un respingo y pensó inmediatamente en Julianne.

—Dom, antes de regresar a Gran Bretaña, prácticamente tenías a una mujer distinta cada día en tu cama. Pero desde que volviste aquí el mes pasado no has mirado a una sola mujer. ¡Me pregunto quién será! —empezó a reírse—. Debe de ser amor.

—No es amor y tampoco es un asunto de risa.

—¿Qué sucede? Deberías verte la cara. ¿Entonces has decidido serle fiel a esa mujer?

La decisión no había sido consciente, aunque había rechazado a muchas mujeres en las últimas semanas. De pronto sintió la necesidad de quitarse aquella carga de encima.

—Michel, ella me salvó la vida cuando regresé a Gran Bretaña. Y sí, me enamoré de ella, aun sabiendo que simpatizaba con los jacobinos.

Michel lo miró con asombro.

—Ella no comprende la revolución ni la guerra —explicó para defender a Julianne—. Es muy ingenua y romántica. Julianne le daría su último penique a un hombre sin hogar. Y es hermosa, cálida y generosa... —se dio cuenta de que no podía seguir hablando. De pronto necesitaba estar en sus brazos. En sus brazos, la guerra no existía. En sus brazos, no había angustia, ni desesperación, ni miedo. En sus brazos, solo había alivio, consuelo y amor.

—Estás verdaderamente enamorado —recalcó Michel—. ¿Qué ocurrió? ¿Por qué estás tan enfadado con ella? ¿Es por eso por lo que ya no sonríes?

Dominic miró a su amigo a los ojos.

—Me traicionó. Un agente jacobino en Londres amenazó con hacerles daño a su madre y a su hermana. Ambas viven solas en Cornualles, y la madre está enferma. Así que Julianne registró mis cosas. Le dio a Marcel la información que él deseaba.

—¿Y por qué no acudió a ti?

—No sabía cómo localizar a Marcel. Él se aseguró de eso. Para que yo no pudiera impedir que atacara a su familia —en ese momento Dominic se dio cuenta de que su rabia le había impedido pensar y empatizar con su situación. Marcel habría podido incluso asesinar a Amelia o a su madre. De eso no le cabía duda.

Y él se había enfadado tanto que ni siquiera había pensado en ello.

—Deberías perdonarla, amigo —dijo Michel—. Su dilema era terrible. Era lógico que quisiera proteger a su hermana y a su madre. Deberías perdonarla, atrapar a Marcel y destruirlo por atreverse a utilizarla en tu contra. Es a él a quien debes odiar.

Dominic comenzó a temblar. ¡Nunca podría odiar a Julianne!

Debía de haber estado muy asustada. Él mismo había notado lo nerviosa y ansiosa que estaba los días anteriores a que descubriera su traición. ¿Acaso era traición? Ella lo amaba. Él lo sabía. No había dudado de su amor antes de que registrara sus cosas, y no había dudado de él tras descubrir lo que había hecho. Lo que él había hecho era refugiarse en la furia y ver solo su traición, negándose a ver nada más, negándose a escuchar cualquier excusa o explicación.

Y de pronto se imaginó todo lo que Julianne debía de haber estado viviendo al ser amenazada y chantajeada por Marcel, al verse obligada a traicionarlo para poder proteger a su familia. De pronto tenía la respuesta a la pregunta ¿por qué?

Porque ella lo necesitaba. Pero él no había estado allí…

—Aún la amo —dijo—. La echo de menos.

—Bien —dijo Michel con una sonrisa mientras le daba una palmadita en el hombro—. Entonces vete a Londres, habla con Windham y reconcíliate con la hermosa Julianne. En el fondo eres tan francés como yo, Dominic. Debes saber tan bien como yo que el amor nunca puede negarse.

Julianne estaba de pie junto a la puerta abierta de la casa, contemplando a Nadine, asombrada. Había vuelto a escribirle una nota diciendo por qué había traicionado a Dom. Pero la había enviado hacía más de un mes.

—Me alegro de verte —dijo intentando sonreír.

Nadine vaciló.

—Recibí tus dos cartas, Julianne. ¿Puedo entrar? Hace mucho frío hoy.

Julianne se echó a un lado para dejar entrar a Nadine. Cerró la puerta, consciente de que no parecía entusiasmada con la visita, pero tampoco parecía enfadada. Por otra parte, tampoco podía imaginarse a Nadine comportándose de una manera que no fuera ejemplar sin importar las circunstancias.

Garrett la había seguido hasta la puerta, y Julianne se giró.

—¿Podrías preparar un té?

El guardaespaldas obedeció. Su madre estaba durmiendo y Amelia estaba en el pueblo.

Julianne no pudo contenerse.

—¿Has sabido algo de Dominic? ¿Cómo está? ¿Está vivo?

—No he sabido nada de él desde que se despidió al marcharse de Londres, Julianne.

Sintió las lágrimas en los ojos. Había estado preocupándose por él sin parar y lloraba con facilidad. Era por el embarazo, claro.

—¿Sabes si está vivo?

—Claro que está vivo —contestó Nadine—. Si estuviera muerto, nos enteraríamos de la terrible noticia.

¿Tendría razón? Se frotó con los brazos. Llevaba un chal, porque hacía mucho frío en la casa, sin importar las chimeneas que encendieran. Empezaba a notársele un poco el embarazo, pero el chal cubría sus pechos hinchados y su abdomen redondeado.

Sin embargo Nadine no se fijó mientras se quitaba los guantes y el abrigo.

—Realmente lo amas —dijo mientras Julianne colgaba el abrigo en un perchero situado junto a la puerta de entrada.

—¡Temo por su vida! —exclamó ella.

Nadine tomó aire.

—Yo no sabía qué pensar cuando Catherine me contó lo que habías hecho. Se lo pregunté a Dominic, pero no quiso hablarlo conmigo. De hecho, su reacción a mis preguntas simplemente confirmó lo que yo ya sabía; que te amaba.

—Ahora me odia.

—Yo no estoy tan segura —dijo Nadine—. Pero se siente dolido y traicionado. Fue traicionado.

Julianne no pensaba defenderse una vez más. Señaló las sillas situadas frente al fuego. Nadine sonrió y caminó hacia ellas. Ella la siguió.

—¿Entonces es buena señal no haber recibido malas noticias?

—Sí, es buena señal. No es seguro para él mantener correspondencia con alguien de aquí —explicó Nadine.

—¿Y hay más noticias de la guerra? He oído lo de la batalla de Cholet.

—Fue una derrota terrible, pero lo peor es que Jacquelyn intentó sitiar Granville y fracasó. Durante la retirada, los rezagados fueron atacados por los republicanos. Murieron miles de personas.

Julianne dio un grito y el chal se le resbaló de los hombros.

—¡Estoy segura de que Dom estaba en esa batalla!

Nadine la miró con asombro al fijarse en su vientre redondeado.

—Pronto lo sabrán todos —dijo Julianne acariciándose la tripa—. Estoy embarazada de Dom —añadió con orgullo.

—¿Él lo sabe?

—No.

—Debe saberlo; Catherine debe saberlo —comenzó a llorar—. Oh, Julianne, esta es la mejor noticia que he recibido desde que Dominic se marchó. ¡Es maravilloso! —la abrazó con fuerza.

Julianne se sintió increíblemente aliviada.

—No sé si a Dom le gustará la idea…

—Estará encantado. Él te quiere a pesar de lo ocurrido, y querrá a este bebé. Ya estoy decidida. Me quedaré en Cornualles el resto del invierno para que seamos vecinas. Escribiré a Catherine inmediatamente y la invitaré a visitarme.

Julianne se tensó.

—Tiene que saberlo, Julianne. Confía en mí, estará encantada —dijo con una sonrisa—. Este es el regalo más preciado que podrías darle.

Entonces su sonrisa se desvaneció.

Y Julianne se dio cuenta de lo que quería decir. Si Dominic no volvía a casa, tendría un hijo que siguiera con su apellido.

Julianne estaba de pie junto a la ventana de la cocina, mirando al exterior. El día estaba gris y nublado, los árboles se agitaban con el viento. Más allá de los prados yermos divisaba el océano embravecido. Sin embargo no se fijaba en nada de eso; en vez de eso veía a Dominic de pie en el recibidor de la mansión Bedford. La miraba con cariño mientras ella sujetaba a su bebé recién nacido…

—¿Julianne? Vas a pillar un resfriado junto a esa ventana —dijo lady Paget agarrándola del hombro. Parecía preocupada.

Lady Paget había llegado hacía una semana, con varias maletas. Fiel a su palabra, Nadine le había escrito una carta para contarle lo del embarazo. Catherine no se había andado con rodeos al llegar a casa de Julianne.

—Soy consciente de vuestro estado, señorita Greystone —había dicho—, y a pesar de todo lo que ha ocurrido, es una bendición. Estoy aquí para ayudaros.

Julianne se había quedado perpleja y sin palabras. Amelia había corrido en su ayuda, había saludado a Catherine y se había disculpado por el estado de la mansión. Después le había ofrecido un té y había hecho que llevaran sus maletas a su única habitación de invitados.

Catherine había llevado a Nancy y a su propia doncella consigo, y Nadine la visitaba todos los días, a menudo con sus hermanas. De pronto los salones de la mansión estaban llenos de risas y conversaciones femeninas.

Se creó una rutina. Las mujeres paseaban juntas y después se leían las unas a las otras en el salón. La condesa se dedicaba a bordar cuando Julianne se sentaba a leer los periódicos o se retiraba a echar una siesta. E incluso tenían un nuevo piano.

Cuando Catherine se dio cuenta de que no había instrumentos musicales en la casa, y de que Julianne antes tocaba el piano, hizo que enviaran uno a la casa. Lo habían colocado en la sala, no lejos de la chimenea. Julianne tocaba todas las tardes.

Su público pronto se expandió. Las seis mujeres la escuchaban tocar, mientras que Garrett, Nancy, Jeanne y el mozo de cuadras dejaban sus tareas y se colaban en la casa para escuchar la música. Con el tiempo, el conde D'Archand comenzó a aparecer por las tardes para tomar el té, y llevaba su violín para tocar con ella.

Pero seguía sin haber noticias de Dominic.

Había llegado el invierno. Julianne sabía que los monárquicos de La Vendée habían recibido el suministro de Gran Bretaña. Nadine y Catherine hablaban constantemente de las difíciles circunstancias en las que se encontraba Jacquelyn. Siempre lo hacían a puerta cerrada, porque no querían preocuparla, pero ella las escuchaba sin pudor. Al igual que ella, estaban preocupadas por Dom.

Hacía mucho frío en Cornualles. ¿Estaría nevando en Francia? ¿Estaría Dom en algún campo de batalla helado? ¿Pasaría las noches tiritando en una tienda de campaña? ¿O estaría inmerso en el espionaje en Nantes o en París, esquivando a los jacobinos y a sus agentes a la vuelta de cada esquina? ¿Por qué no escribía?

—Julianne, creo que es hora de salir —dijo Catherine con firmeza—. Iremos a Penzance a comer y de compras.

Julianne la miró. Había comenzado a soñar despierta casi constantemente. La preocupación por el bienestar de Dominic competía con sus sueños de un futuro con él y con su bebé.

—No sé si es una buena idea —dijo, pero se sintió intrigada. Llevaba una eternidad escondida en la mansión y estaba ansiosa por salir.

Catherine lo sabía, porque sonrió.

—No puedes esconderte de la sociedad mucho más tiempo, querida. Y yo te protegeré.

Los ojos se le llenaron de lágrimas. Antes Catherine era su enemiga. En la última semana se había convertido en amiga y aliada.

—Voy arriba a cambiarme de vestido —dijo la condesa—. ¿Por qué no haces tú lo mismo? Será un día maravilloso, pero debemos abrigarnos bien. Algo de interacción social te vendrá bien.

Julianne asintió. Cuando Catherine se marchó, ella se apoyó en el aparador. Necesitaba salir de la casa, pero lo que más necesitaba era tener noticias de Dom.

Y entonces se imaginó a sí misma con Dominic, sentados los dos en el salón de la mansión Bedford, sonriéndose, con un niño pequeño correteando por la habitación.

Catherine la había perdonado y no podía evitar desear que Dominic regresara algún día e hiciera lo mismo. Aun así, sabía que era peligroso desear esas cosas.

Oyó a Amelia y a Nadine conversando en el recibidor. Estaba a punto de subir a cambiarse cuando oyó un caballo relinchar fuera.

Era demasiado pronto para que se tratase del conde. De pronto sintió un escalofrío que le recorrió la columna. Dominic.

Podía sentirlo. Se dio la vuelta por miedo a estar perdiendo la cabeza. Fuera había empezado a llover. Un jinete bajó de su caballo. Estaba de espaldas a ella. Lo único que veía era su pelo oscuro, recogido en una coleta bajo el bicornio, pero Julianne se quedó helada.

Dominic había vuelto a casa. El jinete se dio la vuelta y entonces lo vio con claridad a través de la ventana. Era Dominic.

Julianne se agarró la falda, corrió al recibidor y abrió la

puerta de entrada. Dominic caminaba hacia la casa y sus miradas se encontraron. Él se detuvo.

Ella se quedó quieta. Pero el corazón le latía desbocado.

—Estás vivo.

—Julianne.

Entonces su mente se puso en funcionamiento. Lo había traicionado. Él la había abandonado. Pero había regresado de Francia y estaba de pie frente a su puerta.

Entonces comenzó a correr hacia ella con una mezcla de angustia y de determinación en la cara. En ese instante Julianne supo que estaba perdonada. Corrió a sus brazos y él la levantó por los aires.

—¡Julianne! —exclamó mientras la estrechaba con fuerza entre sus brazos.

—¡Has sobrevivido!

—He sobrevivido —le dio un beso en la sien—. Julianne, te he echado mucho de menos. ¡Siento haberte echado!

Ella se agarró a las solapas de su capa y lo miró a los ojos. Le sorprendió, porque estaban llenos de lágrimas. Vio también muchas sombras en ellos; una oscuridad provocada sin duda por la guerra.

—Yo también te he echado de menos. Quise morirme por haberte traicionado. No me gustó tener que hacerlo, Dom, pero temía por mi madre y por Amelia.

—Lo sé —le puso el pulgar en la barbilla, le levantó la cara y la besó en los labios.

Y Julianne comprendió entonces la profundidad de su angustia. Dejó que la besara durante largo rato, temiendo todo lo que debía de haber sufrido. Se aferró a sus hombros anchos mientras las lágrimas le caían por la cara. Pero no emitió ningún sonido.

Le acarició la mejilla. ¡Cuántos horrores habría vivido! ¿Cómo podría ayudarlo a curarse?

—Te quiero.

—Te necesito —dijo él.

—Siempre estaré a tu lado.

—¿Entonces me perdonas por comportarme como un aristócrata egoísta?

—No hay nada que perdonar.

—Gracias.

—No me des las gracias. ¡Me alegra que estés sano y salvo en casa! Dom, por favor, te lo ruego, no vuelvas a irte.

—Me necesitan en Londres, Julianne.

Julianne dio las gracias a Dios y a cualquier otro poder responsable de esa decisión.

—¿Regresarás a Londres conmigo? Para que pueda cortejarte debidamente.

—Claro que sí —respondió ella—. ¿Pero qué quieres decir exactamente? —¿sus hermanos habrían hablado ya con él? ¿Sabría lo del bebé?

Dom sonrió a pesar de las lágrimas.

—Te quiero y debo convertirte en una mujer honesta —vaciló. Él nunca dudaba, pero en aquel momento parecía inseguro—. ¿Te casarás conmigo, Julianne?

El corazón le dio un vuelco. ¡Nunca había deseado tanto oír algo así!

—¿Mis hermanos te han obligado a pedírmelo?

—¿De qué estás hablando? —preguntó él, confuso.

No lo sabía, pensó ella, asombrada. El corazón le latía cada vez más deprisa. Se quitó el chal y, cuando Dom se fijó en su figura, se quedó boquiabierto. Julianne le dio la mano y se la pasó por la tripa.

—Estás embarazada —susurró él.

—Sí, Dom, estoy embarazada de ti. Espero que la noticia sea de tu agrado.

—He venido a casa completamente desesperado. Muchos han muerto. Arrasaron los viñedos…

Nadie debería sufrir tanto como había sufrido él.

—Julianne, en esta época de desesperación, tú me das alegría y felicidad.

Julianne sonrió y él volvió a abrazarla. La miró con los ojos aún brillantes por las lágrimas, pero también con amor.

—Tendremos que fugarnos para casarnos.

—No me importa, Dom —contestó ella riéndose—, pero a los demás puede que sí.

—¿A los demás?

Julianne le dio la mano y ambos se dieron la vuelta. Arremolinadas en torno a la puerta estaban Catherine, Nadine, Amelia, Nancy, Jeanne y Garrett. Todos estaban sonrientes, incluso Catherine, que lloraba en silencio con la alegría de una madre.

Dominic se giró y volvió a abrazarla.

—¿Así que soy el último en enterarme? —preguntó.

—Eres el último —confirmó ella.

Dominic volvió a besarla, pero en esa ocasión fue un beso lento y profundo, con decisión.

—¿Nos fugamos antes o después de que te lleve arriba? —preguntó con una sonrisa.

—Después —respondió ella.

—¡Seductora!

—Canalla.

Julianne sonrió cuando le dio la mano, y se la estrechó con fuerza por miedo a que alguna vez la soltara. Y cuando regresaron a la casa, Dominic fue recibido con besos y abrazos, así como muchas preguntas. Julianne dio un paso atrás para permitirle reencontrarse con su familia. Sentía el corazón lleno de alegría. El cuerpo lleno de deseo. El alma llena de amor.

Estaba vivo, estaba en casa, y había vuelto a por ella.

Dominic la miró y susurró:

—Gracias.

Y Julianne supo que le había hecho el mejor regalo de todos; el regalo de un nuevo comienzo. El regalo de la esperanza.

NOTA DE LA AUTORA

Querido lector,

Hace no mucho tiempo mi editor me pidió que comenzara una serie de novelas históricas. Las musas me llevaron al fascinante periodo de la Revolución Francesa y las guerras revolucionarias. Me sentí intrigada al instante por la política y la dinámica de la época. El espionaje en ambos bandos era algo endémico. Los británicos se gastaban una fortuna en sus redes de espionaje en Francia, se infiltraban en las fuerzas de la policía local e incluso intentaban amañar las elecciones. El pequeño movimiento radical en Gran Bretaña al principio fue temido, después, reprimido. Pronto los británicos comenzaron a temer realmente una invasión francesa de sus costas. Me pareció un excelente telón de fondo para ambientar una serie de historias de amor. Y así es como nació la serie.

He intentado relatar con exactitud los acontecimientos de aquel periodo, pero hacerlo de manera que mis lectores no se sintieran abrumados ni aburridos. Una nota rápida; el Panteón, donde Julianne se reúne con Marcel, fue en realidad destruido por un incendio el año anterior, y aunque después fue reconstruido, no habría estado en pie en el verano de 1793, como yo he descrito.

La historia de la rebelión monárquica en La Vendée en 1793 me atrapó desde el principio. He basado libremente el personaje ficticio de Michel Jacquelyn en su verdadero líder, el noble Henri de la Rochejaquelein. Los rebeldes no eran solo miembros de la nobleza a los que habían arrebatado sus tierras, sino también campesinos y clérigos. La rebelión contra el nuevo gobierno republicano francés comenzó en la primavera del 93, tanto como protesta por el reclutamiento militar como por la secularización del clero, pero también había un auténtico descontento por la ejecución del rey; por no hablar de la escasez de pan y la falta de trabajo. Le siguió una serie de victorias sorprendentes sobre las fuerzas francesas, pero, como he descrito, a los rebeldes les faltaban armas, comida y otras provisiones. Al llegar el otoño, la escasez era crítica. Los rebeldes estaban muriendo de hambre.

Los británicos habían empezado a prometer ayuda en verano, pero estaban distraídos por las diversas guerras en las que estaban implicados. Algunas fuentes dicen que el convoy de ayuda debía reunirse con Rochejaquelein y sus hombres en Bretaña (Granville) a mediados de octubre, pero que nunca llegó. Otras fuentes aseguran que tales planes nunca llegaron a realizarse, y que Rochejaquelein sitió Granville para lograr un puerto en el que poder rearmarse. En cualquier caso, el sitio de Granville fue un desastre y, al retirarse, su ejército quedó dividido. Miles de soldados atrapados tras las líneas enemigas murieron.

El 2 de diciembre, doce mil soldados británicos, alemanes y emigrantes llegaron a las costas de Bretaña con suministros para los rebeldes hambrientos. Pero los rebeldes no estaban allí, así que se marcharon.

Rochejaquelein y su ejército fueron derrotados el 12 de diciembre en Le Mans. El 23 de diciembre, al norte de Nantes, sus hombres fueron aniquilados. Algunos miles escaparon en pequeños grupos, incapaces de ofrecer resistencia. Rochejaquelein fue asesinado en enero de 1794. Comenzó entonces la «pacificación» de La Vendée. Las granjas y los pueblos quedaron reducidos a cenizas; los residentes de La Vendée, sin importar la edad, sexo o afiliación política, fueron perseguidos y asesinados. El último grupo de rebeldes, constituido por unos seis mil hombres, fue finalmente aniquilado en abril de 1796. Y ahí concluyó la rebelión de La Vendée.

Cada héroe de estas historias de amor se enfrenta a la

muerte con regularidad, ya sea en su país o en el extranjero. Como dice Dominic, no hay honor en la guerra. La guerra cambia a todo el mundo. Pero estos héroes heridos pueden salvarse. Sus almas pueden salvarse, como acabáis de leer.

Espero que hayáis disfrutado la apasionada historia de amor de Dom y Julianne.

À l'amour,

Brenda Joyce

Últimos títulos publicados en Top Novel

La isla de las flores/Sueños hechos realidad – NORA ROBERTS
Juegos de seducción – ANNE STUART
Cambio de estación – DEBBIE MACOMBER
La protegida del marqués – KASEY MICHAELS
Un lugar en el valle – ROBYN CARR
Los O'Hurley – NORA ROBERTS
La mejor elección – DEBBIE MACOMBER
En nombre de la venganza – ANNE STUART
Tras la colina – ROBYN CARR
Espíritu salvaje – HEATHER GRAHAM
A la orilla del río – ROBYN CARR
Secretos de una dama – CANDACE CAMP
Desafiando las normas – SUZANNE BROCKMANN
La promesa – BRENDA JOYCE
Vuelta a casa – LINDA LAEL MILLER
Noelle – DIANA PALMER
A este lado del paraíso – ROBYN CARR
Tras la puerta del deseo – ANNE STUART
Emociones secuestradas – LORI FOSTER
Secretos de un caballero – CANDACE CAMP
Nubes de otoño – DEBBIE MACOMBER
La dama errante – KASEY MICHAELS
Secretos y amenazas – DIANA PALMER
Palabras en el alma – NORA ROBERTS
Brisas de noviembre – ROBYN CARR
El precio del honor – ROSEMARY ROGERS

www.ingramcontent.com/pod-product-compliance
Lightning Source LLC
LaVergne TN
LVHW030336070526
838199LV00067B/6305

9 788468 703299